新☆ハヤカワ・SF・シリーズ

5023

神の水

THE WATER KNIFE

BY

PAOLO BACIGALUPI

パオロ・バチガルピ
中原尚哉訳

TOKYO
HAYAKAWA
BOOKS

A HAYAKAWA
SCIENCE FICTION SERIES

THE WATER KNIFE
by
PAOLO BACIGALUPI

Translated by
NAOYA NAKAHARA
First published 2015 in Japan by
HAYAKAWA PUBLISHING, INC.
This book is published in Japan by
direct arrangement with
BAROR INTERNATIONAL, INC.
Armonk, New York, U.S.A.

カバーイラスト　影山 徹
カバーデザイン　渡邊民人（TYPEFACE）

アンジュラへ

神の水

おもな登場人物

アンヘル・ベラスケス……………ラスベガスの水工作員《ウオーターナイフ》
キャサリン・ケース………………南《S》ネ《N》バダ水《W》資源公《A》社の代表
ルーシー・モンロー………………ジャーナリスト
ティモ……………………………カメラマン。ルーシーの盟友
マリア……………………………テキサス難民の娘
サラ………………………………マリアの友人

1

汗には物語がある。

タマネギ畑で腰を深く曲げて熱い日差しの下で一日十四時間働く女の流す汗は、国境へ逃げてきてメキシコ側検問所の職員が敵に買収されていないことを死の《サンタ・》聖母《ムエルテ》に祈る男が流す汗とは、異なる。

ＳＩＧザウアーの銃口を眉間に突きつけられた十歳の少年の流す汗は、越境斡旋業者《コヨーテ》からもらった地図どおりに飲み水の隠し場がありますようにと聖母マリアに祈りながら砂漠を横断する女の流す汗とは、異なる。

汗は肉体の履歴だ。凝縮されて宝石のように額に浮かび、シャツに塩分の染みをつくる。ある人物が悪いときに悪い場所にいあわせたせいで、明日をも知れぬ状況に追いこまれていることを克明に物語る。

サイプレス１の中央アトリウムの上層階にいるアンヘル・ベラスケスは、カスケード歩道を登ってくる弁護士チャールズ・ブラクストンの額の汗を見ながら、大物ぶったやつでもたいしたことがないなと思った。

ブラクストンは自分の事務所ではえらそうに秘書たちを怒鳴りつけているかもしれない。斧を持って新たな犠牲者を探す殺人鬼のように法廷をうろついているかもしれない。しかしどれだけ大物ぶっても、しょせんは雇われ弁護士だ。雇い主のキャサリン・ケースから急ぎの命令を受けたら、ただの駆け足ではたりない。ばか《ペンデホ》は心臓が破裂し、もう走れないというところまで走らされる。

冷却用の中央アトリウムをめぐりながらゆるい勾配で上っていく歩道を、ブラクストンはシダの葉をくぐり、ベンガルボダイジュの蔓につまずきながらたどっている。この環境完全都市《アーコロジー》の各階に張り出した空中庭園からは、無数の糸状の滝が流れ落ちていて、それを背景にセルフィーを撮る観光客の団体があちこちに滞留している。ブラクストンはその人ごみをかきわけ、息をはずませた赤い顔で登ってくる。タンクトップにショートパンツのジョギング愛好家たちが、イヤホンの音楽とみずからの健康的な心臓の鼓動を聞きながらかたわらを追い越していく。

一人の男の汗から多くのことがわかる。

ブラクストンの汗からは、彼に恐怖心が残っていることがわかる。つまりこの男はまだ信用できる。

アンヘルは広い中央アトリウムを渡る橋の上にいる。ブラクストンは見上げて気づいた。疲れたようすで手を振り、ここまで下りてきてくれとアンヘルに身ぶりで伝える。アンヘルは理解できないふりをして、笑顔で手を振り返す。ブラクストンは大声で言った。

「下りてきてくれ！」

アンヘルは笑顔でまた手を振った。

弁護士はがっくりと肩を落として、ふたたびアンヘルのいる高所への最終行程を進みはじめた。

アンヘルは手すりから眺めを楽しんだ。頭上から差しこむ外光が、竹やレインツリーの下に木漏れ日をつくり、熱帯の鳥を鮮やかに照らして、苔むした錦鯉の池をきらめかせる。

はるか下には人が蟻のように小さく見える。もはや人ではなく、観光客や居住者やカジノ従業員の姿をかたどった人形のようだ。生物建築家が製作したサイプレス1の開発モデル。その縮尺模型のカフェテラスでラテを飲む縮尺模型の客。自然歩道で蝶を追いかける縮尺模型の子ども。洞窟めいたカジノの奥にある縮尺模型のブラックジャック・テーブルでスプリットやダブルダウンを宣言する縮尺模型のギャンブラー。

ブラクストンが脚をふらつかせて橋にやってきた。

あえぎながら言う。

「どうして下りてこないんだ。下りてきてくれって言ってるのに」

　ブリーフケースを橋の床におき、手すりにぐったりともたれる。

「持ってきてくれたのは？」アンヘルは訊いた。

「書類さ」ブラクストンは荒い息とともに言った。「カーシティの。ついさっき裁判所の決定が出た」疲れた手でブリーフケースをしめす。「やつらの狙いをつぶしてやった」

「というと？」

　ブラクストンは言いたいことがあるのに言葉が出ないようだった。頬をふくらませ、赤くなっている。心臓発作を起こしかけているのか。そうだとしたらどの程度心配してやるべきか。

　ブラクストンと最初に会ったのは、南《S》ネ《N》バダ水《W》資源公《A》社の本社にある彼のオフィスだった。その全面窓はサイプレス1内部のフライフィッシング用河川であるカーソン川に面していた。この川はアーコロジーの各階を複雑に流れ下ってから、水系の上流へポンプアップされ、浄化工程をへてふたたび流れてくる。レインボートラウトが泳ぐ大規模水インフラを一望する高価なオフィスは、ブラクストンが公社の法廷闘争を請け負う代理人であることをよくあらわしていた。

　ブラクストンは三人の助手を使っている。偶然にも全員が痩身の美女で、サイプレスの永住権を魅力に感じて法科大学院卒業後にすぐ就職してきたのだと、まるで結果論のように説明した。

　ようするにこいつはキャサリン・ケースの子飼いの猛犬の一匹だ。よその大型犬を次々に倒しているかぎり、好きに走らせておけばいい。

　その一方で、ブラクストンのような連中はどうしてこんなに太っているのかと、面会のあいだじゅう考えた。サイプレスの外でこんなに肥満体は見かけない。

アンヘルの前半生ではまったく見なかった。身の安全を信じきった男はこれほど分厚い脂肪層をまとうのかと、アンヘルは興味深く思った。

キャサリン・ケースが予言するような世界の終わりが来たら、ブラクストンはいい食材になるはずだ。だからいまは、このアイビーリーグ出身のすました野郎が、ギャング出身のアンヘルの刺青やナイフ傷だらけの顔や喉を見て不快そうに鼻梁に皺を寄せても、叩きのめさずに放置していた。

時代は変わるぞと、アンヘルはブラクストンの鼻に浮かんだ玉の汗を見ながら思った。

ブラクストンはようやく言った。

「カーバーシティの上訴は失敗ということだ。裁判所が午前中に判決を出そうとしていたので、その法廷をダブルブッキングして使えなくしてやった。それで判決は延期。出るのは騒動が終わったあとだ。カーバーシティはいま大あわてで新しい上訴を準備してる」ブリーフケースを持ち上げて、蓋を開いた。「しかし、まにあうもんか」

ブラクストンはレーザーホログラム加工された文書を差し出した。

「これが差し止め命令書だ。明日法廷が開くまで、きみたちは法的権利を行使できる。カーバーシティが上訴したら話は変わるからな。最低限の民事責任が発生する。しかし明日の法廷が開くまで、きみたちは全ネバダ州民の所有権を代弁できる」

アンヘルは文書に目を通しはじめた。

「これだけで？」

「必要充分だ。今夜決行するぶんにはな。明日の営業時間になったら、延期された法廷にもどってああだこうだと議論が再開される」

「そしてあんたがかいた汗は無駄になるわけだ」

ブラクストンは太い指でアンヘルを押した。

「そうならないようにしろよ」

その脅しをふくんだ言葉を、アンヘルは笑い飛ばした。

「おれはもう居住許可をもらってる。脅したければ秘書を脅すんだな」

「きみがケースのペットであっても、その気になれば人生を破壊してやれるんだぞ」

アンヘルは差し止め命令書から顔を上げずに答えた。

「あんたがケースの犬だからって、その気になればこの橋から投げ落とすこともできるんだぜ」

差し止め命令書の紋章と押印は正規のものらしい。

「それほど強気でいられるのは、ケースのなにを握っているからだ？」ブラクストンは訊いた。

「信頼されてるのさ」

ブラクストンは信じていない顔で笑った。アンヘルは差し止め命令書をもとどおりにまとめた。

「あんたらは他人を全員嘘つきだと思ってて、だからなにもかも書いておく。それが弁護士のやり方だ」その法的文書でブラクストンの胸をつついて、アンヘルはにやりとした。「ケースがおれを信用し、あんたを犬扱いするのはそのためさ。いちいち書くからだ」

そして、にらみつけるブラクストンを橋の上に残して去った。アンヘルはカスケード歩道を下りながら、携帯電話を出してかけた。

キャサリン・ケースはコール一回で出た。早口だが几帳面な口調で答える。

「ケースよ」

アンヘルはその姿を想像した。デスクに身を乗り出したコロラド川の女王。まわりの壁は天井から床までネバダ州とコロラド川流域の地図が表示されている。その彼女の領土には、リアルタイムのデータが流しこまれている。あらゆる支流が赤の点滅や黄色や緑で表示され、それぞれの現在流量をしめしている。ロッキー山脈の集水域ごとに数字がまたたき、冠雪面積と融雪による変動の異常をモニターして、赤、黄、緑で色分けしている。貯水池やダムの水深をしめす数字もある。ダムはガニソン川のブルーメサ・ダムから、サンファン川のナバホ・ダム、そしてグリーン川のフレイミングゴージ・ダムまである。それらの上端では、他の河川流からの緊急購入価格やナスダックでの先物価格が流れている。ミード湖の貯水量を増やす必要に迫られたときは公開市場で買い付けなくてはならないのだ。これらの非情な数字に彼女の世界は支配され、そんな彼女にアンヘルやブラクストンの世界は支配されている。

「お気にいりの弁護士と話したところです」アンヘルは言った。

「またやりあったという話は聞きたくないわよ」

「あの男はたいしたものです」

「だからといってほめなくてもいい。必要なものは手にはいったの？」

「そうですね、木製品の一種をブラクストンからもらいました」法的文書の紙を持ち上げる。「この世にこれほど大量の紙が存在しているとは驚きました」

「わたしたちはおなじページに載った仲間のはずよ」ケースは皮肉っぽく言った。

「実際には、五、六十ページありますけどね」

ケースは笑った。

「官僚の基本ルールなのよ、送る価値のあるメッセージは三倍の長さで送れというのが」

アンヘルはカスケード歩道から出て、中央駐車場へ上がるエレベータホールへむかった。

「一時間で終わるはずです」

「見守っているわ」

「朝飯前ですよ、ボス。ブラクストンの書類には、こちらはなにをやってもかまわないと百通りも書いてある。古典的な差し止め命令です。あとはラクダ隊がやってくれる。大げさな宅配便屋になって届けてくれる」

ケースは硬い口調になった。

「いいえ、これは十年越しの法廷闘争の結果なのよ。決着をつける、今度こそ最終的に。権利を主張するよそ者を上訴で制するために、裁判官の甥やその他にサイプレスの居住権を融通しつづけるのにはあきあきしたわ」

「ご心配なく。カーバーシティのふいをついて息の根を止めてやります」

「いいわ。終わったら連絡を」

ケースの電話は切れた。

ちょうど急行エレベータが到着するところだった。ガラスの床を踏んで立つと、エレベータは下りはじめた。加速しながらアーコロジーの各階を次々に抜け、急降下していく。人々の姿が視界を通りすぎる。二人乗りベビーカーを押す母親たち。週末レンタルのボーイフレンドと腕を組む時間貸しのガールフレンドたち。世界じゅうからやってきた観光客がシダと滝とカフェの写真を撮り、これがあのラスベガスの空中庭園だと母国にメッセージを送信している。

カジノフロアではディーラーが勤務を交代している。ホテルフロアでは二十四時間パーティ漬けの人々がようやく起き出し、目覚めのウォッカをひっかけながら、装飾のラメを肌にスプレーしている。ルームメイドやウェイターやボーイやコックやメンテナンス係が忙しく立ち働いている。サイプレスの居住資格を維持するために仕事にしがみついている。

おまえたちがここにいられるのはおれのおかげなんだぞと、アンヘルは考えた。おれなしでは、おまえたちはそのへんの回転草《タンブルウィード》だ。ただの骨と皮だ。カジノでダイスを振ることも、売春婦を買うこともできない。ベビーカーも、酒も、仕事もない……。

おれがいなければ、おまえたちは無だ。

エレベータは穏やかなチャイム音とともに最下階に着いた。ドアを開けると、目のまえにアンヘルのテスラが駐車係とともに待っていた。

三十分後には、マルロイ空軍基地の灼熱のアスファルト舗装の上を歩いていた。滑走路には陽炎が立ち、真っ赤な夕日がスプリング山脈に沈みかけている。日差しはようやく仕事を終えたが、気温は摂氏五十度をかろうじて下まわっただけだ。基地の照明灯がともって日焼けをさらに増やそうとしている。

レイエス大佐がアパッチのローター音のむこうから怒鳴った。

「書類は手にはいりましたか？」

アンヘルは書類を掲げてみせた。

「連邦政府は砂漠の民の味方だ！　すくなくとも十四時間後まではな！」

レイエスは笑みらしい笑みも見せず、機内にむきなおって離陸準備を命じはじめた。

大佐は大柄な黒人だ。シリアとベネズエラでは海兵隊偵察隊に所属し、アフリカのサヘル地域とメキシコのチワワでも危険な任務についた。最後に落ち着いたのがこのネバダ州軍という上等な仕事だ。高給に惹かれたと本人は言っている。

レイエスはアンヘルを隊長機に手招いた。まわりでは他の攻撃ヘリが合成燃料を大量に燃やしてローターをまわしはじめている。ネバダ州軍、通称ラクダ部隊、あるいはベガスの呪われた州兵。ハデス空対地ミサイルを浴びたかどうかで呼び方は異なる。そのラクダ部隊がキャサリン・ケースの意向を受けて敵の討伐にむかおうとしていた。

州兵の一人が防弾ジャケットを投げてよこし、アンヘルはケブラー製のそれを着こんだ。レイエスは指揮官席にすわって矢つぎばやに命令を出している。アンヘルは軍用グラスとイヤホンのケーブルをヘリの通信パネルに挿して、彼らのやりとりを聞けるようにした。

ヘリは離陸した。パイロットの視野データがアンヘルのグラスにも流れてくる。見えるのは戦争用途の書きこみだらけのラスベガスだ。明るい軍用タグが続々と表示される。推定目標、関連構造物、敵味方識別マーク、ハデス・ミサイルの搭載状況、五〇口径下面機関砲の弾薬情報、残燃料、地上の熱反応……。

三十七度か。

人体だ。まわりより冷たい。それぞれタグ付けされる。本人の知らぬまに。

州兵の一人がアンヘルの固定状態を確認しはじめた。苦笑しながらシートベルトの確認を受ける。黒い肌、黒い髪、黒い瞳の女性州兵だ。名札にはグプタとある。

アンヘルはローターの騒音に消されないように大声で言った。

「おれがベルトの締め方を知らないと思うか？　昔はこの仕事をしてたんだ」

グプタはにこりともせずに答えた。

「ミズ・ケースからのご命令です。万一不時着したときに、シートベルトの着用不備で未帰還ということがないように」

「万一不時着したら、だれも帰還できないさ」

しかしグプタは答えず、確認作業を続けた。レイエスのラクダ部隊は熟練だ。洗練された作法を持っている。長年のうちに磨かれて光り輝いているほどだ。

グプタはマイクになにかつぶやくと、自席にもどってベルトを締めた。下面機関砲の操作画面がある席だ。

ヘリが機体を傾け、アンヘルの胃がよじれた。空の捕食者たちは隊列を組んでいく。軍用グラスの視野の端にベガスの夜景より明るい文字で最新情報が表示される。

SNWA六六〇二、離陸。
SNWA六六〇八、離陸。
SNWA六六〇六、離陸。

その他のコールサインや数字が流れていく。ほとんど姿の見えない凶暴な群れが暗い空を埋め、南へむかう。

通信チャンネルにレイエスの声が響いた。

「蜜の池作戦、開始！」

アンヘルは笑った。

「作戦名を考えたのはだれだ？」

「気にいりましたか？」

「ミード湖はたしかにそうだな」

「だれにとっても」

そうやって南へ、ミード湖へむかった。初期の貯水量は三百二十一億立方メートル。いまは大干魃で半減している。楽観的な時代につくられた楽観的な人造湖。浸食による土砂が徐々に流れこんで端から埋まりつつある。つねに脅威にさらされ、脆弱で、水位が第三取水口より下がる瀬戸際にあるライフライン。ラスベガスの心臓をかろうじて動かす命の点滴だ。

ヘリの眼下にはベガス中心街の夜景が広がる。カジノのネオン。サイプレス・アーコロジー。ホテルとそのバルコニー。ドームや垂直式野菜工場は結露で曇り、水耕栽培の野菜がまばゆいフルスペクトル照明を浴びている。砂漠には幾何学的な光の線が縦横に引かれ、ラクダ隊の戦闘言語が電子の落書きとして書きこまれている。

軍用グラスを通して見ると、ショーやパーティや酒や金融の広告看板が、攻撃目標や突入口になっている。砂漠の風を導くように設計された谷間の住宅密集地は、狙撃手の道になる。虹色に輝く太陽光発電ペイントの屋根は、空挺部隊の降着ゾーンとして表示される。サイプレスのアーコロジーは戦略的に優位であり、最優先攻撃目標になっている。ベガスでもっとも高く、すべてを見下ろしているからだ。この悪徳の町において過去のいかなる空想的試みよりも野心的で巨大な建築物だ。

ベガスの外縁は黒い線で明確に断ち切られている。

そこから先で戦闘ソフトウェアが拾うのは生き物だけだ。一面の鈍い余熱のあいだにある冷えた点がそれだ。ここは二〇〇〇年代にできた郊外住宅地のなれの果て。広大な土地に累々と残る建物は、薪にするか銅線を拾うかしか役に立たない。キャサリン・ケースが水を供給するに値しない地域と決めたからだ。

闇のなかに焚き火が点々と見える。干からびたテキサス人やアリゾナ人の難民キャンプだ。彼らはサイプレス・アーコロジーに住むほどの金はなく、さりとて他に逃げこむ先もない。コロラド川の女王はこの地域で大量虐殺をおこなった。給水管のバルブを閉めることで、最初の広大な墓地をつくりだした。

「水道本管を自力で警備できない者は砂を飲め」とケースは言い放った。

そのせいでいまも殺害予告の脅迫メッセージが送られてくる。

放棄された郊外住宅地の緩衝地帯を抜けると、ヘリは広い砂漠の上に出た。原初の風景。旧約聖書の古代の荒れ野だ。クレオソートブッシュ、枝分かれするヨシュアノキ、まっすぐ伸びるユッカ。そして乾いた川床、白っぽく粗い砂、石英の石。

砂漠はすでに真っ暗で冷えはじめている。ナイフで切りつけたように細い夕日は没した。地上には動物がいるはずだ。ほぼ無毛のコヨーテ。トカゲと蛇。フクロウ。日没後にようやく彼らは活気づく。岩やユッカやクレオソートブッシュの下に隠れたすべての生態系が出てくる。

そんな砂漠で生きる動物たちの小さな熱反応を見ながら、彼らもこちらを見ているだろうかとアンヘルは思った。痩せたコヨーテは、鈍く重い音を響かせながら頭上を飛んでいくラクダ部隊のヘリを見上げて、空飛ぶ人間の突撃に驚いているだろうか。

一時間が経過した。

「そろそろだ」

レイエスが沈黙を破った。その声にはおごそかな響きがある。アンヘルは身を乗り出して探した。

「見えてきたわ」グプタが言った。

黒い水の帯。ぎざぎざの山脈にはさまれた砂漠をゆるやかに蛇行する。水面に月光が映じて銀色にきらめく。

コロラド川だ。

白い砂漠の大地を一匹の蛇が行く。カリフォルニア州は掩蓋水路《ストロー》をまだここまで延ばしていない。しかしもうすぐだろう。これでは蒸発がばかにならない。いつまでも太陽に盗ませてはおけない。しかしいまはまだ川は姿をさらしている。空の下、州兵たちの厳粛なまなざしの先で流れている。

アンヘルはいつものように川を見て畏敬の念に打たれた。無線からも州兵たちの声が消えた。莫大な量の水をまのあたりにしてだれもが言葉を失っている。渇水と取水によって細っているとはいえ、やはりコロラド川は畏敬と渇望を呼びさます。年間流量八十六億立方メートル。二百億立方メートル近かった往時にくらべれば減ったが……それでも莫大な量の水がそこにある。

ヒンドゥー教徒が川を崇拝する気持ちがわかると、アンヘルは思った。

最盛期のコロラド川の全長は二千キロを超えていた。冠雪したロッキー山脈に発し、ユタ州の赤い岩の渓谷を通って、青い太平洋に注ぐまで、さえぎられることなくすみやかに流れ下っていた。その水が流れる先々では……命が育まれた。農夫が分水路をつくり、住宅建設業者が付近で井戸を掘り、カジノ開発業者が揚水ポンプを設置する。それによって大きな可能性が開けた。水があれば人は気温四十六度の猛暑にも耐えられる。砂漠に都市ができる。川はまさに聖母マリアの祝福だ。

自由に勢いよく流れていた昔の川をアンヘルは思い

浮かべた。いまのコロラド川は水位が低く、流れが鈍い。巨大なダムに何度もせきとめられる。ブルーメサ・ダム、フレイミングゴージ・ダム、モローポイント・ダム、ソルジャークリーク・ダム、ナバホ・ダム、グレンキャニオン・ダム、フーバー・ダムなどなど。ダムの上流には本流と支流にそって湖ができる。砂漠の空と太陽を映す水面が広がる。パウエル湖、ミード湖、ハバス湖……。

　近年はメキシコ国境まで一滴の水も流れない。コロラド川協定や河川法をたてに抗議しても無駄だ。カルテル諸国の子どもたちは生まれてから死ぬまで、コロラド川を伝説としてしか知らない。アンヘルが祖母《アブエラ》から聞かされたチュパカブラとおなじ幻の存在だ。そしてユタ州とコロラド州の大半は、眼下の谷が豊富にたたえる水になんら権利を持たない。

「十分後に接触する」レイエスが宣言した。

「戦闘になる可能性は？」

　レイエスは首を振った。

「アリゾナ人に防衛手段はほとんどありません。その州軍の大半はいま北極圏で展開中ですよ」

　ケースの手並みのおかげだ。大陸分水界のこちら側に無関心な東海岸の政治家たちを抱きこんでいる。連邦議会の腐敗した議員たちに女やコカインや巨額の選挙資金をばらまいておくと、軍統合参謀本部議長が遠い北方のオイルサンドのパイプラインを防衛する必要に迫られたときに、なぜか出動できるのは砂漠の民であるアリゾナ州軍のみという状況になる。

　彼らの派遣を伝えるニュースをアンヘルは思い出した。エネルギー安全保障のきびしい状況がどうのこうのというお題目が唱えられた。ジャーナリストは愛国心を鼓舞して盛り上げた。平凡な市民をふたたび乱暴者に変えるのがジャーナリズムだ。アメリカ人を一時的にでも強く、えらくなった気分にさせる。団結せよと呼びかける。

ラクダ部隊の二十四機のヘリは、高度を下げて渓谷にはいり、黒い水面をかすめるように飛びはじめた。両岸を岩だらけの丘にはさまれて蛇行するコロラド川の川筋にそって目標に近づく。

　アンヘルは思わず笑みを浮かべた。慣れ親しんだアドレナリンの高まり。すべてのベットが終わり、あとはディーラーのデッキがめくられるのを待つだけというあの気分だ。

　上着の内ポケットにいれた裁判所の差し止め命令書を押さえた。紋章もホログラム押印もそろっている。訴訟も上訴もすべてこの最終決戦のための準備だった。

　アリゾナ州の寝首を掻くのだ。

　アンヘルは笑った。

「時代は変わるぞ」

　下面機関砲の管制席にすわったグプタが振り返った。

「なにか言いましたか？」

　彼女は若い。ケースの指図で州軍にはいり、完全な州居住許可を得た頃のアンヘルとおなじくらいの年だ。貧しく絶望した国外脱出者だったアンヘルは、なんとかして——どんな手段を使っても——国境のこちら側にいたかった。

「きみはいくつだ？　十二歳か」

　グプタはむっとした顔でアンヘルを見てから、照準システムに視線をもどした。

「二十歳ですよ、おじさん」

「まあ怒るな」アンヘルはコロラド川を指さした。「その年では昔のことは知らないだろう。昔の交渉相手は、書類の束をかかえた弁護士や、胸ポケットに筆記具を何本も挿した役人ばかりで……」

　往時を思い出してアンヘルは黙った。会議に臨むキャサリン・ケースのボディガードとしてその背後に立ちつづけた。話す相手ははげ頭の官僚や、市の水道局長や、開拓局や内務省などだった。内容は水量、開拓ガイドライン、組合、下水率、循環処理、築堤、蒸発抑制、掩蓋化《えんがい》、タマリスクやポプラや柳の伐採など。しかしそんなことは沈みゆくタイタニック号でデッキチェアを並べなおしているだけだった。ルールに従っていればいつか全員が納得する道がみつかると思っていた。明敏に問題を解きほぐせば、だれもが手を組んで状況を解決できる方策が出てくると思っていた。

　ところがカリフォルニアがルールブックを破り捨て、新しいゲームをはじめたのだ。

「それで……どうしたんですか？」グプタがうながした。

　アンヘルは首を振った。

「なんでもない。ゲームが変わったということさ。ケースは古いゲームをとてもうまくやった」機体が揺れ、座席につかまった。ヘリは渓谷の尾根を越え、目標にむかって一気に降下していく。「この新しいゲームもおれたちはうまくやるぞ」

　前方の闇のなかに目標の光が見える。砂漠のなかにぽつんと建つ施設だ。

「あれだ」

　その施設の照明が次々と消えていく。

「こちらに気づいたな」

　レイエスはそう言って、戦闘の指示を次々と出しはじめた。

　ヘリは散開し、それぞれ適切な目標へと接近していく。こちらのヘリは支援用のドローンとともに高度を下げていく。軍用グラスで見ると、前方にはべつのヘリの一隊がいて、制空権を確保している。機体が上下左右にランダムに揺れはじめるのを、アンヘルは歯を食いしばって耐えた。地上からサーチライトを照射される可能性があるのだ。

　遠い地平線のあたりにカーバーシティのオレンジ色の輝きが見える。明るく輝く住宅と商業地。煌々たる市街地の光が夜空を焦がす。莫大な電力による照明。莫大な数のエアコン。そして莫大な人口。

グプタが二発撃った。炎の塊が下方を照らす。ヘリは揚水ポンプと浄水場の真上に進入した。処理池が並び、配管がめぐっている。

黒いアパッチは屋根や駐車場に着陸しはじめた。スキッドが接地すると兵士が次々に跳び下りる。巨大なトンボがとまるようにヘリは下りていく。ダウンウォッシュに巻き上げられた石英の砂がアンヘルの頬を打つ。

「行くぞ！」

レイエスはそう言って、アンヘルに合図した。アンヘルは防弾ジャケットをもう一度確認し、ヘルメットのチンストラップを締めた。

グプタがそれを見て、笑顔で訊いた。

「銃がほしいですか？」

アンヘルはヘリから跳び下りながら答えた。

「いらん。そのためにきみたちがいる」

州兵たちがアンヘルの周囲をかこんだ。その陣形で浄水場の正面入り口に突進する。

照明がともりはじめた。事態を察した職員がわらわらと建物から飛び出してくる。ラクダ部隊はライフルをかまえ、それらの目標にむける。グプタの通信機から拡声された命令が響いた。

「全員に命じる！　伏せろ！　地面に伏せろ！」

民間人たちはアスファルトの上に伏せた。

アンヘルは、縮こまって恐怖の表情の女に駆け寄り、書類を振ってみせた。ヘリの騒音のなかで声を張り上げる。

「サイモン・ユーはこの建物にいるか？」

女は恐怖のあまり口がきけないらしい。茶色の髪で小太りの白人女性だ。アンヘルは苦笑した。

「大丈夫、事務手続きをするだけですよ」

「なかに」女はあえぎながらようやく言った。

「ありがとう」アンヘルはその背中を軽く叩いた。

「同僚の職員のみなさんにここから避難するように伝

えてください。不測の事態にそなえて」

　アンヘルは兵士たちとともに浄水場の玄関に突入した。銃をかまえたくさび形の陣形の中心でアンヘルは堂々と進む。壁に張りついた民間人のあいだをラクダ部隊は走り抜けていく。

「ラスベガスだ！　しゃがんで膝を抱えろ！」アンヘルはまわりに怒鳴った。

　グプタの機器からは拡声された命令が大きく響く。

「屋内の者は全員退去しろ！　三十分以内に施設の外に出ろ。それ以後は執行妨害とみなす！」

　アンヘルと一行は中央管制室に突入した。コンピュータの液晶画面が並び、流出量、水質、薬品添加、ポンプ効率などをモニターしている。水質技術者たちがまるで驚いた地リスの群れのように、ワークステーションから顔を上げる。

「責任者はどこだ？　サイモン・ユーはどこにいる？」アンヘルは訊いた。

　一人の男が立ち上がった。

「わたしがユーだ」

　日焼けした痩身の男だ。髪を横になでつけて頭頂のはげを隠している。頬には古いにきび痕がある。

　アンヘルはその男に書類を放った。ラクダ部隊は展開して管制室を制圧する。

「操業を停止しろ」

　ユーはざっと書類に目を通した。

「ばかな！　この件は上訴中だ」

「もちろん上訴はできるが、明日になってからだ。今夜は操業停止命令に効力がある。署名を確認したらどうだ」

「十万人に給水しているんだぞ。止めるわけにいかない」

「裁判所はこちらの水利権が上位だと認めた。給水管に残ったぶんまで返せとは言わないからありがたく思え。住民がバケツにためれば二日くらい生きられるだろう。そのあいだに退去すればいい」

　ユーは書類をめくっている。

「こんな決定はばかげてる！　かならず執行停止になって、くつがえされる。この決定は……一時的にすぎない。明日になったら消えてなくなる！」

「ああ、きみの言うとおりさ。ただし、いまはまだ明日じゃない。今日だ。そして今日、裁判所はおまえたちがネバダ州の水を盗むのを差し止める決定をした」

「いいかい、きみは責任を問われるよ」ユーは早口に言いはじめた。必死に落ち着こうとしている。「重大問題になるのはわかるだろう。カーバーシティに起きることはすべてきみの責任になる。監視カメラがあるんだ。すべて公的な記録に残る。裁判がはじまったときに証拠提出されたら困るだろう」

　このはげ頭の官僚に、アンヘルはある意味で好感を持った。サイモン・ユーはとても献身的だ。世の中をよくするためにこの仕事を選んだという善意の政府職員らしさが感じられる。伝統的な市民の利益に尽くす伝統的な公務員。その彼がアンヘルを言葉たくみに説き伏せようとしている。理性的に考えろ、性急になるなという論法で。

　しかし残念ながらこちらの論法はちがう。

　ユーはまだ話しつづけている。

「……有力者たちを怒らせるぞ。ただではすまない。連邦政府はこれを黙って見ていないだろう」

　アンヘルは恐竜に出会ったような気分だった。冷たい態度なのはたしかだが、こんな古代生物がどこに冷凍保存されていたのか。

「有力者たちだって？」アンヘルは穏やかに微笑んだ。「おまえたちがカリフォルニアと結んだ協定をこちらが知らないとでも？　おまえたちの水はじつはカリフォルニアのものであることを、こっちが知らないとでも？　ここで水を汲み上げてる根拠の安っぽい下位水利権は、コロラド州西部のとある農夫から仲介者を通じて買ったものにすぎない。それ以外のカードをそっちは持ってない。残念ながらこの水ははるか昔からおれたちのものだ。書類にそう書いてある」

ユーは黙ってアンヘルをにらみつけた。アンヘルはその肩を軽く拳で突いた。

「どうした、ユー。落ちこむな。だれがこのゲームの敗者になるか、とっくにわかっていただろう。河川法には、上位水利権の持ち主がすべてを取ると書いてある。下位水利権？」肩をすくめて、「泣いてくれ」

「だれを買収したんだ。スティーブンスか？　アロヨか？」ユーは訊いた。

「どうでもいいだろう」

「十万人が生活してるんだぞ！」

すると、管制室のむこうから声が飛んできた。

「そんな安っぽい水利権の土地に住むほうが悪いのよ」

ポンプのモニター画面の点滅する光を見ているグプタだった。

振りむいて不愉快そうににらむユーに、アンヘルは苦笑した。

「兵士の権利だ、ユー。さあ、こちらは通告した。退去の猶予を二十五分以上あたえている。このあとはハデスとヘルファイア・ミサイルを撃ちこむ。火の海になるまえに退去しろ」

「爆破するつもりなのか⁉」

それを聞いて管制室の兵士たちは失笑した。

「なんのためにヘリで来たと思ってるの？」グプタが言う。

ユーは冷ややかに言った。

「わたしは残るぞ。殺したければ殺せ。その場合にきみはいったいどうなるかな」

アンヘルはため息をついた。

「そうやって強情を張るだろうと思ってたよ」

相手が答えるより先に、アンヘルはその体をつかんで床に倒し、背中を膝で押さえこんだ。片腕をひねり上げる。

「一つの都市を――」

「ああ、わかってる」アンヘルはユーのもう一方の手もおなじところにねじってきて、結束バンドで縛った。「――まるごと破壊するわけだ。十万人の生活と、ついでにだれかさんのゴルフコースもな。とはいえ、おまえが気づいたとおり、死人が出るといろいろ厄介だ。だから強情者は外に放り出す。明日になったら裁判所に訴えろ」

「やめろ！」ユーは床に顔を押しつけられながら叫んだ。

アンヘルは身動きできない男のかたわらにしゃがんだ。

「個人的な恨みはなしにしようぜ、サイモン。これはちがうんだ。おたがいに大きな機械の歯車にすぎないんだ」引き上げて立たせる。「おまえよりも、おれよりもでっかい機械だ。どちらも自分の仕事をしてるだけだ」

ユーの背中をドアのほうへ押しやりながら、振りむいてグプタに言った。

「他を調べて全員退去したのを確認しろ。十分後に火をつける！」

ヘリのドアのまえにレイエスが仁王立ちしてアンヘルを待っていた。

「アリゾナ州軍です。接近中です」レイエスは大声で報告した。

「まずいな。あとどれくらいだ？」

「五分ですね」

「くそったれ」アンヘルは指先をくるくるまわしてみせた。「離陸準備だ。おれの用はすんだ」

ヘリのローターが回転を早め、かん高くうなりはじめた。ユーがなにか言ったが、騒音に飲みこまれて聞こえない。それでも憎悪の表情はわかる。アンヘルは叫び返した。

「恨むなよ。来年になったらベガスで雇ってやる。おまえはここで野垂れ死ぬには惜しい。うちの公社は優秀な人材を必要としてる」

アンヘルはユーをヘリに引っぱりこもうとした。しかし男は抵抗した。ダウンウォッシュの砂埃のために細めた目でアンヘルをにらむ。州軍ヘリは離陸しはじめている。イナゴの大群が飛び立つようだ。アンヘルはもう一度ユーを引っぱった。

「さあ、行くぞ」

「うるさい！」

ユーは意外なほど強い力でアンヘルの手を振りきって、浄水場へもどりはじめた。後ろ手に縛られ、よろけているが、決然として走っている。最後の職員たちが逃げ出してくる建物へむかう。

アンヘルはうんざりした顔でレイエスと目を見かわした。

献身的なばか者だ。最後の最後までくそまじめな官僚だ。

「もう引き上げます！」レイエスが叫んだ。「アリゾナのヘリが来たら戦闘になる。そうなったら連邦政府も黙っていない。彼らの忍耐にも限度がある。州軍同士の武力衝突は確実にその限度の外です。離脱すべきです！」

アンヘルは逃げていくユーの背中を見た。

「猶予を一分くれ」

「三十秒で飛びます！」

アンヘルはレイエスに不愉快な視線をむけると、ユーを追って走った。

まわりでは、砂漠の熱風に吹き上げられる木の葉のようにヘリが次々と飛び立っていく。アンヘルは飛ばされてくる砂や小石に耐え、目を細めて走った。

処理場の建物の玄関前でユーに追いついた。

「頑固だな。それは認めてやる」

「放せ！」

しかしアンヘルは相手を乱暴に転倒させた。ユーは衝撃で息が詰まり、動けなくなる。そこを押さえて、足首も結束バンドで縛った。

「放せっていってるだろう！」

「普通なら豚一匹どうなろうと放置しておくところだがな」アンヘルは力をこめてユーを肩にかつぎあげた。「衆人環視のところで正体をさらしてやってるから、そうはいかない。ただし、あまり手間をかけさせるな。本気だぞ」

一機だけ残ったヘリへ運んでいく。カーバーシティ浄水場の最後の職員も車に飛び乗り、砂埃を蹴立ててポンプ施設から離れていった。沈む船から逃げる鼠のように。

レイエスはアンヘルをにらんでいる。

「急いで！」

「もどったじゃないか。さあ、行こう！」

アンヘルはユーをヘリの機内に放りこんだ。スキッドに足をかけるやいなや、ヘリは地面を離れた。空中で機内にもぐりこむ。

グプタは兵装管制席にすわり、アンヘルがベルトを締め終わらないうちに撃ちはじめた。アンヘルの軍用グラスには照準情報が明るく表示される。開けっぱなしのドアの外をのぞき、軍事情報ソフトウェアが認識する浄水場の施設を見た。濾過塔、ポンプ室、電力設備、非常用発電機……。

ヘリに吊り下げられた発射筒からミサイルの火花が散る。音もなく炎の弧を描いて飛び、着弾して轟音を上げる。カーバーシティの水道施設を引き裂いていく。キノコ形の火炎が夜闇のなかにいくつも立ち上がり、砂漠をオレンジ色に染める。ヘリは黒いイナゴのように空中で群れ飛びながら、追加のミサイルを撃ちこんでいく。

サイモン・ユーは手足を結束バンドで縛られ、アンヘルの足もとにころがって、なすすべなく破壊を見ていた。自分の世界がキノコ雲とともに消えていく。

爆発の閃光がその頬を濡らす涙を浮かばせた。目から流れる水。それも汗とおなじく本人をよく物語っている。必死に守ろうとした場所のために泣くサイモン・ユー。この男は冷徹さを持っている。見ためではわからないが、その冷徹さがある。

残念ながら、それだけではどうにもならなかったが。

時代の終わりだと、アンヘルは浄水場に飛んでいくミサイルを見ながら思った。これは時代の終わりなのだ。

そのあとから、べつの考えがいやおうなく浮かんできた。

ということは、おれは悪魔か。

2

ルーシーは雨の音で目覚めた。

ぱたぱたと窓を叩く祝福の音。全身の緊張が解けたのは一年ぶりか、それ以上か。突然の解放感で体が軽くなり、まるでヘリウムを吸って浮いているようだ。悲しみも恐れも、蛇が脱皮するように体から剝がれ落ちる。窮屈で乾燥してざらついた衣を脱ぎ捨て、浮上する。清潔で新しい、空気より軽い体になった。解放感で泣きそうだ。

そうやって完全に目覚めたあとで、窓を叩いているのは雨ではないことに気づいた。

砂塵だ。

日常の重みが一気に蘇り、押しつぶされそうになった。

ベッドに横たわったまま、夢の喪失に震えた。涙さえ出た。

砂がざあざあと窓を叩き、ガラスを削っている。

とてもリアルな夢だった。降ってくる雨。柔らかな空気。花が咲くにおい。固く閉じた体の毛穴も、砂漠の固い粘土も、大きく開いて贈り物を受けとる。空から水が降るという奇跡を大地も肉体も満喫する。

かつてそれは神の水と呼ばれた。中西部の平原に徐々に広がり、ロッキー山脈を越えて乾燥した土地に進出したアメリカの入植者たちは、そう呼んだ。

神の水。

空からひとりでに落ちてくる水。

ルーシーの夢のなかでそれは口づけのようにやさしかった。天国から流れ落ちる祝福であり赦罪だった。

しかしそれが消えた。いま唇は乾いてひび割れている。

ルーシーは汗ばんだシーツを蹴飛ばして、窓の外をのぞいた。ギャングが撃ち漏らした街灯が、ぼやけた月のように赤い靄のなかで光っている。見ているあいだにも砂嵐は濃くなり、風景は黒く塗りつぶされていく。街灯は網膜の残像のようになる。

世界から光が消えた。そんな一文をどこかで読んだ気がする。キリスト教の古い本だろう。たしかイエスの死の場面だ。永遠に光が消えた。

イエスは砂嵐とともに去り、かわりに死の聖母《サンタ・ムエルテ》がやってくる。

ルーシーはベッドにもどって、マットレスに横になり、荒れる夜の音を聞いた。どこかで避難場所を求める犬が鳴いている。野良犬だろう。朝までに死んでいるかもしれない。大干魃の新たな犠牲だ。

外の鳴き声に呼応するように、ベッドの下から鼻を鳴らす声が聞こえた。サニーだ。伏せて、気圧変化を感じて震えている。

ルーシーはふたたびベッドから出て、貯水タンクへ行って犬用の皿に水をいれてやった。無意識に水位を確認する。まだ七十五リットルあるはずだと頭でわかっている。それでも小さなLEDの残量計を見ずにいられない。そして頭のなかの数字と一致することをたしかめる。

ベッドの脇にしゃがんで、皿をサニーのほうへ押しやった。

サニーは影の奥から悲しげにこちらを見るばかりで、飲もうとしない。

ルーシーが迷信家なら、このぼさぼさの毛のオーストラリアンシェパードは人の気づかないことに気づいているのではないかと思うところだ。空中の悪霊が見えるのか、屋根の上の悪魔の羽ばたきが聞こえるのか。

中国人は動物に地震の予知能力があると信じている。災害の予報にそれを利用している。かつて中国共産党は海城市の大地震を発生の数時間前に予知して、九万人の市民を避難させた。人間が感じないことを感じる動物を信じたおかげで、多くの人命が救われた。

これは太阳国際公司《タイヤン・インターナショナル》の生物建築家から聞いた話だ。中国人の先見性と用意周到さを語るエピソードだ。ようするに、自分が駐在しているがさつなアメリカとちがって中国は柔軟性のある国だと言いたいのだ。

動物の言葉に耳を傾けよ。

サニーはベッドの下に伏せたまま、毛と肌を震わせ、低く悲しげな鳴き声を漏らしつづけている。

「出ておいで」

しかし動かない。

「大丈夫よ。嵐は外。家のなかにははいってこないわ」

それでもだめ。

ルーシーはタイルの床にあぐらをかいて、サニーを見つめた。

たしかにタイルはひんやりしている。自分も床で寝ればいいのだ。夏なのになぜベッドやシーツにこだわるのか。それこそ春でも秋でも。

　素焼きのタイルの床にルーシーは腹這いになり、肌を押しつけた。そうやってベッドの下に手を伸ばし、サニーにふれた。毛を梳かしながらささやく。

「大丈夫よ。怖くない、怖くない。大丈夫だから」

　そうやって自分自身の緊張を解こうとした。しかし神経はおさまらず、肌の下の震えが止まらない。不安でぴりぴりしている。

　サニーがベッドの下から出てこないのは当然だ。犬に対して怖がらなくていいと言っている自分が、本能的な部分で犬の警戒心を信じている。

　外になにかがいる。飢えた黒いなにかが。おそろしいものがこちらを見ていると感じる。自分とサニーを見ている。低層のアドービ煉瓦づくりの家の小さな安全地帯を。

　ルーシーは起き上がり、埃部屋《ダストルーム》のドアのかんぬきを確認した。心配性にすぎないと思いながら。

　サニーがまた鼻を鳴らす。

「うるさいわよ」

　乱暴な自分の声に自分で驚いた。

　あらためて家のなかを一周して、窓がすべて閉まっていることを確認した。キッチンの窓ガラスに移った自分の姿にぎょっとした。

　ここは閉めたかしらと思いながら、グアテマラ織りのカーテンをおそるおそる開ける。ガラスのむこうの闇から人の顔がぬっとあらわれそうな気がした。ただの迷信的な恐怖心だ。こんな砂嵐のときに屋外から家をのぞく人などいるわけがない。それでもベッド脇にもどってジーンズを穿いて、多少なりと安心した。肌を隠して心理的に守られている気がした。ただし睡眠と引き替えだ。もう眠れない。砂嵐による不安で背中がぞくぞくしている。

　仕事をするか。

ルーシーはコンピュータを開いて、トラックパッドで指紋をスキャンした。家を震わせる風の音を聞きながら、パスワードを入力する。家屋用バッテリーの残量が低下気味だ。二十年保証を鵜呑みにするなとシャーリーンから言われていた。とりあえず朝までに砂嵐がおさまってくれれば、太陽光パネルを掃除して充電量を増やすつもりだ。

サニーがまた鼻を鳴らした。

ルーシーは無視して、収入源のSNSトラッカーにログインした。

ティモが撮影したオリジナル写真を使って新しい記事を投稿したばかりだ。正直にいえば、記事が売れるのは写真の力だ。家財道具を山積みしたトラックが、砂塵にタイヤを半分取られて立ち往生しているようすを写している。フェニックスから脱出をはかって惨憺たる失敗に終わった図だ。最新の崩壊ポルノ。ネットのあちこちに引用され、配信され、ビューと収益を稼いだ。しかしルーシーが期待したほど注目を集めておらず、そのことが意外だった。

注目を得られない理由を求めてニュースフィードを調べた。コロラド川でなにか起きている。戦闘か、爆撃か。

#カーバーシティ、#コロラド川、#黒いヘリ……。

大手ニュース社もすでに扱っている。動画をクリックすると、ラスベガスを口汚く非難する水道局長が映し出された。よくいる頭のおかしい人間だと思いかけたが、背景には瓦礫と燃えさかる炎が映っている。では本当にラスベガスが水工作員《ウォーターナイフ》を送りこんでどこかの地域を性急に切り捨てたのだろうか。

はげたその男は、ネバダ州軍に拉致されて砂漠のまんなかに放置され、徒歩でようやく自分の職場の浄水場にもどってきたのだとまくしたてていた。

『これがキャサリン・ケースのやり方だ！　こちらは上訴してるのに、完全に無視した！　こちらの権利を！』

『訴えますか？』

『もちろん訴えるさ！　これはやりすぎだ』

　多くのサイトがこの事件で活気づいていた。アリゾナ州の地方放送局や個人が地域の怒りを発信し、戦場の映像で地元民の憎悪をあおっている。それによってビューと広告収入を稼いでいる。大量のコメントが集まり、それも収益になる。ソーシャルメディアにも多くの意見が投稿されていた。

　ルーシーは自分のトラッカーにその記事を登録した。しかし砂嵐と地理的距離のせいで読者の信任を得るのは難しそうだ。他のジャーナリストのおこぼれにあずかる程度だろう。

　自分のフィードにもその記事を放りこんでおいた。カーバーシティ切り捨て事件は承知していると読者に伝えるためだけだ。そして自分なりの一次情報を探しはじめた。ソーシャルメディアの海をあさり、最初につかんだと主張できるネタを探す。
　#フェニックスの崩壊、というハッシュタグで新しい投稿がいくつかあった。

今日こそ外出するつもりだったのに、また砂嵐。#鬱　#フェニックスの崩壊

これが底辺の暮らし。泉の水のつもりで自分の小便を飲む。#フェニックスの崩壊　#クリア袋ありがとう

当たった！　これで北へ引っ越せる！　#ブリティッシュコロンビア宝くじ　#バイバイくそったれ

谷にヘリ。どこのだ？　#コロラド川　#黒いヘリ

まだドアの外にいる！　早く来てよ、騎兵隊!!　@フェニックス警察

ルート66は使うな。#カリフォルニア州軍　#ドローンだらけ　#MM16

なに！　サムズ・バーはいつ閉店したんだよ！　#酒飲みたい　#フェニックスの崩壊

写真：「飛び立つフェニックス」の看板がクリア袋でおおわれてる（笑）　#フェニックスの崩壊　#フェニックスのアート　#飛び立つフェニックス

ルーシーは何年もまえからハッシュタグやコメントを手がかりにフェニックス住民を追いかけていた。おかげで市が内部から崩壊していくようすが地図を見るようにわかった。物理的な災厄のバーチャルな反響だ。

ルーシーの頭のなかでは、フェニックスは地面にあいた大穴のようなものだ。なにもかも飲みこむ。建物も、生活も、道路も、歴史も。すべての地盤が崩れて、災厄の奈落に落ちていく。砂、傾いたサグアロサボテン、住宅地。すべてが崩れ落ちる。

ルーシーはその穴の縁をまわりながら記録しているのだ。

ただの崩壊ポルノという批判もある。気がふさいでいるときの彼女なら、そうだと認めるだろう。扇情的な光景を探すジャーナリストにすぎない。カテゴリー6のハリケーンが襲来した直後のヒューストンや、植物に呑まれつつあるデトロイトの廃墟に群がるハゲタカ記者にすぎないと。しかし強気のときなら、べつの答え方をする。都市の死を扇情的に描いているのではない。われわれの足もとに埋まった未来を掘り起こし

ているのだ。これが自分たちだ。みんなこうなるのだ。これが唯一の出口であり、いずれみんなここを通るのだと。

駆け出しレポーターとしてこの都市へやってきた頃は、まだ他人事だった。アリゾナ人を笑い、安直な記事を書いて、少額決済の収益を得ていた。のぞき趣味をあおってクリック率を上げ、安易に金を稼いだ。

#釣り記事

#崩壊ポルノ

#フェニックスの崩壊

いまのフェニックスとその郊外に住みついているのは、テキサス人のなかでも頭のおかしいメリーペリー教徒ばかりだ。ルーシーはもちろん、CNNや新華社やキンドル・ポストやAFP通信やグーグル／ニューヨークタイムズの同業者たちは、そんな荒廃した風景をよろこんで報道した。全米はすでにテキサス州の崩壊を見ている。今回なにが起きるかはだいたいわかっている。フェニックスはオースティンになる。より大規模に、より醜悪に、より広範囲に。

崩壊第二幕だ。否認、崩壊、受容、難民発生となる。

ルーシーはすでにアリゾナ人が難局におちいるのを現場で見ていた。間近に、自分のこととして経験した。高性能の顕微鏡で検死するように調べた。よく冷えたメキシコ産ビールを片手に。

#他人事

そんなときに何人かのアリゾナ人と知りあった。この町に根を下ろした人々だ。友人のティモが自分の家を壊すのを手伝った。壁から配管や配線を引き剝がす。まるで死体から骨を引き抜くように。眼球をえぐるように窓をはずす。家は目を抜かれたように虚ろな穴を通りにさらした。

その経験をルーシーは記事にした。三世代が暮らした家が無価値になった。市は他の水源地との配管接続を実現できず、郊外住宅地への給水が止められたからだ。

まぎれもなく崩壊ポルノだ。しかしそのときのルーシーは当事者の一人だった。ティモと、姉のアンパロと、その三歳の娘とともに現場にいた。幼児が泣き叫ぶ声を背中で聞きながら、大人たちはその家を解体した。ルーシーにとってはこの土地で初めて親しんだ家を。

サニーがベッドの下からまた鼻を鳴らした。

「嵐はいずれ通りすぎるわ」

ルーシーはなにげなく声をかけておいて、本当だろうかと自問した。

天気予報では記録的な規模の砂嵐になりそうだと言っている。記録的な砂嵐はすでに六十五回目で、さらに増えそうだ。このままはてしなく増えるのではないか。

気象学者は記録的とか、新記録とかいつも言う。まるでパターンがわかっているかのように。天気予報のキャスターは干魃と表現するが、それはいずれ終わるという前提がある。固定した状態ではなく、一時的な出来事のはずだと。

しかしこの状態が連続し、砂嵐がとぎれなくなったらどうか。砂塵と森林火災の煙と干魃が永久に続き、太陽が顔を出さない連続日数だけが記録を更新しつづけるとしたら。

そのとき、ルーシーの画面にニュースアラートがポップアップした。無線傍受ソフトが自動的に立ち上がり、警察無線を流しはじめた。なにかが起きている。ソーシャルメディアのフィードにも流れてきた。


ヒルトン6に警官多数。死体があるらしい。#フ応援が呼ばれている。売春婦や太陽光パネル工場の従業員がレイプされて、水のないプールに死体が捨てられたというようなよくある事件ではない。重要な人物だ。フェニックス警察が無視できない人物だ。なにかの関係者だ。

ルーシーは、ベッドの下にひきこもったサニーをもう一度うらやましく眺めてから、コンピュータを閉じた。カーバーシティへは行けないが、この事件は地元であり、無視できない。たとえ砂嵐のまっただなかでも。

ダストルームにはいって、REI製のエアフィルター付きマスクと、防塵ゴーグルのデザート・アドベンチャー・プロIIを着けた。一年前に姉のアナから贈られた砂嵐見舞いだ。清浄な空気をもう一度深く吸ってから、砂塵のなかへ出ていく。カメラはビニール袋にしっかり包んで携行する。

むきだしの肌を砂に削られながら、記憶を頼りに自分のトラックを駐めた場所へ走った。視界がきかないなかでドアハンドルを探り、ようやく引き開ける。急いで乗りこんでドアを力いっぱい閉めた。シートの上で体を丸めて、心臓の鼓動と、風にあおられて揺れる車体を感じる。ガラスと鉄板が砂でこすられている。

エンジンをかけると、車内で埃が舞った。赤い靄をとおしてメーターパネルのLEDの光を見る。回転を上げながら、エアフィルターを交換したのはいつだったかと考えた。詰まってエンジンが停止しないように祈るしかない。砂嵐《ストーム》ライトをつけて動き出した。見るというより記憶にしたがって、穴ぼこだらけの道路をゆっくりと進んだ。

前面の低い位置についた強力なストームライトをもってしても運転は困難だった。前方の道は渦巻く砂の壁に閉ざされている。路側には嵐がおさまるのを賢明に待つ車が何台も停まっている。それらを追い越していく。

裏道をのろのろと移動しながら、こんな嵐ではまともな写真は撮れそうにないから、出てきても無駄ではなかったかと考えた。それでも意地になって進んだ。フォードのトラックは風で道の外へ押し出されそうだ。フェニックスの往復六車線の大通りに出た。楽観的な自動車文明の産物である広い交差点は、いまは砂に支配されている。自動車は一列になって砂山のあいだを抜けていく。前車のテールランプを頼りに、砂漠に呑まれつつある都市の砂の吹きだまりをよけていく。

高い建物の点滅する光がかすかに見えてきた。ヒルトン6の航空障害灯だ。それより明るいのが、そびえ立つ太阳《タイヤン》アーコロジーの建設工事の照明だ。フェニックスのすべてを見下ろす生物めいた巨大建築物。その柱が不気味な骨のように砂塵のむこうに浮かんで見える。

ルーシーは縁石らしいところにトラックを寄せて駐車した。ライトをつけたままにして、ハザードも点滅させる。風圧で重いドアを肩で無理やり押し開けた。

自分のトラックのライトに照らされて進んだ路上に、発煙筒がころがっていた。マグネシウムの光をたどっていくと、前方の闇のなかから複数の人影があらわれた。制服の男女がハンドライトを大きく振っている。パトカーが赤と青の回転灯を光らせている。

ルーシーはゆっくりと近づいた。自分の呼吸が大きく聞こえ、マスクの前面が吐息の湿気で曇っている。砂嵐のせいで現場保存に苦労している警官たちのあいだをすり抜けた。

大通りに血が流れ、砂埃と混ざっている。小さな暗黒街の殺人。それさえも砂におおわれかけている。

ルーシーのヘッドランプの光のなかには死体が二つある。よくある殺人かと思いかけた。しかし、血と砂が黒いかさぶたのように固まり、吹きだまりに埋もれそうな一人の顔が光で浮かび上がったのを見て、はっとした。

まわりには警官や鑑識係が何人もいる。しかしひどい砂嵐にくわえて、官給品のマスクとフィルターに視界をさえぎられて苦労している。ルーシーはさらに近づいた。悪夢が現実や事実でないことを願い、確認しようとする。しかし眼球をえぐられていても、彼だとすぐにわかった。

「ああ、ジェイミー。こんなところでなにをしてるの？」ささやきかける。

肩をつかまれた。

「きみはなんの用だ？」

警官の大声だった。砂とフィルター付きマスクのせいでこもっている。

答えるまもなくルーシーは引きもどされた。軽く抵抗したが、たちまち規制線の外へ追い出された。そこでは警官たちが立入禁止テープを張ろうとしている。風ではためくテープには、英語とスペイン語と中国語で〝危険〟と書かれている。

数週間前、このヒルトン6のバーでルーシーがジェイミーに警告したのもそのことだった。いま、そのバーの客たちはガラスに顔をくっつけるようにして砂嵐の路上の死を見つめている。

あの日のジェイミーは落ち着きはらっていた。

二人はヒルトン6のバーで飲んでいた。ルーシーは一週間シャワーを浴びておらず、汚れていた。ジェイミーのほうは清潔そのもの。低い位置の照明を浴びて輝いて見えたほどだ。きれいに切った爪。清潔なブロンドの髪。ルーシーの髪のように脂ぎってもつれていないし、全面窓のむこうの歩道を舞い飛ぶ砂塵にまみれてもいない。

ジェイミーは好きなだけシャワーを浴びる財力があり、それを誇示していた。

バーテンダーはシェイカーを振って、きりりと冷えた緑の酒をマティーニグラスに注いだ。その茶色の指にはめられた金色の頭蓋骨の指輪が、銀色のシェイカーにあたってかちりと音を立てた。

　ルーシーはその頭蓋骨の指輪をじっと見つめていた。顔を上げてバーテンダーの濃い茶色の瞳を見れば、清潔な格好のジェイミーと同伴でなければ自分はたちまち追い出されていたはずだとわかる。なにしろ支援団体職員でも身だしなみを整えて下りてきて、このバーで一日の仕事の憂さを晴らしているのだ。なのにルーシーはテキサス難民同然の格好だった。

　ジェイミーは話していた。

「つまりさ、ジョン・ウェズリー・パウンドは一八五〇年の時点でこうなることを予見していたんだよ。だから、だれも警告しなかったわけじゃない。百五十年前にコロラド川の岸辺にすわった男の目にも、すべてを潤わせるほどの水量はないとわかったんだから。ぼくらだってわかってしかるべきだ」

「当時はいまほどの人口はなかったにもかかわらず、ね」

　ジェイミーは青い瞳を冷たくしてルーシーを見た。

「将来の人口は減るよ」

　二人の背後では、支援団体職員や国連職員の低い話し声が、なぜかフィンランドの葬送曲のメロディとシュールに混ざりあっていた。アメリカ国際開発庁、救世軍、赤新月社の干魃対策専門チーム、国境なき医師団、赤十字。他にもいる。中国開発銀行の関係者は、太陽アーコロジーを出てスラム見物に来たらしい。水資源探査をやっているハリバートンやアイビスの重役たちは、フェニックスが費用負担すれば、新たな帯水層を破砕していくらでも水を汲み上げられると売りこんでいる。他は非番あるいは勤務中の警備員。官僚のような身なりの麻薬マフィア。比較的裕福なメリーペリー教徒の難民は、業者《コヨーテ》と低い声で相談している。コヨーテは最後の州境を渡って北へ案内すると請けあっている。希望を失った者と、希望にすがる者と、希望を食いものにする者が一堂に会する場所。世界のどの混乱した地域もおなじだ。災厄の亀裂を埋める人間の漆喰だ。

　ジェイミーはルーシーの考えを読んだように言った。

「ハゲタカだよ、こいつらはみんな」

　ルーシーはビールを飲んだ。埃だらけの頬にグラスを押しあてて、ひんやりした感触を楽しむ。

「数年前のわたしもそう呼ばれたはずよ」

　ジェイミーはハゲタカたちを眺めたまま答えた。

「ちがう。きみはあえてここにいる。ぼくらの仲間さ。将来から目をそむけた愚か者の一人だ」乾杯するようにウォッカを掲げた。

「いいえ、ここの将来はわかっていたわ」

「だったらなぜまだ残ってる？」

「ここではみんな生き生きしてるからよ」

　ジェイミーは笑った。バーの穏やかな雰囲気を破るシニカルな笑い声だ。落ち着いた態度の客たちが驚いた顔になった。ジェイミーは言った。

「人は死をまえにして生を実感する。それまでの人生は無意味。どん底に落ちてようやく、楽園にいたことに気づく」

　しばらく黙りこんでから、彼は続けた。

「行き着く先が地獄であることはみんなわかっていた。それでも座視した。そんな愚かさにもそれなりの報酬はあるということかな」

「わかっていても、信じられなかったのよ」ルーシーは自分の考えを言った。

「信じる、か」ジェイミーはあざけるように鼻を鳴らした。「いくらでも十字架にキスしてやるよ。くだらない信仰にね」苦々しい口調にもどって、「信じるのは神とか愛とか信頼とか、そういうものだ。きみは信頼できると信じる。きみから愛されていると信じる」眉を軽く上げる。「神はぼくらを見下ろして大笑いしていると思うね」ウォッカを飲むと、マティーニグラスをバーカウンターにおいてくるくるとまわしながら、残ったオリーブがころがるのを見つめた。

「でもこの問題は信じるかどうかじゃない。ベガスにいるキャサリン・ケースのような手合いは、なにかを信じたりしない。見るだけだ。生のデータをね。データは信じるものじゃない。調べるものだ」顔をしかめて、「ぼくらがどこでまちがえたかを指摘するなら、それはデータを信じる、信じないという言い方を許したときだろうね」

　ジェイミーは窓のむこうの埃っぽい通りを手でしめした。テキサス難民の売春婦が、ゆっくりと通る車を停めようと懸命にアピールしている。運転しているのはスラム見物のカリフォルニア人か、アーコロジーから難民の女を拾いにきた五桁人《ファイバー》だ。

「調べて結論を出すべきことがらだったのに、信じるかどうかという問題におとしめてしまった。雨乞いするメリーペリー教徒たちとおなじさ」ジェイミーは嘲笑的に鼻を鳴らした。「中国人に食いものにされて当然だよ」

　しばらく黙って、また言った。

「ぼくは解決策があるふりをするのに疲れた。うちの帯水層から水を盗むけちな水ダニをいちいち訴えるのに疲れた。なにより愚か者を守りつづけるのに疲れた」

「他にいい考えがあるの？」

　ジェイミーは顔を上げてルーシーを見て、青い瞳をきらりと光らせた。

「ある」

　ルーシーは笑った。

「嘘よ。みんなとおなじように深みにはまってるくせに」

「一生アリゾナ人だろうって？　そう言いたいのか

い？」

「わたしに言わせればそうよ」

ジェイミーは他のテーブルを見まわして、顔を近づけた。声をひそめる。

「ぼくがいつまでもここにいると思うかい？　フェニックス水道局やソルト川計画《SRP》に勤めつづけて将来があると？」

「どこかしら仕事はみつかるでしょう。南ネバダ水資源公社《SNWA》でも、サンディエゴ水道局でも、その気になれば」

ジェイミーは失望した顔になった。

「仕事？　こんな仕事をまだ続けろって？　カリフォルニア天然資源局あたりから声がかかったら受けるだろうって？　どこにせよ水道局の法務部勤務はもううんざりだよ。死ぬまで小役人でいたくはない」

「選択肢はないでしょう。アリゾナから脱出できるチャンスなんてそうそうないわ」

「ルーシー、きみは頭のいい人間だと思ってたけど、そんな言い方を聞くと、じつはばかだったのかと思うよ。考え方が小さい」

「あなたの社交スキルはそんなに高かったかしら」

「ゼロだ」

「そのとおり。わたしもおなじ考えよ」

それでもジェイミーはひるまなかった。大きな笑みを浮かべている。まるで天国の仕組みを完全に理解した預言者のように。

ルーシーはバーで飲み、皮肉っぽく批判しながらも、その表情を見て無意識のうちに不安になっていた。メリーペリー教徒の布教テントにいる伝道師もそんな笑みを浮かべているからだ。

ルーシーは信仰復興を唱える彼らに尋ねたことがある。気象学者たちが少雨が続くと言っているのに、どうして神は雨を降らせると思うのかと。

「雨は降りますよ」彼らはわけ知り顔でただそう答え

るのだ。「雨は降ります」

　宇宙の仕組みを解き明かし、神の秘密もすべて手にいれたという顔。ジェイミーもそれとおなじ顔をしている。

「なにを知ってるの？」ルーシーはうさんくさい話を聞くように尋ねた。

「コロラド川協定を破る方法をみつけたと言ったらどうする？」

「嘘つき」

「ぼくが勝ったらいくら払う？」ジェイミーはさらに言う。

　ルーシーはビールを口もとに運ぶ途中で止めた。

「本気なの？」

「本気も本気さ。最高裁の審理にも耐えられる上位水利権だ。連邦政府に法執行を要請できるくらいだ。嘘じゃない。口約束じゃない。ベガスがどれだけ水を汲み上げようと関係ない。農夫がどれだけ水を畑に引こうと関係ない。そんなことはどうでもいい。コロラド川のあらゆるダムに海兵隊を常駐させて確実に配水させられるくらい強力な水利権だ。カリフォルニアが州内の町に配水しているのと同レベルの権利だ」彼女を凝視して、「どう思う？　いくら払う？」

「あなたは酔ってハイになってるのよ。一元も払わないわ。悪いけど、ジェイミー、あなたのことはわかってる。女を試すためだけにわたしと寝るような男よ」

　ジェイミーは悪びれずに笑った。

「それでも本当だと言ったら？」

「セックスの趣味が正常だという話？　それとも水利権の話？」

「あれはただの実験さ」

「そんな男よね」

　ジェイミーはまだ話題を打ち切っていなかった。

「ラスベガスなんてとっくの昔に干上がって地上から消えてもおかしくないのに、いまだにあそこが潤っていて、ぼくらが首を切り落とされた鶏みたいに右往左往してるのは、なぜだと思う？」

「彼らが周到だからじゃないの？」

「そのとおりだ。あいつらはギャンブルを知ってる。手札を見て、コロラド川における水利権は三億七千万立方メートル分しかない、こりゃだめだと理解する。そこでぼくらみたいに自分に嘘をつかない。ないものをあるように言わない」

「それが水利権とどう関係があるの？」

ジェイミーはオリーブを爪楊枝からはずして食べはじめた。

「みんなおなじゲームをしているんだよ。ぼくは朝から晩まで書類仕事をしている。そのゲームを見ている。根拠となる権利を探し出し、申立書を作成する。どこでもおなじさ。相手がカリフォルニアでもワイオミングでも。ネバダでもコロラドでも。どこまでやっていいか――連邦政府に気づかれ、戒厳令を敷かれたりせずにすむかを知っている。キャサリン・ケースのような人物が味方にいればなおいい。ぼくらのような政治工作よりもね」オリーブを食べるのをやめて、思索的な目をルーシーにむけた。「でも、彼らのゲームが根本的にまちがっているとしたら？」

「どういうことか、心から知りたいわね」ルーシーは大げさに言った。

「ぼくはジョーカーをみつけたんだ」ジェイミーは笑顔で胸を張った。満足した猫のような顔だ。

「まるでニューオリンズの土地を売りつけようとしている不動産屋みたい」

「かもしれない。あるいはきみが砂埃に長くまみれるうちに全体像が見えなくなっているのかもしれない」

「あなたは見えてるのね」

ふたたび大きな笑みになった。

「そうだ」

そのジェイミーはいま、死んで砂埃にまみれている。

全体像を見たというその目をえぐられて。ルーシーはもう一度そのかたわらに近づこうとした。しかし今度は警官たちも野次馬の排除に本気になっていた。

　そしてルーシー自身もようやく状況が認識できてきた。いまさらながら常識に立ちもどった。ジェイミーの死体などどうでもいい。ここで問題なのは生きている人間だ。警官。発煙筒のむこうを徐行していく車の運転手。ギョロ目のマスクをかぶって死体の搬出許可を待っている救急隊員たち。ヒルトン6のバーからガラスに顔を押しつけて殺人現場を見ている客たち。

　このなかに、死体ではなく彼女に注目している人間がいるかもしれない。

　ルーシーはそろそろとあとずさった。こういう種類の殺人は知っている。過去にもあった。すべてフィードバックのループになっているのだ。もっと大きく、恐ろしいものにつながっている。

　すでに目をつけられただろうか。逃げても遅いだろうか。

　それでも事件現場から逃げた。ついにこの町は牙をむき、自分を呑みこもうとしているのではないか。ジェイミーを呑みこんだように。

　だれにやられたの、ジェイミー？

　逃げながら問いかけた。そしてもっと重要な問いも浮かんだ。

　わたしのことをしゃべったの？

3

赤十字中国友好揚水ポンプは表面が醜く傷つけられている。なんらかの工具で炭素繊維強化プラスチックがえぐられている。マリアの父親が鍬をいれたサンアントニオの土よりも深く、怒りがこもっている。

だれがポンプを攻撃したのか。こんなことをしてなにになるのか。そもそもポンプは頑丈だ。コンクリート製の保護壁にブルドーザーがぶつかっても跳ね返されるほどだ。表面に傷をつけてもなにもならない。壊れたりしない。それでもやる者がいる。

傷だらけのプラスチックごしに価格の数字が輝いている。

六・九五ドル／リットル——四元／公升

公升《ゴンシャン》は中国語でリットルをあらわす。太阳《タイヤン》アーコロジーの周辺で生活する者にとってこの単位と通貨は常識だ。労働者の給与は人民元で支払われるし、ポンプも中国人が設置している。もちろん友好のために。

マリアは中国語を勉強中だ。千までかぞえられるし、漢字も書ける。一《イー》、二《アー》、三《サン》、四《スゥ》、五《ウー》、六《リウ》、七《チー》、八《バー》……。声調も学んでいる。頼めば中国人が無料でくれる使い捨てタブレットで一生懸命勉強している。

一リットルあたりの価格は暑い夜闇のなかで青く冷ややかに輝いている。人間の怒りがつけた傷でぼやけているが、はっきりと読める。

六・九五ドル／リットル。

ポンプの傷ついた表面を見るたびに、やった犯人がわかった。神さま《ディオス・ミオ》、それはあたしよ。ポンプの青く冷たい数字を見るたびに怒りが湧く。工具を使って傷つける機会が自分にはなかっただけだ。こんな傷をつけるには特別な工具がいる。ハンマーではできない。ドライバーでもだめ。太陽の建設作業員が使っているヨコハマ製カッターが必要だ。マリアの父親も勤務していた頃に使っていた。

「鉄骨が水の滴みたいに垂れてくるんだぞ」父親は言ったものだ。「鉄をどろどろに溶かすんだ、娘《ミハ》よ。信じられないぞ、すぐ隣で見てても。魔法だ、魔法。娘《ミハ》よ」

父親は、指を守る特殊なグローブを見せてくれた。きらめく繊維でできていて、これをはめていると高温の煙のなかに手をいれても一秒半は耐えられるのだ。

魔法だと父親は言った。高度な科学だ。それらは見分けがつかない。中国人はすごいものをつくれる。あいつら《カブロネス》は建築を知っている。中国人は金と魔法を持っている。その技術をだれにでも教える。一日十二時間勤務をこなせれば。

アーコロジーの高所に突き出た鉄骨の上で働いていた父親は、毎朝日が昇ってから帰ってきて、夜勤で見た驚くべきものごとをマリアに話して聞かせた。建材をその場で製造する大型の建設用プリンター。かん高い音をたてる射出成形機。組み立てたモジュールは空高く吊り上げられる。ジャスト・イン・タイム方式の建設工事だ。

壁も窓もシリコン系太陽光発電膜でおおわれている。ペンキのように塗ればたちまち発電がはじまる。フェニックス市内はつねに給電制限があるのに、太陽にはない。アーコロジーは電力を自給自足しているのだ。

建設作業員には昼食も出る。

「おれの職場は空の上さ。快適だぞ。どんどんつくるんだ。これからは中国語を勉強しろ、娘《ミハ》よ。もう移住先は北なんかじゃない。海さえ渡るんだ。中国人はあらゆるものを建設する。ここが完成したらどこへでも行くぞ」

それが夢だった。父親はあらゆる切断技術を学んだ。いずれは自分たちをフェニックスに閉じこめている壁も切断するつもりだった。そしてベガスやカリフォルニアやカナダへの道を切り開くのだ。それどころか海を渡って重慶や昆明へでも行くつもりだった。中国の水源であるメコン川上流や長江の三峡ダムで働くのだ。建設する。身につけた技術ですべてを切る。州境フェンスも、カリフォルニア州軍も。神の水がいまも天から降る土地への移住を禁じ、救援ゾーンにとどまって飢え死にしろというばかげた州境規制法も。

「ヨコハマ・カッターはなんでも切れるんだぞ」父親はパチンと指を鳴らした。「バターみたいにな」

赤十字の救援ポンプを傷つけたのも、そのヨコハマ・カッターかもしれない。

中国への移住の道は切り開けても、フェニックスで一杯の水を手にいれる道は切り開けなかったわけだ。いったいどんな価格を見てポンプに八つ当たりしたのだろう。

一リットル十ドルか。

二十ドルか。

あるいは現状とおなじ六・九五ドルかもしれない。しかし彼らにとって六・九五ドルは、フェニックス警察の警棒で初めて殴られたような耐えがたい数字だったのだろう。六・九五ドルがあたりまえで、将来もこのままだということを知らない、古い常識の人々だったのかもしれない。ポンプに八つ当たりするのではなく、この値段でましだったと感謝すべきなのだ。

「なんで来なきゃいけないの？」サラが五回目か六回目の質問をくりかえした。

「勘よ」マリアは答えた。

サラは不愉快そうに鼻を鳴らした。

「ねえ、もう、疲れた」

サラは両手で口をおおって咳きこんだ。昨夜の砂嵐のせいで肺の調子が悪いのだ。塵の微粒子が肺の奥深くまではいっている。また血のまじった痰を吐いた。だんだん血が増えていることは、おたがいに口に出さないようにしていた。

「なにか起きそうな気がするのよ」マリアは価格表示を見ながらつぶやいた。

「いつかみたいな夢の話？　男が火のなかを燃えずに歩いてくるとか。イエスが水の上を歩く話が、火に変わっただけでしょ。そのときだって現実になるって言ったわよね」

　マリアは反論しなかった。夢をみた。それだけだ。母親はそれを祝福と呼んだ。神のささやき。聖人や天使のはばたきだと。しかし、なかには怖い夢や意味のわからない夢もあった。あとになって正しい意味がわかることもあった。たとえば父親が飛ぶ夢だ。家族がフェニックスから出ていけるいい夢だと思った。じつは悪夢だったとわかったのはあとのことだ。

「なにか起きそうな気がする、ね」サラの不愉快そうなつぶやきが聞こえた。

　彼女は影のなかを歩いていた。昼間の熱を吸収していないコンクリートの部分を探していたが、やがてあきらめてもどってきた。赤いおもちゃのワゴンから、マリアが集めたプラスチックボトルを押しのけ、腰を下ろす。二人は並んで寝ころんだ。

「おかげで美容のための睡眠時間をとれなかったわ。あんたがテキサス人のところに来たがるから」

「自分だってテキサス人でしょ」マリアは言い返した。

「おたがいさまよ。でもここの連中はばかで行水のしかたも知らない」サラは歩道に黒い唾を吐いた。目はうろつく難民たちを見ている。「ここまでにおいが漂ってくるわ」

「自分だってスポンジとバケツの使い方を教えるまで知らなかったじゃない」

「そうね。でも覚えた。あいつらは不潔よ。汚くてなにも知らないテキサス人。あたしはメリーペリー教徒じゃない」

　ある意味でそのとおりだ。サラは意識してダラス訛りを抜こうとしている。訛りだけでなくテキサス人の汚れも落とそうと、白い肌が赤くなるほどごしごしこすっている。マリアはあえて言わないが、本当はいくら努力しても、テキサス人は一キロ先からでもわかる。その点は議論の余地がない。

ポンプのまわりのテキサス人が臭いのはたしかだ。恐怖の汗がくりかえし乾いたにおいがする。クリア袋のビニールと小便のにおいがする。イワシのように密集して寝る体臭がする。

赤十字が地面に穴を掘って救援ポンプを設置すると、彼らはそこに群がってベニヤ板張りのスラムをつくる。この友好揚水ポンプをかこむブロックは、干魃で荒廃したフェニックス郊外において命と活動のオアシスになる。かつての大型住宅やショッピングモールのあいだの駐車場や道路に、難民たちは布教テントを立てて寄り集まって生きている。木の十字架を立てて救済を乞い願う。テキサス州を脱出する死の行軍で命を落とした愛する家族の人数や名前や写真を貼りつける。浮浪児たちが配る業者《コヨーテ》のビラを読む。

越境確実!

カリフォルニア入境、三回試してだめなら返金!

追加請求なしのワンプライス!

州境までのトラック代、筏と救命具代、サンディエゴやロサンジェルスまでのバスやトラック代も込み!

さらに食事付き!

ここでは救援ポンプのそばにいれば生きられる。住宅街の豪邸からはずしてきたツーバイフォー材で焚き火をしている。砂がたまって傾いた赤十字のテントがある。砂埃と渓谷熱の原因の胞子を防ぐフィルター付きマスクをした医師やボランティアたちが、簡易寝台に横たわった難民を看病し、唇がひび割れて痩せ細った乳幼児に生理食塩水を点滴している。

「とにかく、なにがめあてなのよ」サラがまた訊いた。「なんのためにここにいるの？　あたしは一人でも多く客を取りたいのに。〈獣医〉に家賃を払うには稼がないと――」

「静かに」マリアは友人に声をひそめるように身ぶりでしめした。「あれは市場価格なのよ」

「だからなに。ずっと変わんないわ」

「たまに変わるはず」

「見たことない」

　姿勢を変えたサラのミニスカートが衣ずれの音をたてた。ポンプの価格表示の青い光で彼女のシルエットがぼんやり浮かぶ。下腹につけたガラスの宝飾品のきらめき。胸の大きさを強調するタイトで裾の短いシャツ。その下にのぞいた引き締まった腹。いかにも若い体だ。フェニックスで自分の存在を主張している。

　だれもが努力している。生き抜こうと努力している。

　サラはまた姿勢を変え、プラスチックボトルを押しのけた。ピュアライフ、ソフトウォーター、アグアアズル、アローヘッドなどのボトルがころがり、一本がワゴンから落ちて埃っぽい歩道で虚ろな音をたてた。サラは手を伸ばしてそれを拾い上げた。

「だって、ベガスではただで水が飲めるのよ」

「放屁《ファンピー》」マリアは言った。

　嘘をつくなという意味の中国語だ。父親が働いていたときの現場監督の口癖だったので覚えた。

「そっちこそ放屁《ファンピー》よ、非常識女《ロカ》。本当なんだから。カジノのまえにある噴水の水を汲んでいいのよ。水が豊富だから」

　マリアはポンプとその価格表示から目を離さずに答えた。

「七月四日の独立記念日だけよ。その日かぎりの愛国精神」

「ちがうちがう。ベラージオではいつでも一杯の水をもらえるの。そこへ行けばだれでもコップ一杯の水を汲んでいい。だれもとがめない」サラはアクアフィナの空ボトルでワゴンの端を叩き、虚ろな音をたてた。「そのうちわかるわ。ベガスへ行けばわかる」

「彼氏が転勤するときにいっしょに連れていってもらえると言いたいのよね」マリアは懐疑的な口調を隠さずに言った。

「そうよ」サラは強く言った。「なんならあんたも連れていってやると言ってるのよ。彼とパーティすればね。あたしたち二人。彼はパーティが好きなの。あんたは彼と仲よくすればいいだけ」ためらってから続けた。「つまり、あんたが彼と仲よくなってもかまわないって言ってるの。共有でもあたしは気にしない」

「気にしないわけないでしょう」

「彼はいい人なのよ。へんなことはやらせない。バーのカリフォルニア人とはちがうわ。太阳に高級な部屋を持ってる。空気フィルターと高い階の部屋があればフェニックスも悪くないって思えるわ。ファイバーはいい暮らしをしてるのよ」

「いまだけのファイバーでしょ」

サラは強く首を振った。

「ずっとファイバーよ。もし会社が彼のベガス転勤を認めなくても、彼はいつまでもファイバーよ」

サラは、ファイバーの暮らしの豪華さを恍惚として語り、フェニックスを出たあとの生活への期待を語った。しかしマリアは聞き流した。

ベガスに無料の水があるとサラが思っている理由はわかっている。マリアも見たからだ。サラが男あさりにはいったバーの入り口から、映画スターのタウ・オックスを取材カメラが追いかける〈ハリウッド・ライフスタイル〉という番組を見た。タウ・オックスはアイスブルーのテスラでベガスの壮麗なアーコロジーのまえに乗りつけた。カメラはさらに彼を追う。

しかし画面に噴水が映ったとたん、マリアは映画スターのことなどどうでもよくなった。

　巨大な水盤から天高く噴き上がる水。踊りまわる噴水。日差しを浴びてダイヤモンドのようにきらめく飛沫。子どもがその水で顔を濡らしている。無意味に消費している。

　太阳アーコロジー内にも噴水はあるが、ベガスのは人を規制する警備員がいない。それどころか屋外にある。蒸発している。無駄に消えていくのを放置している。

　この屋外にある噴水を見てようやく、父親が家族をベガスへ連れていこうとしていた理由がわかった。そこを目的地にさだめていたわけが理解できた。

　父親の計画は実現しなかった。テキサス州を出るのが遅すぎたのだ。州独立主権法によって越えられない壁ができた。どの州もこのまま人口が流入しつづけたら大変なことになると気づいたのだ。

「一時的さ、娘《ミハ》よ。いつまでも続かない」父親は言った。

　しかしその頃にはマリアは父親の言葉を信用しなくなっていた。父は老いたのだ。老人《ビエホ》だ。存在しない古い世界地図の上で生きている。

　父親の頭がとらえるものごとと、マリアが実際に経験することはずれはじめていた。ここはアメリカで、自由の国で、なにをしてもいいのだと父親は言った。しかし父親と車で移動したのは壊れかけたアメリカだった。ニューメキシコ州境には噂どおりにテキサス人がすずなりになっていた。父親の頭のなかのアメリカとはまったくちがっていた。

　その目は老いたのだ。老人の目《オホス・ビエホ》だ。身近なものごとさえまともに見えない。住民たちはいずれ帰ってくると言ったくせに、だれも帰らなかった。故郷にいつまでも住めると言ったくせに、結局出ていくことになった。学校の友だちとまた会えると言ったくせに、二度と会えなかった。マリアの十五歳の祝宴《キンセアニェラ》に母親が来ると言ったくせに、来なかった。どれも彼の言うとおりにならなかった。

いつしか父親の言葉は無価値だと思うようになった。まちがいをいちいち指摘しなくなった。なにもかもちがう結果になって本人がいちばん落ちこんでいるのがわかったからだ。

サラが苛立たしげにうなった。

「いつまで待てばいいの？」

「あなたのほうがよく知ってるはずでしょう。この話はあなたのファイバーから聞いたんだから」マリアは言い返した。

しかしサラの関心はファイバーの手を自分の体に押しつけて、パーティの主役になることだった。

それに対してマリアの関心は、男の言葉にあった。ファイバーは話した。

「市場価格さ。それを採用しなければフェニックスは赤十字のポンプ設置を許可しなかっただろう。テキサス人は州間高速十号線の砂埃しか飲むものがなく、郊外のチャンドラー地区は死体だらけになっただろうね」

サラの彼氏はハバネロ入りサルサソースを豚肉蒸し《コチニータ・》焼き《ピビル》にたっぷりかけた。これはメキシコ料理ではなくユカタン料理だと解説した。白いテーブルクロスでの立派な食事にマリアとサラの一週間の家賃以上の金を使う言い訳のように。

「市場価格はあらゆるものを調節できるんだ」

赤十字ポンプの話題が続いた。メリーペリー教徒の布教テントで売られている宗教グッズの話が出ると、彼らのテントはかならず救援ポンプのそばにあるとマリアは話した。メリーペリー教徒は聴衆を水で釣って集め、説教を聞かせるのだ。

サラはマリアをにらんだ。自分たちが救援ポンプのそばに住んでいることを彼氏に思い出させたのが不愉快なのだ。しかしファイバーは水の話題に乗ってきた。

「ポンプと市場価格はフェニックスの唯一成功した水政策だよ。遅きに失したけど、無策よりましだ」マリアにウィンクして、「それにメリーペリー教徒の信者集めにも役立っているね」

彼氏から興味を持たれているのがわかった。マリアの体に熱っぽい視線をむけ、サラのほうはほとんど見ていない。しかし礼儀正しかった。水文学《すいもんがく》の専門的な知識でマリアの関心を惹こうとした。金で買えるかどうかを尋ねたりしなかった。

「あんたもいっしょに来ていいのよ」サラは言った。「どんな話も笑顔で聞いて、気分よくさせてあげなさい。彼が好きなのは水の話。掘削装置や地下水の話ばかりしたがる。聞いてやって、関心があるふりをすればいいわ」

マリアは本当に関心があった。話を聞くほどに、父親とは異なる目で彼は世界を見ているのだとわかってきた。父親が見るのは曇った世界だが、この水文学《すいもんがく》者が見ているのは澄んだ世界だ。

アイビス社の水文学上級研究員であるマイケル・ラタンは、太陽アーコロジーの高層階に住み、世界のようすを把握していた。貯水量が何億立方メートル、泉からの流出が毎秒何立方メートル、積雪が何メートルという言葉を使う。川と地下水を同時に語る。真実の世界を見て受けいれている。否定して生きているのではない。だから死角がない。

地球は何億立方メートルもの水を地下にたくわえているのだと話した。氷河期の終わりに地下にしみこんだ古代水だ。両手を動かして世界のことをマリアに説明した。地層やそのなかの砂岩層をしめし、ハリバートンの掘削調査の話をし、帯水層について教えた。

帯水層。

いわば巨大な地下の湖だ。もちろんいまでは汲み上げられて枯渇しかけている。しかし昔は大量の水が眠っていたのだ。

「昔といってもそんなに昔じゃない」ラタンは話した。

「いまでも深く掘って適切な破砕技術を使えば、水は出る。採水できる」肩をすくめて、「たいていの土地にはまだ一つか二つは帯水層があって、掘れば多少の水は出る。でもここでは難しい。アグアフリア帯水層みたいに空っぽだ。アリゾナ州が全部ＣＡＰに注ぎこんでるからね」

「ＣＡＰって？」

「中央《C》アリゾナ《A》計画《P》だよ。知らない？」ラタンはマリアの無知さに苦笑した。

　サラはテーブルの下でマリアを蹴った。しかしラタンはワイングラスを脇にやって、タブレットをテーブルにおいた。

「じゃあ、これを見て」

　アリゾナ州の地図を表示した。フェニックスを拡大して、市の北端を横切る青い細い線をしめす。それを西の砂漠へたどった。フェニックスは山や丘陵にかこまれているのに、その青い線は定規で引いたようにまっすぐだ。何度か曲がるが、まるで砂漠をカッターで切ったように直線的に刻まれている。

　拡大すると、黄色っぽい砂漠や黒い岩の丘が見えてきた。エメラルド色の水の流れを真上から見おろしている。コンクリート張りの水路を流れているようだ。

　ラタンは地図を送って、この直線的な人工の川を西へたどった。行き着いた先は、砂漠の強い日差しを浴びて青く輝く広い水面だった。

　ハバス湖と書かれている。

　そこに北から流れこんでいる青く蛇行する線が、コロラド川だ。

「ＣＡＰはアリゾナ州の点滴さ。コロラド川の水を汲み上げて砂漠を横断する五百キロの水路を通じてフェニックスに送っている。フェニックスの他の水源はほぼすべて枯渇しているんだ。ルーズベルト貯水池はほとんど干上がっている。ベルデ川とソルト川は事実上の涸れ川だ。付近の帯水層はどれも汲みつくして空っぽ。それでもフェニックスが命脈をたもっていられるのは、ＣＡＰのおかげだ」

地図を送って長い水路をもう一度しめした。砂漠をえんえんと横切る細い線。それを指でたどる。

「とても細いだろう。そしてとても長い。水源の川は他の人々も利用している。カリフォルニア州もハバス湖から水をひいている。ネバダ州のキャサリン・ケースはそもそもハバス湖に水を流そうとしない。上流のミード湖にためこんでいる。さらに上流のコロラド州、ワイオミング州、ユタ州の連中はもっとふざけていて、下流州に水を流す義理はないと言っている。水は自分たちのもの、自分たちの山の雪解け水だからってね」

ＣＡＰの細い線をもう一度しめす。

「わずかな水をめぐって多くの人々が争っている。にもかかわらずこの水路はきわめて脆弱だ。かつてＣＡＰの爆破事件が起きたとき、フェニックスは息の根を止められそうになった」

ラタンは椅子に背中を倒してにやりとした。

「だからぼくのような人間が雇われるのさ。フェニックスには予備の水源が必要だ。次におなじことをやられたらどうなる？　ドカーン」なにかを消すように手を振る。「おしまいだ。でもまともな帯水層がみつかれば？　フェニックスは栄える。ふたたび成長することもできる」

「みつけられる？」マリアは訊いた。

ラタンは笑った。

「たぶん無理だね。でも喉が渇いた人々は救いを求めて蜃気楼にさえ手を伸ばす。だからぼくは地図と掘削チームとともに荒野に出る。忙しいふりをして、砂漠のまんなかで穴を掘れと命じる。するとフェニックスは、ぼくらがいつか巨大な帯水層をみつけるという期待を持てる。コロラド川をあてにせず、ベガスとカリフォルニアの顔色を気にしなくてよくなると。ぼくが魔法のように新しい水源をみつければ、彼らは救われる。ありえないことじゃない。そういう奇跡の例はある。メリーペリー教徒はもちろん信じている。イエスは水の上を歩けたのだから、帯水層だって出現させられるはずだとね」

ラタンは自分で言って笑った。しかしマリアはそれ以来、帯水層の夢をみるようになった。

夢のなかの帯水層は、巨大な地下湖だった。廃屋の地下室よりひんやりして気持ちいい。満々と水をたたえた巨大な洞窟。マリアはときどきボートを漕いで、湿った大聖堂のような空間を探険するのだ。頭上の鍾乳石はぼんやりと燐光を放つ。サラが客を探すために、フェニックス中心街のゴールデンマイルに並ぶダンスクラブへ行くときに施すボディペイントのようだ。洞窟の天井は光っていて、マリアはきらめく黒い水面でボートを漕ぐ。滴の落ちる音を聞き、ひんやりとした柔らかい水に指先をひたす。

家族といっしょにボートに乗っていることもあった。父親がオールを握り、そのまま中国へ連れていってくれることもあった。

いまマリアは暗闇のなかで、赤十字中国友好揚水ポンプという名のオアシスの隣にすわっている。サラの彼氏の水文学者のように世界を見通す力が自分にあるかどうか試そうとしている。サラがわからないなら、わかるように教えてあげよう。

「これは市場価格なのよ。ポンプに表示されている価格は地下の水量によって変動するの。水が減れば価格は上がる。そうすれば人々は水を飲むのをがまんし、使用量が減る。帯水層がいっぱいになってきたら価格は下がる。水が涸れる心配がなくなるから。中国人がつくった大型の垂直式野菜工場では、収穫前に水を抜くために揚水ポンプを止める。いっせいに止めるから水位計がときどき混乱する。全員分の水があるように勘ちがいして、価格が――」

そのとき、ポンプの青い光がまたたいた。価格が六・六六ドルに下がっている。と思うと、もとの六・九五ドルにもどった。

また変わって、六・二〇ドルに下がる。すぐに六・九五ドルにもどる。

「ほらね」マリアは言った。

サラは驚いて息をのむ。

「すごい」

「そこにいて」

マリアはワゴンからポンプへ近づいた。夜中で、だれも見ていない。だれも気づいていない。まだ気づかれたくない。これからやることを見られたくない。

価格は六ドルちょうどまで落ちて、反発する。どこかの自動ポンプが地下水を汲む命令を受けたのだろう。しかし変動の上げ幅より下げ幅のほうが大きいようだ。

マリアはブラの内側に手をいれ、肌身離さず持っていて汗で湿った札束を取り出した。

ポンプではデジタル表示がまたたき、価格が変わっていく。

六・九五ドル……六・九〇ドル……六・五〇ドル……。

下がっている。まちがいない。普通の農場ではいまも点滴灌漑の畑に補助金込みの価格で水を流しているだろう。しかし垂直式野菜工場では水の汲み上げをいっせいに止めている。水文学者が言うように、年に数回の収穫前にはそうするのだ。

マリアはポンプのまえに立って数字を見ていた。

五・九五ドル……六・〇五ドル……。

たしかに下がっている。

マリアは待った。胸の鼓動が早くなる。まわりの人々も気づいて集まってきた。六・一五ドル。人々はなにが起きているかようやく理解し、走りはじめた。噂はメリーペリー教徒のテントにも届き、蠟燭がともったサンタ・ムエルテの祭壇前から人影が少なくなった。マリアはすでにいちばんいい場所を取っている。プラスチックボトルも用意している。

推測どおりだった。市場価格は下がるのだ。天国から天使が舞い下り、彼女の黒髪にキスして希望をささやいたかのようだ。

急降下しはじめた。

五・八五ドル。

四・七〇ドル。

三・六〇ドル。

見たこともない安値だ。マリアは挿入口に札を入れはじめ、価格を確定させた。まだ下がっているが、関係ない。数秒後には大口需要家が反応するだろう。自動システムが価格の下落に気づいて揚水ポンプをまわしはじめるにちがいない。マリアは次々に紙幣をいれていった。これは未来への投資だ。

自分の金を全部いれたが、まだ価格は下がっている。

「お金はある？」

大声でサラに訊いた。もう他の人たちに気づかれてもかまわない。どうでもいい。このチャンスを逃すわけにいかない。

「本気なの？」

「あとで返すわ！」

人々が集まってきた。価格を見て驚嘆し、走って人々にこの奇跡の下落を知らせにいく。他の蛇口にみんな群がりはじめた。

「急いで！」

マリアはあせって叫んだ。すごい数字なのだ。完璧なタイミングなのだ。

「下がったままだったらどうするのよ」

「上がるわよ！　かならず上がる」

サラは不審げな態度のまま二十ドル札をよこした。

「これは家賃なのよ」

「小額の紙幣にして！　高額紙幣は使えないのよ。いっぺんにたくさん買えないようになってるの」

サラはべつの札を出してきた。体を売ってブラの内側にいれた金だ。

水文学者の話では、昔はいきなり百ドル札を機械につっこんで何十リットルもいっぺんに買えたらしい。しかしシステムを管理している数字にうるさい官僚が、その行為を問題視して、五ドル刻みでしか買えないように変更したのだ。だからマリアも五ドル札をいれていった。いれるたびに価格におうじた容量が確定する。確定時の単価は二・四四ドル。こんな安値は初めてだ。

マリアは急いで札をいれていった。ところが機械のなかで詰まった。これ以上いれようとしても拒否される。まわりには人々が集まってきて、他の蛇口にどんどん金をつっこんでいる。しかしマリアのは詰まってはいらない。悪態をついてポンプを平手で叩いた。自分のぶんは五十ドル相当の水を買って、サラの金は八十ドル以上いれた。そんなときにこれだ。他の蛇口はすでにふさがっている。

マリアはあきらめて水を汲みはじめた。すでに価格は上がりはじめた。裕福な人々の自動家事システムが価格下落に気づいて、ポンプをまわし、貯水タンクに水をためはじめているのだろう。あるいは太陽アーコロジーがこの騒動に気づいて、いまなら余剰分を持つ価値があると判断して、買いを加速しているのかもしれない。数字がまたたきながら変わった。二・九〇ドル……三・一〇ドル……四・五〇ドル……四・四五ドル……。

五・五〇ドル。

六・五〇ドル

七・〇五ドル。

七・一〇ドル。

秩序が回復した。

マリアはたっぷりと水のはいったボトルを運んで赤いおもちゃのワゴンに載せた。五十ドルで買った水がたちまち百二十ドル相当になった。これをこのオアシスから離れた場所へ運べば……。

「いくら儲けたの？」

マリアは口に出すのが怖かった。とてもいい気分だ。この水を市内に運び、太阳の建設現場のそばで売ればいい。あそこの人々は一杯の冷えた水を飲みたがるし、金はたっぷり持っている。父親がそこの高所作業員として働いていたから知っている。シフト上がりの作業員がぞろぞろ出てくるのを待って、暑さをいやす一杯の水を提供するのだ。作業員は工場内で水を飲むのを許されていない。仕事上がりに喉を潤したければ、友好揚水ポンプの列に並んで表示価格を払うか、てっとり早くマリアから買うかだ。

「二百ドルよ。ここを離れて水を運べば儲けが増えるけど、とりあえずいまは二百」

「あたしの分は？」

「九十ドル」

サラが有頂天になっているのがわかった。帰り道はしゃべりっぱなしだった。自分の取り分を予想し、夜中にマリアについていっただけで三日分の稼ぎになったとよろこんだ。

「あたしのファイバーとおんなじね。水をよく知ってるわ」サラは言った。

「彼ほどすごくないわ」

しかし内心ではその称賛にまんざらでもなかった。

サラの彼氏は世界を見通せる。マリアもいま、それがすこしできるのだ。

4

キャサリン・ケースの黒いキャデラック・エスカレードの車列が行く。割れたガラスや石膏ボードの破片を踏んで、白い痕跡を残していく。

アンヘルのテスラのミラーには、その先頭車の大きな銀色のグリルが映っている。マットブラックの巨体は、耐爆装甲とミラー処理された防弾ガラスと高性能バッテリーの重量で低く沈んでいる。南ネバダ水資源公社《SNWA》のロゴはどこにもない。正体不明の黒塗りだ。真昼のベガスの直射日光を浴びても、先頭のエスカレードの太陽光発電塗装はほとんど光を反射しない。

後続のエスカレードもおなじ路地にはいってきた。

SNWAのセキュリティチームが車両から下りて展開する。左右の埃っぽい廃屋にはいり、物陰を確認する。傭兵たち——正しくは民間警備会社スイスエグゼクの社員たちは、M‐16に防弾ベスト、軍用のミラーグラスという格好だ。

アンヘルはミラーの角度を変えて、路地に面した廃屋を音もなく調べてまわるチームを見た。知った顔もいくつかある。チザム、ソベル、オルティス。愛国心の戦争が意図せず生んだ子どもたちだ。退役軍人資格も恩給資格もない除隊者の彼らは、新しい会社にはいってうまくやっている。

屋上にソベルがあらわれ、狙撃手好みの見通しのきく場所を調べはじめた。

アンヘルは、サイプレス1のカジノの地下にあるストリップクラブでこの男と会ったときのことを思い出した。ソベルはビールを浴びるように飲みながら、くるくると踊る女の体を見上げていた。

「軍にいた頃の五倍の給料だぜ!」ソベルは音楽の重

低音に負けない大声で言った。「しかも国外に出る必要はぜんぜんねえ！　五キロ先の敵のドローンにあぶり出されることもねえ！　大儲けさ、ベラスケス。民間のほうが金になる！」

「楽な仕事か？」

「いまの契約か？　楽じゃねえよ。最悪だったのは……メキシコシティでサピエンサ大統領を警護したときだな。あいつは当時のシナロア州とカルテル諸国を奪って独立しようとしやがった」

「どうなった？」

ソベルは目をぐるりとまわして、女を膝の上に抱き寄せた。

「まあ、おれは生き残った」

アンヘルはSNWAチームの仕事を車内から見守った。テスラは車体の太陽光発電塗装の電力でエアコンをまわし、冷房が効いている。熱線反射ガラスの窓のむこうをべつのチームが通っていく。オルティスともう一人、アンヘルの知らない女だ。三階建てアパートの瓦礫の端を用心深くまわり、そこらじゅうにちらばったクリア袋を踏んでいく。

集合住宅の漆喰の壁は色褪せた落書きだらけだ。キャサリン・ケースの似顔絵とともに、住民を追い出すなら彼女のどこになにを突っこむと宣言している。多少なりと皮肉がきいているのは、昔ながらの棺桶の絵に、〝ケースの箱《ケース》〟と書かれている。あとはありきたりだ。

てめえに小……飲ませ……水まん……女

スプレー塗料で大書された悪態と性的脅迫は、略奪者が気化熱式クーラーを壁から引き剥がしたときの剝離でとぎれとぎれになっている。配線と銅の配管も持ち去ったようだ。判で捺したような住宅街は、判で捺《お》したような廃屋街になっている。

水を止められた町はどこも驚くほど似る。コロラド川の上流でも下流でも変わらない。ラスベガスでもフェニックスでも、ツーソンでもグランドジャンクションでも、モーアブでもデルタでも。末路はいつもおなじだ。回転草《タンブルウィード》のころがる交差点で揺れる光のない信号機。暗くひとけのないショッピングモールの破れたショーウィンドウ。砂で埋まって枯れ木だけが並ぶゴルフ場。

カーバーシティはいまこの瞬間にもおなじ廃墟化の道をたどっている。キャサリン・ケースの冷徹な目と、その配下の切れ味鋭い水工作員《ウォーターナイフ》たちが生み出した犠牲者だ。

三階建てアパートの屋上にオルティスがあらわれ、路地を見下ろして調べはじめた。そのむこうには、キャサリン・ケースの最新の建設計画であるサイプレス3の未完成の稜線が、煙で濁った青空を背景にして浮かんでいる。古いラスベガスの廃墟を見下ろして傲然と輝く未来だ。

アーコロジーの太陽光パネルが波打ちながら太陽を追う。光と熱を吸収し、壁を影にして温度調節する。サイプレス3のむこうには姉妹棟の1と2が見える。その西には、サイプレス4用の鑿井《さくせい》工事をおこなっているクレーン群がトラス構造の塔のように林立している。

そこには金地に赤で〝远大《えんだい》集団〟と書かれた派手な垂れ幕がかかっている。三キロ離れたここからでも四つの漢字がはっきりと見える。アンヘルは中国語の発音は得意ではないが、ユアン・ダー・ジー・トゥアンと読むらしい。広い地域をまたにかける者たちという意味だ。長沙に本社がある強大な建設会社。ケースの夫が率いる不動産グループの委託業務を一手に請け負っている。

中国人は仕事のやり方を心得ていると、ケースは言った。合弁事業で全員を儲けさせるすべを知っている。

アーコロジー構想の三つの実例がすでに完成し、運用されている。となれば新規建設分を売るのは簡単だ。サイプレス4はすでに予約完売で、サイプレス5の設計にはいっている。

サイプレス1の中央アトリウムを歩いているときに聞いた女性販売員のセールストークを思い出した。滝と蔦にかこまれたその場所で、販売員はタブレットを操作して図面を見せ、サイプレスのリサイクルシステムの信頼性の高さや、コロラド川からの給水がなくても内部留保水だけで最長三カ月間も安定運用できることなどを説明した。その実現のために働いたアンヘルにとっては聞くまでもない話だったが。

人はキャサリン・ケースを殺し屋という。その手先たるウォーターナイフがコロラド川の違法取水に過酷な取り締まりをおこなうからだ。しかしアンヘルはサイプレス内のユーカリとスイカズラが香る空気を吸って、その非難はまとはずれだと思った。このアーコロジーの外には砂漠と死しかない。内にはジャングルの緑と錦鯉の池があり、生命にあふれている。ここではキャサリン・ケースは聖人だ。従う人々を救済する。先見性と高度なテクノロジーによって人々を安寧の地へ導く。

オルティスがまたテスラの横に来て、車内にアンヘル一人であることを確認した。路地の入り口はスイスエグゼクの社員二人が見張っている。

ようやくケースのエスカレードが路地にはいってきた。コロラド川の女王が下り立つ。痩身金髪。ヒップラインを強調したスカート。ハイヒールがガラスの破片を踏む。引き締まったウエスト。紺青のハーフジャケットの下に金色の光沢があるブラウス。軽いメークで目を大きく、暗く見せている。強い直射日光の下に立つ姿は、小さく脆弱で、多くの町を砂埃の廃墟に変えてきた張本人にはとても見えない。

アンヘルは防弾ジャケットを着て彼女のまえに立っ

ていた頃を思い出した。ケースはある郊外住宅地の息の根を止めると宣言した。彼女の最初の征服地の一つだった。群衆の怒りのざわめきがいまも耳に残っている。アンヘルの軍用グラスには活動家の顔が強調表示され、危険度評価にしたがって七色に色分けされていた。オブジェクト認識とパターンマッチングで、抜かれた拳銃もわかった。いまこそ自分はこの女王の弾よけになるのだと思った。

不愉快な任務。不愉快な提案だった。

「この土地に残りたい？」

　初めて会ったとき、ケースはそう訊いた。訓練を受けるまえのことだ。ＩＤとサイプレスの居住許可をあたえられるまえ。州兵になるまえ。まともな人間ですらなかった頃だ。

　思い出すのは監房の暑さと恐怖。使いまわされたクリア袋のアンモニア臭。監房には三十人が詰めこまれていた。掏摸《すり》、こそ泥、チンピラ、詐欺師。ベガスが好まない方法で金を稼いだ連中だ。だからトラックの荷台に詰めこまれ、南へ移送されることになっていた。州境へ歩くならよし。砂漠の熱風でしなびて死ぬならそれもよし。

　巡回クルーからはごみ収集車と呼ばれていた。

「パクられるな。さもないとごみ収集車に乗せられるぞ」と声をかけあうのがお約束だった。

　キャサリン・ケースは当時から高価な靴を履いていた。細いストラップ・ハイヒールだ。監舎のひび割れたコンクリートを踏み、州兵のブーツの重い足音のあいだで鋭くリズムを刻む。その音が監房の空気を変えた。アンヘルは檻の外をのぞいた。見えたのは人形めいた奇妙な女だった。この女の首に両手をかけたら、その身を飾る金とダイヤモンドが手にはいって大金持ちになれるのではないかと考えた。

　こちらを見つめ返した彼女の目をよく憶えている。青い瞳は好奇心に満ちていた。彼を動物園の動物のように見て、調べていた。その目は純粋で鋭かった。なにかを探していた。アンヘルは殴って教訓をあたえてやりたくなった。

しかし彼女は意外な行動に出た。檻のあいだにみずから手をいれ、アンヘルの湿った額をなでたのだ。警護の州兵が鋭く息を吐いて警告するのも無視して、檻に手をいれた。

「この土地に残りたい？」

彼女は訊いた。青い瞳はゆらがず、恐怖はない。

アンヘルはチャンスのにおいを嗅ぎとり、うなずいた。

警護の州兵によって監房から出され、窓のない部屋にいれられた。暑さに耐えて待った。かなりあとに彼女はやってきて、むかいの椅子にすわって、訊いた。

「銃弾を受けたことがあるそうね」

アンヘルは軽蔑のまなざしで相手を見た。そしてシャツを引き上げ、男の肉体を誇示した。そこには皺になった銃創痕がある。

「何発か受けた」

「いいわ。わたしの仕事では何発か受けてもらうかもしれないから」

「なぜおまえのために撃たれなくちゃならない」

「いい給料を払うから」彼女は薄く微笑んだ。「まともな防弾アーマーをあげるわ。多少の運があれば死なないはずよ」

「死ぬのは怖くない」

アンヘルは思い出し笑いをした。たしかに当時から怖くなかった。ベガスのごみ収集車で死ぬことも、キャサリン・ケースのことも。自分の死と長くむきあいすぎて、もはや親友になっていた。人形めいた女など屁でもない。アンヘルの背中にはサンタ・ムエルテの刺青がある。命はこの骸骨のレディにあずけてある。いまでは死はガールフレンドだ。

「なぜおれを？」

「使えそうなプロフィールだから。攻撃的な性格。でも衝動を抑えられる。知性がある。環境変化に適応できる。辛抱強い」じっと見つめた。「幽霊なのも好都合よ。どこの書類にも載っていない。エルパソの留置場に指紋があるけど、あんなところは……」肩をすくめて、「メキシコまで行けばなにかしら書類があるにせよ、ここでは幽霊とおなじ。幽霊には使い道がある」

「幽霊になにをやらせたい？」

彼女はそこでも微笑んだ。

「殺しはできる？」

おなじように採用された者たちが他にもいた。しかし多くはしだいに消えていった。すぐにいなくなったのもいるし、州軍の訓練キャンプや警察の訓練所でふるい落とされたのもいる。自分の意思で去った者もいた。複雑になるケースの要求についていけない者もいた。

アンヘルは雇われた当初、鉄砲玉になればいいのかと思っていた。しかし学ばされる分野は、法律文書の読み方から高性能爆薬のしかけ方まで多岐にわたった。多くの連中が脱落した。アンヘルは生き残った。

その褒美として、コロラド川の女王は地位をくれた。サイプレス1の居住許可。さらに運転免許証、銀行口座、さまざまな記章と制服があたえられた。ラクダ部隊を振り出しにいくつもの機関を渡り歩いた。ケースの命令でない場合も多かった。コロラド州警察、アリゾナ州犯罪捜査課、ユタ州軍、内務省開拓局、フェニックス警察、内務省土地管理局、FBI。身分証と車両と制服と記章が次々に変わった。女王がそのとき工作員《ナイフ》を必要する場所へ動いた。アンヘルは新たな任務に就くたびにカメレオンのように色を変え、蛇が脱皮するように身分を捨てた。監房にいた自分などとうに捨てた抜け殻だ。

テスラのドアが開いて熱風が吹きこんできた。オルティスがボスのためにうやうやしくドアを押さえている。ケースが助手席に乗りこんできて、細い脚を車内にいれた。オルティスにうなずくと、ドアは閉まって光と熱を遮断した。エアコンの冷気に包まれる。

「被害妄想がすぎるのでは？」アンヘルは急に静かになった車内で訊いた。

ケースは肩をすくめた。

「また脅迫があったのよ。東流域パイプラインが最終段階だから」

「膠着状態だと聞いてましたが」

「掘削班に発砲していた牧場関係者をレイエスがようやく追い出したわ。いまは全長四百キロをすべてドローンで警戒している。パイプラインに近づく者がいたらハデスとヘルファイア・ミサイルを撃ちこむ。これで下流州も上流州もすっかり干上がる」

ケースは、笑ったときだけ顔に年齢があらわれる。ハリウッドの美容法は効果があるらしい。目尻の小皺以外に皺らしい皺はない。身だしなみはいつも完璧。化粧、データ、計画。どれも計算ずくで整っている。ケースは細部にこだわる。あらゆる細部を見る。そしてパターンをみつけ、つなぎあわせ、利用する。

「だからいまはあなた自身が狙われていると」アンヘルは言った。

「危険度評価では五、六カ所の部屋が要注意になっているわね。オルティスはそのうち二カ所がもっともらしいと言っている」ふと顔を上げ、まわりの集合住宅の壁の落書きを見た。「懐かしいわね。わたしへの批判といえば、社説に書いたり、ポルノ写真の首をフォトショップですげ替えたりという程度だった時代よ」

「それにしても、怒った一部の牧場主のためにこれは過剰警備でしょう」

「オルティスがいつも言うのよ。銃弾一発で終わりだと。ドローンを撃ち落とせないなら、かわりにこの首を狙ってくるだろうって」

「どう考えても無理だ」

ケースは笑った。

「大将の首を取るくらいの計画をしてくれなくては張りあいがないわ。彼らは熱烈で――」言葉を探してしばし沈黙する。「――そう、信仰を持っている。あふれるほどの信仰を」その表現が気にいったらしく、うなずいた。「信仰があるからこそ、世界を自分の理想に近づけたいと願う。無邪気にそう考えている。男女の若者たちがライフルを手に砂漠で遊んでいるわ。自由の戦士を気どっている。純真な子どもたちよ」

「ただし銃を持っている」

「わたしの経験では、銃を持った子どもは自分の足を撃つものよ」そこで話題を変えた。「カーバーシティはどうだったの？」

アンヘルは肩をすくめた。

「いつもどおりです。ユーは施設内にもどろうとしました。そこで死ぬつもりで。連れもどしましたけどね」

「最近は軟弱になったようね」

「不都合な死者が出ると訴訟が厄介だとおっしゃるのはあなたでしょう」

「ユーに連絡するべきね。献身ぶりが気にいったわ。川のこちら側で働く気はないかと尋ねておいて」

「ヘリから放り出すときに、雇用の話があるだろうから待ってろと言っておきましたよ」

「拘束を解くべきでなかったわ。あちこちのニュース番組に出て、ラスベガスのウォーターナイフについてしゃべっている」

「おやおや、あんなちっぽけな農民の町がニュースに」

「ジャーナリストは黒いヘリの話が好きなのよ」

「圧力をかけますか？　話題にならないようにしたほうが？」

ケースは首を振った。

「必要ないわ。ジャーナリストの関心は長続きしない。明日にはシカゴの大型竜巻か、マイアミの防潮堤が決壊した話に移っているはず。こちらがじっとしていれば、こんな事件はすぐに忘れられる。たとえ二年後くらいにカーバーシティが集団訴訟で勝っても、その頃には町そのものが消えている。そこが大事。カーバーシティは砂を飲み、わたしたちは水をもらう」

「なのに不満げですね。カーバーシティは片づいた。次へ移って、べつのところを断《た》つ。そうではないんですか？」

ケースは眉根を寄せた。

「残念ながらそれほど単純ではないのよ。カーバーシティに投資していた人々がいた。ブラクストンの査定でもわからなかったわ。あるエコ開発計画がカーバーシティから水利権を貸与されていた。それがアースシップ社の持続的アーコロジー。垂直式野菜工場と居住区を統合し、水リサイクル率は八十五パーセント。サイプレス開発の低家賃版ね。そこにさまざまな人々が投資していた」

「さまざまな人々？」

「コネのある人々よ。新米の上院議員が一人。州議員が数人」

微妙な言いまわしに驚いてアンヘルは目をやった。

「州議員って、ネバダ州議会の？　身内じゃないですか」

「モントーヤ、クレイグ、トゥアン、ラサール……」

アンヘルは笑いを抑えきれなかった。

「いったいどういうつもりだったのか」

「もちろんカーバーシティへのわたしたちの態度はわかっているつもりだったのでしょう」

アンヘルは首を振った。

「やれやれ。ユーが本気で驚いた顔をしていたわけがやっとわかった。絶対安全、保証付きのつもりだったんだ。こっちの有力者をくわえこんでるから。襲撃したときに、有力者たちを怒らせるぞと何度も言っていた」

「リスクヘッジはいまどきだれでもやるわ。カーバーシティの浄水場が停止した直後には、州知事からも電話があった」

「州知事も投資を？」

「まさか。情報を探るためよ。次の狙いを知りたがっていた」

「州知事はいったいどこに投資しているんでしょうかね」

「さあね。録音されかねない回線でよけいなことはしゃべらないわ」

「それでもあなたへの支持は不変」

「まあ、自分の票田のベガスを干上がらせるわけがない。そこに水を供給しているかぎり、南ネバダ水資源公社には全権があたえられる。課税できる、建設できる――」

「――水を断てる」

「――そしてネバダの経済的将来を描ける」ケースはアンヘルのあとに続けた。「それでも見まわすといつも……厄介な連中がいる。投資を分散している連中が。一部のブックメーカーが、次に水利権を失う町を賭けの対象にしているのは知ってる？」

「倍率は？」

ケースは皮肉っぽい視線を投げた。

「見ないようにしているわ。それでなくてもサイプレス開発では利益相反で何度も訴えられているから」

「たしかに。でもおれは儲けられそうだ」

「待遇に不足はないはずよ、直近で見たかぎりでは」

郊外住宅地の廃墟をにらむ。「昔はすくなくとも身内は信用できたわ。でもいまは背中から撃たれかねない。文字どおりライフルを持ってうろつく田舎者がいるし、ロサンジェルス居住権と引き替えに農業用水競売の入札予定を漏洩する郵便仕分け室の事務員がいる。もうだれも信用できない」

「州議員の件を見落としたのはブラクストンなんですね？」

「だから？」

「いつもなら見落としなどしないはずだ」アンヘルは肩をすくめる。「従来なら」

ケースは鋭い目をむけた。

「それで？」

「そんな彼がへまをするのはめずらしいなと」

「やれやれ。被害妄想はどちらかしら」

「銃弾一発で終わりと言ったのはどちらでしょうかね」

「ブラクストンが裏切ったのではないわ」警告するようにアンヘルを見る。「そしてウォーターナイフのトップと法務部のトップの権力争いは許さない」

アンヘルは笑顔で両手を上げた。

「ご心配なく。ブラクストンに背中を狙われなければ、おれもあいつの背中は狙わない」

ケースは不快げに鼻を鳴らした。

「昔はもっと簡単な仕事だったのに」

「おれが来るまえでしょう」

「それほど昔ではないわ。脱塩プラントの合弁事業とサンディエゴが所有する水利権の交換提案をしただけで、天才的と呼ばれる時代だった。それがいまではどう？」首を振って、「エリスの報告では、カリフォルニアはワイオミングやコロラド州まで州軍を派遣しているらしい。グリーン川上流部やヤンパ川でも彼らのヘリを見たそうよ」

アンヘルは驚いてケースを見た。

「エリスはそんな上流まで仕事に？」

「あの地域ではだれの水利権が上位かという争いがある。場合によっては新たな買収提案を出さなくてはいけない」苦々しげな顔になった。「すでにカリフォルニアが乗りこんで、上流州の権利を先行して買い集めているわ。コロラド川協定にもとづく水利権譲渡の再交渉はこちらに分があると思っていたのだけど、こうなるとまったく予断を許さないわね。わたしたちは後手にまわっている。カリフォルニアは、次は確実にコロラドとワイオミングを支配下におさめようとしてくる。コロラド川下流をストローでおおって蒸発抑制分の権利を主張し、それによってコロラド北部を買い取るはず」

「ルールは変わりつつあるということですね」

「あるいはルールなど最初からなかったのかも。たんなる習慣だったのかもね。わたしたちは理由もわからず右往左往している」ケースは笑って教えた。「娘はいまだに学校で忠誠の誓いを斉唱しているのよ。母親が三つの民兵組織をまとめて州境にむらがるアリゾナ人やテキサス人を追い払っているのに、ジェシーは胸に手をあてて合衆国への忠誠を唱えているわけ。想像してみて。あらゆる州が州境を閉ざしているのに、娘は、自分はアメリカ人だと宣誓している」

アンヘルは肩をすくめた。

「おれは愛国心などはなからありません」

ケースは笑った。

「あなたはそうでしょう。でもまだそういう考えの連中が一部にいる。わたしたちがいまだにアメリカ国旗を掲げているのは、州軍の新兵募集をやって連邦政府にとがめられないためにすぎないというのに」

「国家なんて……」アンヘルは言いかけて、自分の前半生に思いをはせた。かつてはメキシコ、いまはカルテル諸国に変わった。「……生まれては消えるものですよ」

「そして変化が迫ってもなかなか気づかない。人間は適切な語彙を持たないと、目のまえにそれがあっても認識できないという仮説があるのよ。状況を的確にあらわした言葉がないから、それが見えない。逆ではなく。だから〝メキシコ〟や〝アメリカ合衆国〟などと言ってしまうと、目のまえのものの見え方が制限される。言葉のせいで見えなくなる」

「でもあなたは先を見通せる」

「実際には、目をつぶって飛んでいる気分よ」ケースは指を立ててかぞえていった。「ロッキー山脈の冠雪。ほとんどゼロ。だれも予想していなかった」一つ。「砂嵐と森林火災が太陽光発電システムにあたえる影響。だれも予想していなかった」一つ。「その埃と灰が融雪を早める。だから積雪量の多い年でも急速に解けてしまうか、蒸発してしまう。これもだれも予想していなかった」一つ。「そして水力発電」笑って、「春先以外はまったく動かない。どの貯水池にもろくに水がないから」一つ。「加えてカリフォルニアはコロラド川全体で水利権を主張している」

ケースは開いた手のひらを、まるで未来を占うように見つめた。

「エリスをいまガニソン川に行かせているのよ。契約を提示させている。でもそこも手遅れかもしれない。変化についていけていない気がする。いつもだれかに先手を打たれている。だれかがわたしたちより先を見通している。だれかが未来をより正確な言葉で描いている」

「本当にブラクストンを調べなくていいんですか？」

「あなたはブラクストンを気にしなくていい。他の人々にすでに調べさせているわ」

アンヘルは笑った。

「やっぱり！　あなたもあいつを嫌ってるわけだ」

「好き嫌いの問題じゃない。信用できるかどうかの問題。たしかに彼はこれまでしくじったことがなかったわ」やや間をあけて、「あなたにはべつの方面を調べてほしいのよ。フェニックスへ行ってちょうだい」

「次は中《C》央《A》アリゾナ計《P》画を断ちますか？　今度こそやり遂げますよ」

ケースは強く首を振った。

「いいえ、今度はあんな乱暴なやり方はできない。法的根拠がないと無理よ。いまは連邦政府がドローンで監視している。州境のアリゾナ側に軍が殺到するような事態は避けたい。あなたはわたしのかわりにフェニックスにはいって、調査をやってほしいのよ。どうもようすがおかしい。なのに実情が読みとれない」

「実情というと？」

「わからないから行ってもらうのよ。全貌をつかめていない気がする。カリフォルニアからも雑音が聞こえる。なにかに怒っている」

「怒ってるのはだれ？」

ケースは片方の眉を上げてアンヘルを見た。

「それはセクション間の情報規制にあたるわ。あなたは自分のところを調べなさい。新たな視点を現場に送りたいのよ。独立した視点を」

「フェニックスを担当してるのは？」

「グスマンよ」

「フリオですか」

「そう」

「あいつは優秀だが」

「でもいまは泣き言を並べて、帰らせてくれと言っている。部下を何人も失ったと。すっかり悲観的になって、もうだめだと騒いでいる」

「優秀だったのは昔話か」

「長くとどまらせすぎたのかもしれない。フェニックスは長くもたないと思って彼を残したんだけど、崖っぷちで意外に踏みとどまっている。独自のアーコロジー建設に乗り出しているのよ。一部は完成して稼働している」

「いまさら」

「中国の太陽光マネーと麻薬マフィアの資金力。その二つが結びつけばなんでも可能よ」

「水は金に流れる……」

「カルテル諸国と中国のエネルギー開発業者があわさ

れば……」

「大金が動く」

「まるでフェニックスが再名乗りを上げたかのようなのよ。フリオは数週間前まで、なにか大きな情報をつかんだようなことを言っていた。ところが突然なにかが起きて、パニック状態で川のこちら側に帰りたいと言いだした。あなたには、フリオがなにに興奮していたのか、なんの影におびえているのかを調べてほしい。いまは信用できる人間が少ないのよ。そして今回は……」しばし黙って、「ようすがおかしい。報告はわたしに直接。公社《SNWA》のチャンネルは使わないように」

「州知事に聞かれたくないから？」

　ケースは不快げな顔になった。

「身内というだけで信用できた時代は去ったのよ」

　二人はしばらく雑談を続けた。しかしケースはすでに次の問題に関心をむけているのがわかった。アンヘルは任務を命じられ、彼女の世界のモザイクにはめこまれた。休みなく働くケースの頭脳は、次のデータと次の問題に移っている。やがて彼女はアンヘルの幸運を祈り、テスラから下りた。

　ケースの装甲SUVの車列はガラスの破片を踏んで去った。アンヘルはその場に残って、彼女がサイン一つでつくりだした破壊の風景を眺めた。

5

　ルーシーの家の裏の路地に停まったトラックが、大排気量のガソリンエンジンをアイドリングさせている。十分前からその排気音が響いていて、いっこうに去る気配がない。

「ねえ、聞いてる？」ルーシーの姉のアナがコンピュータ画面から問いかけてきた。苛立ちと同情による苦悩の表情。背後の全面窓からは冷たい灰色のバンクーバーの光がさしこんでいる。「もう引き揚げてもかまわないんでしょう」

　トラックは去らない。エンジンを空吹かしして、ルーシーの家の窓を共振させ、また低いアイドリングにもどる。外に出て怒鳴りつけたいのをルーシーはこらえていた。

　アナは話しつづけている。

「――ひどい状況だって聞いてるわ。それ以上だれかになにかを証明するためにがんばる必要はないでしょう。派遣されたジャーナリストのなかでいちばん長くとどまってるんだから。あなたの勝ちよ。だからもう引き揚げなさいったら」

「そんなに単純な話じゃないのよ」

「単純よ！　あなたにとっては単純よ。ニューイングランドのＩＤを持ってるんだから。いつでも引っ越せるのに、いまだに引っ越してないなんて、そこではもうあなたくらいよ。自殺行為だとパパも言ってるわ」

「そんなことないってば。ほんとに」

「でも怖いんでしょう」

「怖くはないわ」

「だったら、なぜ電話してきたの？」

　言葉に詰まった。普段はルーシーのほうから電話をかけることはない。それはアナの役割だ。アナはこまめな連絡を欠かさない。東海岸の習慣のまま、毎年クリスマスカードを送ってくる。本物の紙でできた本物のカード。本物のはさみを使い、本物のかわいい子どもたちに手伝わせて工作している。細かい雪と緑の樅《もみ》の木の絵柄。赤いリボンのギフトボックスには、REI製防塵マスクの交換用マイクロフィルターがはいっている。アナはいつもそうだ。手をさしのべ、かかさず連絡し、心配する。

「ルーシー？」

アナの家の窓には格子が一本もないことにルーシーは気づいた。窓ガラスは雨に濡れている。むこうの庭はエメラルド色に輝いている。そして家族を守るための窓格子は一本も必要ない。

「いまはちょっと……難しい状況なのよ」

ルーシーはようやく答えた。それは、〝友人が両目をえぐられ、ゴールデンマイル通りのまんなかに捨てられたのよ〟という意味の暗号だったが、アナに解読できるわけはない。おたがいにそのほうがよかった。

外ではまたトラックのエンジンの空吹かし音が響いた。

「なんの音？」アナが訊く。

「トラックよ」

「そんなトラックがいまだにあるの？」

ルーシーは笑った。

「こっちの文化なのよ」

画面の外からスティシーとアントのくすくす笑いが聞こえる。レゴで遊んでいるのだ。二人でなにかをつくって、家の猫を追いかけるようにプログラムしているらしい。ルーシーは画面に手を伸ばしてさわりたい衝動にかられた。

「引っ越したいわけじゃないの。ただのご機嫌うかがい。それだけよ」

「ねえ、見て、ママ！」スティシーが大声で呼んだ。

「グランピーピートがかじってるわ！」そしてかん高い笑い声。

静かになさいとアナが叱ったが、本気でないのはルーシーにもわかった。

ステイシーとアントの笑い声はいったん小さくなって、すぐにまた爆発した。ルーシーの画面にもちらりと映った。二人が組み立てたローバーに猫が乗って走っている。ステイシーはアメフトのヘルメットをかぶり、アントはルーシーが前回訪れたときに贈ったメキシコのプロレスラー《ルチャドール》のマスクをかぶっているようだ。

薄っぺらなコンピュータ画面を介してこちらとあちらに二つの現実が存在している。とてもシュールだ。金槌でこの画面を叩き割れば、緑豊かで安全なあちら側へ行けるだろうか。

アナがまじめな顔にもどった。

「本当はそっちのようすはどうなの？」

「べつに――」ルーシーは言葉に詰まった。「ただ顔を見たかっただけよ」

子どもたちが無邪気に遊べる場所を見たかっただけ。

ステイシーとアントの元気な姿を見ていると、ここに来て最初に報道した死体を思い出した。ステイシーとおなじくらいの年の子だった。かわいらしいヒスパニックの少女で、水のないプールの底に、壊れたあやつり人形のように裸で横たわっていた。

そのかたわらに立ったレイ・トレスが、煙草を吸いながら、「死体ネタは書かないほうがいいぜ」と言ったのを思い出した。

トレスはカウボーイハットをかぶった典型的な若い警官だった。ベルトの大きなバックル、よく磨いた灰色のカウボーイブーツ。こうして話しているあいだも、黒いラップアラウンドのミラーグラスの内側では顔認識ソフトが動いているはずだ。苦笑とともにトレスは続けた。

「あんたらが飛びつくような話は、この町には他にいくらでもころがってるんだからさ」

医学鑑識員が何人か埃っぽいプールに下りて、少女の死体のまわりを歩きながら、状況を調べていた。

ルーシーが無視していると、トレスはまた言った。

「あんたみたいなコネティカット州出身のかわいいお嬢さんが書くようなもんじゃないよ」

「なんの記事を書こうと勝手でしょう」ルーシーは答えた。

記憶によればそう答えたはずだ。横暴な警官に負けない、気の強いジャーナリストとしてふるまった。トレスは返事のかわりにカウボーイハットの縁を軽く下げて、救急車のそばの警官や救急隊員たちのほうへ歩いていった。

少女はごみのように捨てられていた。十代になるかならないかの年で殺され、見上げる空よりも青く塗られた汚れた穴の底に横たわっていた。

野犬もプールのなかにはいりこんでいた。死体を引きずりまわし、内臓を食い、血と泥の跡をあちこちにつくって、警官たちが現場保存のために到着したときに逃げ去っていた。少女の血は固まっていた。両膝は黒い血と灰色の土埃で汚れていた。黒髪は短いピクシーカット。小さな銀色のハートのイヤリング。だれであってもおかしくない。しかしすでにだれでもなくなっていた。

トレスとその仲間たちは冗談をまじえて話し、ときどきルーシーのほうを見ながら煙草を吸っていた。スペイン語で話していたが、当時のルーシーのスペイン語力では聞きとれなかった。ルーシーはプールの縁で仁王立ちして、少女の折れ曲がった手足を見たくもないのに見ていた。警官たちの視線を意識し、トレスに威圧されていないことをしめすためだけにそうしていた。

するとトレスがまた近づいてきて、カウボーイハットの縁を下げて話した。

「まじめな話、死体のネタは書いちゃだめだ。よけいな厄介事を呼び寄せる」

「この子はどうなの？　このまま忘れ去られていいっていうの？」ルーシーは訊いた。

「こいつか。もうなにも気にしないさ。むしろよろこんでるんじゃないか。ようやくこのひどい場所から脱出できてうれしいだろう」

「まさか捜査しないつもり？」

カウボーイハットの警官は笑った。

「捜査って、なにを。テキサス難民の死体なんかそこらじゅうにある」首を振って、「無駄さ。いわば市内の全員が容疑者だ。騒ぐ家族もいないしね」

「ひどいやつ」

警官はルーシーの腕をつかんだ。

「おい、死体の話はまじめに言ってるんだ。グロ新聞で仕事したかったら他にネタはいくらでもある。でも、なかには――」からっぽのプールの底の少女を顔でしめして、「――扱わないほうがいい死体もあるんだよ」

「この子のどこが特別なの？」

「よく聞きな。きみにはリオ・デ・サングレ紙の編集者を紹介してやる。そこで好きなだけ死体の記事を書いていい。なんだったら現場まで乗せてってやるよ。この子のあとは、車から撃たれてマリコパ医療センターに運ばれたメキシコ系住民二人の死体を調べに行く。相棒が帰ってきたら、さらに五人の遊泳客を調べにいく」

「遊泳客って？」

トレスはあきれたようすで笑った。

「おいおい、素人か」首を振って笑いを漏らしながら歩き去った。「ずぶの素人だな」

当時のルーシーは書いていいこととまずいことの区別がついていなかった。そこをまちがえると、頭に銃弾を撃ちこまれてステアリングホイールに突っ伏すはめになることをわかっていなかった。

ずぶの素人だったのだ。いまのアナがそうであるように。

「ここでいっしょに住めばいいじゃない」アナは言っていた。「アービンドの紹介で職業訓練プログラムを受けられるわ。まず大学にはいって。あなたの身分証ならビザはすぐ取れる。ステイシーとアントだってよろこぶわ」

「そこはカビがはえるからいやよ」ルーシーは無理に笑おうとした。「下着までカビがはえちゃう。カビは健康に悪いってどこかの研究者が言ってたわ」

「まじめな話なのよ、ルーシー。あなたにいてほしいの。子どもたちもそうよ。そこで一人ぼっちじゃなくて。こっちにはいい男だっているわ」

「ええ、いいカナダ人の男がね」

「アービンドはいいカナダ人の男よ」

ルーシーはお手上げの気分で姉を見た。なにを言っても無駄だ。アナもおなじく万策尽きたようすでこちらを見ている。説得をあきらめた。言いたいことも黙っている。

頭がおかしい。

愚行だ。

自殺行為だ。

正気の人間はそんなことをしない。

しかし言ってもはじまらないので言わない。

ルーシーも、鏡のむこうの姉の世界へ行きたいのはやまやまだった。しかし自分のまわりの害悪をそちらに持ちこみたくはなかった。あいだをへだてるガラスはあったほうがいい。いや、必要だ。アナとアービンドと子どもたちを守るために。世界が崩壊していない場所がそこにまだあるのだから。

アナはとうとう表情をゆるめ、笑った。

「わたしがうるさいからって、連絡を絶やさないで。愛してるわ」

「それはこっちが勝ちよ。もっと愛してるから」

「そうね」

アナは、胸にしまった思いをこめて明るく微笑んだ。そしてカメラから目を離して子どもたちを呼んだ。

「ステイシー、アント！　こっちへ来てルーシー叔母さんとお話しなさい。話したいってずっと言ってたでしょう。いま電話がかかってきてるのよ！」

子どもたちが画面のまえに来た。かわいい姪と甥だ。自分が子どもを持つことがあったらステイシーとアントのような子たちがいいと思った。アービンドも通りかかって、笑顔で挨拶した。妻の白い肌とは対照的な浅黒い肌の夫は、子どもたちを抱き上げて昼食前の手洗いに連れていった。

アナが手を伸ばし、画面に触れた。

「心配なのよ。それだけ。ただ心配なのよ」

「わかってる。愛してるわ」

おたがいに別れの挨拶をして、接続を切った。残されたルーシーは暗い画面を見つめた。そして言葉にあらわれない警告や思いやりや助言を思った。口論になって連絡が切れるのを恐れて言わないだけだ。たとえ災厄が迫っているとわかっていても。

ただ心配なのよ。

「わたしも心配よ」

ルーシーはつぶやいた。口に出さなかった本音だ。

裏の路地でまたトラックがエンジンを空吹かしした。苛立ったルーシーは、拳銃をつかんで立ち上がった。

「頭にきた。もう黙ってられない」

サニーが、急に立ち上がったルーシーを見て、期待をこめて尻尾を振った。

「待て」ルーシーは命じた。

ドアロックを解除し、銃の薬室に一発送りこむ。深呼吸して、勢いよくドアを開けた。

強い日差しに灼かれる裏庭を大股に歩く。亀甲金網のフェンスのむこうにピックアップトラックが停まってアイドリングしている。大径タイヤにチェリーレッドのボディ。窓はスモークガラス。そのむこうのドライバーは見えない。しかしこちらを見ているはずだ。ルーシーは銃を腰のあたりに持ち、いつでもかまえて撃てるようにした。その一方で、運転台の相手はすでにこちらに銃口をむけているのではないか、自分も撃つ準備をすべきではないかとも考えた。

「なんの用なの?」ルーシーは大声で言いながら近づいた。「いったいなんの用?」

トラックはエンジンを吹かし、今度は砂利を蹴立てて発進した。路地を猛スピードで走り、砂埃とクリア袋のごみを巻き上げながら去っていく。

ルーシーは遠ざかるトラックを見ながら、自分の胸の速い鼓動を聞いた。砂埃がゆっくりと舞い下りてくる。咳きこみ、腕の内側の汗をぬぐいながら、ナンバープレートを見ておくべきだったと思った。

正気をなくしかけているのだろうか。本当にだれかに目をつけられているのか。それともたんなる被害妄想で、無関係の若者を撃とうとしてしまったのか。どちらにしてもいまのルーシーは歩く悲劇だ。さっさと引っ越すべきだと、レイ・トレスやアナから大声で叱られている気がした。ギリシア古典劇の合唱が頭のなかで聞こえる。

家のなかでサニーが吠えている。取り残されて怒っているのだろう。ルーシーはもどってドアを開けた。サニーは尻尾を振り、ピンク色の舌を出して飛び出してきた。ルーシーのトラックに駆け寄り、おすわりする。ドアを開けてくれるのを待っている。

「もう、あんたまで」

サニーは気ぜわしく息をする。ルーシーは拳銃をジーンズの尻ポケットに突っこんだ。

「どこにも出かけないわよ」

サニーは不満げに主人を見上げた。

「なによ。家にもどるならもどる。いやなら外にいなさい。わたしは掃除をするんだから。どこにも出かけない」

サニーはトラックの下に這いこんで、ぺたんと寝そべった。ルーシーは箒とちりとりを手にした。サニーはそんな主人を恨めしげに見る。

「あんたもアナも」ルーシーはつぶやいた。

パティオの砂岩の敷石を掃き、家の角ごとに降り積もって粉体の安息角《あんそくかく》をつくっている白い砂山を崩していく。埃が雲のように舞い上がり、咳と鼻水が止まらなくなる。肺を守りなさいというアナの叱責が聞こえる気がした。

最初はルーシーも律儀に防塵マスクを使っていたのだ。律儀にフィルターを交換し、肺を森林火災の煙や砂埃や渓谷熱から守っていた。しかししばらくすると、見えもしないコクシジオイデス真菌の胞子を気にしてもしかたないと思うようになった。ここに住んでいる以上、生活の一部だ。空咳は日常だ。

フェニックスに最初に来たとき、新品のＲＥＩ製防塵マスクを首から下げていたことを思い出した。ジャーナリスト専門学校を出たばかりで、スクープ記事をものにしようと意気軒昂だった。

本当に素人だった。

パティオがきれいになると、梯子をかけて屋根に登った。平坦な陸屋根の上からはフェニックス市街が一望できた。幹線道路と郊外住宅地。埃をかぶった低層の集合住宅と空き屋になった一戸建て住宅が、真っ平らな砂漠の盆地になかば埋まるようにして連なっている。メサ、テンピー、チャンドラー、ギルバート、スコッツデールの各地区。もとは郊外住宅地だった瓦礫の海。家屋の廃墟と直線の道路が広い盆地にどこまでも伸びて、サグアロサボテンが点々とはえた山のふもとでようやく途切れている。

灼熱の日光は、市内を走る車が蹴立てた黄色い砂埃のベールをとおして降りそそぐ。今日のように晴れていても、本当に青い空は真上にしかない。

ルーシーは埃まじりの汗を額からぬぐって、本当の青空などもう憶えていないかもしれないと思った。空を見上げて、青いとか、灰色だとか、黄色いとか言うが、本当はちがうのかもしれない。ここの空気は永遠の砂埃、あるいはカリフォルニアの森林火災からくる灰色の煙で曇っている。

青という色は忘れてしまい、想像のなかにあるだけかもしれない。フェニックス生活が長くなるうちに、存在しないものの名前を勝手に呼ぶようになっているのかもしれない。

青。灰色。晴れ。曇り。生。死。安全。

この空の色を青と呼ぶのは勝手だし、もしかしたら正しいかもしれない。安全に生活していると主張するのは勝手だし、生き延びているのだから正しいかもしれない。しかしじつはどちらも存在しないものかもしれない。青は、レイ・トレスとその保護者ぶった笑みのように、幻なのかもしれない。このフェニックスに確実なものなどない。

ルーシーは掃除を続けた。ちりとりにたまった砂埃を捨てて、GEかハイアール製らしい黒いシリコンの表面をふたたび日の光にさらした。窓ガラスに唾をつけて、細かな穴や傷にたまった汚れを落とした。執拗に磨きつづける。無駄だとわかっていても手を動かす。掃除をしていれば昨夜の出来事とむきあわずにすむ。いまの自分とのかかわりを考えずにすむ。

「なぜ電話してきたの？」とアナは訊いた。

なぜなら、友人が両目をえぐられ、次は自分かもしれないと思って怖いからだ。

ジェイミーの姿が頭から去らない。ヒルトン6の正面に捨てられた損壊死体。カメラには数枚の写真があった。撮影した意識はなかったが、現場で本能的にシャッターを切っていたのだろう。

最初の一枚でもう見ていられなくなり、カメラを脇においた。自分が撮ったものにショックを受けた。しかし現実だ。ジェイミーが描こうとしていた物語の唐突な幕切れだった。

ヒルトン6のバーでの彼を思い出す。清潔な身なりに自信たっぷりの態度で話した。

「ぼくは水のなかを泳ぐ魚になるんだ、ルーシー。プール付きの家に住んで、壁にはおもちゃをずらりと並べる。カリフォルニアのビザを取得して、ここには二度ともどらない」

そんなふうに人生を描いていた。

ジェイミーは頭がいいから出ていこうとした。そして賢すぎたから命を落とした。

あの契約の夜のことを思い出した。ジェイミーはそわそわしていた。スーツの乱れやネクタイの位置をなおしつづけた。酒など一滴も飲んでいないのに、緊張で手が震えていた。ルーシーはこのときを記録するために、彼のきれいなシングルの部屋にいた。

「わたしも同行させて」ルーシーは頼んだ。

「悪いけどそれはだめだ、ルーシー。独占取材はかまわない。でもそれを受けるのは金がはいったあとだ」

「わたしが盗むと思ってるのね」

ルーシーが言うと、ジェイミーはすぐに振りむいた。

「きみが？　まさか」首を振る。「この世のすべての人を疑っても、きみは疑わないよ」

ジェイミーはネクタイを何度も何度も結びなおした。いつも無意識にやっているが、いまだけは手が震えてうまく結べないようだった。そこでルーシーは手伝ってやった。

「暗号通貨のおかげさ」ジェイミーは言った。「昔だったらこんな取り引きは不可能だった。すぐ足がつく。この取り引きが終わったら、ビットコインやクリプトゴールドの聖人たちにお供えをすべきだろうな」

「普通の現金を使えばいいのに」

ジェイミーはそれを聞いて笑いだした。

「そんな取り引きだと思ってるのかい？　百ドルのピン札の束が詰まったスーツケースを二つほど提げてホテルの部屋から出てくるような、そんな取り引きだと？　ルーシー――」首を振って、「――きみは考えが小さいよ」

「じゃあ、どれだけ大きいの？」

　ジェイミーはにやりとした。

「一つの都市、あるいは州全体を死の淵から救えるとしたら、いくら払う？　インペリアル・バレーの農業が砂漠化で消滅するのを防げるとしたら？」

「百万ドルかしら」ルーシーは適当に言ってみた。

　するとジェイミーはまた苦笑した。

「そういうことだよ、ルーシー。きみは裏切らないね。考えが小さい」

　エンジンのうなりがルーシーの追憶を破った。さっきとおなじトラックだ。改造マフラーによる凶暴な排気音。ルーシーはまた拳銃を抜いた。

　裏庭でサニーが吠えている。亀甲金網のフェンスぞいを左右に走っている。赤いトラックは路地にゆっくりとはいってきた。赤く輝くモンスターは減速して、サニーとこの家とルーシーを監視している。獲物を求めて回遊するサメのように。

　ルーシーはしゃがんで拳銃をかまえた。サニーは吠えつづけている。興奮して手がつけられない。フェンスを跳び越えてトラックを追いかけるのではないかと心配になった。

　トラックは低速で通過した。停止せずに動いていく。

　ルーシーは立ち上がって路地の奥を見た。ブロックの反対側にある難民キャンプをトラックは通過していく。

　一発くらい撃ったほうがよかっただろうか。

　エンジン音は遠ざかって消えた。サニーは吠えるのをやめ、満足したようすでポーチの日陰にもどってきた。ルーシーはさらにしばらく耳を澄ませた。しかしトラックがもどってくる気配はない。

この出来事の教訓はあきらかだ。ぼんやりするな。自分で判断して動け。でないとだれかにやられる。

ルーシーは屋根から下りて、服の埃を叩いて落とした。髪は手櫛で払い、サニーの毛についた埃も払った。玄関から屋内にはいり、ダストルームで服を脱ぐ。昨夜の砂嵐の残留物が屋内に侵入しないように用心した。サニーから期待の目で見られながら、室内着に着替え、コンピュータのまえにすわる。

ぽつぽつと書きはじめる。はじめは未熟な表現が並ぶ。断片や経緯を書いた。やがて言葉があふれてきて、キーを叩く速度が上がった。指がリズミカルに動き、物語を形づくっていく。この十年間、怖くて書けなかったことが言葉になってあふれてくる。あらゆるものを呑みこむ渦巻きを描写した。

死体について書いた。レイ・トレスについて書いた。かつて彼から近づくなと警告されたプールの底の遊泳客のことを書いた。トレスが銃撃されて自分のトラックのタイヤにもたれて死んだことを書いた。多くの人の多くの事情を知り、死体が埋められた場所を知っていた彼のことを書いた。ジェイミーのことも書いた。死体となって捨てられたことも書いた。個性ある一人の人間として描写した。欠点と狂気と情熱がある。欲望と怒りと才能がある。夢と野心を超えて生きつづける人物として描いた。殺し屋に顔を損壊されても消えることのない人物として描いた。

書き終えると、原稿を送信した。そこに一枚の写真を添付した。砂埃に埋もれかけた友人の姿だ。墓標。目印。ジェイミーをフェニックス崩壊の瓦礫の一つにしてしまわないために。

立ち上がって伸びをした。小さな冷蔵庫からビールを出して、ポーチへ出た。サニーも呼んだ。もう日没なのだと知って驚いた。書いているうちに日が暮れてしまった。フェニックス市街のむこうに沈む真っ赤な火の玉にむかって乾杯した。ジェイミーにも乾杯。

　死体の記事は書くな。危ないから……。

「最初から危ないことをしたかったのよ」

　声に出すとすっきりした。安全など求めていない。求めるのは真実だ。いまだけは真実を追求したい。

　永遠に続くものなどない。だから自分の目的のために戦ってもいいはずだ。フェニックスはいずれ滅びる。ニューオリンズやマイアミが滅んだように。ヒューストンやサンアントニオやオースティンが滅んだように。ニュージャージー州の東部海岸が海に沈んだように。

　すべては滅びる。砂に埋もれ、海に没し、焼け野原になる。どこまでも続く。世界の均衡が破れたのだ。あらゆる都市が存立の基盤を失い、崩壊してさまざまな悲劇を生む。

　それがいつまでも続くだろう。

　終わりはないだろう。

　ならば逃げても無駄だ。全世界が燃えるのなら、ビールを片手に、恐れることなく立ちむかってもいいだろう。

　いまだけは恐れることなく。

　ビールをテキーラに変えた。闇のなかで飲みつづけた。夜になると気温は三十七度くらいに下がって涼しい。

　もう閉じこもらない。逃げない。ここに踏みとどまる。煙と砂埃と暑さと死を友として。自分はフェニックスの一部だ。ジェイミーやトレスがそうだったように。

　ここが故郷だ。

　だから逃げない。

6

マリアの朝は、目ヤニと煙くさい空気とサラの空咳で明けた。

薄暗い地下室にも砂漠の強い外光が差しこみ、もの憂げに漂う塵とコンクリートの床を照らしている。天井を這う上水や下水のプラスチック製配管は劣化してあちこち割れている。この家の動脈と静脈はとうに死んでいる。

サラの携帯電話を見なくても、寝すごしたとわかった。起きて出かけなくてはいけない。水売りの時間だ。

マリアのわずかな服は掛け釘から下がっている。隣にはサラの仕事用であるタンクトップと尻ののぞくホットパンツがかかっている。カエルのぬいぐるみも見下ろしている。マリアの父親が死んだときに、サラが空き家から持ってきてくれたものだ。ピンクのプラスチックのヘアブラシはマリアのものだが、共用としてコンクリートの張り出しにおかれている。それぞれのちびた歯ブラシと古いバレットもていねいに並べている。タンポン二個は、サラが生理中に仕事をしなくてはならないときにそなえてとってあるものだ。

二人の他の服は、赤のラメ塗装が傷だらけになったキャスター付きスーツケースにいれてある。ほとんどはタミー・ベイレスが家族といっしょに北へ去るときにおいていったものだ。二人と似た体型だった彼女は、父親に売り飛ばされないうちにスーツケース一杯の服を選り分けていた。

「これをあげる」暗闇のなかで彼女はささやいた。

翌日にはタミーは家族とともに消えていた。

マリアはそのスーツケースをあさって、多少なりときれいな服をみつけた。マリアとサラはときどき服を吊って、棒で叩いて泥や埃を落としていた。サラがホテルで仕事をするときに下着を持ちこんで、男にシャワーを使わせてもらいながらこっそり洗うこともあった。

マリアはショートパンツを穿き、〈アンドーンテッド〉というドラマのタイトルロゴが書かれたTシャツを着た。かつて母親がこれを洗濯機にかけてたたんでベッドにおいてくれたことは、思い出さないようにした。

階段を上がって地下室のドアを開ける。いきなり強い日差しを浴びて涙が出た。外は煙が濃い。雲ひとつない空は茶色くかすみ、灰のにおいがする。風はカリフォルニアと山火事が続くシエラネバダ山脈のほうから吹いているのだろう。

マリアはしばらくドアから外をのぞいた。人通りは少ない。仕事やその他の行くあてのある人たちだけが歩いている。かつての父親のように太阳《タイヤン》アーコロジーで働き口を得られた幸運なテキサス人だ。複雑な配管工事ができる、工業用カッターを使える、藻類処理プロセスの知識があるという人々にかぎられる。

上のグェン家はすでに起きているようだ。ベトナム料理の汁麺をつくるにおいがする。ツーバイフォー材の薪を燃やす灰色の煙がフェンスのむこうから上がり、郊外住宅地の停滞した空気のなかをゆるゆると漂っている。安全そうな空気。商売に出るにはちょうどいい。

マリアはドアをいったん閉めて、階段を下り、サラのかたわらにもどった。

「起きて。行くわよ。昨晩の水を全部トゥーミーのところへ運ばないと」

サラはうめいた。

「あんたやってよ」

「お金がほしいんでしょう？　だったら働きなさいよ」

「水の儲け話はあんたの仕事でしょ。あたしじゃない。

こっちは投資しただけ」

「もう、起きなさいってば」

マリアはシーツをはぎとって、サラの体をあらわにした。白い肌に、男好きのするナイロンのピンクのパンティ。体をまるめ、細い両脚を引きつける。腿にくっきりと日焼けの線がある。

「やめてよ、マリア。どうしてそんなことするの。すぐには目が覚めないんだから」

マリアはその脇腹をつついた。

「儲け仕事はまだ途中なのよ。さあ、起きて。この水をお金に換えるの。ここにおいておくわけにいかない。あなたは運ぶ手伝いよ」

マリアはできるだけ命令口調で言った。計画や見通しがあるふりをした。しかしかえって自分自身が不安になった。手にいれた大量の水を見る。これだけあれば人が何日も生きていける。奪い取ろうと考える連中がいるだろう。そのまえに現金に換えなくてはいけない。札束にしてしまえばブラのなかに押しこんで守れる。

「ハゲタカが狙ってるわ。急ぐわよ。人々が眠っているあいだに、トゥーミーが仕事をはじめるまえに行かないと。彼が頼りなんだから」

サラは起き上がり、シーツを奪い返して頭からかぶった。

「眠いの」

マリアはその姿を見て、汚いごみ箱のなかで鳴いていた仔猫を思い出した。母猫はいなかった。そのへんの悪ガキにつかまって食べられたのだろう。残された仔猫は体を丸め、得られないものを求めて鳴いていた。

マリアは猫を飼ったことがあるので、その欲求がわかった。あたえられないミルクを飲みたがっている。だれかがもどってきて世話してくれるのを必死に願っている。しかしじっとしていても助けは来ないのだ。

その点、サラは……行動する強さを持っている。しかし考えは甘い。生きるために体を売りながら、いつか保護者があらわれるのを期待している。その無価値な命を世間が大事にしてくれると思っている。

サラ。あの仔猫。マリアの父親。みんなおなじだ。

マリアはサラを強く揺さぶった。

「行くわよ！」

サラは上体を起こしてすわり、渋面になってブロンドの髪をかいた。

「はいはい、起きたわよ」

すぐ咳をしはじめる。体を震わせてはげしく咳きこむ。夜のあいだに肺が乾き、煙がはいったのだ。水のボトルに手を伸ばす。

「その水はあたしたちのお金よ」マリアは言った。

サラは不愉快そうににらんだ。

「あたしのお金よ」

マリアはにらみ返してから、クリア袋をつかんで階段を上がった。


煙でかすんだ朝日のなか、赤い砂利をサンダルで蹴り、小走りに家の裏の小屋へまわる。小屋のなかに父親が穴を掘ってつくった便所がある。屋外便所と呼んで、文明的な生活にわずかながら貢献していた。他のテキサス難民は移動便所車が来あわせないかぎり、外の適当な場所で用をたすのだ。

扉を閉め、釘に紐の輪をかけて開かないようにする。鼻が曲がるような悪臭をがまんして、穴の上にしゃがむ。クリア袋を開いて、そのなかに小用をした。終わると、袋を釘にかけて、残りの用をたす。リオ・デ・サングレの古新聞をサラといっしょに四角く切ったもので股間をふいた。下着を引き上げ、半分まではいったクリア袋を持って急いで外に出る。煙まじりの夜明けの空気のなかに出てほっとした。

「家賃はどうした？」

突然、背後から声をかけられて、マリアはひっと声を漏らして振り返った。クリア袋を取り落としそうになって、しゃがみこむ。

〈獣医〉の用心棒の一人が、屋外便所によりかかり、扉になかば隠れるようにして立っていた。ダミアンだ。金髪の太いドレッドヘアに、斜にかまえたもの憂げな目つき。顔には骨と銀のピアス。白い肌は日焼けと皮がむけるのをくりかえしたせいで、濃い金茶色と赤剝けのまだらになっている。

マリアはにらんだ。

「びっくりさせないでよ」

ダミアンは薄く口を開いて、わけ知り顔で見下した笑みを浮かべた。

「いや、べつに怖がることはないさ。おまえなんかをどうこうする気はねえんだ。家賃さえ持ってくりゃいい」そこで間をおく。「どうなんだ、払えるのか？」

マリアはクリア袋を慎重に握りなおして、立ち上がった。用心棒がここに立っているのを見てぞっとした。グェン家の人々がうるさいことを言わないからといって、安心して暮らせるわけではないのだ。マリアの父親は、グェン夫人が妊娠中に敗血症になったときにトラックのうしろに乗せて赤十字のテントへ運んでやったりした。しかし、だからといってマリアに恩義は感じていないだろう。ましてこの連中に逆らったら、自分たち一家が抹殺されかねないのだ。

「こっそり近づかないでよ。怖いから」マリアは言った。

ダミアンは笑い飛ばした。

「テキサス《テハナ》のガキはこっそり近づかれるのが怖いのか」のんびりと近づいてくる。「安い授業料だと思え、女《プティタ》。普通の悪党はもっとこっそり近づいて、もっと痛いめにあわせるんだからな」マリアの顎をつまんで上向かせる。「プールの底にはおまえみたいな女の子がいくらでもころがってるんだ。耳をすませ。臆病なウサギになれ。巣穴から出たら耳をぴんと立てて、まわりのもの音をよく聞け。いいな」

信頼できるような男ではない。友人ではない。マリアが家賃を払えなければさっさと追い出すはずだ。あるいは血を抜いて闇市で売るか。体で稼がせて、〈獣医〉への上納金のたしにするだろう。

なのに最近、守ってくれるだれかを願うときに、頭に浮かぶのはたいていこのダミアンの顔だった。友人ではない。それでも彼はテキサス難民を嫌わない。不愉快なやつだが、マリアたちを食いものにする連中とはちがう。

マリアはクリア袋を握りなおした。

「払う金はあるのか？」ダミアンは訊いた。

マリアはためらった。

「今夜まで待って」

「つまり、ないのか？」

マリアが黙っていると、ダミアンは笑った。

「あと十二時間で家賃分を稼げると思ってるのか？その貧弱な尻《クロ》でおれに黙って客を取るつもりか？」

マリアはまたためらった。

「お金はないわ。でも水がある。何リットルも。売れば家賃分になる」

ダミアンは薄笑いになった。

「ああ、そうらしいな。友好ポンプで大稼ぎした女《ブタ》どもがいたって聞いた。赤十字の水を赤いワゴンいっぱいに積んで引いていったって。ここに持ちこんだなら上前もらってもいいな」

「売らないと家賃を払えないわ」

「かわりに水でもらったっていい。売る手間がはぶけるだろう」

「こっちの水を？」

マリアはクリア袋をかかげた。濃い黄色の尿がはいっている。

ダミアンは笑った。

「おれがそんなの飲むか。テキサス人用だ」

「あたしはがまんして飲んでみたけど、水は水よ」

「おまえにとってはな」

本気で脅しているのではないはずだ。それでも不安にかられる。ダミアンはその気になれば彼女の水をすべて奪える。安く買って高く売る予定の水をすべて……。

「太阳で売れるはずの値段で買ってくれるなら、あんたに譲ってもいいけど」

「太阳で売れる値段でだと？」ダミアンは笑った。「おれとサシで取り引きできるつもりか？」

マリアは言葉に詰まり、どこまで脅されているのか考えた。ダミアンは水の噂を聞いてここに来たにちがいない。しかし彼に売ってしまったら差し引きゼロで、貧乏暮らしに逆もどりだ。なにも残らない。

ダミアンは薄笑いでこちらを見ている。

「お願い、あたしに売らせて」マリアは言った。「もどったらすぐ家賃を払うから。太阳で売ったほうが儲かるのはわかるでしょ。労働者は現金を持ってて、金払いがいい。分け前もあげるわ」

「分け前だと？　ふん」ダミアンは手で目庇《まびさし》をつくった。朝日はしだいに高くなり、煙と砂埃をとおして照りつける。「さてどうするか……たしかに儲かるだろうな。かなりの金が動く。水はたっぷりある……」にやりとして、「いいだろう。自分で売りたいなら、売ればいいさ」

「ありがとう」

「いつも言ってるだろ。おれは話がわかるって。でもな、本気で稼ぎたいなら、うちの女として働くのが利口だぜ。髪をブロンドに染めたら、建設会社の中国人たちのお気にいりになれる。一時間いくらで買ってくれるぜ。それとも赤十字のテントがいいか？　人道的で立派な医者に紹介してやる」笑って、「女は医者と結婚したいもんだろ」

「やめて」

「いやならいい。太阳に水売りに行きたいなら行け。

ただし、エステバンにショバ代払え。〈獣医〉を怒らせるな」片方の眉を上げて、「エステバンは〈獣医〉のところにいる」

「あんたにいま払うんじゃだめ？」

「物売りはおれのシマじゃねえんだ。おれがショバ代あずかったって、エステバンはおまえの面《つら》を知らねえ。テキサス人《テハナ》の女が水売るって話をおれが通したところで、払ったのがおまえかどうかわからねえだろ。自分で面見せて払ってきたほうがいい。おれはあいつとかかわりあいたくないんだ。なんべんもモメてさ」

サラが地下室の階段から出てきた。

「あら、ダミアンじゃない」

ダミアンは笑顔になった。

「ご注文どおりの金髪《グエラ》が出てきたぜ。昨晩は仕事したか？　家賃は稼いだか？」

サラはためらって、マリアに目をやった。

「それが――」

ダミアンはあきれたように声を漏らした。

「おいおい、マリア。うちの女の金までつぎこんだのか？　女の金を使っちまうとは、下手なポン引きより悪質だな」

「でも水があるわ。お金はかならず払う」マリアは言った。

「家賃は払ってもらうさ。おれへの手数料もな。さっさと行って売ってこい」ダミアンは通りのほうをしめした。「いいか、おれは親切にしてやってるんだぞ。腕っぷしの強いのを何人か呼んだら、おまえはすぐ〈獣医〉のパーティに連れていかれるんだ。それはいやだろう？」

〈獣医〉のパーティと聞いてサラが恐怖で身をすくませるのがわかった。

「裏をかこうなんてしてないじゃない」サラはようやくそれだけ言った。

「これからもするな。〈獣医〉がおまえらみたいなテキサス人の商売女を痛めつけるやり方はよく知ってるだろう」ダミアンは背をむけて去りかけたが、またもどってきた。「それから、エステバンにはかならずショバ代を渡せ。商売はじめるまえにかならず許可をとるんだぞ。あそこはおれのシマじゃねえからな」

マリアは顔をそむけた。なにも言わないが、ダミアンはその表情を見とがめた。

「いいか、ショバ代払わずに商売してバレたら、〈獣医〉の手下に裸にむかれて磔《はりつけ》にされるぞ」

「わかってる」

ダミアンは顔をしかめた。

「ああ、わかってるはずだ。わかってるからこそ目が泳いでるんだな。憶えとけ。おれがおまえに目をつけたってことは、他にも目をつけてる連中がかならずいる。ショバ代を払わずにアーコロジーで商売して〈獣医〉の若いもんに捕まったら、釣り針とナイフでその口を切り裂かれるぞ。冗談ぬきにな。おまえのかわいい面をそんなふうにしたくねえんだよ」

サラはマリアの肩をつかみながら言った。

「わかってるわ、ダミアン。〈獣医〉にショバ代を渡す」

「おれへの上前も持ってこい」

マリアは文句を言おうとした。しかし肩にかかったサラの手に指が折れそうなほど力がこめられたので、やめた。

「あんたの分も渡すから」サラが言った。

ダミアンが去ってから、マリアはわめいた。

「どういうつもり？　いったいどれだけ上前をはねられるかわかってるの？」

サラは声をひそめて答えた。

「それでも儲けはたっぷり残るわよ。行きましょう。エステバンに払うものを払って、トゥーミーの店にこのワゴンを引いていかないと。みんなが起きてくるまえに」

「でも——」

サラはマリアの目を見た。

「それが世間のやり方なのよ。駄々をこねてもしかたない。あんたがルールを変えられるわけじゃないんだから。さあ、払うものを払って、稼ぎましょ」

サラは低い声でなだめた。仔猫のように鳴いてもだれかがミルクを持ってきてくれるわけではないと、今度はマリアのほうが教えられた。

7

アンヘルは獲物を求める鷹のように南へ飛んだ。

乾ききったモハーベ砂漠が広がっている。日に焼かれ、風に削られた大地。酸化した石と白茶けた粘土の風景。低いクレオソートブッシュとねじれたヨシュアノキが点々とはえる。日陰でも五十度近い暑さ。路面から熱気が立ち昇り、蜃気楼が浮かぶ。中天で太陽が怒る。

州間高速道路上を動くのはアンヘルの疾走するテスラだけだ。

昔から絶望の土地で、いまも絶望の土地。幻想の余地がないのが砂漠のいいところだとアンヘルは思っていた。ここでは植物は広く浅く根を張り、一滴の水も逃さない。流れた樹液は硬化して被膜をつくり、水分のわずかな蒸発も防ぐ。葉は過酷な空にむけて広がり、すこしでも滴が落ちてきたら確実に受けとめ、中心に導くようになっている。

ネブラスカ州、カンザス州、オクラホマ州、テキサス州では、揚水ポンプのおかげで一世紀にわたって肥沃な土地の仮面をかぶった。帯水層から一万年前の氷河水を採取することで植生と繁栄をよそおった。緑の化粧が永遠に持続するふりをできた。氷河期の遺産を汲み上げて大地に撒き、乾燥した土地を一時的に緑に変えた。綿花、小麦、トウモロコシ、大豆。広大な土地で農業がいとなまれた。なにもかもポンプが動いていたおかげだ。これらの土地は過去を忘れて夢にひたった。希望を持った。しかし水はやがて尽きた。すると土地は昔にもどった。繁栄は借り物にすぎず、返ってこないと遅まきながら気づいた。

砂漠はちがう。つねに荒涼、過酷だった。一滴の水を貪欲に求めた。自分の真の姿を忘れたことはなかった。冬のわずかな雨だけでユッカは生き、クレオソートブッシュは花を咲かせる。その他の生物も過酷な土地を細々と流れる川の岸にしがみつき、遠くへは広がらない。

砂漠で水は当然のものではないのだ。

アンヘルはテスラのアクセルを踏みこんだ。車高が下がって加速する。知るかぎりもっとも嘘のない場所を駆け抜けていく。

検問所を通過するたびに前方に身分証データが送信される。防弾ジャケットを着たネバダ州兵が手を振って通行を許可する。煙で濁った青空には、姿の見えないドローンが滞空しているはずだ。

民兵組織もときどき姿を見せる。高性能スコープが太陽の光を反射する。高速道路を一台だけ突っ走るテスラを監視しているのだ。モルモン教徒とネバダ北部の牧場主連合が自主的にローテーションをこなしている。他にも〈南ネバダ義賊団〉や〈砂漠の犬〉などを名乗る組織が州内各地から片手にあまるほど集められ、キャサリン・ケースの第二の軍隊として動いている。この脆弱な約束の地に難民があふれるのを防ぐためにそれぞれの立場で働いている。

岩だらけの尾根に伏せている彼らのなかに、アンヘルが過去に会った連中もいるかもしれない。憎悪にゆがんだ顔や殺気立った目を思い出す。彼らのやり場のない怒りにアンヘルは同情した。しかしむこうから見れば、アンヘルは最悪の悪夢だったはずだ。ベガスのウォーターナイフが家のリビングにすわり、拒否できない提案をした。黒衣の悪魔が救済とひきかえに血の契約を迫った。アンヘルはすりきれたソファにすわり、あるいは高級リクライニングチェアに身を沈めていた。ペンキの剝げたポーチの手すりによりかかり、あるいは馬小屋のむっとする熱気のなかに立った。提案はいつもおなじ。共犯者のように声をひそめ、彼らを地獄から救う条件を提示する。キャサリン・ケースがパイプライン計画で彼らの水を奪いつつ、働かせるために練り上げた契約だ。

内容は単純明快だ。仕事、金銭、水。水は命だ。ベガスで撃つのをやめてアリゾナ人を撃て。南《S》ネバダ《N》水《W》資源公社《A》の目的にそって働けば、どんなことも可能だ。東流域パイプラインからの友好取水が許され、多少の勢力拡大もできる。水を飲める。わずかだが灌漑もできる。アンヘルは家から家、町から町へ歩いて、地獄の底から脱出する最後の機会を提示してまわった。

ケースの予測どおり、彼らは全力でその機会にしがみついた。

こうして州境に民兵組織が集まった。コロラド川にそって広がり、対岸のアリゾナ州やユタ州にらみをきかせた。州間高速道路ぞいには剝いだ頭の皮が警告がわりに吊された。つかまったアリゾナ人やメリーペリー教徒は川岸へ連行され、もとの岸へ泳いで帰れと強要された。生きて泳ぎ渡ったのは一部だ。

　東海岸の上院議員たちは、無法な民兵組織を取り締まるようにネバダ州に要求した。アンドリューズ州知事は律儀に州軍を出動させて無法者狩りをおこなった。そして報道カメラのまえで儀式的に逮捕者たちを歩かせ、裁判所では怒れる市民の罵声を浴せさせた。しかしカメラが止まると、手錠はさっさとはずされ、彼らはキャサリン・ケースに従う民兵組織として川ぞいの監視活動にもどっていった。

　アンヘルはミード湖で州境を渡った。白茶けた砂漠の岩壁に湖面が残した縞模様がうねうねと連なっている。昔――アンヘルがこの仕事につくよりはるか昔には、ミード湖はフーバーダムの縁まで水をたたえていた。貯水池は満水だった。現在は、おもちゃの廃墟のようなヨットハーバーが泥の湖底に桟橋を突き出している。ダムの上からは州軍とドローンがベガスの縮小する水源を見張っている。

コロラド川の渓谷にかかる橋ではすべての車両が調べられる。最近は複数回の検査を受けないとダムに近づくこともできない。

　アンヘルは面倒を避けるために、州境の手前でテスラを公社《SNWA》の社員にあずけて、徒歩で橋を渡る人々の列に加わった。他の旅行者たちといっしょに堤防からミード湖の青く輝く湖面を見る。ラスベガスの生命線だ。湖の一部は未完成の薄い構造物でおおわれている。このカーボンファイバー製の屋根がいずれ湖全体をおおう。蒸発抑制を目的にした公社の新たな大型計画だ。

　対岸に着くとアリゾナ州境警備隊による入境手続きがあり、そちらの検査を受けた。隊員らの憎々しげな顔を無視して、身体検査を受け、偽の身分証明書を提示する。訓練犬ににおいをかがれ、もう一度身体検査を受けて、ようやく通行を許された。

　とはいえこちら側の州境警備は形だけだ。アリゾナ人の本音では、荒廃した州を訪問してくれる客はだれでも歓迎なのだ。すこしでも金を落としてくれれば懐が温まる。

アンヘルは最後の検問所を通過して、合法的にアリゾナの地を踏んだ。

堤防の上には難民たちのテントが並んでいる。彼らは夜中に川を渡ろうと狙っている。それをアンヘルが集めた民兵組織が阻止する。夜ごとくりかえされる一種の儀式だ。テキサス人、ニューメキシコ人、アリゾナ人が川に殺到する。一部は渡りきるが、多くは失敗する。

上流はミード湖から、下流はハバス湖をへてさらに南まで、この川岸の難民キャンプがえんえんと連なっている。ピュアライフ、アクアフィナ、キャメルバックといった飲用水ブランドが救護テントをもうけている。難民支援の姿勢をアピールするいい広告写真になるからだ。

売上金の一部は、気候変動の影響で苦しむ世界中の人々を支援するために使われています……。

アンヘルはそれらの支援活動のテントのあいだを歩いた。メリーペリー教徒でいっぱいの布教テントをみつけ、そこにはいった。

信徒たちは列をつくり、罪を告白し、献身の札を買っている。熱狂的に自己の罪を責めて祈りを捧げているが、その神は干魃をもたらし、彼らに命がけで川を渡らせているのとおなじ神だ。

男がアンヘルのそばに来て、メリーペリー教の札をすすめた。

「神のおしるしをいかがですか？」

アンヘルは男が手にしたコーヒー缶に一ドル硬貨を落とした。男は無線キーと贖罪の札を渡して、次へ移動していった。

アンヘルは布教テントから出た。

高速道路の路肩には新たな黄色いテスラが駐まり、日差しを浴びて輝いていた。アンヘルの到着をじっと待っている。ドアは自動で開いた。

乗りこんで、車内に用意されたものを調べる。シート下の物入れにはＳＩＧザウアー一挺と弾薬のマガジン三本。その一本を挿入して、もとにもどした。次に書類を調べる。アンヘルの顔写真がはいったアリゾナ州の運転免許証が二枚。名義はマテオ・ボリバルとシモン・エスペラ。記章もある。フェニックス警察、アリゾナ州犯罪捜査課、ＦＢＩ。そのときどきで都合のいい管轄権を持つ身分を使えばいい。トランクには対応した制服一式がはいっているはずだ。スーツとネクタイ、ジャケットとジーンズも。州軍兵士のフル装備もあるだろう。公社は隙のない仕事をする。

身分証をひととおり調べると、ボリバルのほうを財布にいれた。車の電源をいれる。高性能フィルターが作動し、車内の埃を感知して急速換気をはじめた。どんな病原も始末する。ハンタウイルス、渓谷熱の真菌、普通の風邪の原因菌も残さず除去する。

車内が冷えてきたところで、アンヘルは公社に電話した。暗号回線を使い、車両を無事確保してフェニックスへむかうことを伝える。そして車を出す。

数分後に、ケースからじかにかかってきた。めずらしいと思いながら、アンヘルはつないだ。

「はい」

ケースの冷たく滑らかな声が、ほとんど無音のテスラの車内に流れた。

「州境を越えたの？」

「さて、見わたすかぎり連邦緊急事態管理庁《FEMA》のテントですよ。さっきは子どもたちが強奪しようとしてひっくり返したらしい移動便所車を見かけました。これらの風景から察するに、当地はアリゾナでしょうね」笑って、「他にこんなものが見られるのはテキサスくらいだ」

「仕事を楽しんでくれているようでよかったわ、アンヘル」

「アンヘルではありませんよ」助手席に放った身分証に目をやって、「マテオです。今日はマテオと呼んでください」

「今回はビクラムでなくて安心したかしら」

「ヒンドゥー語だってそれほど苦手じゃなかったんですが」

　家財道具を屋根に山積みした車の渋滞の列をくぐりぬけると、テスラは東行き線の入路にはいって加速した。西行きの車線は大混雑だが、東行きはがらがらだ。

「やっぱり。フェニックスへ行くやつは一人もいないらしい」

　ケースは笑った。アンヘルは加速し、平坦な黄色い砂漠を疾走した。立ち昇る熱気で地平線はゆらめいている。クリア袋のごみがユッカやクレオソートブッシュに大量にひっかかり、クリスマス飾りのように光って見える。アリゾナ人、テキサス人、ニューメキシコ人の痩せこけた難民たちは、テスラが通りすぎると舞い上がる砂埃を避けようと顔をそむける。

「さて、この電話はただのご機嫌うかがいではないのでしょう？」

「エリスについて尋ねたいのよ。数年前に彼と仕事をしたはずね」ケースは訊いた。

「ええ。〈南ネバダ義賊団〉の立ち上げをいっしょにやりました。去年は〈サモア系モルモン教徒団〉を。愉快な仕事でしたよ」

「なにか不満がありそうだった？」

　テスラはメリーペリー教の礼拝の輪の横を通過した。信徒たちはうつむいて立ち、北への旅の安全を神に祈っている。

「やれやれ、こっちはメリーペリーだらけだ」

「ゴキブリとおなじよ。叩いても叩いても出てくる。さあ、話をそらさないで。エリスのことを話して」

「とくになにも。不審なところはありませんでしたよ」しばし間をあけて、「まさか、あいつが裏切った？　カリフォルニアかどこかへ寝返ったとでもいうんですか？」

赤十字と救世軍のロゴがあるテントを通過した。その横には死体袋が並んでいる。ここまで旅して斃れた人々だ。何列も並んだ死体が州軍によって埋められるのを待っている。

「エリスから連絡がはいるはずだったのよ。それがない」ケースは言った。「金をつかまされて逃げたのか……」

アンヘルは口笛を鳴らした。

「あいつらしくないな。実直な男だった。約束は守る、善意で動く。そういうやつですよ。どうして？　なにかあるんですか？」

「パターンよ。パターンがある。フェニックスでは気をつけなさい」

「おれは大丈夫ですよ」

「フリオが冷静さを失っているというときに、今度はエリスの背反」

「偶然かもしれない」

「わたしの仕事に偶然はないわ」

「そうですね」

アンヘルはエリスとの会話を思い出そうとした。当時はいつも野宿していた。モーテルに泊まると暗殺者に狙われやすいからだ。そうやって川の仕事をし、民兵組織をまとめていた。

ケースがなにか言った。しかしノイズがひどくて聞きとれない。

「なんですって？」

またノイズが返ってくる。

地平線上の茶色いしみにアンヘルは気づいた。

「電波状態が悪いようですね。アンテナ塔が砂嵐にのまれたらしい。あとでかけなおしますよ」

返事はノイズだけだった。

茶色いしみを見なおす。確実に大きくなっている。

高く立ち上がり、地平線を埋めていく。急速に近づいてくる。

バッテリーが急速に消耗するのもかまわずテスラのアクセルを踏みこんだ。砂嵐へむかっていく。難民救護所や州軍の指揮所を通りすぎる。嵐はさらに近づく。砂埃の壁が一キロメートル以上も立ち上がり、進路上のあらゆるものをのみこんでいく。

アンヘルは目についた最初のトラックステーションにテスラを滑りこませた。追加料金を払ってブリキの壁にかこまれた待避所にいれ、充電をはじめる。待避所はすでに他の車で混雑していた。

食堂では人々はハンバーガーを食べ、窓の外で荒れ狂う砂嵐は見ないようにしていた。太陽光パネルが砂埃でおおわれてしまったため、だれかがバイオディーゼルの発電機を始動した。エアフィルターから送風音が聞こえはじめた。

外にプレスコット・スプリングズのロゴ入り給水トラックが来た。運転手がステーションの水タンクにパイプをつないでいるようすが、茶色い砂嵐のなかで影絵のようにぼんやりと見える。アンヘルのコーヒーにも表面にミネラルの薄い膜が浮いている。つまり汲み上げられた水だ。

嵐が強くなった。夜のように暗くなる。砂と小石が窓を叩き、震わせる。人々は自然の猛威におびえたように声をひそめ、とぎれがちな会話をしている。

旅行者たちの不安げなつぶやきから彼らのおおよその事情がわかった。大半はフェニックスを出てよそへ行こうとしている。一部はネバダやカリフォルニア、または遠くカナダまでの通行許可を持っている。だれもが残してきたものを嘆き、新天地でのましな生活を願っている。

ふいに電子的通知音がいっせいにあちこちで鳴りはじめた。砂嵐が弱まり、データパケットが砂埃のあいだを抜けて携帯電話に届くようになったのだ。

アンヘルはケースにあらためてかけてみたが、ボイスメールに転送された。忙しい彼女は忙しく仕事をこなしているようだ。

車の待避所にもどると、ブリキの壁のすきまから細かい埃が侵入して降り積もっていた。アンヘルはテスラのエアフィルターを揺すって、できるだけ埃を落とした。

数分後にはふたたびアリゾナの砂漠を走りはじめた。吹き寄せられた砂で見にくい車線をたどり、砂塵をもうもうと蹴立てて疾走する。

8

「一口二ドル、一カップ一元」

サラなら、〝裏で一発、お手頃価格〟と言うところだろう。

マリアの商売は好調だった。トゥーミーの鉄板で油がはじけ、中南米料理のププサが焼かれていく。マリアはその隣で一口単位で水を売る。次々と金が渡される。汗で黒ずんだ中国の小額紙幣をブラに押しこみながら、アクアフィナのボトルから建設労働者のカップへ水をついでいった。水位は注意深く見る。液量の判断はお手のものだ。サラがフロアで仕事をするすましたクラブのバーテンダーよりうまいだろう。

トゥーミーはコールマンのストーブのまえで汗だく

で働いている。ププサを次々に焼き上げ、リオ・デ・サングレの古新聞で包んでいく。凄惨な殺人現場の写真はたちまち油を吸って黒ずみ、列をつくった客の手に渡る。

トゥーミーは大柄な黒人だ。頭は完全に禿げ上がっている。額から玉の汗を流して鉄板を注視している。紅白の大きなパラソルを頭上に広げ、おなじ紅白のエプロンをしている。自分の商売を守る強い男。その力の傘にはいってマリアは水を売る。

「一口二ドル、一カップ一元」

次の客に声をかけた。安く仕入れた水が高く売れる。赤十字の揚水ポンプから太阳《タイヤン》アーコロジーの建設現場脇の埃っぽい歩道に運んできたことで価値が上がる。

次の労働者のカップについでアクアフィナのボトルは空になり、それを赤いワゴンに放った。第二シフトの昼食時間はまだはじまっていないのに、もう半分はけた。鼻歌まじりに働きながら、頭のなかで計算した。家賃と食費。ダミアンに払う手数料。州境のむこうへ連れていってくれる業者《コヨーテ》に払う金。

トゥーミーが顔を上げて、次の客に笑顔で尋ねる。

「肉とチーズ《ケソ》、豆とチーズ、チーズのみのどれにする？」

「一カップか一口か、どちら？」マリアも声をかける。

店のまわりの空気は煙が立ちこめている。フィルター付きマスクを着けている人が多い。お金持ちはラルフローレンやヤンヤンのブランド品。貧乏人はアメリカンイーグルやウォルマートの製品だ。マリアも貯金を取り崩して一つ買うべきだろうかと考えた。無銘柄の製品なら高くない。肺をすこしでも守れるだろう。サラの分もあれば咳がよくなるかもしれない。

視程は四百メートルくらいしかない。建設途中の高層のアーコロジーは灰色にかすみ、鉄骨の骨組みも太陽光パネルもガラス壁も、熱い煙と霞の空に消えている。サラの話では、上層階からは市内全体が見渡せるらしい。しかし今日ばかりは、高みに住むお金持ちのファイバーも、地上を這うマリアとおなじように灰色の煙しか見えないはずだ。

　客の列は途切れず、つねに六、七人が注文を待っている。トゥーミーの店は場所がいい。太阳の建設現場のすぐそばで、シフト交代の労働者をつかまえやすい。さらにファイバーの客も来る。彼らはアーコロジーの完成した区画からスラム見物に出てきて、両方の世界を楽しむのだ。

　マリアがカップについでいると、トゥーミーが中国人の現場監督の注文をとろうと挨拶した。

「なににしますか《ニー・ヤオ・シェンマ》？」

　現場監督はトゥーミーの中国語に苦笑して、英語で答えた。

「肉、チーズ《ケソ》抜きで」

　トゥーミーも英語に切り替えた。どんなときも客にあわせる。それが彼の主義だ。英語でもスペイン語でも中国語でも、ププサが売れればそれでいい。もしクリンゴン人の宇宙船が着陸したら、その言葉を覚えると言っている。どんな客でもお得意さまにしてしまう。ププサを焼きながら、新聞紙を手ぎわよく芸術的な形に折って容器をつくる。その日の殺人事件をびっしりと報じる小さな紙の容器に、焼き上がったププサを放りこみ、大げさな身ぶりとともに客に手渡す。

「笑顔と手ぎわだよ、マリア。笑顔と手ぎわ」トゥーミーはいつも言う。「客の母国語で親切な言葉をかけて、いつも裏切らないおいしい料理を提供する。そうすればお得意さまになってくれる。絶対だ。商売繁盛さ」

　親切な言葉。

　マリアがここに惹きつけられたのもそれだった。父親が亡くなったあとのことだ。残りわずかなお金を握りしめてププサを買いにきた。生前の父親が昼のシフトで出勤するときにマリアに食べさせてくれた。その思い出にしがみついた。紅白のエプロンをかけたこの大柄な黒人と親切な言葉にもほっとした。顔を憶えていて、なぜか信用できた。

トゥーミーは金を受けとらず、野良犬のためにとっておいた焼き損じのププサをかわりにくれた。工事現場のまわりに住みついている毛並みの悪い雑種犬がいて、スパイクと呼ばれている。空腹だったマリアはそれをがつがつと食べた。

そしていま、マリアは彼の横で水を売っている。トゥーミーは彼女を小さな女王と呼ぶ。

「小さなキャサリン・ケースだな」

マリアが隣で水を売りたいと頼んだとき、トゥーミーはそう言った。商売の場を借りるかわりに、利益は山分けにした。水の仕入れも運ぶのもマリアがやる。トゥーミーはなにもしなくても分け前がはいる。

小さな女王。小さなキャサリン・ケース。どう呼ばれようとかまわない。アーコロジーのそばで水を売る場所をもらえればそれでよかった。

場所。大事なのは場所。

もちろん、最高級の場所は太陽アーコロジーだ。一部はすでに入居がはじまっている。三重のエアフィルターが施された集合住宅に人々は住んでいる。清浄な空気。完全リサイクルの水。自前の野菜工場。自給自足の生活を実現している。外のフェニックスがどれほど荒廃しても関係ない。

なかのようすはサラから聞いている。噴水と滝。植物があふれている。煙や排ガスのにおいがしない空気。失われた楽園のようにマリアには思えた。太陽アーコロジーにはいるのは、カリフォルニアへ越境するのとおなじくらいに難しい。警備員、管理カード、指紋認証。なにより住人の許可がいる。

煙と建設現場の埃のなかにいるマリアにはよくわかった。エアコンが低くうなる五桁の住所を持つ住まい。サラが体を売るために足を踏みいれるその場所は、まったく異質だ。

マリアは次のボトルの蓋を開けながら、客の列を見た。この調子ならあと一、二時間で水は売り切れるだろう。一年分以上の稼ぎだ。一つ上の暮らしを手にいれるための資金になる。現金は想像以上に重要だ。サラも驚くだろう。

「一カップか一口か、どちら？」次の客に訊く。

道のむこうではバスにテキサス難民たちが次々と乗っている。いつも建設現場のまわりにたむろしている失業者たちが、いまは乗車の列に並んでいる。

「あれはどこへ行くの？」マリアはトゥーミーに訊いた。

トゥーミーは焼いているププサから顔を上げた。

「電力会社さ。箒を使えればだれでもいいってことで集めてる」

「なんのために？」

「西の太陽光発電所が砂嵐で停止したんだ。何平方キロもある太陽光パネルが、いまは砂漠に日陰をつくる仕事しかしてない。十五センチも砂が積もったら発電できないだろう」トゥーミーは笑った。「仕事にあぶれたテキサス人が大勢いてよかったと、初めて思ってるんじゃないか」

「そこへ行って売ったほうがいいかしら」マリアはほとんど独り言のように言った。

トゥーミーは大笑いし、肘でつついた。

「小さな女王は出世して、しょぼいトゥーミーの店なんかでやってられなくなったか？」

脇をつつかれても、マリアは気にしなかった。トゥーミーなら問題ない。たまにうるさく言うときも、彼は悪意はないのだ。

サラは、トゥーミーがマリアに送る視線から、気があるとすぐに見抜いた。マリアの尻を目で追いかけているという。

けしかけられたマリアは、トゥーミーにキスしてみたことがあった。感謝の気持ちをしめして、男をしっかりつなぎとめろとサラは助言した。彼の女になれと。

　ところがトゥーミーはすぐにキスをやめた。唇は名残惜しそうだったが、やんわりとマリアを押し返した。

「うれしくないわけじゃないんだけどな」

「なにか悪いことをした？」

「こういう形はよくない」

「どういう形ならいいの？」

　トゥーミーはため息をついた。

「愛情からはじまるもんだ。必要からじゃなく」

　マリアは困惑して相手を見ながら、男における高潔さを理解しようとした。どこをまちがえたのだろう。

　ホットパンツと短く切ったシャツで細い体を売るサラのやり方から、愛がなければ女には手をふれないというトゥーミーのロマンチックな理想まで、さまざまな男女関係がある。どこに自分はあてはまるのだろうか。

　結局はどうでもいいことだった。マリアが言い寄り、トゥーミーは断った。それは彼の女になったのとおなじことだった。むしろもっといい。

「見るだけで彼が満足するなら楽ちんじゃない。好きなだけ見せてやればいいわ。それで一生尽くしてくれるわよ」

　最初のシフトの昼食時間が終わり、列が短くなった。

　マリアはワゴンの未開封のボトルをかぞえた。トゥーミーは腰を伸ばした。

「やれやれ、家を建てるのはくたびれるから転職したのにな」

「隣の芝生は青く見えるものよ」

　トゥーミーは笑った。

「ちがいない」

「建設業にはもどらないの？」

「最近建設されるのは太陽アーコロジーしかない。昔ながらの住宅の建設業者なんかお呼びじゃないのさ」

「パパは太陽で働いてたわ。そのせいで死んじゃったけど」

「まあ、なにごとも保証はない。でも親父さんのことは誇りにしていいぞ。優秀だからこそ中国人に雇われたんだ。あいつらの建設は複雑だ。ツーバイフォー材と石膏ボードを切り貼りしてつくる家じゃない。ティラピアと巻き貝と滝がからみあう。複雑で繊細な仕事さ」

「パパがやってたのはそういう仕事じゃないと思うけど」

「部分的には手がけてただろうさ」トゥーミーは遠くを見る目になった。「あそこで働くのは、未来を築くことだ。建設会社は……全部をシミュレーションしてる。ソフトウェアとか水の流れとか人口とか。動物と植物のバランス、廃棄物を処理して温室の肥料にする方法、水の浄化法。真っ黒な汚水をフィルターに通し、キノコと葦に通し、睡蓮の池、錦鯉の水槽、巻き貝の養殖床を通過させると、出てきたときには地下水よりもきれいになってる。自然の力だ。さまざまな小動物の働きを組み合わせている。エンジンの歯車のようにな。これもある種の機械だ。巨大な生きた機械さ」

「そんなに知識があるなら、働けばよかったのに」

「じつは太阳が建設の準備をはじめたときに応募したんだ。おれならやれると思ってた。市や州から建設認可をとりつけるために現地の人材を雇う必要もあった。だから名乗りを上げた。建設のノウハウは充分持ってるからな」

「なのに採用されなかったの？」

「ああ、門前払いさ。やつらの方法はまったくちがうんだ。大きなプレハブの部品をつくって持ってくるんだ。よそでつくって、現地で組み立てる。早くできる。おれたちのやり方とはちがう。もっと……工場生産に近い。そのうえ複雑なバイオ施設もある」

トゥーミーは肩をすくめた。

「そのときは、しかたがないなと思っただけだった。

おれたちの仕事だってまだたくさんあった。成長の余地はあると思ってた。そんなときにＣＡＰの水路が爆破された。とたんに、おれたちがつくるような住宅は不良債権化した」

　トゥーミーは太陽を見上げた。入居のはじまった区画には明かりがともっている。

「唯一ＣＡＰに依存してなかったのが、彼ら太陽だ。リサイクル率をちょっと上げて、内部水を留保した。ほんのわずかな給水だけでいい。おれが陰謀論者ならこう言うだろう。ＣＡＰの破壊工作の黒幕はベガスでもカリフォルニアでもない。太陽だ。おれたちみたいな競合他社を倒産させるためだって。なにしろ、あの高価なアパートメントやコンドミニアムが、突然安いものに思えてきたんだからな。他の住宅ではキッチンの蛇口をひねってもろくに水が出なくなったんだから当然さ」

　手で目庇《まびさし》をつくってアーコロジーを見上げる。

「せめて、おれが手がけた建売住宅の最初の十棟が売れたあとだったらな。もし売れてたら、カリフォルニアへの移住権を楽に買えてた」

「たらればの話ね」

　トゥーミーは苦笑した。

「今日はずいぶんシニカルだな」

　マリアは肩をすくめた。足をぶらぶらさせて、サンダルを見る。

「どうしてかしら。いつもそうなる。お金持ちはさらにお金持ちに、貧乏人はさらに貧乏になる」

　トゥーミーは笑った。

「そう思うか？　小さな女王さま、じつはおれも昔は金持ちだったんだぞ。ゆうに六桁のなかばの収入があった。順風満帆だった。住宅建設をやって、その先の計画もあった」肩をすくめて、「賭けたところがちょっとまちがってたのさ。それだけだ。変わらないはずだと思っちまった」

マリアはすわったまま、その意味を考えた。トゥーミーも彼女の父親も、おなじ思いちがいをしたのだ。火を見るよりあきらかな事態が迫っているのに、直視しなかった。

CAPが爆破されたとたん、トゥーミーの会社はつぶれた。しかし中国人には備えがあった。計画があった。悪い状況を想定していた。アーコロジー全体が災厄を前提につくられていた。

他の人々が首を切られた鶏のように右往左往しているときに、太阳はリサイクル率をすこし上げただけで通常の運用を続けられた。

この世にはうまくやれる人々がいる。どこに賭けるべきか知っている人々がいる。

ならば、自分ならどこに賭けるか……。

「知るもんか。おまえだってわかるわけない」トゥーミーが突然言って、マリアは驚いた。

「考えてることが口に出ちゃったみたい」

「思考を読んだのかもしれないぞ」

マリアはにっこりした。

「でも太阳はうまくやったわ。先を見通してた。ベガスもそう。アーコロジーをつくってる」

トゥーミーは苦笑した。

「悪徳の町か。ここが地獄に堕ちたと聞いて、あいつらは祝宴を開いたはずだ。むこうは地獄への備えができてる。そもそも地獄の出身者だからな。キャサリン・ケースの仲間にとっては故郷に帰るようなものさ」

マリアはアーコロジーを見上げた。

「あたしも故郷に帰りたいわ」

「おれだって帰りたい。もとの姿の故郷にさ」

二人は黙ってアーコロジーの建設労働者たちを眺めた。黄色く輝くヘルメットをかぶって、仮設エレベータのケージに乗り、低くたれこめた煙の上へ昇っていく。

トゥーミーが話題を変えた。

「この近くにコヨーテの群れがいるぞ。二軒くらい先を移動してるのを見た」

マリアは急に元気づいた。

「州境を越える手引きをしてくれる人たち？」

トゥーミーは笑った。

「ちがう、そっちのコヨーテじゃない。動物のほうさ。牙がはえてて、尻尾がある。犬に似てるやつらだ」

「ああ、それね」マリアは失望をこらえた。

「新しい群れだ」

「どうして新しいとわかるの？」

「おれは近所をよく見てるからな。だれの顔も覚えようとしてる。コヨーテもメリーペリー教徒とおなじさ。最初はテキサス人はみんなおなじ顔に見える」マリアの肩を軽く叩いて、「でもだんだん見分けがつくようになる。こいつは耳の先が灰色だとか、尻尾がふさふさだとか。そうやってわかるようになる」

「コヨーテはどうやって水を得てるのかしら」

「わからん。獲物の血からか。それとも水道管の漏水箇所を知ってるのか」

マリアはまさかというように鼻を鳴らした。

「やつらは鼻がいい。動物はそういうところにすぐれている。コヨーテにくらべたら人間は愚かだ」

二人はしばらく黙って休憩し、次のシフトの作業員たちが下りてくるのを待った。建設現場の周囲には特有のリズムがある。マリアは父親が高所作業をしていた頃を思い出して、心地よかった。

中国人の現場監督が、中国語とスペイン語と英語がまざった言葉で大きく指示を出している。フェニックスではこれが高所作業のやり方だ。カウボーイハットをかぶった二人のアリゾナ人が、巻いたケーブルをかついで現場にはいっていく。廃屋から回収した電線を売りにきているのだ。

公衆便所に列ができている。太阳が公衆衛生のためにアーコロジーに隣接して設置したものだ。あとからトゥーミーに聞いた話では、屎尿《しにょう》はアーコロジー内の巨大なメタン堆肥化システムにとりこまれるのだという。頭のいいやり方だ。なにも無駄にしない。発生したガスは分離し、水は絞り取り、固形分は建物内で成長する奇妙な植物の栄養分にする。やがてそれが樹木になる。

　市内を走りまわる移動便所車もおなじだ。賢い。アーコロジーにとりこんで、なにも排出しない。必要な養分を取り出す専門家なのだ。

日差しが強くなってきた。二回目の昼食シフトがはじまる。マリアはまた水を売りはじめた。一カップか一口か、一カップか一口か、一カップか一口か……。

　水の一滴が金になる。

　大きなトラックがガソリンエンジンの排気音とともに近づいてきた。黒いフォードの高級大型ハイブリッド車。マリアの背丈ほどもあるごつごつした大径タイヤを履いている。下りてきた二人の男を見て、マリアはすぐにわかった。〈獣医〉の用心棒のカトーとエステバンだ。二人はにやにや笑いで道を渡り、トゥーミーの店へ来た。

　トゥーミーは二人が来るまえから金を用意していて、ププサを鉄板の上でひっくり返しながらすぐに渡した。受けとったエステバンは慣れた手つきで札束をかぞえた。その目がマリアの赤いワゴンにむく。

　マリアは胃が縮み上がった。なんて愚かな。ワゴンにはボトルが大量にころがっている。半分はすでに売った。労働者たちのカップにそそいでなくなった。愚かしいことに、そのあとここに突っ立っていた。自分の富に注目が集まることを考えもしなかった。

　エステバンはトゥーミーに顔で合図した。

「三つだ。豚肉とチーズ入りで」

　カトーは豆とチーズだ。トゥーミーはすぐに焼きはじめた。カトーはマリアのほうを見て、エステバンを肘でついた。

「水売りがいい商売してるみたいだぜ」

「儲けたみたいだな」エステバンは同意した。

「水はいかがですか？」

マリアは知らないふりをして声をかけた。ブラに隠した金のことを考えないようにした。このギャング《チヨロビ》たちがいつものように無視してくれることを願った。どこかに消えてしまいたい。風でたまたまこの町に吹き寄せられたテキサスの表土にすぎないと思ってほしい。

「ショバ代を払えよ」カトーがマリアに言った。

マリアはごくりと唾を飲んだ。

「彼に払ったわ」顔でエステバンをしめす。「売りはじめるまえに」

「知らねえな。水で大儲けしてるみたいじゃねえか。水の帝国かなにかを築くつもりか？　売って、買って、利益を出して。頭のいい商売だな」

「そんなにたくさんじゃないわ」

「隠すなよ、テキサス人。儲けてるのは見りゃわかる」

「ショバ代はもう払ったんだから」

カトーはにやにや顔でエステバンを見た。

「へえそうかい。しかし……大きな商売むけのショバ代じゃなかったはずだ。おまえの顔を見て、小さな商売だと思ったはずだ。このトゥーミーのおっさんみたいな。庶民がやる庶民らしい商売だろうって」

ボトルをかぞえはじめる。

「ところがおまえのやってるのはちがうな。さてと、おれはおまえの友だちで、エステバンの友だちだ。なかよくやってもらうためにも、ここは太っ腹になって、おまえにやり直しのチャンスをやろう。おれたちにいくら払うべきか考えろ。この場所でものを売るのを許可してやってる人に、いくら渡すのが正しいか」

トゥーミーはわざとらしく無言を貫いている。大きな体を縮め、鉄板の上で焼けるププサだけを見ている。

油がはじける。電気自動車がかん高い音をたててむこうを走っていく。

マリアは他の客の存在を意識した。このギャング《チョロビ》のうしろで黙って列に並んでいる。疲れきったテキサス人と郊外から来たアリゾナ人たちがこのやりとりを無言で見ている。作業員の責任者らしい中国人二人が、列からやや離れてこちらを観察し、自分たちの言葉でなにか話している。地元のトラブルにはかかわらないようすだ。

「どうするんだ、テキサス人?」

カトーの顔に水をひっかけてやりたい強い衝動をこらえて、マリアはブラのなかに手をいれ、汗まみれの札束を抜き出した。緑の一ドル札と赤の一元札をかぞえて抜いていく。

カトーは手を出して待っていたが、マリアがもたもたとかぞえているところにその手を伸ばして、全部まとめてむしりとった。客の列を顔でしめす。

「まだ稼げるだろ」

「ショバ代はもう払ってあるのに」マリアは押し殺した声で言った。

カトーはグロ新聞で包んだププサを取り、水が半分はいったボトルを自分でつかんだ。

「いま払ったんだよ」

エステバンは黙って肩をすくめ、帽子の縁を傾けた。トラックへもどりながら、カトーは奪った札束をエステバンに渡す。二人は大笑いしながらトラックに乗った。カトーが水を飲むようすをマリアは見た。カトーは乾杯するようにマリアにボトルを持ち上げてみせ、トラックは走り去った。

「あんなことをして、おれを殺す気か?」トゥーミーが小声で言った。

「だって、あれは家賃分だったのよ! 家賃を払えなかったらあたしはダミアンに責められるわ」

マリアは残った水を見わたして、あらためて暗算した。サラの分け前、未払いの家賃……。泣きたくなった。垂直式野菜工場についての情報とか、そんなさまざまな計画も全部無に帰した。無どころか赤字だ。サラが損失分をいっしょに持ってくれなければそうなる。

トゥーミーが首を振った。

「まったく勇敢だな。それは認めるよ。あんな危ない連中を相手に弁護士みたいな理屈をこねるとは。そんなことをしたら、〈獣医〉のハイエナの餌にされちまうぞ。おれまで巻きこまれちまう」

「ショバ代は払ったのよ」

「ショバ代を払ったかどうかなんて関係ない」トゥーミーはしゃがんで、マリアを自分のほうにむかせ、目をあわせた。「説明してやるからよく聞け。エステバンは〈獣医〉のために働いてる。言われたことをやる。ボスを怒らせない範囲でならなにをやってもいい。〈獣医〉は口を出さない。〈獣医〉が殺したいやつをエステバンが殺す。〈獣医〉の金づるをエステバンが傷つけないかぎり、なにをやってもかまわない」

「あたしだって彼らのために稼いでるわ」

「稼いでる、か」トゥーミーはばかにしたように鼻を鳴らした。「じゃあ、もしかしたら〈獣医〉はエステバンを罰するかもしれないな。たとえばこう言うんだ、〝おい、おもちゃの赤いワゴンで水を売り歩いてる娘はどうなった？〟と。するとエステバンは答える。〝だれ？　ああ、あのやせっぽちのテキサス人《テハナ》の女ですね。あいつならファックして、手下のパーティの慰みものにして、腕や脚がもげるまで輪姦《まわ》してから、脳天を撃ってプールの底の遊泳客にしときましたよ。それがなにか？〟てな。すると〈獣医〉は指を鳴らして怒りをしめす。大事な水売りの少女だった。よく働き、まじめにショバ代を払うテキサス人のお手本だった。だから……どうすると思う？　二百ドルくらいの罰金をエステバンは払わされるかもしれんな。〈獣医〉にとっておまえの価値はそれくらいだ。価値があると本当に思われてればの話だぞ。実際にはおまえのことなど鼻くそほどにも思ってないだろう」

　トゥーミーは首を振った。

「いいか、おまえの女友だちでバーに出入りしてるのがいるだろう。あの子もおなじように安い命だが、それでも殺すと多少の損になる。〈獣医〉はあの子にはまちがいなく値段をつけてる。稼げる体だからだ。でも普通に考えたら、エステバンがおまえを殺しても、〈獣医〉から罰金を科されることはないさ」

　トゥーミーはマリアの腕をつかみ、真剣な目になった。

「これだけは頭にいれておけ、マリア。正しいとかまちがってるとか、そんなことを気にしてたら、おまえも親父さんみたいに死ぬぞ。親父さんも弁護士みたいな理屈をよくこねてた。最高裁が判決を出したら、州間高速道路はまた自由に行き来できるようになるってな。おまえもおなじように、なにが正しく、なにがまちがってるか考えるだろう。でもそんなのは頭のなかのルールだ。実際のルールは強いやつが決める。今日払ったショバ代は、たまたま殺されなかった代わりだと思え。ショバ代で命を買ったんだ。わかったか？」

　トゥーミーの指が腕に食いこみ、痣になりそうだった。

「痛いわ」

　トゥーミーは力をゆるめた。しかしきびしい表情はゆるまない。

「ここは広大な砂漠で、おまえは小さな弱いネズミだ。それくらいはもうわかれ。砂漠には鷹やフクロウやコヨーテや蛇がいる。みんなおまえを取って食おうとしてる。これからカトーやエステバンのようなやつらと出くわしたら、自分はネズミだってことを思い出せ。姿勢を低くしてみつからないようにしろ。一瞬でもそれを忘れたら、鼻先から尻尾まで一口で食われるぞ。やつらはおまえを食ったことを意識すらしない。げっぷもしない。腹を痛くしたりもしない。本物のディナーのまえの前菜にすぎないんだ。わかったか？」

　マリアがうなずくまで待って、ようやく表情をゆるめた。

「よしよし」マリアの顎を軽くなでて、体を起こす。「さあ、仕事だ。昼食時間のうちに売れるだけ売ろう。客はまだいるぞ」

　トゥーミーは、まるでなにごともなかったように列の次の客にむきなおった。マリアに怒ったこともすぐに忘れたようだ。

「豚と、豆と、チーズがあるよ。どれにするかい？」すぐに続けて、「いっしょに水は？」と、はげますようにマリアのほうを見る。

　マリアはさしだされるカップや水筒にふたたび水をつぎはじめた。

　トゥーミーの言うとおりだとわかった。抵抗したのはまちがいだった。〈獣医〉のハイエナとちがって、エステバンとカトーは紐でつながれていないのだ。その気になればマリアなどあっというまに食い殺される。口をつぐむのが常識だ。

「それでいい」トゥーミーは微笑んだ。「まだ売れるものはある。水売りの少女は小さなキャサリン・ケースだ」

　マリアはトゥーミーをにらんだ。

「あたしがケースなら、大事な水をあんなやつらに盗ませないわ。喉笛を掻き切って、血をクリア袋に絞り出して、その水を売ってやる」

　トゥーミーは笑みを失った。

　マリアは客に水をつぎながら、頭のなかで金の勘定をした。そして二人の家賃とサラの投資を失ったことを、友人にどう説明しようかと考えた。

　世界の仕組みの地図を頭に持っているつもりだった。しかしそれはまちがっていた。州境が閉鎖されることなどありえないと考えていた父親や、普通の住宅を未来永劫つくりつづけられると思っていたトゥーミーのように、まちがっていた。

　エステバンとカトーは、彼女が世界の仕組みをすこしも理解していないことを派手に広告するネオンサインのようなものだ。

　マリアは水を売りつづけた。しかしいくら売れても、それではたりなかった。

9

　アンヘルの車の窓の外にキャンプファイアが見えはじめた。フェニックスに近づいた証拠だ。市周辺部の暗黒地帯には難民キャンプとリサイクル施設が点在している。自己を食う都市。裕福だった時代の贅肉を消費して生き延びている。

　前方は無数のテールライトが交通量の増加をしめしている。フレックス燃料のピックアップトラックや、ＳＵＶのテスラ・マチェーテの黒い影のあいだを、安価な電動スクーターが蛇行してすりぬけていく。州間高速道路のもうもうと舞う砂塵のなかではあらゆるものが影の濃淡になる。

　すべてがぼやけた影だ。スクーターのタンデムシートにまたがり、男の腰に両腕でしがみついている女。風に叩かれ、目も口もしっかり閉じて砂埃に耐えている。べつのスクーターは十八リットルの水タンクをバンジーコードでくくりつけている。ハンドルにしがみついているライダーは、紫色のスパークルポニーのイラストがはいったフィルター付きマスクで顔を隠している。

　交通量が増え、人も増えてきた。スカーフやマスクで顔や頭を砂埃から守っている。靄のなかでヘッドライトが光のトンネルをつくっているようだ。道の両側では人々が砂嵐のあと片づけをしている。車に積もった砂を落としている。忙しい働きアリの影絵だ。

　舗装が荒れてきたので、アンヘルは速度を落とした。車高の低いテスラがでこぼこ道で底を擦らないようにする。砂埃は何層も積み重なっている。テスラの車内にはHEPAフィルターを通したエアコンの冷風が静かなうなりとともに送られてくる。ここだけが外界から切り離されているようだ。青と赤の表示が輝くパネル。ラジオの低い音声。

『KFYI、聴取者からのお電話です』

『もう、まるであれよ。ポンペイよ。そのうちみんな厚さ十五メートルの砂埃の層に埋もれちゃうんだわ』

『まったくそのとおりですね。では次のお電話――』

　テスラのヘッドライトがハイウェイの路側に立つ人影を照らし出す。ゴーグルとフィルター付きマスクで顔をすっぽりおおっている。通りすぎるハイビームの光が昆虫めいたゴーグルのレンズを光らせる。正体不明でもの言わぬモンスター。すぐに闇に溶けて消える。

『コロラドにうちの州軍を送るべきだよ。やつらがせき止めてるのはおれたちの水なんだから。乗りこんで、ダムを開いて、おれたちの水をこっちへ流すんだ』

　暗黒地帯が終わった。死んだ黒いフェニックスが、いきなりネオンの輝く活動的な市街に変わった。まるでだれかが都市の周辺をバーナーで焼き焦がしながら一周し、ネオンだらけの中心部を残したかのようだ。郊外の灰から立ち上がる生きた都市。

『農業に水をたくさん使わなきゃ、こんなことにはならないのよ。農場を全部閉鎖しちゃえばいいわ。彼らの水利権が上位だろうと知ったことじゃないわよ。水を無駄遣いしてるのは彼らなんだから』

『一つまえの愚かな意見に反論するよ。農場を閉鎖したら、砂嵐が起きる。単純な理屈さ。いったいどこからこの砂埃が来てると思ってるんだ――』

アリゾナ人はなんでも他人のせいにする。自分のせいだとは思わない。それがアリゾナ人の特徴だとケースは言う。自分の問題として考えない。おかげでこちらは楽だ。簡単に始末できる。

『先住民のホホカム文化はこの下に埋まってる。おれたちはその墓の上を歩いてるんだ。彼らも水が涸れて滅びたんだよ！　その結果がこれだ。なにも残らない。ホホカムって名前の由来を知ってるかい？　〝使い果たした〟って意味さ。ここも百年たったら忘れ去られるだろうね。フェニックスなんて町があったことはだれも憶えてない』

光があふれる。道は渋滞する。バーと銃砲店。通りの角には売春婦が立つ。一夜の宿のために男を探すテキサス難民の女たちだ。巡回する路面清掃車。砂埃を吸いこみ、どことも知れぬ場所に捨ててくる。クラブの外には黒い暴動鎮圧装備をつけた民間警備員が立つ。自動車販売店と小規模モール。市の運用する移動便所車が郊外の浄水施設へ屎尿を運ぶ。下水が機能しなくなった市内で伝染病の蔓延を防いでいる。

頭上には広告看板が煌々と輝き、フェニックス開発局の最新のキャンペーンを宣伝している。炎の翼を広げた鳥を背景に、笑顔の子どもたちや太陽光発電施設や太阳《タイヤン》アーコロジーがコラージュされている。それらの上に宣伝文句がある。

飛び立つフェニックス

看板の下では、ネクタイに正装の男たちと肌の露出の多いドレスの女たちが、ボディガードたちにかこまれて車高の低い黒のシボレー・サバーバンに乗りこんでいる。ボディガードの格好は、カルバンクラインの防弾ジャケットとリリー・レイの防塵マスクに、M-16アサルトライフル。フェニックスの最新ファッションだ。

次の看板は、表面がほころびている。赤い百元紙幣の山が雪崩を起こして看板の枠からはみだし、その上に〝一攫千金でマイホーム!〟の文字が躍る。しかし看板を照らす設備がまだらだ。肝心の現金を照らすべきネオン管が盗まれている。

さらに次の看板にはこうある。

アイビス・インターナショナル

水文学、掘削、資源探査

未来を守りましょう、いますぐ

市街が続く。人が増える。難民たちが交差点のそばにすわりこみ、通りすぎる車を眺めている。手にしたボール紙には、仕事や現金を求めるメッセージが手書きされている。カリフォルニア人から施しのコインをもらっている。金持ちのカリフォルニア人たちは崩壊する都市を見物しようと州境を越えて遊びにきている。

『これは自然のサイクルにすぎませんよ。いずれまた湿潤期になります。一万年前にここはジャングルだったんですから』

『いまのまぬけ野郎に教えてやるよ。湿潤期なんか来ない。ここらのプールに水がはってあった時代でさえ、雨なんか降らなかったんだから』

アンヘルのテスラは人ごみをかきわけ、通称ゴールデンマイルをゆっくりと進む。フェニックス開発局が観光客誘致のために命名した通りだ。いわば小さなベガスだが、本物にくらべると貧相で安っぽく、せせこましい。

正面には太陽アーコロジーのぎざぎざの輪郭がライトアップされている。キャサリン・ケースがベガスのサイプレスで成し遂げた魔法を、この土地で再現しようとしている。外国企業が所有し、中国の太陽光エネルギー投資マネーで建設されている。地元業者がやるよりよほど生存の見込みがあるだろう。

すべてが前回訪問時より悪くなっているようにアンヘルには見えた。荒廃して砂埃が積もった商業施設が増えている。割れ窓も、廃業したショッピングプラザやストリップモールも増えている。ペット専門店、パーティ用品レンタル店、ウォルマート、フォード販売店。どれも閉店し、ガラスが割れ、内部を荒らされている。街角には女たちや、細身のズボンの少年たちが立っている。交差点で車を呼び止め、窓に体ごといれて交渉する。一杯の水を買うため——一日生き延びるためのわずかな金を、体で稼ごうとしている。

アンヘルもその気になればだれでも拾っていけるだろう。報酬は一回の食事か、一回のシャワーか、あるいはホテルのバスタブで服を洗濯させてやるだけでも充分なはずだ。

十ドルか、せいぜい二十ドルか。

前方の高いところに、ヒルトン6の赤いロゴが見えてきた。靄のむこうでぼんやりと輝く灯台だ。内部崩壊する都市のなかで生き残ったオフィスビルや商業ビルのあいだから手招いている。終末を見下ろす高台。その波濤が迫ってきたときに逃れる場所だ。

アンヘルはヒルトンの正面ロータリーにテスラを乗りいれた。客の車から砂塵を吹き払うように設置されたジェット送風を受ける。ドアマンにキーを渡し、ロビーにはいる。

除塵フィルターを通したエアコンの風を浴びた。まるで壁のような冷気と清浄さにショックを受けて、足を止めそうになる。意識して歩きつづけながら、周囲の男女を見ていく。支援団体職員、投機的掘削業者、僻地専門の請負業者。金歯を光らせた笑みばかり。みんな災厄の中心地で一稼ぎをもくろむ男女だ。

ヒルトン6の内部は畏敬の念を覚えるほど静かだった。ハイヒールやイタリアンレザーの紳士靴の音が穏やかに聞こえる。吹き抜けの奥にあるバーから落ち着いた音楽が流れてくる。

しかしここにも終末の気配は忍び寄っている。中央の噴水は前回訪問時から止まったままだ。涸れた水盤の上にぬいぐるみのラクダがおかれている。その首からサインボードが下がり、こう書かれている。

飲むならテキーラだね

まず偽のＩＤカード、次にクレジットカードをしめして、アンヘルは部屋にはいった。加湿器とＨＥＰＡフィルターとアルゴン封入複層ガラスで外界から遮断されている。

テレビで地方ニュースを流しながら、市内の惨状を窓から眺めた。中心街はまだ維持されている。〝飛び立つフェニックス〟の謳い文句はかろうじて嘘ではない。しかし一本通りを渡ると、前回は利用されていたオフィスビルの明かりが消えている。不動産業者が入居者を引き止められなかったのだろう。光熱費に加えて、暴徒から営業設備を守るための警備費がかさみ、採算があわなくなったのだ。

その暗いビルのなかに、小さなヘッドランプの光がちらちらと動くのが見えた。棟内に人がいる。建材をあさっているのだ。終末のネズミ。開発業者の宣伝文句の裏でうごめいている。

アンヘルはスマートホンのロックを解除して、画面に指を二回滑らせ公社《SNWA》の水資源開発局のインターフェースを開いた。OS内で隠され、暗号化されている画面だ。そこから到着のメッセージを送信した。

背後のテレビが全国ニュースに変わった。コロラド州の怒れる農民たちが、ブルーメサ・ダムの上で銃をかまえている。自分たちに不利な情勢になったらああしてやる、こうしてやると世間を脅している。

アンヘルはチャンネルを変えた。

『リオ・デ・サングレ紙によると、死体は百体以上にのぼるようです――』

ニュースのアンカーマンが興奮気味にしゃべっている。カメラは砂漠で発見された多くの死体を映している。

『いまはいってきた情報では、死体は二百体以上と伝えられ――』

州警察の人間が映し出された。カウボーイハットをかぶり、ベルトに警察のバッジをつけている。

『現時点でわかっているのは、犯人は夫婦者とのことです。どれだけの数の顧客に不法な越境の手引きを約束したのか、わかっていません』アンカーマンは肩をすくめた。『引き続き取材中です』

ドアがノックされた。

アンヘルはSIGを抜いて、ドアの裏にはいった。ラッチをはずし、開けてやる。だれもはいってこない。退がって待った。

ようやく男が一人、室内にはいってきた。すこし腹が出ているが、腕や脚は細い。前回会ったときより年をとった。フリオだ。やはり銃を抜いている。

「バーン」アンヘルは小声で言った。

フリオはぎくりとしてから、満面の笑顔になった。銃を下げ、ほっとしたようすで肩の力を抜く。

「やれやれ、会えてよかったぜ。よく来たな」拳銃をコートにもどし、ドアを閉めた。アンヘルに片腕をまわして抱擁し、くりかえす。「やれやれ、会えてよかった」

「苦労してるそうだな」アンヘルは抱擁を解いてから言った。

　フリオは派手にため息をついた。

「ここは……」言いかけて首を振る。「おまえと仕事してた頃は楽だった」アンヘルに手を振って、「たとえば、首にナイフを突きつけられたとしても、どの牧場主を怒らせたかはっきりわかってたよな。ところがここはそうじゃない。ベルトのバックルにテキサスのローンスターの紋章がはいってるだけで命を狙われる。めちゃくちゃだ」

「ここの配属になったと聞いたときは、楽勝でうらやましいと思ったもんだが」

「テキサス人売春婦と安定通貨ばかりじゃないんだぜ。まあ、太阳に住んでるぶんにはフェニックスはいいところさ。滝の水飛沫の隣でエスプレッソを飲んで、ショートスカートの中国人ＯＬがぞろぞろ歩いてるのを眺めてな」首を振り、「しかし暗黒地帯に一歩出たらどうだ。あのざまだ。ひどい場所さ。アジトの確認にまわるだけで、頭のうしろに鉛玉《プロモ》を撃ちこまれそうな気がする」

「フェニックスは宣伝文句どおりには飛び立ってないわけだな」

　フリオは暗い目つきでアンヘルを見てから、備え付けの小型冷蔵庫をあさりはじめた。

「フェニックスは墜落したというべきだな。排水溝を這いずりまわってる。ここまでひどい状態でなかったら、ヴォスの野郎にむしろ感謝するところだ。帰らせてくれってケースに願い出る口実になったからな」

「ヴォスって？」

「アレクサンダー・ヴォソビッチ。おれが雇ったアリゾナ人だ。厄介なアリの巣に蹴つまずきやがった」

「なにをやらせてたんだ？」

　フリオは冷蔵庫からコロナを出してきた。冷えた瓶を首にあてて感触を楽しむ。

「よくある仕事さ。適任だった。もともとソルト川計《SRP》画に勤めてた水文学技術者だからな。あちこちに人脈をつくらせた。金もばらまいた。ゴールデンマイルでのギャンブルの支払いに困ったやつがいたら、肩代わりしてやったりとかな。つながりができたやつにはときどきおれも顔をあわせた。そうやってＣＡＰや、フェニックス水道局や、開拓局に人脈をつくった。でもはっきり言うが、殺されるようなことはやらせてない」

　フリオは瓶を氷嚢がわりにするのをやめ、身ぶりに使いはじめた。

「農場主を買収するためにＳＲＰの戦略を調べるとか、先住民の水利権を買い上げるのにアリゾナ州がいくら使ってるか調べるとか、そういうことはしてただろう。そんなときに、なにかにつまずいたんだ」

　フリオはしゃがんで、また冷蔵庫をあさりはじめた。ファイブスターや燕京やコロナを出している。

「フェニックス水道局のある男がヴォスに話をもちかけてきた。やつが買いたいはずで、かなり貴重なものを持ってると」

「その男は？」

　フリオは冷蔵庫から顔を上げ、しかめ面になった。

「ヴォスはしゃべらなかった。〝水道局の法務部職員〟とだけ言って、詳しいことはおれにも話さなかった」

「それでいいってことにしたのか」

「あのばか《ペンデホ》はおれから金を引き出したいだけだと思ってたんだよ。仲介料とか。アリゾナ人はいつもそうやって汁を吸おうとする。堕落した文化だ。腐ってやがる」

「それで、仲介しようとしたのはなんだ？」

「わからずじまいだよ。おれの勘か？　アリゾナ側の対抗スパイに探られてるんじゃないかって気がする。おとり捜査っぽい気配があるんだ」

フリオはテカテの缶を出して、プルトップを引いた。目を閉じて飲み、大きく息をついた。

「くー、きくなあ。暗黒地帯を何時間もうろうろしたあとは、冷たいビールがはらわたに染みるぜ」アンヘルのほうを見て、「飲まないのか？」

「おれはいい」

「そうか？」冷蔵庫を顔でしめして、「もう一本あるぜ。あとは全部コロナと中国ビールになっちまう」

「そのヴォソビッチって部下は、おまえのことを吐いたと思うか？」

フリオはちらりとアンヘルを見た。

「死体安置所で撮られたあいつのビデオを見た。なにか吐かされてるのはまちがいない」

「それで自分の身が危ないと思いはじめたわけか」

「他のやつならここまで心配しないさ」フリオは肩をすくめた。「普通はみんな安全な範囲で使う。匿名の情報とか、暗号化した見せかけのメールとか。うまい手段でやる。しかしヴォスの場合は……くそ」首をふって、「十年近くもおれの右腕だったんだよ」

「つまりおまえは正体がばれてるわけだ」

「ヴォスはあきらかに拷問されてた。おまえの民兵組織が警告がわりに川に吊すアリゾナ人みたいにされてた。まるでミンチさ。吐いたはずだ。そして尋問者が正しい質問をしてれば、次に狙われるのはおれだけじゃない。あいつはリクルート担当だったんだ。わかるか？」

「何人だ」

「身辺が危ないやつか？　少なくとも二十人。おれが直接雇ってない、やつの手下をふくめればもっと多い。巻きこまれたやつはご愁傷さまだ。ケースは今後何年もこの土地の目を失うことになる」

「それでおまえまでケツまくって逃げるのか？」

フリオはアンヘルを見上げた。

「警察は歯の治療痕でようやくあいつの身許を割り出

した。そうでなかったらこっちも居所をつかめなかった。フェニックス警察のサーバーに仕掛けたスパイウェアにあいつの名前がひっかかって情報を送ってきたんだ。ヴォスの口に歯は二本しか残ってなかったよ」

フリオは缶ビールを一口飲んだ。「この町は人間を凶暴にさせるな」

「ヴォソビッチってやつが他の商売に手を出してた可能性はないのか？　麻薬とか。カルテル諸国が勢力を伸ばしてる。おれたちには関係ない筋かもしれないぞ」

「明るくない方面にはむやみに賭けない主義だ」フリオは意味ありげにビールをアンヘルのほうにむけて振った。「おかげでこの業界でまだ生き残ってる。そうだろ、友人？」

「他に動いてるやつは？　くさいところがあるか？　やったやつの見当は？」

「ないよ」またビールを一口。「まるでおとなしいネズミだ。チュウとも鳴かねえ。ここのグロ新聞の一面をあいつの写真が飾ったんだぜ。ひどいありさまさ。そしてあらゆる方面がひっそりしてる。これでビビらねえやつがいたら――」

フリオはふいに口をつぐんで、テレビの映像に目を惹きつけられた。

「この事件、知ってるか？」

フリオはテレビに近づき、音量を上げた。

ダイジェストで流されているのは、業者《コヨーテ》の夫婦者が郊外の住宅から警察に連行される場面だ。家は奇妙な城のように周囲を鉄条網でかこい、専用の発電機と水タンクをそなえている。屋内にはいったカメラは夫婦のぜいたくな暮らしぶりを映している。この二人がまぬけなテキサス人やアリゾナ人に北への越境を持ちかけ、誘いこんでいたのだ。

「ぞろぞろ死体が出るな。ここが地獄の入り口だってことを差し引いても、たいした数だ」フリオは言った。

「賭博《ロテリア》の大当たり狙いのオッズさえ超えてるぜ。おれは一週間で百五十体以上みつかることに三百元賭けていいと思ってたが、こいつはもっと行きそうだ」

「彼をまだ見に行ってないのか？」アンヘルは訊いた。

「彼って、ヴォスのことか？」

「そうだ、ヴォソビッチだ。ミンチにされたやつだよ」アンヘルは苛立った。

「行ったかって、つまりじかに見たかってことか？」

「そうだ」

フリオはテレビから顔を上げた。

「警察のサーバーにある画像で見た。それで充分だ」

「怖いのか？」

「くそったれ。ああ、怖いさ。そうでなかったら、真夜中に太阳の快適なコンドミニアムを引き払ってくるかよ。ヴォスをあそこまで拷問したやつらだ。おれはもっとひどく――」フリオは言うのをやめた。アンヘルの表情をじっと見て、首を振りはじめる。「まじかよ。ほんとに見に行こうってのか？」

「確認は必要だ」

フリオは顔をしかめた。

「賢い人間は死体安置所には近づかないもんだぜ。わかってるだろう」

「歯の治療痕か」

「それくらいひどかった。フェニックスは伏魔殿だが、あそこまでひどいのは見たことがねえ」

「おまえもファレス出身だろうに」

フリオはビールを飲みほして、缶を握りつぶした。

「だから怖いっつってんだよ。おれは一度、終末から命からがら逃げてきた。もう一度巻きこまれるのはごめんだ」

10

ルーシーはごった返す死体安置所の人ごみをかきわけていた。大声で呼びかわす救急隊員、フェニックス警察、ＦＢＩ、州兵。泣き叫ぶ被害者の遺族。安置所の職員や検死官。

大量に運びこまれる死体を処理するために、フェニックスじゅうから非番の職員が集められているかのようだ。死体は廊下に並べられ、ストレッチャーに積み重ねられ、安置所の外にも放置されている。どこも死体だらけ。廊下ではストロボが光り、グロ新聞の記者が混乱ぶりを撮影している。

新たな死体が何体か運ばれてきた。ルーシーの脇をストレッチャーが通る。彼女は壁に手をついて、シーツから飛び出している干からびた死体の手足をよけた。人肉の腐敗臭が救急隊員の汗や異臭とまじる。ルーシーは吐き気をこらえた。

「ルーシー！」

さまざまな騒音のむこうから呼び声が響いた。

ティモだ。細い体に笑顔。手を振りながら人ごみをかきわけてくる。反対の手にはしっかりとカメラを握っている。見慣れた顔。友人の顔だ。

フェニックスに来たばかりのルーシーを最初に仲間にいれてくれた一人がティモだ。ここのグロ新聞での仕事のしかたについて警官のレイ・トレスに尋ねたときに、紹介してくれたのが彼だった。最初は慎重に仕事を依頼しあい、しだいに関係は強化されていった。

いまでは、ルーシーが記事の依頼を受けて、高品質の写真が必要なときは、ティモに頼む。ティモが独占取材した写真を持っていて、文章と一流雑誌やニュース配信社へのつてがほしいときは、ルーシーに電話するという具合だ。

共生関係。そして友情。

すべてが砂上の楼閣のような災厄の町フェニックスで、ただ一つの強固な基盤だ。

ティモは、泣いている被害者の遺族のあいだに割りこんで通り抜け、ルーシーの腕をつかんだ。そして混乱する安置所の奥へ引っぱっていった。

「この事件を取材してるとは知らなかったよ！　こないだ話したときは、死体を追うのはもうやめたと言ってたから」

「なんでこんなことになってるの？」ルーシーは大声で訊いた。

「知らないのかい？　砂漠でテキサス人が大量に埋められてるのがみつかったんだ。死体はまだまだ出るぜ」

ティモはカメラの背面モニターをルーシーにしめした。ときどき手首からずり落ちて画面をふさぐ死の聖母《サンタ・ムエルテ》のお守りを押しやり、混雑にじゃまされながら、撮影した写真を見せていく。

「この赤ん坊たちを見ろよ」

掘り出された死体の写真。それがえんえんと続く。

「業者《コヨーテ》が難民たちから金だけとって、殺して砂漠に埋めてたんだ。いったいどれだけ出てくるかわからないよ」

ルーシーはまわりの混乱を見てショックを受けた。

「そんな大事件になるなんて思わなかったわ」

「おれはわかってたよ。最初に情報をもらったときに、こいつはおいしいと思ったんだ。売れるぞって」ティモはほくそ笑んだ。「いまじゃ、あっちからもこっちからも取材の記者が派遣されてくる。でも最高の写真は全部おれが撮った。発見現場で金払って独占取材させてもらったんだ。警官たちが現場にいれたのはおれだけだった。サンタ・ムエルテのおかげで今年はついてるよ。骸骨のレディは大活躍だ」腕のお守りにキスした。そしてルーシーを肘でつつく。「どうする？ いっしょにやるか？ 写真ならあるぜ」

「たしかにあるわね」

「ほんとにすごいんだ！ 電話がひっきりなしにかかってくる。一流どころからモテモテの状態さ。でもきみに優先権をやるよ。飛行機から下りてきたばかりのよそ者においしい思いはさせない。まずは地元さ！」

「ありがとう。あとで連絡するわ」

「どうしたんだよ。別件でもあるのか？」

「気にしないで。個人的なことだから」

「わかった」ティモは納得していない顔だ。「写真のことは連絡くれよ。何週間も独占できるのがどっさりあるんだ」

新たな救急隊が到着し、死体を乗せたストレッチャーを押してきた。その騒音に張りあってティモは声を大きくした。

「大きな仕事ができるぜ！」

「大丈夫。かならず電話するから」

「すぐにな」

ルーシーは了解のかわりに手を振った。そして救急隊員のあとを追って人ごみをかきわけ、奥へはいっていった。警官をみつけて訊いた。

「このへんでクリスティン・マーを見なかった？」

「なんの用だい」

「ある遺体の確認のためよ。クリスティンに呼び出されたの」

警官は急いでいるようすで見まわした。

「またあとで来たほうがいい。いまは大混雑してるから」

「いいわ、自分で探す」

ルーシーは警官の横をすりぬけた。警官は返事を聞かず、人ごみのほうに駆け寄って叫んだ。

「だめだ、だめだ！ 証拠物件にさわらないで！」

テキサス人の老人が土まみれの死体を抱きしめてお

いおいと泣き出したのだ。

ルーシーは廊下の奥へ人ごみをかきわけていき、低温安置室にはいった。ここも死体だらけで立錐の余地がない。顔見知りの検死官をみつけて手を振った。

クリスティン・マーは大きな身ぶりで救急隊員に抗議していた。

「これ以上いれる場所がないわよ！　どこのばかがこんな数の死体を搬入していいって許可したのよ。現場においときなさいよ！」

「でも、持って帰れませんよ。帰りの運賃を払ってくれるならべつだけど」救急隊員は反論した。

「わたしは許可してない！」

「だから言ってるでしょ、運賃払うなら持って帰りますって！」

「まったくもう、だれが責任者なのよ」

そんな人間はいないのだと、ルーシーは思った。責任者などいない。

死体とあわただしい救急隊員を見ながら、世界が崩れていく感覚に襲われた。初めはゆっくりだったのに、いまは急速だ。逃げられない。目のまえの死体の数に頭がついていかない。記事を書くときに、難民と呼ばれる人口移動を十万人単位でかぞえることに慣れていた。しかしいまは、たった二人の強欲なコヨーテがこれほど多くの命を奪ったことにショックを受けている。

竜巻やハリケーンや沿岸地域の水没で住まいを失った人口の統計よりも、水と仕事と希望を求めて北へ移住する手段を買おうとした人々が、こんな死体の山になっている光景が衝撃だった。人間の悲惨な姿には免疫がついたつもりだったが、ときどきこうしてショックを受ける。その動揺はしだいに大きくなっているようだ。

混沌のさなかで、ルーシーは両腕で自分の胸をかかえて震えを抑えた。

状況は悪化する一方だ。

クリスティンは救急隊員に死体を持って帰れとまだ怒鳴っている。しかし救急隊はかまわず去っていく。安置所に集まった死体は、まるで満ち潮で運ばれてきた流木のようだ。テーブルにも床にもあぶなっかしく積み重なっている。

これは口述筆記するだけでも充分な記事になるだろう。ティモのいうとおり大事件だ。フォックスにもCNNにも独占記事を売れる。グーグル／ニューヨークタイムズにも。加えて自分の個人フィードと、SNSの〝#フェニックスの崩壊〟タグにも流せる。キンドル・ポストでの電子自主出版もできる。うまく立ちまわれば、単行本の執筆契約を出版社と結ぶことも可能だろう。それらによる収入増をつい計算してみた。六種類のチャネルで記事を売れて、さらに……。

ティモは、クリスティンが言い争うようすも撮っていた。グロ新聞用の副次素材になる。ティモはルーシーの視線に気づいて親指を立ててみせた。

「これは記録的な事件だぜ！」

たしかに記録的だ。フェニックスに全国から記者が押し寄せるだろう。この町が死の道を歩んでいることはみんな知っているが、緩慢な死はニュースにならない。しかし記録的な大量殺人となれば、全米の編集局長がいきり立ち、取材班を空港へ直行させる。

ルーシーもティモもこのネタで何カ月も食べていける。

ティモは撮影を続けている。人々の生の赤裸々な瞬間にするりとはいりこむようすを、ルーシーは感心して見た。あるときは娘の幸福を願って送り出したはずのテキサス人夫婦の悲嘆をしゃがんで撮り、またあるときは死体を放り出す救急隊員とそれを止めようとするクリスティンの口論に割りこむ。

そんなティモをだれも気にしていない。見慣れた存在。家族のようなものだ。あらゆる場面に出入りしてシャッターを切る。水銀のように滑らかだ。その写真は今夜のうちにインターネットに流れるだろう。アナがそれを見て電話をかけてくるだろう。北へ来いとまた請われる。すべてを吸いこむ渦巻きの目撃者になどならなくていいと。

心配なのよ。それだけ。ただ心配なのよ——アナはそう言っていた。

ますます心配させるだろう。メディアの誇大報道という言い訳は今回は通用しない。安全で緑豊かなバンクーバーにいるアナに、こんな恐怖は見過ごせないだろう。

まさに終末の光景だ。あらゆるルールが停止した世界だ。

だからこそジェイミーは、どんな危険を冒してでもやらなくてはいけないと考えたのだ。すべてが崩壊するまえに正しいことをやろうとした。恐怖のなかで生きて、出口を探し求めた。だれもがそうしたように。

ティモがルーシーの隣に来て、その物思いを断ち切った。

「なあ、まじめな話、探しものはなんだ？　おれにわかることがあったら」

「クリスティンと話せるのを待ってるのよ」

ティモはあきれたように鼻を鳴らした。

「出直したほうがいいよ」かわりにカメラのモニターをしめした。「これを見て」腐って土になりかけた死体を表示する。「これなんかは家族全員だ。大金を払って、いっしょにカリフォルニアへ行こうとしたんだ。その結果がこれさ。使えるだろ？　人間的な興味ってやつ。泣かせるストーリーになるぜ」さらに数枚の写真を見せる。「クローズアップもある。ほら、これ。結婚指輪が映ってる」

新たな死体が運ばれてきた。

「あ、そのままそのまま。すぐ終わるから」

ティモは救急隊員を止め、死体袋を開けてストロボ撮影した。腐った死体の写真がまた一枚。髪が長いが、ルーシーには男女の区別もつかない。

「いいよ！　ありがとう！」

ティモは死体袋のジッパーを閉めた。そして立ち去りかけたルーシーの腕をつかむ。

「まじで連絡くれよ」

「わかってるわ、ティモ。記事を書くなら、真っ先にあなたとやるから」

「もたもたしてる時間はないぜ。こういう悲劇の話題だって一週間はもたないから。ページビューが高いうちにドカンと打たないと！」

　ルーシーは彼の肩を軽く叩いた。そして救急隊員との口論にもどろうとしていたクリスティンをいいタイミングでつかまえた。

「ルーシー！　あなたもこれを取材に？」クリスティンは声をあげた。

「そうじゃないの」ルーシーはためらってから、思いきって言った。「ジェームズを探してるのよ。ジェームズ・サンダーソン」

「水道局法務部の？」

「ええ」

「彼の記事を書くつもりじゃないでしょうね」クリスティンは懸念する表情になった。

「まさか。背景調査よ」ルーシーは無理に笑った。「そこまで命知らずじゃないわ」

　クリスティンは唇を結んで、積み上げられた死体を見まわした。疲労で目に隈ができて落ちくぼんでいる。

「彼はいったいなににやられたのかしら」タブレットを出してスタイラスで操作する。眉をひそめ、目を上げた。「見ても大丈夫？」

　場ちがいな問いにルーシーは笑い出しそうになった。ここには腐敗しかけた死体が山積みになり、いまも次々に運びこまれているのだ。なのにこの検死官はその一体を見せることをためらっている。

「平気よ」

クリスティンは肩をすくめて、別室へルーシーを案内した。

「彼は運がよかったわ。ベッドがなくなるまえに到着して」あるストレッチャーに近づく。「でももうすぐ運び出される。場所がたりなくて全部はおいておけないから。あとがつかえてるのよ」

使えるコメントだとルーシーは思った。一流メディアの編集者への売りこみに効果的だろう。ティモが狙う泣かせる記事が束になってもかなわない。あのクリスティン・マーが手に負えないと言っているのだ。

フェニックスに来たばかりの頃、ルーシーは町のあまりの悲惨さに茫然とし、眠れない夜も何度かあった。しかしクリスティンに会っていくらか落ち着いた。クリスティンはいつも毅然としている。極地の野戦病院のようにこの死体安置所を運営している。圧倒されない。消耗しない。取り乱さない。

そのクリスティンがいまはストレスで憔悴している。

「まちがいなく彼だと思う」しみのついたシーツの端をためらいながらつまみ、警告した。「拷問されているわよ」

ルーシーは苛立った視線をむけた。

「わたしは平気だってば」

安請けあいはまちがっていた。

拷問者はジェイミーの損壊された体に一連の物語を刻みつけていた。発見現場では砂嵐のベールにおおわれ、ルーシーは傷だらけのフィルター付きマスクごしに見ただけだった。しかし死体安置所の冷気のなかでは、拷問のあとが克明に、無残に見てとれる。ルーシーが憶えている姿よりはるかにひどい。

息をのみ、必死で無表情をよそおった。

クリスティンはゴム手袋をした手で指さしながら説明した。

「性器の電撃熱傷。アドレナリン注射の痕跡。肛門の外傷。鈍器による暴行痕。棍棒のようなもので殴られているわね」

「つまり、警棒？」

ルーシーは軽く目を見開いて訊き、無表情にもどった。クリスティンはその問いの意味するところをすぐに理解した。部屋のむこう側で新たな死体のまわりに集まっている警官たちに、こっそりと視線をやる。そして、こんな場所で声に出したルーシーを目でとがめた。ひそひそ話にとどめるべきだ――フェニックスの警官が暴力組織に金で雇われているような疑いは。

「火かき棒のようなものかもしれないわね」クリスティンは話を先に進めた。「何度か死んで、生き返っているはずよ。体内のアドレナリンは蘇生のために使われたはず。眼球は生存中にえぐられている。その他の部位では、両手首と両足首が生存中の切断。両脚とその他は死後の切断よ。腕や脚には止血を施して、なるべく長く生かそうとした形跡がある」

ルーシーはゆっくり呼吸して、情報を頭にいれようとした。部屋と床が傾いているように感じて、ストレッチャーにつかまって体をささえた。クリスティンは冷静に拷問の各段階を説明していく。しかし当のジェイミーは冷静ではなかったはずだ。泣き、うわごとを言い、叫び、命ごいをしたはずだ。涙と鼻水と唾液をたらし、声は悲鳴で嗄れて……。

ルーシーは身を乗り出して、壊されたその顔を近くから見た。ジェイミーは舌を噛み切っていた。その血が歯についている。ルーシーは吐き気をこらえ、顔を起こした。

はげしい拷問がしばらく続いたはずだ。やがてなにをしてもこれ以上しゃべらないという状態になる。拷問者たちはそのことに苛立ったはずだ。そして地獄ないし天国に行ったはずのジェイミーを引きもどし、ふたたび拷問をはじめた。その過程を何度もくりかえしたのだ。

クリスティンはジェイミーの体が損壊されていく各

段階を説明した。しかし本人が体を壊されながら経験した恐怖までは説明できない。

ジェイミーはばかだ。自分と自分の計画に自信満々だった。たっぷり儲けて、逃げ切れると思っていた。

「遺品もここにある？」

検死官はしばらくじっとルーシーを見た。

「ええ。盗まれてはいなかったわ」

「見せてもらえるかしら」

いったんためらう。

「知りあいなのね」

「ええ」ルーシーはうなずいた。

「やっぱり」ため息をつく。「手袋をして」

ルーシーは従った。ジェイミーの遺品がはいった袋を渡され、なかを調べた。血のついた服。財布。それを開いて中身を探った。クレジットカード。元札がいくらか。領収書が数枚。それらをざっと調べた。屋台のがある。メリーペリー教徒のチューロの屋台で渡されるような手書きの領収書だ。たしかにジェイミーはこまごまとした仕事の経費まで請求できるようにしていたが、これは奇妙に思える。他は名刺が数枚。ソルト川計画、インディアン管理局、開拓局。仕事の痕跡だ。

クレジットカードをめくっていると、ICチップ内蔵の無記名カードが出てきた。金地に赤い派手なロゴで〈アポカリプス・ナウ！〉と書かれている。

裏返してみた。電子マネーをチャージしておけるタイプだ。ビットコインやその他の暗号通貨から電子マネーにしていれておけば、あとは追跡の心配なく使える。資金の流れをたどられたくないときに便利だ。だれかから金を受けとるのにもいい。簡単に、匿名で支払いを受けられる。

カードで手のひらを叩きながら考えた。このカードは気になる。ジェイミーらしくない。彼のやり方ではない。

「いやな死に方だな」

背後から声がした。ルーシーはぎくりとして、紙片やカードをジェイミーの財布に無理やりもどした。

私服の刑事らしい二人の男がうしろに立っていた。どちらもスペイン系のように見え、ベルトに親指をかけている。上着を軽くめくって、拳銃と警察のバッジをしめす。

一人は背が低く、すこし腹が出ている。短い山羊鬚に、わけ知り顔の薄笑い。もう一人は長身だ。表情はなく、骨張った体つきで、日焼けしている。二人ともジェイミーを見ている。山羊鬚のほうが言った。

「ひどいな。しばらく痛めつけられたらしい」

「どちらさま?」クリスティンがきつい口調で訊いた。

「犯罪捜査課《CID》だ」長身のほうがバッジを見せて、相棒といっしょに死体を調べはじめた。かがんでジェイミーの顔を近くから見る。「たっぷりやられてる。自分で舌を噛み切ったようだ」冷たい黒い瞳をルーシーにむけて、「こいつの遺留品かい?」

返事も聞かずに、ルーシーの手からジェイミーの財布を取った。

「殺人コヨーテのガイシャなら他よ」クリスティンはうながすように言った。

無表情な長身の男は姿勢を正した。

「探してるのは、土に埋まってた古い死体じゃない。新鮮なやつだ。こんなふうな」ジェイミーの死体に目をやって、「こいつの名前は?」

「ジェームズ・サンダーソン」クリスティンは教えた。

「ふむ」男は肩をすくめた。「こいつじゃないな。探してるのはヴォソビッチというやつだ」暗い顔になって、「ただし、この男とおなじように暴行を受けているはずだ」

ルーシーはこの刑事たちの態度が気にいらなかった。ジェイミーの死体や、クリスティンや、自分にむける目つきが気にいらない。

山羊鬚で背の低い刑事は、腕から手の甲にかけて蛇のような刺青がある。長身のほうは顔と首に傷痕がある。白っぽくぎざぎざで、割れた瓶で喉から胸にかけて切られたようになっている。山羊鬚のほうはジェイミーの財布を調べている。クリスティンはその二人をべつの死体に案内し、シーツをはいだ。

「お探しはこれ？」

ルーシーはなんとなくあとについていった。ジェイミーの遺品はまだ山羊鬚に薄笑いを浮かべた刑事の手にある。領収書とクラブのカードをもっとよく見たかった。

しかし新しい死体を見たら、そんな考えは吹き飛んだ。

二つの死体は関係がある。拷問の細部はちがっても、全体は鏡写しのようにそっくりだ。

山羊鬚のほうが言った。

「こいつだ。ミンチになったヴォスだ。チワワの三度目の終末。これを見れば地獄の口が開いたってわかるだろう」

長身のほうはふんと鼻を鳴らした。

「たしかに終末だな」そしてジェイミーの死体のほうを顔でしめす。「しかも双子の兄弟がいるぜ」

「偶然だろう」山羊鬚が冗談めかして言う。

「偶然はよくあるらしいな」

二人は苦笑して、今度はルーシーを見つめた。

「きみはこっちの男を知ってるか？」

傷痕のある刑事が訊いた。ヴォソビッチと呼んだ新しい死体をしめしている。その損壊ぶりはジェイミーとよく似ていて、よほどまぬけな刑事でも両者の関連性に気づくはずだ。

「知らないわ」

ルーシーは首を振った。

刑事は今度はジェイミーをさした。

「でもそっちは知ってるんだろう？　友だちかい？」

ジェイミーの財布を相棒の手から取って、運転免許証を抜き出した。「名前はジェームズ・サンダーソン。何者だ？」

「フェニックス水道局の法務部勤務らしい。名刺によるとな」背の低いほうが答えた。

ルーシーはこの刑事たちの目つきが気にいらなかった。なにげない態度だが、質問は鋭い。黒い瞳の視線は刺すようだ。

ルーシーは無関心なふりをした。

「知らないわ。わたしにとってはただの遊泳客よ」写真を撮っているティモを親指でしめして、「リオ・デ・サングレ新聞から二人で取材に来てるの。表紙用の死体の写真を撮るためにね」

「なんだ、ハゲタカか」傷痕のある刑事は、ジェイミーと新しい死体を顔でしめした。「こういうのを最近見たか？　こんなふうに拷問されてるのを。遊泳客とか、高架から吊されてるのとか」

ルーシーは肩をすくめた。

「ヤク中がやりそうなことではあるわよね」退屈そうに話を進めた。刑事が興味を失う話題はレイ・トレスからたっぷり学んだ。「あっちのティモはあらゆる種類の死体を撮ってるわ。見たければ頼んでみれば。そういうのがあるかも」

「まあ、あるだろうな」しかし刑事はクリスティンのほうにむいて呼んだ。検死官は他の混乱を規制するために離れていくところだった。「失礼！　こっちの死体の遺留品はあるのかい？」

クリスティンはむこうから大声で答えた。

「あるかもね。勝手に探して。みつけたらご自由に」

「勝手に探せ……か」

山羊鬚の刑事が不満げにつぶやいた。混乱のなかを見まわしながら、ジェイミーの死体のほうにもどってくる。

ルーシーはこの二人の刑事の関係を見きわめようと

した。彼らから聞き出せることがあるだろうか。そちらの死体をヴォソビッチと呼んでいた。綴りがわかれば調べる手がかりになる。ジェイミーの死についてもなにかわかるはずだ。今度ばかりは真相を謎のままにしたくない。

　すると、頭の奥でレイ・トレスの姿が浮かんだ。こちらを指さして警告する――〝死体の記事は書くな〟

「犯人の目星はついてるの？」ルーシーは刑事たちに訊いた。

　二人はおもしろそうな視線をかわした。山羊鬚が答える。

「悪党だろうな。とても悪いやつだ」

「その言葉、記事に引用させてもらっていいかしら」

「もちろんいいさ」傷痕の刑事が答えた。

　その視線をむけられてルーシーは不安になった。傷痕をつい見てしまう。顎から首を通って、シャツの下へ消えている。堅いマホガニー材のような肌をぎざぎざに裂いて、あちこちに引きつれた皺がある。暴力の痕跡だ。

「この男についてもう一度教えてくれよ。なぜ興味があるんだっけ？」

「それは――」ルーシーはうまく声が出なくなった。「さっき言ったでしょう。なるべく悲惨な死体を探してるだけ。グロ新聞の取材で」

「ああ。グロ新聞ね」男はうなずいた。

　この男にはどこかで会った気がする、不安な気持ちが湧いてきた。

　この目。この警戒心の強さ。黒い瞳の刺すような視線。多くの恐怖を見て、なにも惑わされない目。ものごとの見方がルーシーとおなじだ。

　口のなかが乾いてきた。

　虫の知らせという話をティモから聞いたことがある。気をつけていると、死神が頭上で羽ばたく音が聞こえるのだという。そんなときはサンタ・ムエルテの聖堂に一目散に駆けこんで、特大のお供え物をしなくてはいけない。まにあえば骸骨のレディのご加護がある。気にいってもらうには適切なお供え物が必要だ。聞いたときはアリゾナ人の迷信と笑い飛ばした。しかしいまは信じられる気がする。

この男は死神だ。

「名前をまだ聞いてなかったな」男は言った。

ルーシーは息を飲んだ。名前を教えたくない。このまま消えてしまいたい。逃げたい。

「もちろん名前はあるよな」

男は微笑みながら迫った。首を傾げてこちらを見ている。腐肉を見るカラスのようだ。視線についばまれる気がした。皮膚を裂かれ、筋肉と腱をむしられる。皮を剥がれる。ジェイミーを探しにきてはいけなかったのだ。友人の死の理由を調べようと思ったのがまちがいだった。

「あなたたち、刑事じゃないわね」

言葉にしてみると、それは自明だった。バッジはあるが、この男は警察の人間ではない。

それを証明するような硬い笑みを浮かべて、男は訊いた。

「ほう、そう思うのか？」

こいつがジェイミーを拷問したのだろうか。ルーシーをおびき寄せるためにジェイミーともう一人の死体をこの安置所においたのだろうか。ギャング《チョロビ》はときどきそういう手を使う。一人を殺して放置し、仲間が回収しにくるのを待って、また殺す。狡猾な手口だ。彼らの好むやり口。標的を餌にしてさらに殺す。乾いたライムの汁を最後の一滴まで絞りとるように。

ルーシーは一歩退がった。しかし腕をつかまれた。指が皮膚に食いこむ。男はルーシーを引き寄せて、唇が耳にふれるほど顔を近づけた。

「名前をまだ聞いてないぞ」

ルーシーは息をのみ、助けを求めて安置所を見まわした。クリスティンの姿はない。ティモもいまは見あたらない。男の指を引き剝がして、にらみつけた。

「これはやりすぎね」

「そうかな？」

「おとなしく帰らないと、本物の警官を呼んで取り押さえてもらうわよ」

詐称者であることを他の人々に納得させられるかどうか、可能性は半々だろう。クリスティンがこの場にいればちがうのに。ルーシーは検死官の姿を求めてもう一度見まわした。どこにいるのか。

腕に刺青のある山羊鬚の男がやってきた。

「どうかしたのか？　こっちの手がかりになるのか？」ベルトの手錠に手を伸ばす。

傷痕の男は相棒に目をやって、またルーシーにもどした。

そして驚いたことに、手を放した。

「いいや。なんでもない。なにも知らないグロ新聞の女記者だ」黒い瞳で警告するようにもう一度にらみつける。「グロ新聞の記者はなにも知らない。そうだな？」

ルーシーはすぐに声が出なかった。なんとかささやく。

「ええ、そうよ」

「だったら行け」ドアのほうを顔でしめす。「うせろ。よそで死体をあされ」

傷痕の男がくりかえすのを待たず、ルーシーは部屋から逃げ出した。

11

アンヘルはグロ新聞の記者が出ていくのを見送った。

彼女にはなにかひっかかるものを感じた。しかし会話をフリオに聞かれたくなかった。この男に尋問させると、対象はぼろ切れ同然にされる可能性が高い。だから逃がしてやったのだが、そのことを早くも後悔していた。

おれも軟弱になったかな。

するとフリオに肘をつかまれた。

「おい、まぬけ《カブロン》。だれか来やがったぞ」

男が二人、人ごみや救急隊員をかきわけて、バッジをしめしながらこちらへやってくる。見たところ州警察のようだ。

「知りあいか?」アンヘルは訊いた。

「カリフォルニア人だ」フリオは顔を隠すように背中をむけた。小声で続ける。「見られたらおれだとわかっちまう。フェニックスはくそ狭い町なんだよ」

アンヘルはあらためて二人組を観察した。目つきが鋭い。キャサリン・ケースは部下を刑務所や窮地の人々から集めるが、カリフォルニアには独自の選抜プロセスがあり、圧倒的に豊富な予算をさまざまなところにつぎこんでいる。ストレッチャーのあいだを歩いてくる二人は、目鼻立ちが整い、いかにも金持ちのスタンフォード大卒というようすだ。見えるところに刺青はない。髪はきれいに刈りこんでいる。いかにもやり手だ。

「カリフォルニア人なのか? 本物の犯罪捜査課《CID》じゃないのか」

フリオは苛立ったようすでアンヘルを肘でつついた。

「本当さ、まちがいない。アイビス社はカメラで監視してるんだ。あそこにはああいうのがいつも出入りしてる」

「あの会社はカリフォルニアの大使館みたいなものだからな」

　フリオの目はすでに出口を探している。

「やっぱり来るんじゃなかったぜ」

「落ち着け、相棒《エセイ》。やつらがなにをするのか見ようぜ。おもしろいことがわかるかもしれん」

「うるせえ。なにが相棒《エセイ》だ」フリオの顔は恐怖で蒼白だ。「十中八九、あいつらは本物のバッジを持ってる。その気になればこの場でおれたちを逮捕できる。どこのどいつかって体に聞かれるんだぞ。いいのか？」

「そうなのか？　できるのか？」

「カリフォルニア人にはかなわない。ここではやつらのほうが大きな顔をしてるんだ。わかるか、相棒《エセイ》」フリオは最後をばかにしたように強調した。そしてアンヘルの袖を引っぱる。「さあ、ずらかろうぜ」


すっかり負け犬根性だなと、アンヘルは思った。隣に立つこの男は、かつては牧場主のショットガンを口に突っこまれても、まばたき一つしなかった。ショットガンと田舎者にむかって、おまえらの水利権はもうベガスのものだから、おとなしく書類にサインしろと言い放った。恐怖などみじんも見せなかった。書類を突きつけて、引き金を引けるもんなら引いてみろという態度だった。

　しかしいまのこいつは、たった二人のカリフォルニア人にビビりまくっている。

「好きにしろ」アンヘルは言った。「おれはもうしばらく、あいつらがなにをするのか見てみる」

　フリオはためらった。逃走本能と、アンヘルに侮られたくない気持ちに引き裂かれている。

「死ぬぞ、おまえ」

　小声で言って、去っていった。人ごみをかきわけ、視界から消える。

アンヘルは死体をゆっくり順番に見はじめた。ときどきシーツを持ち上げて仕事をしているふりをしつつ、カリフォルニア人のようすを見た。むこうも死体のあいだを歩いている。

フリオの主張はわかるが、アンヘルにはやはり本物の犯罪捜査課刑事のように見えた。刑事が調べにきてもなんら不思議ではない。なにしろテキサス人の死体が薪のように安置所に積まれているのだ。アリゾナ州は民族浄化の新たな象徴などではないと観光客にしめすためには、たまにはこうして本気を出さなくてはいけない。

グロ新聞のカメラマンはまだ仕事を続けている。ストロボを爆弾のように光らせながら撮影を続けている。プロらしい手ぎわで死体を扱うようすを、アンヘルは眺めた。すると、さっき逃げていった女記者のことを思い出した。あの記者はなにかおかしかった。

だったら逃がさなければよかったのだ。

カリフォルニア人を目の端で見張りながら、カメラマンのそばへ行った。いいアングルで撮ろうと、ストレッチャーのシーツをつまみあげて、片手でカメラをかまえている。

アンヘルはそのシーツをつまんで持ってやった。

「今日は商売繁盛だな」

カメラマンはアンヘルにうなずいて感謝をしめすと、カメラの撮影設定をいじった。

「ああ、本当にそうだよ」ビューファインダーをのぞいて、「もうちょっと高く。ありがとう」シャッターを切る。「歯が抜けてるのを撮りたいんだ。金歯を全部抜かれてるんだけど、そこを……」

アンヘルは指示どおりにシーツの位置を引き上げた。

「なあ、さっきまできみの友人がいただろう。グロ新聞でいっしょに仕事をしてるっていう女性記者が」

「だれ、ルーシーのこと?」シャッターを切り、やや下がってアングルを変える。「彼女はグロ新聞じゃないよ。ピュリッツァー賞のジャーナリストなんだから」

「そうなのか」アンヘルはあらためて逃がした魚を悔やんだ。「そんなに優秀なジャーナリストなら、もっと話をしたかったな。知的な質問をしたりさ」

「そうだね」カメラマンは撮影に集中していてうわの空だ。

「自己紹介したかったんだが……」手を振ってまわりの混乱をしめした。「こんな騒動のなかなので、名前も連絡先も聞きそびれてしまった」

「ネットで検索すりゃ出てくるよ。名前はルーシー・モンロー」電話番号も暗唱した。そのあいだも撮影の手を止めない。「もうちょっと高く上げてくれるかい」

　廊下から新たな喧騒が近づいてきた。二人はそちらに目をやった。新たに掘り出された死体かと思ったが、ちがった。遺族だった。多様な人々だ。テキサス人だけではなく、地元住民もいるようだ。肌の色もさまざま。黒人、白人、褐色人、黄色人。悲嘆だけが共通している。状況を統制できない警官たちのあいだを抜けてくる。スペイン語、英語、中西部訛り。言葉はさまざまだが、どの声も嘆き悲しんでいる。

「お、こりゃおいしいぞ」

　カメラマンはそちらの騒動を撮りにいった。アンヘルはカリフォルニア人の二人組を目で追いながら、壁ぎわによけた。

　ルーシー・モンロー……ピュリッツァー賞記者……。

　二人組はジェームズ・サンダーソンの死体の脇で足を止め、安置所の責任者である中国系の女を呼んだ。アンヘルとフリオがさっきやったのとおなじ調べを、目鼻立ちの整った二人組がまたやっている。

　おもしろいことになりそうだ。

　検死官は大きな身ぶりで二人組に抗議している。カリフォルニア人たちはバッジを提示した。すると検死官は態度を変え、周囲を見まわしはじめた。人ごみのなかを探している……。

そしてアンヘルをみつけ、指さした。

ご指名ありがとう。

アンヘルはにやりとして、二人組のほうにカウボーイハットの縁を傾ける手つきをした。

「いまごろ気づいたか」と、口を動かしてみせる。

もちろん二人は銃に手を伸ばした。しかしそのときにはアンヘルは嘆く遺族のあいだに飛びこんでいた。

逃げながら、そしらぬ顔でストレッチャーを傾け、二段に積まれた死体を背後でひっくり返した。カリフォルニア人たちはそれに足をとられて転倒した。愛する者の遺体が床にばらまかれて遺族は混乱した。絶叫し、カリフォルニア人に復讐のこぶしを振り下ろす。

アンヘルは近くにいた警官をつかまえて、バッジをしめした。

「こんなやつらは追い出せ！　ここは事件現場なんだぞ！」

立ち止まらず、人ごみをかきわけて進んだ。二人組が怒れる家族と警官を振りほどくまえに移動する。

さすがにカリフォルニア人は優秀だった。一人が警官を振り切って進んでくる。

アンヘルは、死体や遺族や検死官の流れに抗しながら着実に前進した。途中でストレッチャーからシーツを剝ぎ取り、テキサス人の死体をあらわにした。廊下を左へ曲がる。

カリフォルニア人はアンヘルを追って角を曲がってきた。その頭に、アンヘルはシーツをかぶせた。声をあげたところを引き寄せ、肘打ちで鼻を潰す。抜こうとした銃は壁に叩きつけて落とした。裏返してヘッドロックをかけ、廊下を引きずっていく。男は暴れ、シーツごしにこもった叫び声をあげた。

「警察だ！」アンヘルは怒鳴りながら、茫然とする人々のあいだを通った。

もう一発殴りつけ、絞め技をかけた。数秒で男は落ちてぐったりとなった。うつぶせにして、野次馬にわかりやすいように手錠をかけて、さらに廊下の先へ引きずっていく。人ごみの外へ出たところで、ストレッチャーの下に男を押しこんだ。体を探ってバッジと財布を奪い、シーツをかけた。

廊下に出て、もう一人のカリフォルニア人のようすを見る。まだ警察と遺族につかまっていた。騒動のせいでだれかの子どもの死体がばらばらになったらしく、遺族はおたがいを指さしてののしりあっている。

アンヘルは首をすくめて鉄の扉を押し開け、外に出た。暑い空気のなかで、警官と救急車とテキサス難民がひしめいている。アリゾナの日差しが照りつけ、アスファルトは溶けかけている。アンヘルは人ごみをすり抜けて通った。追いかけてくるかと思ったが、意外にだれも来なかった。

駐車場でフリオをみつけた。不安でチビりそうな顔をしている。

アンヘルは奪った財布を放って、フリオのトラックに乗った。

「おまえが正しかったよ。やつら、カリフォルニア人だった」

フリオは飛んできた札入れを胸で受けとめた。

「くそったれ《チンガ・トゥ・マドレ》、言っただろうが」

「ヴォソビッチともう一人の死体をみつけて一直線に調べにいった」

「たいしたもんだ、シャーロック・ホームズさんよ」

フリオはエンジンをかけて、エアコンを最大にした。

「もうここはいいんだろう？」

「ああ、出していいぜ」アンヘルはシートベルトを締めた。「次はあのジャーナリストを調べたい」

「あのグロ新聞の女記者か？」

「いや、グロ新聞の所属じゃないらしい。本物のジャーナリストだ。ヴォスとおなじ殺され方をしてたもう一人と知りあいなのはまちがいない」

「水道局の法務部職員か」

「そうだ。法務部のやつは舌を切られてたから、ジャーナリストにしゃべらせるしかない」

「それにはまず居所を知らないと」

アンヘルは笑った。トラックは警察署の駐車場から出ていく。

「ジャーナリストってのはみつけやすいもんさ。注目されたがってる人種だからな」

フリオはハンドルを切って、路面清掃車が道路脇に寄せた砂塵の山をよけていった。中心街へむかう。高速道路のひび割れたコンクリートのせいでトラックは跳ねた。

「おれたちとはちがうな」フリオは言った。

アンヘルはひとけの絶えた市街を窓ごしに眺めた。

「ああ。ジャーナリストってのは……ある種の死にたがりだな」

フリオは車線を変えて、二台のスクーターを追い越した。フルフェースの防塵マスクやヘルメットをかぶったようすは、まるでビデオゲームの『フォールアウト9』の奇襲部隊だ。

「さっきの死体、たいした数だったな」フリオが言った。

「だから？」

「賭博《ロテリア》にもっと金をつぎこもうと思ってさ。まだまだ掘り出されるぜ」

「そんなことばかりやってるのか？」

「笑うな。儲かるんだ。暗号通貨を使うから追跡されない。所得税もかからない。どうだ？」フリオは期待の表情だ。

「どうって、なにが」

「いっしょに賭けねえか。安置所の死体は百体以上あった。これに市内から日常的に出る死人が加わる。今回はまじで数字が跳ね上がるぜ」

「ただより高いものはないって、ママから教わらなかったか？」

フリオは笑った。

「ふん、ここで貧乏くじを引くのはいつもテキサス人さ」

12

ハイエナの声は、姿が見えるまえからマリアの耳に届いていた。低く、高く変化する吠え声が、放棄された住宅街に響いている。

この地域は〈獣医〉が支配し、よそ者を排した独立コミュニティをつくっている。金網の上に鉄条網を張った二重のフェンスが、漆喰壁とスペイン風の瓦屋根の住宅が並ぶ一角をかこんでいる。

ここで死ぬのだと、マリアは思った。それでも、とぎれとぎれだったハイエナの鳴き声がコーラスとして聞こえはじめるなかで、足を止めずに進んだ。

鳴き声に姿も加わった。金網のむこうで跳びはねる非現実的な猛獣が見えてきた。二重のフェンスのあいだの緩衝地帯を走りまわっている。マリアをにらみ、吠え、牙をむく。首ともつれた毛を振り、跳んで威嚇しながら、フェンスぞいの道を歩くマリアを追う。

惨憺たる一日を終えたマリアは、まず、残った元札とドル札を握りしめて地下室に帰り、サラの隣にしゃがんだ。そして夜逃げを考えた。金は雀の涙ほどだ。マリア自身の分にもたりないし、ましてサラの分はない。砂まじりのシーツにのせた札束はごくわずかだ。

「逃げよっか」沈黙のあとにサラが言った。

しかし無理だ。現実的でない。サラはゴールデンマイルで仕事をしなくては生きていけないし、マリアは太阳《タイヤン》の脇で水を売らなくては生きていけない。二人ともすでに行き止まりの場所にいるのだ。

「ダミアンに相談してくる。期限を延ばしてもらえるように」マリアは言った。

「あたしは行けない、あそこには」サラは目をあわせずに言った。ハイヒールのストラップが小麦色の肌に食いこんでいるところをいじっている。「だって――」

「あなたに責任はないわ。あたしが話す」

「〈獣医〉は――」言葉が続かない。「夜になると飼育場を開けるのよ。見たわ。飼育場を開けて、家々のあいだにあれを走らせるの」身震いして、「二度と行きたくない」

「その話はもう聞いた」

実際には聞いていない。すくなくとも言葉では語られていない。

サラは〈獣医〉の夜通しのパーティから帰ってくると、マリアにしがみつき、シーツにくるまってがたがた震えた。むし暑い地下室なのに、震えは止まらなかった。サラは一番いいドレスを着てパーティに出かけた。美しく洗練された光沢のある黒のドレス。お姫さま扱いしてくれるファイバーに買ってもらったものだ。パーティに行ったのは、〈獣医〉の側近と親しくなれるという期待があったからだ。黄金の切符をつかむつもりだった。そんな彼女が、夜が明けてからぼろぼろになって帰ってきて、マリアにしがみついた。夜に見たものから守ってほしいというように。

「どんなに走っても逃げられないのよ」サラはうわごとのようにつぶやいた。

あとでマリアは他の目撃者から聞いた。囲い地にハイエナが放たれて、ドニャ・アロヨとその金髪のボーイフレンドのフランツが殺されたらしい。ハイエナは二人に襲いかかり、むさぼり食った。普段もっと難しい獲物を追っているハイエナにしてみれば、ごく簡単な狩りだ。〈獣医〉に逆らって無事にすむと思っている愚かなアリゾナ人二人など、わけなく食いちぎれる。

しかしそういう話を知らなかったとしても、マリアにとってハイエナは純粋に恐ろしかった。いにしえの知恵を秘めた黄色い目。マリアよりはるかに過酷な欲望と渇きと生存競争を記憶している目だ。フェンス越しに彼女を追いながら、こう言っているようだ。おまえはもうすぐ死ぬ、おれたちは永遠に生きる、と。

吠え声が増えた。マリアのにおいを嗅いでハイエナが集まってきた。〈獣医〉が飼育小屋がわりにあたえた空き家からぞろぞろ出てくる。かん高く、せわしなく鳴く。高笑いのように、あるいは嘲笑のようにわめく。群がってくる。

ところが彼らはマリアを追い越して前方に走りはじめた。新しい興味の対象をみつけたようだ。

マリアは囲い地の正面ゲートを見た。鉄柵のむこうに白髪の男がいた。血まみれの肉塊をハイエナの側の地面に投げいれている。獣たちは群がり、ぶつかりあう。興奮して鳴き、波のように動く。ちぎれた肉塊が金網と鉄条網のむこうから投げこまれるたびに跳びつく。

巨大な肉食獣が十四以上いる。マリアと目の高さがそろうほど大きい。埃まみれで凶暴で敏捷だ。肉塊をくわえると、退がってしゃがんで食べる。フェンスのむこうを悠然と歩く。興奮し、殺気立っている。肉を投げこむ〈獣医〉に全神経を集中させている。

弧を描いて跳躍する獣たち。

その動きを理解できる類型に分類できるだろうか。跳躍は犬のようで、しゃがみ方は猫のようだ。マリアのこれまでの経験ではそうだが、やはり彼らは独特の生き物だ。

血まみれの肉塊が、螺旋状に張られた鉄条網の上から回転しながら飛んでくる。一匹のハイエナが後ろ脚で立ち、空中でくわえた。マリアの頭がすっぽりはいりそうな大きな口だ。

〈獣医〉はその巧みなとり方を見て、声をあげて笑った。その両腕は肘まで血に染まっている。〈獣医〉の子分たちは煙草の箱をまわして吸っている。肉を求めるハイエナの吠え声を聞きながら、通りを眺めている。そのなかにエステバンがいた。


エステバンはマリアに気づいて、薄笑いを浮かべ、ダミアンを呼んだ。

「おい、あの水売りの女が来てるぜ」

そのむこうで、〈獣医〉がべつの塊をバケツから取り出した。人間の腕だ。投げいれられたそれにハイエナが殺到し、わめきながら食いちぎっていく。

ダミアンがゆっくりとゲートへ歩いてきた。

「たんまり稼いだ金で越境したのかと思ったぞ」

マリアは思わず顔をしかめた。

「エステバンに聞いてよ。あいつに全部持っていかれたんだから。そこにいるじゃない」

「だからなんだ。連れてこいって？　平和的な交渉のテーブルを用意してほしいのか？　小学生みたいに話しあいで解決しようってのか？」

ダミアンは笑っている。マリアが金を持っていないことを知って驚かない。つまり……こうなると知っていたのか。エステバンと共謀したのだ。マリアが金欠になるようにたくらんだのだ。

「金はもうそっちに渡ってるわけでしょう」

ダミアンはにやにや笑いだ。楽しんでへたな演技をしている。

「なにか苦情があるのか?」ダミアンは、フェンスのむこうのペットにさらに肉を投げこんでいる〈獣医〉を顔でしめした。「苦情ならじかに言ったらどうだ」

マリアはダミアンをにらみつけた。そういう罠だ。最初からマリアをおとしいれるようにしくまれた罠だった。大金を稼いではいけないのだ。ここから出ていく資格などない。マリアもサラも汗水たらして働き、体を売り、なにもなくなったら死ねというわけだ。

死んだあと? かわりのテキサス人はいくらでもいる。

世間の仕組みがはっきりと見えた。今回は見えたと思った。父親は見えているふりをしていただけだ。

マリアは大声で呼んだ。

「ねえ! 〈獣医〉さん!」手を振る。「〈獣医〉さん!」

呼ばれた〈獣医〉はこちらを見た。

ダミアンはぎょっとした。マリアと〈獣医〉を交互に見る。顔はこわばった苦笑いにとどめている。

「おまえ、わかってないな。痛いめにあうぞ」

〈獣医〉はバケツをおいて、若い者二人を手招きして片づけさせた。布切れを受け取り、血まみれの腕をゆっくりとぬぐいながら、こちらへやってきた。

マリアは恐怖をこらえて待った。〈獣医〉はゲートに近づき、格子のあいだからこちらを見た。

「こいつはだれだ?」

ダミアンが説明した。

「だれでもありません。家賃を滞納してる女です」

〈獣医〉はダミアンからマリアに視線を移した。

「それがおれとどういう関係があるんだ?」

手と腕の血をさらにぬぐう。布切れには脂肪と肉がこびりつき、鮮血で染まっている。

マリアは説明した。

「家賃はあります。太陽で水を売って稼ぎました。家賃はあるんだけど、その金を彼に取られたんです。彼はエステバンに言って取らせたんです」

〈獣医〉は苦笑した。

「それを訴えにきたのか。おれにじかに言ってくるとはめずらしいな」

〈獣医〉はがっしりした体格だった。まるで牛だ。肩は厚く、白髪は逆立ち、瞳は青い。高層雲の浮かぶ空のように高く冷たい青だ。瞳孔は針で刺したように小さい。フェンスの網目ごしにマリアを見るようすは、ハイエナ以上に凶暴だ。飢えた獣のようだ。フェンスのこちら側に来たらなにをするかわからない。

マリアはすぐに自分の失敗を悟った。〈獣医〉はそもそも人間ではない。べつのなにかだ。悪魔だ。地下から這い上がってきた怪物だ。食って食いまくるだけの存在。その悪魔がマリアをじっと見ている。舌なめずりをしている。フェンスはもはや仕切りにならない。いつでも手を伸ばしてつかまえられる。

「来い」

血のしみの残る腕が伸ばされた。手のひらを開いて、閉じて、さあ来いと招いている。

「顔を見てやる」

マリアは、恐ろしいことにその血みどろの手招きに従った。手が頬をなで、顎をつまむ。

「名前は？」

「マリアです」

手が引き寄せる。〈獣医〉の目は小さく輝いている。動物的で獰猛だ。

「どんな話がある」〈獣医〉はささやいた。マリアの顔を血で汚れた手であちこちにむけて眺めながら、だんだんと興味を持った目になる。「話してみろ」

「こんなふうにお金を取られていたら、あたしは稼げません」

　マリアは顎をつかまれたまま、小声で答えた。視点が体から離れて、自分を外から見ているように感じた。

〈獣医〉はささやいた。

「マリア……おれをばかだと思ってるのか？　おれをばかにしてるのか？」

「いいえ」声を絞り出すようにして答えた。

「わざわざやってきて、おれがとっくに知ってることをしゃべるな」顎をつまむ指にぐいと力をこめる。「おれの王国でなにが起きてるかくらい知ってる。それを知らずにやっていけると思うか？」

　指の背でマリアの頬をまたなではじめた。

「おまえが太陽で水を売ってることは知ってる。もっと稼ぎたいのも知ってる。おまえのことはなんでも知ってる。おれには透視力があるんだ。死の聖母《サンタ・ムエルテ》が、おまえが訪ねてくることをおれの耳にささやいた。骸骨のレディはおまえとあの赤いワゴンを気にいってるようだ」

　凶暴な青い瞳が埃っぽい袋小路を見まわす。

「今日は引いてきてないようだな。日を浴びてきらめくボトルをワゴンにいっぱい積んでくるところが見えたんだが、実際にはおまえだけか。透視力もいろいろだ。そう思わないか？」

　マリアは息を飲んでうなずいた。

「さて、おれの下で働いてみる気はないか、マリア」

「あたしは水を売りたいだけです」

「ダミアンがおまえを辻に立たせる。人通りの多いところに。簡単に儲かる。あるいは荷物運びをやらせてもいい。怖がって出てこないおまえの友人より頭がいい。そういう女は使える。見返りもあるぞ。救援ポンプのそばに住める。業者《コヨーテ》に払う金をためられる。小さな稼ぎでいくらがんばっても北への旅費はできないぞ。大きな稼ぎを狙うことだ。大金があれば州境は越えられる」

「あたしは水だけを売ります」

「独立しようなんて思ってないだろうな？」小さな瞳孔が見つめる。「うちのダミアンに渡すべき金を隠してないだろうな」

マリアは息を飲み、ぞっとした。しばらくまえにサラといっしょにファイバーと会ったことを、まさか見抜かれているのではないか。夕食をともにし、帯水層の話やお金の話を聞いたことを、知られているのではないか。

「そんなばかじゃありません」

「ばかな女にこんなことは訊かない。一人でやっていけると考えるのは頭のいい人間だけだ」ふたたび虚ろな笑み。「頭のいい者だけが、すきまをみつけて生きていけると考える。この小さなファミリーのなかで。この小さな生態系のなかでな」

ハイエナのほうに目をむけた。

「もちろんこいつらも、壁を越えて生きていけると思ってる」目をもどして、「自由を求めてる。狩って、走りたいんだ。人間は弱くて、柔らかくて、頭の悪い生き物だと思ってる。チャンスを探してる。人間はやつらのようには進化していない。食うか食われるかのきびしい生き方に慣れてない。見てみろ」

マリアの顔を横にむけ、二人を凝視しているハイエナたちを見せた。マリアは息を飲んだ。〈獣医〉はにやりとした。

「わかるな？　おれとおなじことがわかったはずだ」

ハイエナは黄色く鋭い目でマリアを見ている。〈獣医〉の言うとおりだ。その目の奥では古い思考が働いている。〈獣医〉が彼らをフェンスから解き放てば、自分たちは繁栄できると思っている。

ここは彼らの世界なのだと、マリアは気づいた。荒廃したフェニックスの市街は彼らにとって約束の地なのだ。水不足など恐れていない。地上の支配権を引き継ぐときをフェンスのむこうでひたすら待っている。

人間とはちがう。水など必要ない。血をすするだけでいい。

「こいつらを解放したら、たしかに繁栄するだろうな」〈獣医〉は言った。「そう思わないか。いつかそうなるだろう。この町全体がこいつらの王国になるだろう」

〈獣医〉はマリアを放した。背をむけながら言う。

「あと一日やる。払うべき金をダミアンに払え」

「でも彼はもうその金を取ったんです」

「サンタ・ムエルテはおまえのパーティをするなと言った。しかし商売をするなとは言ってない」子分たちを見る。「ダミアンはもうじゃましないだろう。おまえが払う金を持ってきたらな」マリアに目をもどし、ハイエナのように凶暴な目つきになった。「払うものを払え。でないと、次に来たときはパーティドレスを着せるぞ」

　マリアは退がって、顔をぬぐった。濡れているのがわかった。頬から離した手は赤く染まっている。

　ダミアンが薄笑いで言った。

「ボスの言ったとおりだ。さっさと稼いでこい。おまえの友だちも払うんだぞ。忘れるな」

　マリアはきびすを返した。頬についた血のことは考えないようにした。その出どころも考えない。

水だ。ただの赤い水だと、自分に言い聞かせた。

〈獣医〉の囲い地のフェンスにそって反対方向に歩いていくマリアを、ふたたびハイエナが追ってきた。低く鳴き、フェンスを鳴らす。一歩ごとに教える。おまえをいつも獲物として見ているぞと。

13

アンヘルはヒルトン6の柔らかいベッドにブーツを上げて、ふかふかの枕に背中を倒した。テレビは〈アンドーンテッド〉の最新エピソードを流している。膝にタブレットをおいて、昼間に逃がしたジャーナリストについて調べている。彼女の友人のティモが話したとおり、すぐにみつかった。

醜聞暴露に命を賭けるジャーナリストのルーシー・モンローは、今日も飽きずになにかを暴露していた。

フェニックス水道局法務部職員殺人事件
数日間の拷問のあとに殺害

やはりあの女は嘘をついていた。グロ新聞の記者などではない。死体よりもっと危険なものを追っている。そして認めなくてはならないだろう。この女はタマがある。いや、キャサリン・ケースに言わせれば、卵巣か。アンヘルの言葉遣いはマッチョ臭が強すぎるといつも批判される。

タマでも卵巣でも、あるいは常識の欠如でもいいが、とにかくルーシーはコロラド川下流域のあらゆる権力者に喧嘩を売っている。カリフォルニアにも、ラスベガスにも、キャサリン・ケースにも。フェニックス水道局やソルト川計画にも。この調子では自分の名前も出るのではないかとアンヘルは思った。

フェニックス水道局法務部の男は切り刻まれて捨てられていた。その事実についてどこも知らぬ存ぜぬをきめこんでいるのに、ルーシー・モンローがつつきまわして騒動にしている。そしてあちこちから非難を浴びている。フェニックス警察や州法務長官はノーコメントだ。

この調子で長生きはできないだろう。そのうちだれかを怒らせて消される。

テレビでは、タウ・オックス演じる主人公が、テキサス難民を恐怖支配するヒスパニック・ギャングの二人を射殺したところだ。いまは金髪の男の口に拳銃をつっこんで、焼死体について答えろと迫っている。

アンヘルはこの〈アンドーンテッド〉の主人公が好きだった。元海兵隊偵察部隊のレリック・ジョーンズ。北極圏での勤務を終えて、テキサス州湾岸の故郷へ帰ってみると、家族はハリケーンで消えていた。

第一シーズンでは、主人公はテキサス州南部の連邦《F》緊急《E》事態管理《M》庁《A》が設置したハリケーン被災者用仮設ドームへ行って妻と子どもたちを探し、メキシコ湾岸のすさんだ人間たちのあいだや浸水地帯を歩き、陸や海上の竜巻から逃げまわった。いまは車で移動しながら捜索を続けている。

これでタウ・オックスが大根役者だったら話にならない。しかしタウは転落人生を知っている。はまり役だった。

〈アンドーンテッド〉に起用されるまで、タウ・オックスは零落していた。アクションやラブコメ映画数本で有名になったあと、ぱったりと売れなくなった。コカインとバブル中毒になり、一部ではヒモ生活をしているとも言われた。そのうちタブロイド紙のネタにもされなくなった。大衆から忘れられたのだ。派手なスターのスキャンダルは他にいくらでもある。タウ・オックスは完全に終わっていた。

そんなゴミためから、いきなりこの役に抜擢された。タウ・オックスは苦みばしった中年になっていた。かつての美青年の面影はない。どん底生活の経験が、テキサス人を演じるこやしになっていた。

トイレが流れる音がして、フリオがベルトを直しながらバスルームから出てきた。

「まだこんなもの見てるのか？」

「好きなんだよ。この役者は魂がある」アンヘルは答えた。タウ・オックスは傷を持っている。苦労を知っている。「こいつは深みがあるよ」

アンヘルが見て説得力のある役者というのは少ない。アンヘルが経験してきた世界を知っている役者はいない。しかし、タウ・オックスがテキサス人を演じると、説得力があった。アンヘルもどん底を経験している。キャサリン・ケースの手で地獄から引き上げられたとき、アンヘルは生まれ変わりたいと思っていた。ケースはその機会をくれた。二度目のチャンスを。だからこの役者が好きなのかもしれない。

「死体安置所の女のことはなにかわかったか？」フリオは訊いた。

「やっぱりグロ新聞じゃなかった。本物のジャーナリストだ。たくさん記事を書いてる」

あえて言わなかったが、彼女にはなんとなく親近感を覚えていた。死体安置所で会ったときに、他人ではない気がした。そのことに愕然として、だから拘束せずに解放してしまった。

本来ならとらえて尋問すべきだった。なのにあっさり放してしまった。だからあらためて探すはめになっている。恥ずかしいことだと思った。

「一流どころに署名記事を寄稿してる。グーグル／ニューヨークタイムズ、BBC、キンドル・ポスト、ナショナルジオグラフィック、ガーディアン、それからマイナーな環境メディアのハイカントリー・ニュース。その他いろいろだ。フェニックス住民の悲惨さを書いたのが多い。ハッシュタグも使ってる。#フェニックスの崩壊にいくつも投稿してる。そのタグの常連だ」

フリオは一時的に興味を惹かれた。

「#フェニックスの崩壊に書いてるのか。あれはいいぜ。#死体見たいの同類だ。#死体見たいは読んでるか？　あれはえげつないぜ。グロ新聞以上だ」

テレビでは、タウ・オックスが最後のギャングに銃弾を撃ちこんだ。こもった銃声。地面にこぼれる血。

「死体のネタにはことかかないからな」アンヘルは言った。

「まったくだ。ニューオリンズの死者数をもうすぐ超えるぜ」携帯電話をしめして、「しかし賭博《ロテリア》はつまらんことになった。百五十人以上に五百元つっこんだつもりだったのに、まだ確認メールが来てないんだ。それどころか公式の死体の数がまだ発表されてない。集計が混乱してるとかいって、砂漠で掘り出すのにかかりきりになってる」

携帯の画面をにらむ。

「賭博《ロテリア》もまともに動かないんじゃ、出ていく潮時だな」携帯をポケットにつっこむ。「くそったれ。おれが北へ帰るまえにやっておくことがあるか？」

「もう一方の死体の遺留品は調べたか？」

「ああ。おもしろいものはない」フリオは、死体の証拠品袋から取ってきたものをまとめておいてあるところへ行った。にやりとして、金色のカードを掲げる。「この〈アポカリプス・ナウ！〉へ行って、あのホトケが暗号通貨をいくらためこんでたか調べるって手があるぞ。一晩くらい遊べるだろ」

「おれは遠慮する」

フリオはあきれた顔をした。

「おまえ、しばらくここにいるんなら、遊び方くらい覚えとけよ。テキサスの売春婦とか。シャワーを一回貸してやるってだけで尻振ってついてくるんだぜ」

「ルーシー・モンローって名前に聞き覚えはあるか？」

アンヘルは写真を表示したタブレットをフリオに見せた。フリオはクラブのカードをポケットにしまった。

「そのジャーナリストの名前か？」

「ジェームズ・サンダーソンについていろいろ書いてる。ヴォスといっしょに殺されてたやつだ」

「どうせグロ新聞用に煽った記事だろ」

アンヘルは首を振った。

「ちがう。麻薬や拷問のことはまったくふれてない。いきなり水問題に切りこんでる。サンダーソンはたしかにフェニックス水道局とかかわりがあった。そこの法務部の職員だ」

「ブラクストンみたいなのか？」

「そこまで大物じゃないだろう。下っ端の官僚さ。ブラクストンが訴訟で使う資料を郡の記録から探させられるような」アンヘルは眉をひそめた。「サンダーソン、そしておまえの部下のヴォソビッチ。二つの死体がおなじ拷問を受けたのは偶然じゃないはずだ。カリフォルニア人もこいつの死体に注目してたしな」

　今度はフェニックス水道局の男をタブレットに表示して、フリオにしめした。きれいな顔写真だ。死体安置所の損壊された顔とはまったくちがう。

「見覚えは？　ヴォソビッチが行動をともにしてたんじゃないのか？　ヴォソビッチは情報入手かなにかのためにこいつを雇ってたんじゃないかと思ったんだが」

　フリオは写真をじっと見て、首を振った。

「まったく見覚えはないな。しかし、まえも言ったように、ヴォスはこの二週間くらいおれに隠れてこそこそやっていた。大金につながる話だと何度も言ってたが、詳しいことはだんまりだった」写真をまたしばらく見る。「よそに金づるができたんじゃないかとおれは疑ってた」笑って、「頭にきたさ。やつは大金のからむ話を拾って、こっちはケースのしみったれた給料でとどまって働かされるんだからな。ところが結果的に、やつは死に、おれはベガスへ帰ることになった。皮肉なもんだ」

「たしかに皮肉だ」

　フリオは意味ありげにアンヘルを見た。

「おれといっしょに脱出するのが賢明だぜ」

「まだ仕事が終わってない」

フリオは苛立った声をたてた。

「仕事なんかくそくらえだ。この町でレリック・ジョーンズばりのアクションヒーローになろうなんて考えは捨てろ。おまえは現地に乗りこみ、状況を調べた。そのことはきっと証言してやる。だから――」ドアのほうに身ぶりをして、「――さっさとずらかろうぜ。ケースが宿題の中身を採点するわけじゃない。帰ってから、ヴォソビッチを殺したのは蜃気楼かなにかだって報告すりゃいい。もう終わったって。そうすりゃおれたちまでヴォスみたいにミンチにされることもない」

アンヘルはルーシー・モンローの記事から顔を上げた。二年前に警官が射殺された事件にフェニックス警察がかかわっているらしいとする千語の告発記事。醜聞暴露に命をかける女性記者の面目躍如だ。

「おまえの度胸《ゲボス》はどこいったんだよ」アンヘルは訊いた。「昔はタマがあったろう。牛みたいにでかいのが。握り拳くらいのが。ワルだったじゃないか。それがどうしちまったんだ？」

「ふん、肥溜《こえだ》めに長居しすぎたのさ。おまえだってずっとここにいたらそうなる。ここの人間は……なんの理由もなしに死ぬんだ。いいか、タウ・オックスの安っぽいテレビドラマとはちがう。ギャング《チョロビ》とテキサス人が縄張り争いで殺しあう。メリーペリー教徒が高架から吊される。砂嵐にビビっただれかが銃を乱射して、流れ弾にあたった子どもが死ぬ。ためしに暗黒地帯でテキーラを買ってみな。すぐさま十歳の日焼けしたテキサス人のガキに銃を突きつけられて近くのATMまで歩かされる。ここはそういうところだ。

支配層のアリゾナ人だって脱出の準備をしてる。情報網から流れてくるのはそんな話ばかりさ。政治家は賄賂をかき集めてカリフォルニアに豪邸を準備してる。不都合な追及をするジャーナリストは警官が砂漠に連れ出して始末する。議員さんの半分はバンクーバーやシアトルに別荘名目の家を持ってて、州外旅行の特別ビザも確保してる。この町は崩壊の一途なんだよ。みんな奪って逃げることしか考えてない。そんなところで一人の人間が死んだ理由をいちいち調べてどうするってんだ」

「二人だ」

「この、ばか《チンガダ》――」フリオは首を振った。「いや、まあいい。ヴォスも、おまえのジェイジェイ・サンダーなんとかも、十中八九どこかのクラブで地元のギャン《チョロ》グ《ビ》を怒らせて殺されただけさ。タマのあるなしはこの町では関係ねえ。安いファレスのドラッグ売人と、安いテキサスの売春婦と、安いイラン製の鉛玉の集まりなんだよ」

「昔のフリオならそういう場所を、天国と呼んだんじゃないか？」

フリオは顔をしかめた。

「笑ってるけどな、アリゾナの民兵とメリーペリー教徒のばかどもの銃撃戦に一度巻きこまれてみろ。考えが変わるから」

アンヘルは両手を上げて降参をしめした。

「そのときにならないとわからんな」

フリオはシニカルに笑った。

「あたりまえさ」携帯の画面をもう一度確認して、ポケットにつっこむ。「そもそも、おまえがどう考えようとおれは関係ねえな」

「じゃあ、これだけか？　引き揚げるまえになにもないのか？　お土産とか、知っておくべき情報とか」

「情報ならある。くそみたいな話ばかり山ほどな。フェニックス水道局でだれが昇進したとか、毎週報告がある。上位水利権のファイルもどっさりある。市の地下水脱塩化学処理計画についても聞いてる。まるで絵空事さ。コカ・コーラは新設のボトリング工場から撤退した。カリフォルニアから運んだほうが安いからな。

市が奨励金をいくら積んでも翻意しない。ベルデ川がどれだけ地下に潜ったかって資料もある。そういう情報を全部ＵＳＢメモリにいれといてやった。一つ言っとくが、ヴォスのファイルは見るだけ無駄だ。ゴミの山だ」

「じゃあ、やつが追っていた水利権は空想だと思ってるわけか」

「だからさ、どうでもいいって言ってるんだよ。この町はもうすぐ死ぬ。おれは出ていく。こうしてしばらくとどまってるのは、おまえを友だちだと思ってるからだよ」

「なるほど。わかった」

アンヘルは一気に年老いた気分だった。変わってしまったフリオを見て情けなかった。かつて二人はペコス川や、オクラホマ州のレッド川まで仕事をしにいったものだ。はるばるアーカンソー州にも行った。コロラド州の東側の都市を太らせて、山の反対側からベガスへ流れる水のことを忘れさせた。多くの成果を上げた。なのに、いまのフリオは負け犬だ。尻尾を巻いて逃げようとしている。

この男を見送っても悲しまないことにした。

フリオが去ると、アンヘルはタブレットを手にして、またあのジャーナリストについて調べはじめた。どういう女なのか。

野心のあるジャーナリストらしく、本を二冊書いていた。一冊目はありきたりだ。よくある崩壊ポルノ。あるコミュニティが壊れていく過程を追っている。井戸が干上がり、市は給水を拒否する。やがてＣＡＰの爆破事件が起こり、市内全体が一時的に断水する。だれもがパニックを起こす。それをルーシー・モンローは現場で記録している。

こういう仕事をするジャーナリストはいくらでもいる。崩壊する都市に外部の興味を集めるのは簡単だ。安っぽいお涙頂戴物。災厄にそなえる生存主義者の自慰行為だ。

　フェニックスと、テキサス州やアラバマ州や世界各地の沿岸諸都市とは相違点がある。フェニックスを襲っているのが気候変動や砂嵐や火災や干魃だけではなく、競合する他都市からの攻撃も受けていることだ。

　ルーシーがベガスを何度も非難するのを、アンヘルは苦笑とともに読んだ。キャサリン・ケースにはまる一章が割かれている。南ネバダ水資源公社《SNWA》と不可解なＣＡＰ爆破事件も同様だ。

　とはいえ、さほど深い内容ではない。ケースはこれまでにさまざまなところから論評されてきた。西部砂漠の女王、コロラド川の女王と呼ばれる。ＣＡＰが爆破されたときに、ラスベガスが即座にミード湖からの分水を停止し、第三取水口より上に水位を維持したことはよく知られている。

　ルーシーはアンヘルの秘密の世界をそれなりに的確にとらえている。それでもやはり、ありきたりな崩壊ポルノだ。

　ところが二冊目はちがった。まるで別物だ。内容が深い。

　殺人の本。死体の本だ。

　お涙頂戴の一冊目から何年か空いている。そのあいだにルーシーは書き手として変化していた。ここに描かれているのは見捨てられたフェニックスだ。殺人事件の発生率がカルテル諸国の出生率ほどに高くなったフェニックス。人々が希望を失い、子どもを売るようになったフェニックス。さまざまな面での内部崩壊ポルノだ。そしてアンヘルが見るかぎり、ルーシーはそこにどっぷりつかっている。

　前回は外から報告していた。今回は自分のこととして書いている。夜中に書く日記に近い。苦々しく、生々しい。むきだしで直接的。狂気と喪失と絶望に満ちている。砕け散りそうな一片の正気で、酒をテカテからテキーラに変えるあいまに書いたような記録だ。

溺れかけている。ページのあいまからそれが感じられた。深くはいりすぎ、この町に引きずりこまれている。フリオはフェニックスと心中せず、賢明に出ていこうとしている。しかしこのジャーナリストは……。彼女は地獄の底まで取材テーマを追うだろう。

そのルーシーがいま注目しているのが、ジェームズ・サンダーソンだ。記事からすると、この水道局の弁護士は彼女にとって最後の拠りどころだったらしい。

ルーシーの写真をあらためて見た。

日焼けの境目がついた肌。狂気をはらんだ青みがかった灰色の瞳。ルーシー・モンローはもう地元民だ。理屈を越えて、純粋なフェニックス住民になっている。狂っている。地図のない土地をさまよっている。死体安置所で見た彼女はそれだったのだ。彼女もこちらを見ていた。そしてすぐにつながりを感じた。多くを見すぎた人間。おなじだ。

アンヘルは彼女を知っている。

彼女もアンヘルを知っている。

立ち上がって窓へ行き、死にゆく都市を眺めた。ベガスになりきれなかった大通りのクラブと客を見る。人々はまだ暮らしをいとなむふりをしている。未来を求めてもがいている。しかし手を伸ばす先に未来はもうないのだ。

彼らの頭上にフェニックス開発局の広告看板が輝いている。

飛び立つフェニックス

一冊目の本を書いたときのルーシー・モンローは、まだフェニックスを把握していなかった。ベガスのことも、喪失も理解していなかった。いまの彼女はわかっている。アンヘルのこともわかっている。

「そこまでわかったら、もっと多くのことがわかるだろうな」アンヘルはつぶやいた。

14

ルーシーが見たジェイミーの遺留品では、財布から出てきた金色の無記名カードがとても目立った。

ジェイミーも人並みに夜遊びはするが、ゴールデンマイルには行かない。〈アポカリプス・ナウ！〉のような店には近づかない。ジェイミーが好むのはジャズが流れる薄暗いゲイバーだ。派手で粗野でうるさいゴールデンマイルのカジノやクラブではない。まして流行の常套句を看板にした〈アポカリプス・ナウ！〉のような野暮な店ではない。そこはカリフォルニア人やファイバーが貧しいテキサス難民の女を拾うためのクラブだ。ジェイミーはそこまで下品ではない。

「店名に感嘆符がついてるところがダサいよ」かつてジェイミーはそうけなした。

「皮肉のつもりかもしれないわよ」ルーシーは言った。

「いいや。フェニックスが麻薬資金を税額控除の対象にしたときからこうなったんだ」

二人は夜のゴールデンマイルにいた。テキサス人の売春婦をかわし、バブルを売りつけようとする売人を警戒しながら、ぶらぶらと歩いていた。

「これはオフレコの話だけど——水道局の立場では、経済開発は必要であり、娯楽産業で州外の資金を呼びこむのは、水の獲得のために重要なんだ。引用しないでくれよ」

ゴールデンマイルは、コロラド川の南にラスベガスをつくろうというフェニックスの試みだった。ギャンブル産業の資金をすこしでもほしい。CAPにやられたことをベガスにやり返したい。

結果は惨憺たるもので、フェニックスがライバル都市のギャンブル資金を呼びこむことはできなかった。

それでもバーやレストランやカジノやクラブはできた。そして一定の歳入増はあった。ファイバーは太阳《タイヤン》からスラム見物に出てくるし、カリフォルニア人は越境旅行に来る。よそ者たちは、昼は終末の町を観光し、夜は繁華街でばか騒ぎする。おかげで、〈アポカリプス・ナウ！〉のような店が繁盛するわけだ。

「開発局も感嘆符を使うべきかもね。〝飛び立つ！フェニックス！〟と」ジェイミーは苦笑いした。

だから、死体安置所でジェイミーの遺留品を調べているときに出てきた無記名カードは、フェニックス開発局の苦しい広告看板のように目立ったのだ。感嘆符と疑問符が大きく浮かんで見えた。

ルーシーはトラックを駐め、マスクをつかんだ。夜になって風が強まっている。砂嵐にはならないと思うが、用心は必要だ。

店の入り口では、カルバンクラインの防弾ジャケットとアポカリプスの店名入り防塵マスクをつけた猪首の警備員が、列をつくった男女の頭上で金属の警棒を振っている。強い風が路上の砂塵を巻き上げ、くるくると舞わせている。警備員は砂に目を細めながら、イヤホンを指で押さえて指示を聞いている。細いシースドレスの若い女たちは、つま先立って媚びた声を出し、金をつかませて規制線の内側にもぐりこもうとする。一方で裕福なファイバーやカリフォルニア人は、高級な仕立てのスーツの威力でさっさと通っていく。

警備員はルーシーにはすぐに仕事をし、追い返した。アウトドア仕様の防塵マスクとジーンズにTシャツなどという格好の女はこの店ではお呼びでない。

しかし裏手にまわると、金と話が通じる人々がいた。裏通りに立ってハシッシ強化カートリッジを挿した電子タバコをやりとりしているうちに、休憩中のバーテンダーをみつけた。路地を吹き抜ける砂埃まじりの風に目を細めながら話した。

意外なことに、ジェイミーの写真を見せるとバーテンは口をすぼめて、知っていると認めた。

「ああ、いつも来てるわよ」

女性のバーテンが電子タバコを吸いこむと、先端のLEDが紫色に光った。

「ほんとに？」ルーシーは訊いた。

バーテンはゆっくり蒸気を吐く。

「そう言ってたでしょ。チップがしみったれてるやつで、つるむ相手をいつも探してたわ」

ジェイミーらしく聞こえる。

「で、どんな連中とつるんでた？」

「ファイバーよ、たいていは。太陽から出てきた連中」肩をすくめて、「ダードン仲間ね」

「ダードンて？」

「知らない？」バーテンは笑った。「つまりね……ダー・ドン、〝部屋へ行こう〟って意味」二本指で歩くまねをした。「中国語よ」

ルーシーがきょとんとしているので、バーテンはあきれた顔になった。

「あんた、無粋ね。テキサス難民の売春婦たちは中国人の幹部社員にそう声をかけるのよ。あの子たちが知ってる北京語はそれだけだから。〝ダー・ドン、ダー・ドン〟て口々に言って中国人のファイバーに寄ってくわけ。うんざりよ。発音もへんだし」

「そういう女の子を店で使ってるの？」

バーテンは大きく首を振った。

「まさか、あんなクズどもを。あいつらの本来の仕事場は路上よ。店では特別にマナーのいい子だけいれてやる。でも目的はいっしょよ。五桁のチケットをつかみたいだけ」北を――つまりそびえ立つ建物とクレーンを、顔でしめした。「太陽よ。地獄の淵でいちばん天国に近い場所」

「じゃあ、ジェイミーはそういう女の子たちと？」ルーシーは困惑気味に訊いた。

「そうじゃない」バーテンは写真をじっと見た。「彼はそういう遊びはしなかったわね。ファイバーとつるんでた。そのファイバーが女の子たちと遊ぶのよ」甘い蒸気を吐いて、「あんたの彼氏はちょっと変だったわね。最初はファイバーの連中に興味があるのかと思ったわ。そのだれかとつきあいたいのかとね。でもうちはゲイの男の子はほとんど来ないのよ。そういう店じゃないから。なのに、そっちを求めてるように見えるのよね。だれかを相手になにかを吐き出したいみたいな。女の子には手を出さない。でもファイバーとずっとつるんでる」

「彼がつるんでたのはどんなファイバー？」

「州外出身者ね、たいてい。つまり会社のクレジットカードを使ってて、危険地勤務手当てをもらってるみたいな。中国のソーラー屋とか、カリフォルニア人とか、ファレスやカルテル諸国から来た麻薬マフィアとか」肩をすくめて、「とにかく金持ちよ」

「名前はわかる？」

　バーテンは首を振った。

「いいえ」

「金なら払うわ」

　バーテンは考える顔になったが、また首を振った。

「馘になりたくないから」

「金なら払う」

　もう一度カートリッジを吸い、蒸気を吐く。

「じゃあ、こうしましょ。いまその一人が店に来てるのよ。飲んで遊んでる。あんたの彼氏がよくつるんでたファイバーの一人よ。そいつを指さして教えてあげる。でもそれだけ。名前はなし」

「いくらで？」

「うーん、あんたなら……五十持ってる？」

　ルーシーは店内の暗い隅に案内され、ファイバーが二人のテキサス人売春婦と卑猥なダンスを踊っているところを見た。女は一人がブロンドで、もう一人がラテン系。どちらもこんなところに出入りしていい年齢には見えない。

男は、正体はともかく、よくいる普通の金持ちだ。

「本当にあれがジェイミーとつるんでたやつ？」ルーシーは大音量の音楽に負けないように大声で訊いた。

バーテンはネグローニを注ぐ手もとから目を上げた。

「ええ、そうよ。いつもそう。勘定を払うのはあの男。チップもたっぷり」こめかみを指さして、「金払いのいい男は忘れないから」

「金があるの？」ルーシーは男に目をもどした。

「そりゃもう」バーテンはにやりとした。「アイビスの役員ともなりゃ年俸は青天井でしょ。青と白の配色が見えたら金庫が足はやして歩いてきたようなもんよ」

ルーシーはさっと振りむいた。

「アイビス？　いまアイビスって言った？」

「そうよ。大会社。あっちこっちに看板があるじゃない。〝未来をフラッキングしましょう〟とかなんとか」バーテンはテキーラとコアントローをシェークしはじめた。「新しい井戸を掘ってフェニックスを緑にしてやるって、いつも吹いてるわ」笑って、「嘘っぱちだとみんなわかってるけど、アイビスの社用カードはたっぷり金がはいってるから」

「ありがとう。とても助かったわ」

ルーシーは礼を言って、五十ドル札をバーの上に滑らせた。しかしバーテンはそれを犬の糞のように見た。

「人民元でちょうだいよ」

ルーシーはシドの店の屋上でティモと待ちあわせた。

シドの店はソノラ・ブルーム・エステーツと呼ばれたかつての住宅地のなかにある。分譲計画はとうに破綻し、未完成の家がむきだしの地面に点々と残るだけだ。シドの店はその荒廃のなかで灯台のように明かりをともしている。

常連客はプレーリードッグを撃つ遊びに夢中だ。古い二十二口径をかわるがわるかまえて、薄暮の荒野に頭をのぞかせる獲物を首尾よく仕留めては、歓声をあげる。

ルーシーはドスエキスを二本かかえて梯子を登り、一本をティモに渡した。

「お願い、ティモ。手伝ってほしいの」

ちょうどティモの電話が鳴った。受けたティモが答えるより先に、姉のアンパロのまくしたてる声が聞こえてきた。その電話を切ってから、ティモはあきれた口調でルーシーに言った。

「手伝ってほしいだって？　そりゃこっちのセリフだよ。テキサス人の死体写真が山ほどあるのに、記事の文章がないんだから。書くんなら書いてくれよ。しかもアンパロがまたボーイフレンドから捨てられたみたいで、食わせなきゃいけないのが増えた。扶養家族だらけさ」

「もう崩壊ポルノを書くのはうんざりしたのよ」

「収入があればよろこぶくせに」

「まあ、わかったわよ。さっと書けるのを何本かやっつけるわ」そこで一息おいて、「じつは他のネタを追ってるの。もっと大きな」

「賞狙いか？」ティモは思わず興味をしめした。

「保証はないけど」

わざと曖昧な言い方にとどめた。大ネタにからんで評判が上がった自分を想像させた。

「なにをつかんだ？」

「わかったのはとりあえず相手の名前だけ。マイケル・ラタン。アイビス社の人間よ」

「そいつが死んだのか？」

ルーシーは笑った。

「いいえ。カリフォルニアから派遣されて、この町で仕事をしている。かなり時間をかけて会社のデータベースを探って、ようやく写真をみつけたわ。この男だと思う」携帯電話に画像を表示した。「ファイバーなのはたしか。でもその他の情報がぜんぜん出てこない。勤務先住所もわからない。太陽の自宅住所も出てこない。あなたの友だちに頼んで調べられないかしら」

「他にわかる情報は？」

「あまりないわ。所属はアイビス・イクスプロラトリー。会社の広報部が人事異動を発表してくれたおかげでようやく確認できたわ。彼が派遣されたのはベルデ帯水層計画の主任水文学者をつとめるためで、地震波分析と、試験的水圧破砕の――」

「わかったわかった、それはいいから。他には？」

「それだけよ。彼は自分の情報を一般の検索対象からはずしている。わたしの秘密検索でも彼がアリゾナ州にいるという情報は出てこなかった。サンディエゴにいることになってる」

「そうだろうな。金持ちほど調べにくい。金を払って情報を隠すから」

「調査費用をいくらか持ってもいいわ」

「へえ」ティモの表情が活気づいた。「資金提供者がいるのかい？　経費用口座があるならやりやすいな」

　ルーシーは首を振った。

「そうじゃない。期待しないで。見込みで動いてるだけ。自腹よ」

　ビールを一口飲んだ。銃声が響いて、遠くのプレーリードッグが砂埃とともにころがり、動かなくなった。

「なんだ、そうか」ティモがしょぼんとした。「まあ、きみが資金面を手当てするというなら、太陽の施設の情報を入手できる女性を知ってるよ。そのラタンてやつが、会社名ではなく自分の名前で勘定書にサインしているなら、それを手がかりにたどれるはずだ」

「時間はどれくらいかかる？」

　ティモは顔をしかめた。

「うーん、飲ませて食わせなくちゃならないから……
……」

　ルーシーは自分の銀行口座を開いて、金額を入力した。

「急いでくれるなら、三百元払うけど」

ティモはにやりとして、自分の携帯を出した。双方を軽く打ち合わせ、資金が移動する。

「今夜にはわかると思うよ」

15

「ほんとにうまくいくの？」

マリアは大音量の音楽のなかで大声で訊いた。借りたシースドレスの裾を何度も引き下ろす。露出過剰で尻が見えそうなのだ。

サラははげます顔で大声でなにか言った。しかし〈アポカリプス・ナウ！〉の騒音にかき消されて聞こえない。サラはマリアを人ごみの奥へ引いていった。踊る客たちの顔が多色のストロボライトで明暗のレリーフのように浮かび上がる。虚ろな骸骨、血のような赤、青白い頬骨。痺れるビートと押しあう体。

マリアは案内にまかせた。ここはサラの世界だ。マリアは右も左もわからない。なにもかも初めてで圧倒される。重低音、混雑、ふれあう肌、シースドレスの感触、露出した格好。すべてに意識過剰になった。肉体、吐息、見開いた目、ブラックライトを浴びて青く輝く歯――

サラが自分のハンドバッグからなにかを出して、マリアの手に押しつけた。

「これ！」騒音のなかで叫ぶ。

見ると、小型のチューブ容器だ。目に砂埃がはいったときに洗い流すための点眼液に似ている。

「なにこれ？」

「バブルよ！」

マリアは首を振って返そうとした。

「いらない」

サラは肩をすくめて、それを自分の鼻腔に差しこんだ。容器を押して、吸いこむ。衝撃を受けたようになって、マリアの肩につかまった。硬直してドラッグの効果に耐えている。それから首を振り、笑い、身震いした。マリアの肌に爪が食いこむほど強く握っている。つかまったままよろめき、目を輝かせる。乱れた前髪のあいだからマリアを見上げて、うながした。

「やりなさいよ！　気持ちが軽くなって、楽しくなるから」

マリアはためらってから答えた。

「わかった」

サラは気をよくして笑い、ハンドバッグからチューブをもう一個出した。

「怖がらないで！　気持ちよくなるから」

マリアの頭を片手でささえ、チューブを鼻の穴に押しつける。ビニールのような安っぽいプラスチックのにおいがする。

「吸って！」

息を吸う。サラがチューブを押す。鼻腔にバブルが吹きこまれた。マリアは首をすくめ、まばたきした。涙がにじむ。初めは熱く、すぐに冷たくなる。ワサビの刺激のように目の奥がつーんとなる。そして効いてきた。足がふらつく。

サラが両腕で抱きしめ、震えるマリアをささえた。

「大丈夫よ、大丈夫」

大丈夫ではなかった。肌の上を無数の微細な蛇がのたくっているようだ。全身がぞわぞわする。とぐろを巻き、うごめき、波打つパターンが、心臓の鼓動にあわせて強まり、うねる。血流と店内のビートが同調する。ドラッグは音楽だ。体内で鼓動し、体を満たし、膨張し、圧倒していく。そして野性の生命力をはじけさせる。

あらゆるものへの感覚がいきなり鋭敏になった。笑い、驚く。この体は生きている。本当に生きていると初めて感じた。目を見開いてサラを見る。

「いい気持ち！」

マリアが驚くようすを見て、サラは笑った。

すべてを感じる。光の脈動。低音のビート。身にまとったシースドレスも鮮明に意識する。いままでは違和感があって、きつすぎて、露出が多いと感じたが、いまは官能的だ。動くとドレスに愛撫されるようだ。すべてを愛撫と感じる。腰にまわされたサラの手に体をあずけたい。感じたい。抱かれたい。

サラの頬に手を伸ばし、さわった。指に触れる少女の肌が気持ちいい。この柔肌を何日も飽きずになでまわせそうな気がする。

「すごくいい」マリアは驚嘆して言った。

「ほらね！」

しかしサラは、マリアが高揚感を楽しむのを待たずに、手を引いて人ごみの奥へ連れていった。

混雑はもう狭苦しいとも、不快とも感じなかった。むしろ楽しい。自分から手を出して、通りすぎる人々にふれた。男のシルクのシャツの背をなぞり、女のヒップをなでる。機会があるごとにふれていく。まわりからもさわられた。あちこちから指や手が伸びて、体をさわり、なで、つねる。接触のたびに体に泡立つような快感がはしる。性的に興奮しているとわかった。欲情している。飢えた動物のようになっている。原始的本能に衝き動かされ、接触とセックスを求めている。

そのことに困惑している自分もいた。ドラッグがもたらす効果に恐れおののいている。これは自分ではない。自分のすることではない。しかし他の部分では気にしていなかった。欲望に身をまかせていた。ダンサーや光や手や体の快楽に――

「こっちよ」

まだサラに手を引かれている。気持ちよくて抵抗できない。引かれながら、通りすぎる人々にさわった。愛した。さわられて笑い声をたてた。

ふいにサラの手が離れた。マリアは困惑してそちらを見た。

サラは一人の男に抱きついてキスしていた。帯水層の話をしてくれた男。水文学者のラタンだ。彼は二人を求めた。サラはいっしょに北へ行くと言っていた。今夜ここへ来た目的が彼だ。

マリアは興味を失った。音楽のほうがよかった。DJはロス・サングレとダディ・ダディをミックスしている。混雑は楽しい。サラは好きにすればいい。マリアは踊り、恍惚となった。生まれて初めて自由になった気がした。不安はない。なにも怖くない。

もしかしたら明日、家賃を払えずに殺されるかもしれない。これが最後の楽しみかもしれない。明日はどん底で、トゥーミーに泣きついて借金を頼んで、それさえ断られるかもしれない。しかし今夜は卑猥に踊った。男と、女と、やがて自分自身と。自分の腰に手を這わせ、鼓動を感じながら動く。シースドレスの布地をつかみ、手のひらの感触を楽しむ。音楽に体を揺らす。もう音楽をうるさいとは思わない。体のなかで鳴っている。それにあわせて体が動き、弾み、跳ねる。もう一個の心臓が生命力をめぐらせている。

サラと、寄り添う男が垣間見えた。二人ともこちらを見ている。サラはミニスカートとハイヒールと化粧でとても大人びて見える。そのサラの手伝いで、マリアもおなじように化粧をされている。水売り計画失敗の損失をとりもどすために、今夜はめかしこんだ。

　サラが手招きした。

　マリアはサラの男に手を伸ばした。ふざけてみたのだ。その手にキスを求めるようなポーズをとるのが気持ちよかった。その手を男がとって放さないのが気持ちよかった。サラが顔を寄せ、耳もとで熱い吐息とともにささやくのが気持ちよかった。

「うまくいったわ。払ってくれるって。彼は遊びたいのよ」

「いくら？」

「充分以上に。派手に遊びたいんだって」

　サラはマリアを引き寄せた。二人はいっしょに踊った。バブルがマリアの肌を泡立てる。男はウェイトレスに合図した。ハイヒールにタイトなショートパンツと短いブラウスのウェイトレスは、テキーラを運んできた。三人はショットグラスで飲んだ。

　サラはハンドバッグにさらにバブルを持っていた。ラタンがその容器をマリアの鼻に近づける。マリアは抵抗しなかった。足もとがふらつくと、ラタンが抱き寄せてささえてくれた。硬くなった股間が腹に押しつけられる。脈動している。求めている。楽しみだ。マリアは彼に微笑んだ。さわられたい。その力強い手につかまれたい。サラがこういう店に来るわけがわかった。飛んでいる気分だ。生きている。いままで死んでいた——ずっと死んでいたのかもしれない。しかしいまだけは生きている。

　マリアとサラは、男の求めに応じて二人で踊りはじめた。体を寄せる。サラが唇を重ねてくる。マリアは意外なほど受けいれた。唇にあたるサラの舌は、濡れて、奇妙で、熱く、欲求に満ちている。マリアは口を開け、キスし返した。体が泡立った。

ラタンが背中にまわった。マリアの尻に腰を押しつけてくる。マリアは二人のあいだでうめいた。前後から抱きしめられ、ビートが熱く、速く体を突き抜けていく。ラタンの手が体をなでまわし、胸をつかむ。他の客に見られていても気にならなかった。露出も気にならない。

マリアはまたサラにキスしはじめた。強くキスし、その口を、唇を追う。体の欲望がふくれあがる。欲求が強すぎて、自分がサラを求め、そのキスを求めていることしかわからない。

クラブを出て、暑く煙くさい夜気のなかに立った。遠い山火事のすすと廃農場から来る砂埃が充満している。

鼻に白と黒のピアスをして白い上着をはおった少年が暗がりから出てきて、車を停めた。三人はそれに乗りこんだ。もつれる体と笑い声を乗せて、車は通りを走りだした。煙でかすむ闇をつらぬいていく。

このドラッグと快感を知ってよかった、サラがいてよかったとマリアは思った。サラにまた抱き寄せられた。シースドレスの肩紐をほどかれ、胸をあらわにされる。

マリアは顔を寄せてサラの唇を求めた。おなじことをしてやろうと思った。おなじようにサラの小さなかわいい胸もむきだしにしてやる。自分のとは似ていないピンクの乳首を吸ってやりたい。サラの体をなめまわしたい。

ラタンにはなにをされてもかまわない。サラさえいればいい。サラが大事。サラだけが。その手がマリアの股間に伸びる。マリアは脚を開いた。さわられたい。

そこを。

自分が月のように丸く目を見開いているのがわかった。サラの青く熱っぽい瞳と見つめあう。電気より強烈な快感。空を飛ぶのと落ちるのを同時に経験しているようだ。

マリアは自分の欲望が怖くなった。まだ車内なのだとかすかに意識した。ドアマンがいる。エレベータに乗る。急速に上階へ運ばれていく。そのあいだもマリアはひたすらサラにさわりたかった。ドラッグの泡立つ効果とサラの感触が永遠に続けばいいと思った。消えてほしくない。この時間が終わって、サラがいなくなって、飢えた自分が取り残されるのが怖い。

ラタンのベッドは充分に広かった。マリアは汗と欲望で濡れた体からドレスを引き剥がすように脱いだ。サラの腕のなかに飛びこむ。ラタンの手を尻に感じた。硬い勃起が股間に押しつけられる。指で性器を探られる。はいってくる、はいってくる。さらに深く。痛い。

マリアはすこし抵抗した。しかし放してくれない。するとサラがマリアの顔を両手ではさみ、引き寄せて、理解している目で見た。

マリアを抱き寄せる。唇に、頬に、まぶたにキスする。背後から突かれるマリアの耳もとでささやく。そのリズムにあわせて、サラはなだめるようにつぶやく。払ってくれる、払ってくれる、払ってくれる……。

16

ルーシー・モンローの家は平屋だった。分厚い土壁。屋根には個人用太陽光パネルが並び、太い鎖を何度も通して固定している。精神が不安定で逃亡の危険がある患者を閉じこめているかのようだ。ポーチは昔ながらの環境設計で、杜松《ねず》材の梁にラバーコーティングされたタープがかかっている。垂れ下がった青と金色のタープは、まるでコミコンの会場からもらってきたかのようだ。本当にそうだとしても、フェニックスがまともなコンベンションを開催できた時代の遺物だ。

　前庭にはくたびれたフォードが斜めに駐められている。錆びたタイヤハウスに大径タイヤ。砂漠を百万キロ走破したのにまだ地獄の使者として突っ走りたがっているような、そんな荒々しいトラックだ。

　鶏がちらばって地面をついばんでいる手前で、アンヘルはテスラを駐めた。下りて車にもたれる。まわりの家の多くはブロック塀をめぐらせて、外からのぞかれないようにしている。

　路地の先には、ブリキとベニヤ板の小屋やケルティのロゴ入りテントの群れが見える。不法占拠者のキャンプだ。フェニックスの古い水道本管に違法な取水口を設置しているのだろう。救援ポンプは付近にないのだから、不法占拠者が集まる理由は他に考えられない。ケースだったらベガスでこんな行為は絶対に許さないだろう。金を払わずに水を飲むなど言語道断。こんなふうだからフェニックスは死に瀕しているのだ。

　アンヘルはサングラスをかけて待った。

　ルーシーが家にいるなら、こちらを観察しながら出方を考えているはずだ。こちらの顔に気づいて、不愉快になっているだろう。ゆっくり待った。こちらについて考えさせた。嫌われる訪問者役は慣れっこだ。とるべき態度は身についている。水を失う人々に悪いニュースを知らせにいくのは特殊な技能を要する。拒絶者との面談は危険な仕事だ。

いつもの習慣で周囲の建物の屋根を見まわした。カメラや狙撃手を探したが、見あたらない。

黒と灰色の毛がもじゃもじゃのオーストラリアンシエパードの雑種が、ルーシーのトラックの下に寝そべってピンク色の舌をだらしなく出している。暑すぎて侵入者を牽制する元気もないようだ。鶏が目のまえで地面をつついていても吠えようとしない。

ルーシー・モンローに考える時間は充分にあたえたはずだ。アンヘルは前庭のゲートを押して、砂埃をどかしながら開けた。犬が立ち上がる。アンヘルに反応したのではない。家の玄関が同時に開いたからだ。

ジャーナリストが出てきた。ポーチをおおうタープの陰から暑い日差しのなかにあらわれ、腰を一方に突き出した楽な姿勢で立った。両手はジーンズの尻ポケットにいれている。硬い口調で訊く。

「なんの用？」

死体安置所で見たときとは印象が異なる。あのときは警官や検死官から見下されないように身なりを整えていた。仕事をする服装だった。いまはカジュアルな格好だ。色褪せたタイトなローライズのジーンズから腰をのぞかせ、襟を切ったTシャツで小さな胸をゆるくおおっている。家事の途中だったのかもしれない。

「話をしたいと思ってね」

ルーシーはアンヘルの車を顔でしめした。

「やっぱり刑事じゃなかった」

「そうだ」

「なのにそのふりをしていた」

警戒している。しかしアンヘルから見れば、前回とおなじだと思えた。服装はちがっても、目はおなじだ。いろいろなものを見すぎて、知りすぎた灰色の目だ。

その瞳は、砂岩の渓谷の奥深くの陰でみつけた池のようだ。救済と平穏をたたえている。冷たいその水を飲もうとかがむと、自分の姿が映る。深みから見つめ返す。何者かをはっきりと映し出す。そこで溺れても後悔しないとアンヘルは思った。

「あのときはおたがいに誤解があったと思う」

「そうかしら？」

ルーシーの両手が尻ポケットから出た。その一方に鈍く輝く拳銃がある。握り拳よりすこし大きい程度。弾倉に短い銃身がついただけの銃だ。それでも充分な殺傷力がある。

「あなたについて知るべきことはすべて知ったわ」

アンヘルは両手を上げた。

「いやいや、それは誤解だ。おれは話をしたいだけだ」

「ジェイミーに話したように？　火かき棒を尻に突っこんで、電気ショックをかけて？」

拳銃をかまえなおした。

アンヘルは黒く小さな銃口をまっすぐのぞきこんだ。

「誤解だ」

「そうは思わないわ」

怖がっていると、アンヘルはわかった。銃口は揺れていないが、本人はおびえている。超然として青ざめた表情。すでに死を覚悟している。

まいった。最期の抵抗をしているつもりなのだ。

「暴力沙汰は望まない」

アンヘルはあとずさり、日干しレンガの低い塀に腰かけた。緊張を緩和するためだ。できるだけ穏やかで平和的な姿勢をとる。

「こちらもよ」ルーシーは銃口をむけたままにらんだ。「五つかぞえるあいだに出ていって、二度とあらわれないで。死なずにすんだことを感謝して」

「話をしたいだけなんだ」

「五」

人殺しを好む人間ではないはずだ。追いつめられて気が立っているだけだ。正邪の判断力を失っている。こういう相手は何度も見てきた。絶望とはそういうものだ。アンヘル自身も憶えがある。

「聞いてくれ」

「四」

テキサス難民もおなじだ。テキサス州から長い距離を歩いてきて、ニューメキシコ州の盗賊団にかこまれたときの彼らだ。麻薬の運び屋もそうだ。虐待されて生きる望みを失い、死ぬまえに一矢報いようとする。ネバダ州の牧場主もそうだ。灌漑用の取水口を閉じるために公社《SNWA》の職員がやってくると、それを守ろうとする。

ルーシーは人を殺す性格ではない。しかし人は希望を失うと、人間性も失う。絶望した人間は絶望的な行動をとる。予期せぬ絶望の化身になる。

「こんなことはしたくないはずだ――」

「三！」

「やめるんだ！　そんなことをする必要はない。話をしたいだけだ！」

すでにアンヘルはすばやく詰め寄る方法を考えていた。形勢を逆転できる。防弾ジャケットで銃弾を止めて、突進すればいい。つかまえられる。危険はあるが、確実に組み伏せられる。

「聞いてくれれば――」

「二！」

本能に反して、アンヘルは両腕を大きく開いた。防弾ジャケットは前面が左右に開いて、無防備になった。

「きみの友人を殺したのはおれじゃない！　ここに来たのは、おれもきみとおなじことが知りたいからだ。話をしたいだけだ！」

目を閉じ、全身を硬直させて銃弾を待った。両腕を広げ、十字架にかけられたような姿だ。

やられる。

息を止め、こんな状況になっている自分を呪った。その気になれば相手を組み伏せられるのに、自分の読みに賭けてこんなことをしている。イエスよ、マリアよ、サンタ・ムエルテよ……。

銃弾は飛んでこない。

アンヘルは薄く目を開けた。

ルーシーはまだ拳銃をかまえているが、撃っていない。

アンヘルは微笑みかけた。

「銃はもういいだろう。話をできるか？」

「あなた、いったいだれなの？」ルーシーは訊いた。

「あるジャーナリストと話をしたいだけの男さ。殺人や水やフェニックスについていろんなハッシュタグで投稿しているジャーナリストとね。#フェニックスの崩壊、あれはきみだろう？　あのタグに精力的に投稿している」

アンヘルはそこでわざとためらってみせた。自分が優勢だと相手に思わせるためだ。優位に感じさせるためだ。

彼女が優位に決まってるだろう、このばか……というシニカルな声が頭のなかで聞こえた。多少なりと銃を撃つ練習をしていれば、眉間に銃弾を撃ちこまれてこちらは終わりだ。

アンヘルは続けた。

「きみの友だちが殺されただけの話じゃない。なにかが起きてる。なにか臭い。そのことにおれもきみも気づいてる。だからすこしでも頼りになる情報を知りたい。それだけだ。話を聞きたいんだ」

「あなたの希望はこちらに関係ないわ。刑事のふりをしていたやつなんかに協力する義理はない」

「情報交換できる」アンヘルはなだめるように言った。「おたがいの力になれる。怖がらなくていいとわかれば、銃をむける必要もないはずだ。しかし誓って、おれはきみの警戒する相手じゃない。むしろ協力できる」

　ルーシーは苦々しく笑った。

「信用できるわけないでしょう」

「平和な目的で来たんだ」

「弾を撃ちこめばもっと平和になるわ」

「死体からはなにも聞き出せないぞ」

「膝を撃ってもいい。膝の皿を撃ち抜かれて笑っていられるかしら」

「どうだろうな。しかしきみはそんな人間ではないはずだ。そんな人間をおれはたくさん見てきた。きみはその同類には見えない。きみのやり方はちがうはずだ」

「でもあなた自身は同類でしょう?　そういう人間よ」

　アンヘルは肩をすくめた。

「聖人だとは言わないさ。共通の利害があるだけだ」

「やっぱり撃ったほうがよさそうね」

「いや、きみは冷徹に人を殺す人間にはなりたくはないはずだ。信じてくれ」

　意外にも、ルーシーは肩を落とし、拳銃を下げた。

「もう自分がどんな人間かわからなくなってきたわ」

　そう言う顔は、まるで千歳の老女のように疲れ、絶望していた。

「だれかに狙われていると思ってるんだな」アンヘルは訊いた。

　ルーシーは乾いた笑いを漏らした。

「死体の記事を書いて長生きはできない。この町ではね」

　きびすを返し、家へ大股にもどりはじめた。ポーチに上がって振り返り、苛立ったように拳銃を持った手を振った。

「いいわ、いらっしゃい。話をしましょう」

　アンヘルは思わず笑みを浮かべた。やはり思ったとおりだった。彼女をわかっていた。最初に会ったときから彼女をわかっていたのだ。もしかしたら、そのまえからわかっていたのかもしれない。

ルーシーを追って家のほうへ歩いた。トラックの下に寝そべった犬のそばも通った。アンヘルはにやりとして話しかけた。

「わかってたんだ」

口に出して言うといい気分だった。

犬は返事のかわりにあくびをした。そして、おもしろくなさそうにごろりと横になった。

ルーシーの家のなかは、きれいに片づき、ものが少なく、見映えがよかった。素焼きのタイルの床。グアテマラ織りのカーテン。壁ぎわにはナバホ族の壺。南西部では見慣れたさまざまな装飾品。

素朴な木のテーブルには、タブレットとキーボードが開いておかれている。軍規格の耐衝撃ケースにはいっていて、たとえ壁に投げつけても壊れないはずだ。埃で白くなったREIのフィルター付きマスクとゴーグルが、タブレットの隣におかれている。テーブルに砂埃がこぼれ落ちているのは、それを払うのももどかしいほど急いで室内にもどったかららしい。すぐにコンピュータに入力しておきたいことがあったのか。

本棚。写真。本人が撮ったらしいものもある。割れた窓。ピックアップトラックでテキサスから脱出する一家。千リットルの水タンクの上にショットガンや猟銃をかついだ兄弟姉妹がすわって守っている。故郷の州の旗まで振っている。そんな挑発的な旗を掲げてどこまで行けただろうか。

他の写真もある。メリーペリー教徒の布教テント。神の救いを求めてひざまずき、自分の背中をオコティーヨの棘だらけの枝で打っている。窓に太陽を反射させた車がどこまでも並ぶハイウェイ。まわりは赤い岩の砂漠、空は灼熱の青。テキサス人が州軍に守られてニューメキシコ州境を越える場面らしい。かなり古い写真にちがいない。いまの州軍は越境を阻止するのが仕事だ。移動の自由を制限するためにいる。

あるフォトフレームに目がいった。子どもたちと緑豊かな土地の写真が数枚ゆっくりリピート表示されている。人々は笑顔で、肌は柔らかく潤っている。

「家族かい？」アンヘルは訊いた。

ルーシーは一息おいて答えた。

「姉のね」

白人女性が、浅黒い肌の男の肩に顔をのせている。男は中東かインド出身らしい。女の顔立ちはルーシーのそれだ。ただしルーシーのようなかたくなで深い目ではない。ルーシーは苦痛の穴ぐらに潜りこんで、傷だらけになってもくじけずに帰ってくるはずだ。しかし、写真の白いルーシーはすぐにひるむだろう。見ればわかる。ルーシーの姉は打たれ弱い性格だ。

「緑が濃いな」アンヘルは言った。

「バンクーバーよ」

「そういうところでは下着にカビがはえると聞いた」

ルーシーは小さく笑った。

「わたしもおなじことを言ったのよ。アナは否定するんだけど」

棚の一角には古い本が集められていた。革装のイサク・ディーネセン。古いイラスト入りの『不思議の国のアリス』。頭のよさを客にしめすために並べるものだ。自分を表現するインテリア。そのなかに……古い版の『砂漠のキャデラック』があった。アンヘルは手を伸ばそうとした。

「さわらないで。サイン入り初版なのよ」

アンヘルは顔をしかめた。

「なるほど」それから続ける。「おれのボスは新人を雇うとかならずこれを読ませるんだ。いまの混乱は偶然ではないと教えるためにな。おれたちは最初から地獄行きの便に乗って、手をこまぬいていただけだと」

「ジェイミーもおなじことを言ってたわ」

「あの水道局の法務部職員か？　きみの友人の」

「あなたのボスはキャサリン・ケース？」

アンヘルはにやりとした。

「さあな」

カウンターによりかかった。沈黙が長くなる。

「水を飲む？」ルーシーが訊いた。

「きみが客をもてなす気分なら」

ルーシーはアンヘルをにらんだ。もてなす気分か、銃弾を撃ちこむ気分か、自分でもわからないようすだ。それでもコップを持って、濾過器付き水タンクのコックを開けた。デジタルディスプレーに明かりがともり、コップに出た水の量をしめす。

一〇八・三リットル……一〇八・二リットル……。

ルーシーは片手で水をついでいる。目はアンヘルから離さない。拳銃も握ったまま。銃口を下げているだけ。今日の譲歩はここまでらしい。

「きみの最初の本はもっと慎重な書き方だった」アンヘルは言った。

ルーシーはゆがんだ表情をつくった。水をついだコップをアンヘルにさしだす。

「今度は評論家？」

アンヘルはコップを受けとって乾杯のしぐさをした。しかしまだ飲まない。

「昔のタマリスク・ハンターのことは知ってるか？　コロラド州で仲間と会うと、かならず水を酌みかわした」

「らしいわね」

「彼らは川の水を大量に吸い上げる植物を競いながら切り倒していた。タマリスク、コットンウッド、ロシアンオリーブなど。カリフォルニアがコロラド川の大半をストローで掩蓋《えんがい》化するまえの話だ。ハンターたちは木を切れば切るほど報奨配水をもらえる。その彼らは、仲間と出会うと水を交換した。すこしだけ、水筒分くらいだ。そしていっしょに飲んだんだ」

「儀式ね」

「そうだ。忘れないためだ。たとえおなじ土地で争っても、本当は仲間だという考えを持ちつづけるために」そこで一拍おいた。「いっしょに飲んでくれるか？」

ルーシーはしばらくじっとアンヘルを見て、首を振った。

「そこまで親しくないわ」

「ならしかたない」

アンヘルはもう一度乾杯のしぐさをした。彼女からの命の贈り物。それを一口飲んだ。

「きみは友人のジェイミーを失ったときに、あえて多少のリスクを冒した。そしていまは身の危険におびえている。命を狙われていると思っている。なぜ方針を変えた？」

ルーシーはまばたきしながら目をそらした。態度を硬くしている。

「そこまでした理由は自分でもわからないわ。不愉快な男だったのに」

「そうなのか？」

「彼は……利己的だった」しばし言葉を探す。「人からどう見られるかを気にした。頭がいいと思われたがった。それを証明しようとした」

「その結果、死んだ」

「警告したのよ」

「彼はなにを計画していたんだ？」

「教える義理はないわ」

まただ。かたくなな態度にもどった。彼女の奥には弱みがある。その原因はアンヘルではない。ルーシーは灰色の瞳で彼を見つめている。弱い部分をかかえていても、そこは封印されている。

「おそらく水利権がらみだろう」アンヘルは言いながら、水のコップを持って耐衝撃ケースにくるまれたコンピュータのところに移動した。一口飲む。「とても大きな、価値のあるものだ」

コンピュータとその角を観察した。

「ロックされてるわよ」ルーシーが言った。

「のぞくつもりはないよ」

「嘘ばっかり。そっちの友人のヴォソビッチはなぜ殺されたの？ 彼に指示を出していたのはだれ？」

「名前までつきとめているなら、勤務先も知ってるだろう」

ルーシーは苛立った目をむけた。

「身分証によれば、勤務先はソルト川計画。でも見せかけなのはあきらか。そこで給料をもらっていたにせよ、実際には外から送りこまれたスパイだったはず」

「考えすぎじゃないかな」

「スパイが？」ルーシーは笑った。「ロサンジェルスは一九二〇年代にオーエンズ・バレーを干上がらせた。そこでもスパイを何人も使ったのよ。当時うまくいったのなら、今回もおなじ方法でやるはず」

「詳しいな」

アンヘルはカウンターにもどり、タイルの天板にコップをおいた。そこにルーシーのハンドバッグと鍵と携帯電話がおかれていた。紫の革のバッグは銀色の縫い目が酷使されている。

「いいバッグだな」そこにふれた。

「話をそらさないで」

「それでもいいバッグだ」

「サリーナよ。あなたはファッションに興味があるようには見えないけど」

「カルバンクラインの防弾ジャケットくらいだな」いま着ているのを指さして、「仕事には必要だ」

ルーシーはげんなりした顔になった。

「ジェイミーはファッションにも詳しかったわ。これを買ってくれたのも彼。わたしはこういうものを選ぶ暇がないけど、彼はこういう光り物《アイス》をよくくれた」肩をすくめて、「いつもそう言っていたわね。〝光り物が必要だ、きみには光り物が〟って」

「だれでも冷たいもの《アイス》は好きさ」

アンヘルは言いながら、彼女の携帯電話を手にとった。ルーシーはそれを奪い返した。

「まだ質問に答えてないわよ」

ルーシーはソファへ行ってすわった。拳銃をかたわらにおき、脚を組む。

その体の線をアンヘルはふいに意識させられた。狙っているのだろう。その脚や、腰や、尻が気にいった。灰色の目の表情も気にいった。アンヘルを怖がらないところも、ごまかしを許さないところも。そして知りたいことのため危険を冒す態度も。

「さあ、どうなの? 死体安置所にいたあなたの友人はだれ?」

「まじめな質問か」アンヘルは椅子をみつけて引き寄せ、彼女の正面にすわった。「頭のいいきみに質問は必要ないんじゃないかな」

ルーシーは苛立った顔になった。

「推理ゲームをするつもりはないのよ」

「じゃあ、推理はなしで」

ルーシーは眉をひそめ、じっとアンヘルを見た。そして断言した。

「ベガスよ。あなたはウォーターナイフ。キャサリン・ケースの部下。大勢いるうちの一人」

アンヘルは笑った。

「007と言いだすんじゃないかと思ったよ」

「007ほど頭がいいとは思えない。わたしの尻をじろじろ見るブタ野郎ではあっても、頭はよくない」

アンヘルは痛いところを衝かれたが、表情に出さないようにして、椅子に背中を倒した。

「ウォーターナイフなんて実在しない。ただの噂だ。都市伝説さ。チュパカブラみたいな。なにかがうまくいかないとお化けのせいにするような、都合のいい存在だ。キャサリン・ケースが率いるウォーターナイフなんていない。問題を解決する人間が何人もいるだけだ。弁護士や、情報提供者や、警備員などはいる。しかしウォーターナイフ？」アンヘルは肩をすくめた。

「たくさんはいない」

ルーシーは鋭い笑い声を立てた。

「じゃあ、他の都市の水道局に工作員を潜入させていないというの？」

「いないね」

「水利権を売らない農場主たちが夜中に忽然と消えるのは、彼女の手下のしわざではないと？」

「ちがう」

「民兵組織をネバダ州の南部州境に配置して、アリゾナ人やテキサス人やニューメキシコ人がコロラド川を渡ってこようとしたら攻撃するのも、彼女のしわざではない？」

アンヘルは思わず苦笑した。

「だんだんわかってきたようだな」

「そして黒いヘリでカーバーシティの浄水場を炎上させたのもちがう？」

「いや、それはやった。あの水はおれたちのものだ」

「やっぱりあなたはネバダ人。キャサリン・ケースの手下ね」

アンヘルは肩をすくめた。

「隠さなくてもいいのよ。はじめからカリフォルニア人には見えない。あの連中はスーツを着ているから」

「似て非なるものだな。防弾繊維のスーツだ」

ルーシーはこわばった笑みをむけた。

「じゃあ、ウォーターナイフではないというあなたの友人が、ジェイミーとなにをしていたのか教えて。二人がいっしょに殺されたときに」

「それも知ってるんじゃないのか？　考えたことをここで並べてみろ」

「ふざけないで。そうやって聞き出すだけのつもり？　わたしが推測したことを話すたびに、あなたはそこから新たな質問をする。そんなわけにいかない」ルーシーは首を振った。「人の家にずかずかと上がりこんで、自分はしゃべらないなんて許さない。話しなさいよ。さもなきゃ出ていって」

「出ていかないなら、撃つか？」

「試してもいいわよ」

アンヘルは両手を上げて謝った。

「質問を聞こう」

「破壊しつづけることに飽きないの？」

「破壊しつづける？」アンヘルは笑った。「そんなことはしてない。誤解だ」

「そうかしら。あなたたちの行く先々で人々は苦しむ」格子付きの窓に手を振った。「このフェニックスでやったことを申しわけないと思わない？　一瞬も考えないの？」

「まるでおれが魔法の力を持っているようだな。おれはフェニックスになにもしてない。フェニックスの自業自得だ」

「ＣＡＰを爆破したのはフェニックスではないわ。だれかが侵入して、高性能爆弾でやった」

「分離派のモルモン教徒だと聞いてるが」

「修理されるまで何ヵ月もこの都市は水がなかったのよ」

「フェニックスの立地が脆弱なのであって、それはおれたちのせいじゃない。同様にカーバーシティがしょぼい下位水利権しか持たずに砂漠のまんなかに町を築いたのも、おれたちのせいじゃない。サイモン・ユーが泣こうがわめこうが、あの水を汲み上げる権利はもともとなかったんだよ」

ルーシーは目をむいた。

「つまりあれは、あなただったのね。あなた自身がカーバーシティにいて、爆破したのね。信じられない。ＣＡＰをやったのもきっとあなただわ」

「だれかが水を飲むために、だれかが血を流すものだ」

「カトリックの言いまわしね」

「おれが信じてるのはサンタ・ムエルテだけどな。罪悪感について訊いてるのなら、それはない。感じない。たとえベガスがここを地獄に堕とさなくても、カリフォルニアが堕とすだろう」本棚にある『砂漠のキャデラック』を顔でしめした。「こんな土地に都市を築くのはばかげてると、昔からみんなわかってたんだ。しかしフェニックスは砂の穴に頭をつっこんで、災厄など来ないふりをした」

「だからといって命綱の水供給ラインを断ち切るの？」

「きみはこういう醜聞暴露が好きなんだろう。嘘をあばき、真実を叫ぶ。たとえ殺されても」

「もちろんよ――」ルーシーは言いかけて、やめた。「いいえ、ちがうわ。そう、嘘なんてどうでもいい。嘘はあっていい。真実も嘘も、ものごとの両面にすぎない――」また黙り、首を振る。「嘘ではなく、沈黙よ。わたしが気になるのは沈黙。話されない事実。書かれない言葉。それが気になるの。放っておくとそれが命とりになる。語られない物語。印刷されない真実と嘘。危険すぎるという理由で」

「でもきみはいま屋根の上で叫んでる」

　ルーシーは首を振った。

「がまんできなくなったのよ。書かずにたまっていることがたくさんある」肩をすくめる。「いえ、あなたはそれらを知ってるのかもね」疲れたしぐさで、「やった張本人だから」

「きみが言うならそういうことにしておこう」

　ルーシーは顔をしかめた。

「ベガスのウォーターナイフ、みずからを悪党と認める」

「おれの考えはちがう」

「どんなふうに？」

「おれがここにいるということは、ベガスがここにいるということだ」

ルーシーは首を振った。

「ちがうわ。あなたたちは二流よ」ふいに立ち上がり、窓の外を見た。「カリフォルニア人よ。ゲームのやり方を本当に知っているのは彼ら。ロサンジェルス、サンディエゴ、インペリアル・バレーの企業群。彼らは水戦争のやり方を知っている。彼らの血、伝統よ。五世代にわたって水を奪い、土地を殺してきた。得意なのよ」

べつの窓へ行き、日差しに焼かれる前庭を眺めた。

「キャサリン・ケースは後追いにすぎない。これまでは彼女が重要だと思っていた。あなたのようなウォーターナイフを恐れるべきだと思っていた。ＣＡＰの事件があったから」首を振って、「でもあなたたちは脇役だった。いまわかったわ」

「ジェイミーのことか。カリフォルニア人が犯人だと思ってるわけか」

アンヘルは考えを話した。ルーシーは振りむいた。

「でも動機がないわ。ジェイミーは彼らに望むものをあたえようとしていたのに……」最後まで言わずにやめた。「やったのはあなたたちだと思っていた。ラスベガスだと」

「おれたちでないのは確実だ。とするとカリフォルニアだな」

ルーシーは聞いていないようだ。

「しばらくまえに、ある人物にインタビューしたわ。州から水資源探査を請け負っている会社の重役。試掘、水圧破砕、水文学的分析などを業務にしている。テーブルをはさんで、掘削や揚水や帯水層補水のような話を聞くつもりでいた。テキサス州のサンアントニオ周辺に残った帯水層の脱塩処理の試みとか、そういう水問題の専門的な話を。悪くても、アリゾナ州に大深度帯水層があってそれを破砕すればノースダコタ州なみの水資源が手にはいるとか、そんな嘘くさい話で煙に巻くくらいのことはされるだろうと思っていた。ところが、彼が持ってきたのはグロ新聞だったのよ。それをテーブルに放ったの」

ルーシーはそこでいったん黙って、アンヘルを見つめ返した。

「グロ新聞は知ってるわよね」

アンヘルはうなずいた。

「昨夜きみはそこの記者だと名乗った」

「ジャーナリストにとって都合のいい隠れ蓑なのよ。死体を報じるけど、その背景のストーリーは報じない。ストーリーのない死体だけ」声音を変えて、「〝血だよ、血だけ見せりゃいいんだ〟」硬い笑みになって、「ティモがよくそう言うのよ」

「カメラマンの友人かい。すこし話した」

「優秀な男よ。とにかく、この町はばらばらになっている。カルテル諸国の麻薬マフィアがはいりこんでいるのは周知の事実よ。不法占拠者のキャンプで活動している。テキサス人とニューメキシコ人とラテンアメリカ系の人々の半分を運び屋に変えて、北へむかわせている。湾岸カルテルとファレス・カルテルがここの縄張りをめぐって争っている。なのに、だれも書かない……」

言いよどんで、しばし考えこむ。それからまた話しはじめた。

「そんなときに、その男がわたしのまえにすわって、テーブルにグロ新聞をおいた。スーツを着て、ネクタイを締めて、小さな眼鏡をかけて。ほら、最近のやつよ。拡張現実レイヤを重ねて見せる。彼はすわって、採掘技術の話をするかわりに、こう言ったのよ。〝カリフォルニアにとって重大な話をきみはたくさん書いている〟って」

苦々しい笑いを漏らす。

「中国公衆情報部を怒らせたかもしれないとは思って

たわ。でもちがった。わたしのまえにあらわれたのは、グロ新聞を持った男だった」

「そいつは採掘会社の重役なのか？」

「そうよ」

「アイビス社？」

ルーシーはとぼけた顔になった。

「さあ、忘れたわ。ラスベガスがスパイを送りこんでいる企業名を教えてくれたら、カリフォルニアのフロント企業の名前を思い出すかもしれない」

「一本取られたな」アンヘルは言った。「とにかくそうやってアイビスの重役がやってきたわけだ。彼の話というのは……？」

ルーシーは笑った。

「水探しに協力する会社がカリフォルニアに所有されている時点で、アリゾナは終わってるのよ」また笑う。「ええ、そうよ。アイビスの重役はわたしに提案した。基本的になにを書いてもいいけど、カリフォルニアがあちこちでやっていることを取り上げるのはやめて、他のことを書けとね。たとえばコロラド川協定の見直しや、内務省の人事異動について書くのはいい。あるいはネバダ州についてでも」アンヘルのほうをしめす。「ラスベガスの謎めいたウォーターナイフについて書いてもいいわ。連邦緊急事態管理庁《FEMA》は職員不足のせいで、メキシコ湾岸のハリケーン被害や、中西部の竜巻や、ミシシッピ川の氾濫や、マンハッタンの防潮堤の決壊などに対応しきれないという話でもいい。人間的な興味を惹く記事にはなる。疲れきったＦＥＭＡの職員と、水を失ったテキサスの町を救う力が連邦政府にないことを書けばいい。いろんな記事を書ける。興味深いことは世界じゅうでいくらでも起きてるから」

ルーシーは苦々しく笑った。

「なにを書けとは、彼は言わなかった。報じるべき興味深いストーリーは他にいくらでもあるのだから、そちらを考えてみてはどうかと言っただけ。そして元札の山をテーブルに積んだわ。高さ二十センチくらい。その札束を臆面もなくこちらへ押しつけて、立ち上がった。〝お時間をありがとう〟と言って去った。わたしは動けなかった。じっとすわっていたわ。札束の山の脇にはグロ新聞。どこかの遊泳客の写真よ。からっぽのプールの底に血が流れ、野犬がそれをなめているところ。わたしは動けなかった」

　ルーシーはアンヘルのほうを見た。

「それがカリフォルニアのやり方なのよ。キャサリン・ケースがいくら秘密工作員をかかえていても、いざとなったらカリフォルニアにはかなわない。カリフォルニアはきれいに仕事をしてまわる」

「きみは屈したわけだ」

　ルーシーは、思うところがあるらしい表情でアンヘルを見た。

「ルールめいたことを最初に教えられたときは、普通は怒るわよね。反抗したくなる。恐れていないところを見せたくなる。だから我を張る。アイビス・イクスプロラトリー社について新たな記事を書く。たとえば、カリフォルニアがハバス湖からの取水量を強引に増やしているとか。アリゾナ州の政治家と、アイビスの取締役になっている麻薬マフィアとのつながりも書く。彼からドウェイン・レイナー下院議員に五万ドルの送金があったこと。議員はたまたまコロラド川協定の制限撤廃を主張するロビー活動をしていて、なぜか同時期にバンクーバーに新しい別荘を買ったこと。そういう入り組んだ内容よ。旅行スケジュールや送金記録をほじくり返す地味でわかりにくい記事。

　そんな資料についての記事はぜんぜん読まれない。グロ新聞の写真を見るのとはわけがちがう。書いても人々の目は素通りする。わたしはそういう記事でピュリッツァー賞候補になったことがあるけど、わたしが書いたなかでいちばん読まれなかった記事よ。なのにその直後に、車のタイヤ四本がナイフでパンクさせられて、予定のインタビューに遅刻した。そのとき初めて、すくなくとも一人は読者がいたことを知ったわ。あの記事に利害がからむ一人だけがね」

ルーシーは肩をすくめた。

「そうやって学ぶわけよ。死体について書くのはだめ。麻薬マフィアが怒るから。そもそも死体の背景についてはだれも話さない。金の話もだめ。政治家が怒るから。カリフォルニア人について書くのは絶対にだめ。二度と書けないようにされるから」

「なんでもだめだな」

「うんざりよ」

「ところがいまは、それらを全部やっている」彼女のピストルを顔でしめして、「そして殺し屋の訪問におびえている」

ルーシーは苦々しく笑った。

「死にたがりなのかもね」

「死にたい者などいない。口でそう言っていても、いざとなると死にたがらないものだ」

ルーシーの電話が鳴った。彼女はそれに出た。

「ルーシー・モンローよ」しばらく聞き、アンヘルを見て、また下を見る。「そうなの？　ファイバー？」集中して聞く。「え、もう一度。なるほど、わかった。いえ、いますぐというわけじゃない」またアンヘルをちらりと見る。「ええ、わかった。それじゃ」

通話を切る。

「帰ってもらわなくてはいけないわ」ルーシーはアンヘルに言った。

「きみの友人のジェイミーがやっていたことを、まだ話してもらっていないぞ」アンヘルは言った。

「話す気をなくしたわ。もうあなたは必要ないとわかったから」拳銃で腿を軽く叩く。銃口をむけるところまではしない。「帰って」

「ようやく話ができるようになったと思ったんだが」

ルーシーは軽くにらんだ。

「あなたたちはおなじ穴の狢《むじな》よ。ネバダ人もカリフォルニア人も。この町を混乱させて、自分たちの分の水をすこしでも川に残そうとしているだけ」窓の外の砂塵でかすんだフェニックスの都市の輪郭を、顔でしめした。「ジェイミーを拷問したのは自分たちではないというけど、すでにここの住民たちにもっとひどい苦しみをあたえている」

「この町が荒廃したのはおれたちのせいじゃない。フェニックスの自業自得だ」

「じゃあ、あなたの友人のヴォソビッチも自業自得かもね」

ルーシーは拳銃をむけた。アンヘルは両手を挙げた。

「やれやれ。逆もどりか」

「最初からずっとこうよ」銃口は揺らいでいない。「出ていって。今度見かけたら撃つわ。警告なしで」

断言した。

いままでは本気でなかったが、電話がかかってきたあとは殺気がある。

アンヘルは慎重にコップをおいて、立ち上がった。

「きみの対応はまちがっている。おれは友だちになれる」

その言葉が通じそうな気配がしばらくあった。しかしそれはすぐに消え、ルーシーは拳銃を玄関のほうに振った。

「友だちはいらない。犬だけいればいい」

17

「太陽《タイヤン》に住んでる。51110号室だ。リストに〝M・ラタン〟の名がある」

ティモは調査結果を得意げに話した。

ルーシーは友人にしゃべらせながら、フェニックスの灼熱の日差しのなかでトラックを運転していた。何度もミラーを確認するが、あのウォーターナイフの黄色いテスラは映らない。

仲間がいればべつだが。

尾行されていないと確認するために、おなじところをゆっくり何度かまわったり、引き返したり、放棄された住宅地の袋小路をジグザグに走ってみたりした。そしてアクセルを踏みこんで一気に太陽へむかった。

そのあいだティモは愉快そうに話していた。

「きみが探してるやつにまちがいないと思う。身分証がわりにカリフォルニアの運転免許証を使ってるんだ。きみがにらんだとおり、ファイバーだよ」

問題は、M・ラタンはファイバーで、ルーシーはそうではないことだ。

太陽の公共アトリウムにはいるとすぐに、居住棟に上がるゲートの警備員が飛んできて行く手をさえぎられた。面会の約束がない汗くさいアリゾナ人などをM・ラタン氏のところへ行かせたら、彼は責任を問われる。

ルーシーは、行く手をさえぎられるのは不愉快だが、警備員を恨む気にはなれなかった。仕事を続けるためにフェニックスの貧乏人をつまみださなくてはならない。ルーシーの仕事はそこを口八丁で切り抜けることだが、ベガスのウォーターナイフとの奇妙な会話を打ち切って急いで来たせいで、演技の準備が不充分だった。

　ファイバーでないのは一目でわかる。州外出身者にも、カリフォルニア人にも、違法だが許容されるバブルの売人にも見えない。埃っぽく、日焼けが多く、余裕のない態度。警備員から見ればまったく地元のアリゾナ人だ。

　いつもルーシーを素人とからかっていたティモには、それがおかしいようだ。

「いつのまにか馴染んでるようだな」イヤホンからティモの笑い声がした。

　ルーシーは警備員を言いくるめる努力を続けた。警備員はくりかえす。

「ラタンさんのお客さまなら、ラタンさんからこちらへその旨の電話をかけてもらってください。そうすればエレベータを目的階へ行かせるように操作します」

「あとでまたかけてみるわ。さっきまで会っていたのよ。まだ部屋に帰っていないと思う」

　警備員はにっこり微笑んだ。

「なるほど、そうでしょう。電話にお出になったらお願いしてみてください」

　ルーシーは居住区にはいる回転ゲートから離れて、アーコロジーの公共広場にもどった。噴水や池のまわりを歩き、上階から流れ落ちる滝の水飛沫を浴びた。いくつもあるカフェやブティックに興味があるふりをした。そのあいだも居住区用エレベータとその警備員を観察し、上がる方法を考えた。

　５１１１０号室。

　第五棟、十一階、十号室。

　名前も住所もわかっている。なのに手を出せない。ここまで調べたのに、任務に忠実すぎる警備員に行く手をはばまれている。

　錦鯉の池の脇ですわって、公共スペースの上に戦略的に吊られた長さ六メートルのスクリーンを見上げた。英語、スペイン語、中国語でニュースと株価を流し、上海の現在時刻と気温を住民に教えている。

　太陽太陽光開発の重役と秘書たちの笑い声と話し声がアトリウムに響く。ガラスの壁をへだてた外の世界では、地元の請負業者たちが砂漠に出て太陽熱集熱器を設置している。砂岩と石英の大地に新たな送電網を築いている。

　アリゾナ州にアリゾナ人は求められていない。求められているのは降りそそぐ太陽光だけだ。フェニックスには給電制限が敷かれたまま、民間企業は集めた太陽エネルギーを州境の北と東と西に送っている。アリゾナ人にやる餌はない。

　ルーシーはそれを記事にした。しかしページビューは惨憺たるものだった。

　警備員がルーシーのそばを歩いていき、またもどってきた。ルーシーは顔をしかめた。

　アーコロジーの壁の外でフェニックスは崩壊し、地獄へ落ちようとしている。しかしなかはちがう。太陽に侵入する終末の断片は毛嫌いされる。

　またべつの警備員が歩いていった。普段の彼らの仕事は、忍びこんで噴水の水を飲む子どもをつまみだすことだ。彼女のような大人の侵入者への対応は仰々しくなる。

　太陽のきびしい境界規制は、ある意味でネバダ州やカリフォルニア州のそれとおなじだ。住民にとって重要なのは、その生活空間が外の市街の砂塵や煙や退廃から隔絶されていることだ。

　居住者や社有区画の一時滞在者は、太陽のなかで快適に生活できる。外部者でも、清潔でビジネスに適した服装であれば、公共広場まではいってコーヒーを飲んだりミーティングを開いたりできる。居住者が下りてきて同行すれば、居住棟に上がることもできる。

　５-１１-１０号室。

　居住棟第五棟、十一階、十号室。郵便番号よりわかりやすい五桁の住所。通称ファイバー。五桁のチケット。別世界への入場券。

警備員があからさまにこちらを見はじめた。長居がすぎたようだ。

ルーシーは携帯電話を出して、電話をかけているふりをした。しかし警備員にはつうじない。一人が正面から彼女を見ている。片手を耳にあて、イヤホン型の装置からなんらかの警報を出している。今後は顔認識されて入り口で拒否されるようになるはずだ。

「失礼ですが」

ルーシーははっとした。いつのまにかべつの太陽の警備員が目のまえに来ていた。電撃警棒を軽く腿に打ちあてている。

「こちらにご用が？」

なかなか優秀だ。それは認めなくてはならない。接近に気づかなかった。

「その……これから上へあがるところです」

彼は居住区の警備員に目をやった。むこうはこのやりとりを見守っている。

「居住者ですか？　では居住カードをご提示ください。あるいはゲストチケットを」

「それは……」

警備員は返事を待つ。追及の手をゆるめない。

「どなたかお呼びしましょうか？」

「いいえ、けっこうよ。水を見て楽しんでいただけだから」

「チケットを紛失なさったのなら、お調べしましょう」

人を追い出すことに慣れている。よく警備をすり抜けてはいりこむ者がいるのだろう。噴霧器が働き、煙と埃のない濾過された空気があり、何段も流れ落ちる滝と、生きた土と植物の豊かなにおいがする豪華な空間なのだ。

警備員は人を移動させるのが仕事だ。礼儀正しくそれをやる。繊細に組み立てられた太陽アーコロジーの平穏を乱さずに。

　それでも従わなければ、彼が腿を軽く叩いている電撃警棒が待っている。すくなくとも沈黙させられる。意識不明の体は警備員たちによって運ばれ、外の通りに放り出される。

「わかったわ。もう行く。片づけるからすこし待って」

「もちろんですとも」

　どこまでも礼儀正しい。いつもだ。彼らが望む方向へ移動すればいい。実力行使をさせないかぎり、彼らは親切ですらある。

　ルーシーは敗北を認めた。金持ちのファイバーたちが回転ゲートへ歩いていくのが見えた。ビジネススーツの集団だ。宇宙の支配者然として、にぎやかに話している。中国語やスペイン語をやりとりする重役たち。タイミングがあえばそのうしろにくっついていって、ゲートをすり抜けることもできただろう。しかし警備員に付き添われて出口に案内されているのでは無理だ。

　マイケル・ラタンのところへ行くには、べつの方法を考えなくてはならない。

18

紅蓮の炎と渦巻く黒煙がマリアをかこみ、押し包もうとしている。

ぶつぶつとつぶやく黒い犬のような生き物が炎のむこうから飛びこんできた。悪魔の闘犬のように不気味につぶやき、マリアにおおいかぶさってくる。

サラがそばにいる。

マリアは悪魔のような生き物から逃げようとした。しかしサラが遅い。握った手が何度も滑る。マリアはあきらめなかった。しかしとうとう手が離れ、行方がわからなくなった。喪失感で胸が破裂しそうになった。

マリアはあえぎながら目覚めた。男の部屋だ。汗だくで喉はからから。心臓は胸のなかではげしく鳴っている。頭のなかでくりかえす考えは、ありがとう、ありがとう、ありがとう……。

現実ではない。サラは死んでいない。ただの夢だ。

ありがとう、ありがとう、ありがとう……。

サラと男の腕が左右から自分にまわされていた。暑いわけだ。二人を目覚めさせないように、そっと体を離した。起きてみると、吐き気がしてひどい気分だ。目からドライバーをねじこまれるような頭痛がする。

マリアはベッドの端まで這っていき、よろよろと立ち上がった。とたんに部屋が傾いた気がして、壁にもたれた。ベッドの二人はからみあって眠りつづけている。サラと……男。

ラタンだ。

自分を笑いたくなった。あきれるべきか恥じるべきか、ファーストネームを思い出せない。憶える気がないのかもしれない。何度も聞いているはずなのに記憶が蘇らない。サラはこの男にあらゆる希望をかけていた。名前がわからないこの男に。

　見知らぬ男にマリアは処女をやった。どうでもいい気もした。むしろ、サラにやったのかもしれない。サラと抱きあったのだから。そう思うことにした。本当の処女はサラにやったのだ。

　シャンパンの瓶が一本、床にころがっている。これも記憶がない。記憶と夢がまぜこぜになっている。昨夜の出来事はとても混乱し、非現実的だった。サラとかわるがわる飲んでキスした。冷たく泡立つワインを体に流し、それを水文学者が熱心に舌でなめた……。

あれは夢かうつつか。記憶か予感か。

瓶は空だ。ということは現実らしい。

　床の上できらりと光る瓶を見て、バブルの高揚を失ったことを実感した。醒めてしまったいまは、豪華な寝室が静かすぎるほど静かに感じる。孤独感さえ漂う。シーツはくしゃくしゃで汗まみれ。瓶は空っぽ。サラの金髪が枕のうえで乱れて広がっている。腕は横に伸びて男の肩にふれている。奇妙なほど親密に見える。金で買った一夜の恋人とは思えないほどだ。

　からみあう二人を見ていると、混乱した感覚が蘇ってきた。断片的な記憶だ。サラとのキス。電気のように体をつらぬく快感。ラタンもそこに加わろうとする。サラは招く。サラの頭には彼を満足させることしかない。マリアはもう一度サラにキスしてほしいだけだ。もう一度、もう一度。友人の肌を感じたい。

　興奮で震える手を思い出す。肌の下で爆弾が破裂するように感じた。爆発のように震え、欲望が高まる。圧倒される。全身が揺れる。何度も何度もサラに手を伸ばす。男を受けいれてでも。

　サラは男を熱心に見ていたことを思い出した。アリゾナから出るための切符だ。そのためには気にいられなくてはならない。そしてマリアの体を見るラタンの視線。その手が腿を這う。三人はそれぞれ鎖のようにつながっていた。マリアはサラを求めた。サラは男に執着していた。男は、北行きを求める貢ぎ物としてマリアを連れてきた少女ではなく、マリアに執着した。

昨夜のマリアはそんなことはどうでもよかった。サラだけがほしかった。しかし三人の欲望がすれちがっていたことを知って、いまは失望していた。

トイレを探した。みつけたのは冷たい大理石の床、トルコ石と銀の縁取りの鏡、青と白のタイル張りのカウンタートップという豪華な場所だった。

鏡に映る自分を見た。どこも変わっていない。もとのまま。おなじ自分。男女二人とセックスした。一人はいい。もう一人はどうか……。自分を見た。変わっていない。父親が見ても娘が昨夜なにをしたのかわからないだろう。町ですれちがう人たちも、彼女が金のためにどこで、なにを、どんなふうにしたのかわからないだろう。それを楽しんだことも。だれを愛したかも。

トイレに腰かけた。肌にふれる冷たい陶器を強く意識しながら用をたした。こんなトイレを使うのはいつ以来だろう。サラと住んでいる地下室の裏の屋外便所の穴や、移動便所車の便器ばかりだった。拭く紙はいつもグロ新聞をちぎったもの。昔、ヒルトン6のトイレに忍びこんだことを思い出した。個室までたどり着いたところで、ホテルの係員につかまった。本来ならすぐつまみ出されるが、女性係員はあわれんで、流しで顔と手を洗わせ、満足するまで水を飲ませてくれた。そして暑さと砂埃の路上にもどされた。

トイレの水を流した。ごぼごぼと大量の水が流れて驚いた。

背徳的な興奮を感じながら、キッチンへ行って戸棚を開けた。泥棒が一人、コップに水を汲む。蛇口脇についた課金モニターの赤い光がそれを監視している。

マリアはコップいっぱいに水を汲み、飲みほした。

もう一杯つぎながら、この料金は名前を忘れたあの男に請求されるのだと思って、ほくそ笑んだ。冷たいコップを頬にあてる。そして飲んだ。

三杯目を勢いよくコップにつぐ。いくら飲んでも満足しない。お腹は水でいっぱいなのに、やめられない。

コップを持ったまま浴室へもどり、シャワーのコックをひねった。何リットルもの水が降りそそぐ。赤十字の救援ポンプで儲けたときよりも大量の水が、体を濡らして流れ、排水口に消えていく。石鹼で洗いながら、サラと男と抱きあったことを思い出す。はじける快感。肌をあわせる原初的よろこび。

バブルだ。

あのドラッグがやみつきになりそうで怖かった。いまはなににさわっても輝きがない。ハイになっていたときにくらべて現実感がない。バブルはどうやって買うのだろう。サラはどうやって入手しているのだろう。

清潔になった気がした。神様《ディオス》、とてもきれいになった。

マリアは下着を洗いはじめた。他の服も持ってくればよかった。サラはそんなところでも太陽《タイヤン》に行く準備をおこたらない。

カーテンが音をたてて開かれ、ラタンがあらわれた。裸だ。

「洗濯かい？」

ラタンは奇妙な笑みを浮かべて彼女を見ている。マリアは両手に下着を持ち、水滴をたらしながら立ちつくした。なにか言い訳をしようとしたが、ラタンが制した。

「いいんだ。部屋代も水代も会社持ちだから。帰るまえに他の服も洗っていくといい」

そう言って、シャワールームにはいってきた。石鹼を使いながら、目でマリアの体をなめるように見ている。またセックスしようとするのではないかとマリアは思い、そうならないことを願った。しかし結局そうなった。痛かったが、受けいれた。たいしたことはなかった。今回は容易だったし、感じているふりもできた。頭ではサラもいると想像した。

　終わると、ラタンは外に出て、タオルを取ってくれた。マリアはもう一本タオルを使って髪を拭いた。昔、母親といっしょにタオルで洗い髪を包んだことを思い出した。州軍がやってきて避難所へ移らされるまえだった。すべてがおかしくなりはじめるまえのことだ。

　リビングに行くと、ラタンはシェードを上げていた。暁光で空は明るくなり、砂塵の靄を赤く浮かばせている。それほど寝すごしたわけではないようだ。

　ラタンはキッチンへ行った。シャワーの外ではなぜか恥ずかしそうだ。目をあわせようとしない。

「きみは……大丈夫だった？」ためらいながら訊く。

　彼はやりたいことをやり、シャワールームでもまたやった。なのに勃起していないときは目もあわせられないらしい。

　彼が恥ずかしそうにしていることに、マリアは驚いた。自分はなぜ恥ずかしくないのだろう。両親は娘がやったことを知ったら嘆くだろう。しかしマリアはまったく気にならなかった。

「朝食になにか食べる？」ラタンは訊いた。

　マリアはタオルをしっかりと体に巻いた。自分の声が信用できず、ただうなずいた。シャワー。清潔な服。寝室のほうをのぞくと、サラはまだ眠っている。

「あなたのファーストネームを忘れちゃった」

　するとラタンは微笑んだ。そのときだけは少年のように見えた。なにかに安堵したようすでもある。

「マイケルだよ。マイクでいい」手を差し出して握手した。「よろしく」そして笑い、照れくさそうな顔をした。「いまさらだけど」

　マリアは相手に気を悪くさせないように、微笑み返した。

「いまさらだけどね」

　ラタンは冷蔵庫から卵を出し、割ってボウルにいれはじめた。そのあいだにマリアはあちこちの部屋を見てまわった。豪華さに驚いた。リビングは、板張りの床にナバホ織りのカーペット。壁には絵画。棚には本物の本がきれいに並べられ、ところどころに日本製らしい壺がおかれている。冷蔵庫は安定した電力で穏やかにうなっている。静かだ。とても静か。上の階で喧嘩する物音など聞こえない。監視する目にかこまれてもいない。

ラタンは水を排水口に流し、卵の殻もそこに落とした。そのようすをマリアがじっと見ているのに気づいて、説明した。

「無駄にしてるわけじゃないよ。すべてリサイクルされる。メタン発酵槽にはいって、錦鯉の池と巻き貝の養殖床に通される。そして一部は逆浸透膜で濾過して水道管にもどされる。南面の垂直式野菜工場へ送られる分もある」

マリアは黙って聞いた。ラタンの説明に驚嘆し、本人がそれを当然のものとして享受しているようすにも驚いた。

かつてマリアもこんな生活をしていた。といってもシンプルで基本的なものだ。自分の部屋。エアコン。当然のものとして使っていた。この男とおなじように。

これが魔法の暮らしであることに本人は気づいていない。

サラの言葉を思い出した。ラタンに背後から突かれているときに、サラがマリアの顔を抱き寄せて耳もとでささやいた言葉——〝払ってくれる〟。

しかし金だけの問題ではない。ここにいること——それがすべてだ。

「ここには長くいる？」

言葉にして初めて、そんなことは聞くまでもないと気づいた。

ラタンは顔を上げ、慎重な表情になった。長期的な関係を求めての問いであることは、どちらにとってもあきらかだからだ。ラタンは用心深く、無表情な口調で答えた。

「先のことはわからない。いまは状況が流動的だから」手もとの卵を見て、「昨晩は、あるお祝いだったんだ」

「なんのお祝い？」

「ちょっとした幸運さ」ラタンはウィンクした。

「あやかりたいわ」

冗談で言ったつもりだったが、苦々しい本心が声に出てしまった。ラタンは急に黙りこんだ。会話に水を差してしまったとわかった。求められているのは楽しい女なのだ。貧しく絶望した女ではなく。

「ごめんなさい。あなたのせいじゃないわ。気にしないで」

しかしそう言ったせいで、よけいに雰囲気が暗くなった。

ラタンはフライパンで調理中の卵を見ながら訊いた。

「出ていけるとしたら、どうだい？」顔を上げ、マリアを見つめた。「だれかがここを去るときに、きみを連れていきたいと言ったら、きみはなにをしたい？」

マリアはその問いに虚を衝かれた。まるで考えを見透かされたようだ。しかし純粋な仮定の問いとも思えない。

「わからない。仕事を探す……？」正しい答えはなんだろう。ここでうまく答えればドアが開かれる気がした。「また学校へ行くとか？」

「州境のむこうだって豊饒の土地というわけじゃないんだよ」

「ここよりましよ」

「たしかに。じゃあ、どこへでも行けるとしたら、どこへ行きたい？ 世界じゅうのどこでも行き先を選べるとしたら、どこを選ぶ？」不気味なほどじっと見つめる。まるでメリーペリー教の牧師が救済について話すときのようだ。「どこでも行ける、なんでもできる、だれにでもなれるとしたら……きみはどうする？」

「それは非現実的だわ。だれもそんなことはできない」

「かりにできるとしたら？」

　ありえないことを話すのは不愉快だ。それでもいちおう答えた。

「中国ね。父は一家で中国へ行くつもりだったから。中国へ行って、中国語を学ぶ。上海の近くに海上都市があると聞いたから、そこに住むわ。海に浮かんで暮らすの」

「きみはテキサス人だよね」

「もちろん」

「どうしてここへ？」

　話せば同情してもらえるだろうか。自分とサラへの結びつきをより強くできるだろうか。彼をつかまえておくにはセックス以外の材料が必要だ。セックスだけでは弱い。路上にはブラに押しこむ金とシャワーのためならなんでもする女がたくさんいる。寝ただけでは不十分だ。自分とサラをなんとかして好きになってもらわなくてはいけない。個性を見てもらわなくてはいけない。人として、大事な人間として考えてもらわなくてはいけない。

　だから身の上話をした。脚色はしなかった。一家が住んでいたサンアントニオ郊外の町に州軍がやってきて、給水車の巡回が終了するので立ち退いてくれと言われたこと。テキサス州を西へ横断したこと。オクラホマ州では多くの人がつるし首になり、ルイジアナ州はハリケーン難民であふれているからだ。ニューメキシコ州の惨状も話した。鉄条網のむこうから投げ返される死体。メリーペリー教徒の車列。赤十字の救援ステーション。母親がチクングニア熱で死んだこと。

　稼ぐ方法についても話した。トゥーミーの店で水を売り、水のことで彼の助言を受けていることなどを教えた。

ラタンは聞いて、感心して笑った。マリアはその反応から、よく思ってもらえたようだと希望を持った。サラとともにこの男との結びつきを強めれば、どこかへ連れていってもらえるかもしれない。

「キャサリン・ケースも水売りからはじめたんだよ」ラタンは言った。

「ラスベガスの水を支配してる女のこと？」

「まあ、そう言っていいだろうね。彼女はもともと農場の水を都市に売るビジネスをしていたんだ。農場から都市への水利権の移行が盛んな時期に高値で売りさばいた。そうやってさんざん絞り取られたラスベガスは、逆に彼女を雇って、自分たち以外を絞り取らせるようにした。彼女はつねに好機を狙っている。さまざまな契約で有名になった」

「あたしとはくらべものにならないわ」

ラタンは肩をすくめた。

「それほどちがわないよ。高く売れる場所へ水を運ぶだけだ。ケースは何億立方メートルという単位の水を扱う。きみはリットル単位で水を扱う。でもやってることは基本的にちがわない」

ラタンはふいに卵料理を中断して、棚へ行った。そこから古い紙の本を出すと、いわくありげにマリアを一瞥してページをめくり、はさんであった数枚の紙を抜いた。そして本を差し出した。

「これを読んだことは？」

マリアは本を受け取り、題名をゆっくりと読んだ。

「『砂漠のキャデラック』……自動車の本かなにか？」

「じつは水の本だ。なぜいまのような状況になったかが書いてある。同様の本は他にもある。これのあとにたくさん書かれた。フレック、フィッシュマン、ジェンキンスなどはオンラインで読める」マリアの手のなかの本を顔でしめして、「でもまずこの本を最初に読むべきだと思う。水問題のバイブルだ」

「聖書ってわけ？」

「旧約聖書だ。すべてのはじまりだ。かつては砂漠に花を咲かせられると思われていた。そのための水はある。川を動かせばいい、水に支配されるのではなく水を支配できると、みんな思っていた」

「興味深いわね」

マリアは本を返そうとした。しかしラタンは手を振った。

「きみにあげるよ」

その口ぶりからすると……。

「もうすぐいなくなるから？ あたしやサラに散財したのは、それが理由？」

ラタンは居心地悪そうな態度になった。

「かもね」

「いつ？」

ラタンはうつむいた。

「状況による。もうすぐだと思う」目をあわせない。

マリアは本を彼の手に押し返した。

「いらない」

「よくわかってもらえなかったようだね」

「いいえ、わかってる。それは本よ。人間の愚かさを書いた本はいらない。もう知ってるから。ドローンに発見されずに州境を渡る方法を書いた本があるなら、それは読みたい。業者《コヨーテ》に殺されて、テレビでやっているような砂漠に埋められた犠牲者の一人にならずにすむ方法を書いた本なら、それもいいわ」

マリアは相手をにらんだ。

「昔のことを書いた本はいらない。昔はよかったという話は耳にたこができるほど聞いたから。必要なのは、いまどう生きるかという本。そういう本でないなら、ただの荷物だからいらない」カウンターにおかれた『砂漠のキャデラック』をぱらぱらとめくって、「だって、ほら、ただの紙でしょ」

ラタンは気を悪くしたようで、弁解がましく言った。

「初版なんだよ。高い値がつく。べつに売り払ってもかまわないよ」

マリアは興味なかった。急にこの男が不愉快になった。彼女を犯しておいて、自分はフェニックスからさっさと出る予定でいる。その後ろめたさを打ち消すために、本を読ませていい気分になろうとしている。そんな男に礼儀正しくしたくなかった。

「もらえないわ」

「残念だよ。興味があるかなと思ったのに」

手もとの紙を本にもとどおりはさんで、棚にもどした。

「それはそれとして……」マリアはためらった。「洗濯させてもらえるかしら」

ラタンは、マリアとおなじく疲れて悄然とした顔でうなずいた。

「もちろん。ぼくの部屋にバスローブがあるよ。服が乾くまでそれをはおってるといい。サラの分も洗っていいよ」

「ありがとう」

マリアは無理に微笑んだ。いまのいきちがいを埋めあわせようと、気持ちより大きめの笑みをつくった。ラタンも多少は機嫌をなおしたようだ。彼が去るときに連れていってもらうのはもう無理かもしれない。しかしチップならもらえるだろう。もしかしたら、もう一晩くらいサラといっしょに呼んでもらえるかもしれない。

寝室にもどると、体に巻いたタオルをはずして、バスローブを探した。サラが寝返りを打った。腕と脚を大きく広げ、ベッドを占領している。しかしまだ熟睡している。

マリアは足を止め、友人の寝姿を愛情とともに見つめた。彼女といっしょに、一晩だけでも安眠できてよかった。

サラに恋をしているのだろうか。

自分がサラを求めているのはたしかだ。ラタンを求める気持ちはまったくない。サラのほうは、彼を求めている。ラタンはいい人だ。いい人ならマリアは何人も知っている。しかしサラを見るときは、禁じられているのにがまんできないような気持ちに襲われる。女優のアマリー・スーをタブレットで検索して、自慰をしているところを母親にみつかったときとおなじ感じだ。サラのそばにいると、体に電気を通されたような刺激を感じる。サラだけは失いたくない。

　マリアは乱れたシーツをかきわけて他の服を探した。サラをつついて訊く。

「あなたのスカートはどこ？」

　サラはむにゃむにゃとつぶやいて、マリアの手を押し返した。

「いい……自分のだけ洗って」

　リビングのほうでドアベルが鳴った。マリアははっとして、自分が裸であることを意識した。マイクのバスローブはどこにあるのか。

　寝室のドアからリビングのほうをのぞいた。声が聞こえる。

「よう、いたか、マイク。くそったれ。元気にしてたか？」

「なにしにきたんだ。あとで会うと言っただろう」ラタンが答える。

「待ってられなくなったんだよ」

「どういう――」

　なにかがつぶれる湿った音。続いて叫び声。さらに鈍い音とうめき声。

「おやおや、マイク、ひどい顔になっちまったな。さて、話をしようじゃ――おい、よせ！」

　こもった軽い音がした。ラタンがよろけてあとずさってくる姿が、マリアの視界にはいった。肩を押さえている。男が拳銃をかまえて追ってくる。

「待て！　取り引きしただろう！」ラタンはあえぎながら言った。

「ああ、したぜ。おれたちはほしいものを受け取り、おまえはフェニックスから出ていくって取り引きをな」

ラタンは拳銃の男に飛びかかろうとした。また銃声。ラタンの後頭部からはじけるように血が飛んだ。うしろむきに転倒する。

マリアはあわててサラのところへ行った。声を抑えて言う。

「起きて！　隠れて！」

サラを引っぱってベッドから下ろそうとした。しかしサラはうめくだけ。

「放して……眠いんだから」

むこうの部屋から声が聞こえる。

「なんで撃ったんだ」

「どうせやるんでしょう？」

「権利書のありかをまだ聞き出してないじゃねえか」

「すいませんね。こういうこともありますよ」

「くそったれ。他の部屋を調べてこい」

マリアはサラの手首をつかんで引っぱった。だれかがこちらへ来る。板張りの床に足音が聞こえる。しだいに近づく。

ドアが開くと同時に、マリアはベッドの陰に伏せた。

「だれ――」サラが言いかける。

こもった銃声。

マリアはベッドの下にもぐりこんだ。銃声が続く。悲鳴を漏らさないように口を押さえ、狭い空間に体を押しこんでじっとする。

「やれやれ、またやっちまったよ」男の声。

「なにかいたのか？」リビングのほうからべつの声が訊いた。

「テキサス人の売春婦ですよ」足音が遠ざかる。

「女まで撃たなくていいだろうが」

「銃をむけやがったから」

マリアの耳には自分の心臓の音ばかり大きく聞こえ

ていた。会話がかき消されるほどだ。男たちはアパートメントの奥へ行き、話し声は聞き取りにくくなった。高くなったり低くなったりしながら、しゃべりつづけている。気味悪いほど落ち着いている。二人殺したところなのに、まるでコーヒーを飲みながら雑談しているようだ。軽口まじり。笑い声さえ聞こえる。戸棚を開ける音。さらに会話。

　足音がもどってきた。

　こないで、こないで、こないで……。

「このアイビスの野郎はいい暮らししてますね」一人が言った。

「会社持ちさ」

　男の靴が見えた。黒いカウボーイブーツが、手を伸ばせばさわれるほど近くにある。高級そうな光沢。そのブーツが止まった。また銃声がして、マリアはぎくりとした。

　サラにとどめを刺したのだろうか。それとも撃ちたくて撃ったのか。

　自分が泣いているのに気づいた。頬が涙で濡れている。視界がぼやける。ベッドの下で恐怖にすくみながら泣いた。ただし声は漏らさない。ネズミのように身をひそめ、声をころして泣く。室内に散乱した女の服やカーペットにちらばったハイヒールが一人分にしては多すぎることに、ブーツの男が気づかないように祈った。

　恐怖と喪失感で泣いた。サラの温かい手の感触がまだこちらの手に残っている。物陰に伏せるときに放した指の感触も。

　マリアは泣いた。声もなく、希望もなく。あれは正夢だったのだ。天使か悪魔か、聖人か幽霊か、何者かが耳にささやいたのだ。悪夢の警告に耳を貸さなかった自分が愚かだった。もうなにをしても遅い。許しと救いを求めて祈るしかない。

　むこうの部屋では叩いたりひっかいたりする音が続

いていた。

「ここにはなさそうだな」一人が言った。「寝室を調べよう」

こないで、こないで、こないで……。

19

警備員はルーシーの横について歩いた。確実に追い出すためだ。

ルーシーは強制退去の場面を見たことがあるが、自分が不法占拠者の立場になるとは予想していなかった。

当時は広場の奥にあるサグアロ・カフェで、中国人技術者と話していた。彼は生物設計が専門で、席のすぐそばにある池が水質浄化システムの一部にほかならないことを説明していた。水草も魚も、特定の浄化機能のために改造され、選別されているのだ。

その会話の途中で、警備員がだれかを外へ連行しているところが目にはいった。ルーシーはコーヒーを飲みながらそれを眺めた。当人に同情したが、その絶望まで実感したわけではなかった。

しかしいまは自分が追い出される立場だ。カフェの人々からそれを見られている。

うしろで、男があっと声をあげるのが聞こえた。大きな声だったのでルーシーは振りむいた。ナイフで刺されたのかと思うくらいの声だ。しかし男はじっと立っている。視線は上にむいている。

他の人々も声を漏らし、次々と立ち上がる。あんぐりと口を開けている。驚愕が太阳《タイヤン》の広場全体に波のように広がる。驚きと警戒。みんな空を見上げている。

いや、空ではない――

モニターだ。アトリウムのあちこちに吊られている大型のテレビ画面だ。

ルーシーは彼らの視線を追った。

「いったいなにが――?」

警備員からせかすように押されたが、その手を振り払った。

「待って」

警備員は腕をつかみなおそうとしたが、ふいにその手を止めた。彼とルーシーは、警備員と不法侵入者ではなく、テレビを見る二人の人間になった。突然の状況変化に翻弄される兄妹になった。

画面には、広々とした輝く湖面が映されている。ダムだ。下端にテロップが出る。

ブルーメサ貯水池、コロラド州ガニソン

満々とたたえられた水と、それをかこむ黄色い粘土質の丘、断崖、わずかなヤマヨモギの藪。

湖が狭くなったところに、岩を積んだ堰堤《えんてい》がある。ごつごつした深い渓谷をせき止め、青い水をたくわえている。

そのダムの表面をおおう岩のあいだから、水がしみだしているのだ。三カ所から水が流れ落ちている。噴き出し方がしだいに大きくなっている。人々がダムから這い下りているのが見えた。逃げている。噴き出す水の太さとくらべるとまるでアリのようだ。ダムの上を通る道路を一台の車が猛スピードで通りすぎた。

ダムの壁面をロープで懸垂下降している人々がいる。いったいなにをしているのかと見ていると——

ダムが決壊しはじめた。

警備員の手がルーシーの腕から離れた。背後でだれかが恐怖の悲鳴をあげる。

さらに多くの水が噴出しはじめた。巨大な岩の塊がはずれて落ちていく。隙間が広がったぶんだけさらに水が出る。水量は増し、崩壊速度も上がる。ダムの縁にいるごま粒のような人々も逃げていく。スケールがちがいすぎてわかりにくいが、巨大な水圧で噴き出す水にくらべて、人影はとても小さい。

堰堤の上端が崩れはじめた。一台のミキサー車が崩落に巻きこまれた。狭い渓谷のあちこちにぶつかりながら落ちていく。水流に浮かび、もてあそばれる。濁流は勢いを増して渦巻く。

だれかが音声をオンにした。アナウンサーの狼狽した声がアトリウムに響く。増水によって危険にさらされる下流の都市名を読み上げている。

『どこまで流れ下るか不明です！　開拓局ではモローポイント貯水池とクリスタル貯水池も決壊すると予想しています。陸軍工兵隊は以下の都市に避難勧告を出しています。ホチキス、デルタ、グランドジャンクション、モーアブ……場合によってはグレンキャニオンまで到達する可能性があります』

アナウンサーはさらに多くの都市名を読み上げていった。カメラの視野は、決壊するダムから、狭い渓谷に噴き出した濁流に移った。家ほどもある大岩が押し流されていく。アナウンサーは、原因はテロだと述べたあとで、建築上の欠陥が原因の可能性もあると訂正した。百年近く屹立していたダムが崩れていく。さらに多くの濁流が流れ出す。

渓谷の断崖の一部が崩落した。濁流に削られて、巨大な花崗岩の塊が亀裂にそって剝がれ、回転しながら落ちていく。数人の見物人が崩落に巻きこまれた。アリのような人々が断崖の縁から退がる。アナウンサーは叫んだ。

『人がいます！　人がいます！』

言わずもがなのに、声を恐怖で震わせてくりかえす。

『開拓局からただいまはいった話では、ダムは最近検査を受け、安定していると評価されたとのことです。建設と地形的位置にも問題はありません。このように長期にわたって安定していたダムが一瞬にして決壊するというのは、過去に例がありません――』

『ということは、やはりテロですね』べつの声が言った。

しかしアナウンサーはその発言をふたたび訂正した。

アナウンサーはカリフォルニアと裏でつながっているのか。かつてのルーシーのように、カリフォルニアを悪く言わないように圧力をかけられているのだろうか。賄賂《ブラタ》を受けるか鉛玉《プロモ》を浴びるかという選択を迫られたのか。

ダムは完全に激流に呑みこまれた。

水は渓谷を流れ下るだろう。州境を越え、都市を浸水させ、川ぞいの人工物をなにもかも押し流すだろう。アナウンサーはあくまで言及を控えているが、真実はだれの目にもあきらかだ。カリフォルニアは水利権の交渉が進まないことに苛立って、こんな手段に訴えたのだ。水がほしい、いますぐに、というアピールのために。

アーコロジーの広いアトリウムではだれもが立ちつくし、ニュースを見上げている。ルーシーは、自分にとって絶好のチャンスが訪れていることに気づいた。

だれもがあっけにとられているいまなら、どこへでも行ける。

警備員のそばからそっと離れた。だれもが立ちつくし、目を奪われ、茫然としているときに、人ごみのあいだを落ち着いたなにげない態度ですり抜ける。

自分の存在にだれも気づかない。まるで幽霊になったようだ。

回転ゲートを飛び越え、エレベータに歩み寄った。茫然としたようすの男のうしろにくっついてエレベータに乗りこんだ。男がキーカードを通す。目的階のボタンは自分で押した。

ドアが閉まる直前にもう一度、裕福なファイバーたちの世界を見た。特権的な太阳の内部。そこで全員がニュースを見ている。カリフォルニアの力のまえで自分たちの無力さを思い知らされている。

20

いなくなって、いなくなって、いなくなって……。

しかし男たちはとどまっている。ぶつぶつと話し、冗談を飛ばしている。引き出しをあさり、食器を鳴らす。

マリアはベッドの下で身動きできず、声を漏らさないようにこらえていた。おしっこをしたくなった。気をまぎらせようとするが、圧力は高まるばかり。欲望にまかせて水をがぶ飲みしたせいだ。男たちが去ってくれることを祈った。

しかし二人はあいかわらず話している。

「ロック解除できないんですよ、くそ。そう言ってるでしょ」

「ここ、指紋読み取りだろう。あいつの指を使えよ」

重いものを引きずったりぶつけたりする音が聞こえた。ラタンの死体を動かしているのだろう。

「まだ暗号化されてやがる。持って帰ってパスワード解析してみますか？」

「こいつの誕生日をいれてみろよ」

「やりましたよ。誕生日も、母親の名前も、わかりやすいのはみんな。こいつは手間どりそうだな。辞書攻撃を二通りくらいかければ開くかもしれない。でも時間はかかる」

「おれたちゃ時間がないんだよ」

「時間がないのはあんたでしょ」

部屋の固定電話が鳴った。

「出ます？」

「ばか《ベンデホ》、出なくていい。このくそコンピュータのパスワードが先だ」

呼び出し音が止まった。一人が止めたのだろう。

「時間切れですかね」

「どこかにパスワードをメモってないか探そう」

足音が寝室にもどってきた。マリアは息を詰めた。今度は探しものをしている。ベッドの下も探そうとするだろう。かならず。男のブーツが見え、手がさしこまれた。マリアの顔のすぐそばを探っている。マリアは奥へ退がりたい欲求をこらえた。

男の手はラタンのズボンをみつけ、そのポケットを探った。

神様、みつかりませんように。サンタ・ムエルテ、聖母マリア、どうかどうか……。

口だけを動かして祈る。しかし膀胱の圧力にはとうとう屈した。

ラタンのズボンを探っていた男の手は、財布をみつけた。

「なにかはいってるかな」

マリアの股間に熱い尿が池をつくる。カーペットにしみこむ音が聞こえる気がする。じゃーじゃーと水の音がしているようだ。止めたいのに止まらない。膀胱がきりきりと痛む。音を立てずに排尿したい。不愉快だ。早く出てしまってほしい。しかし体はいうことをきかない。あとからあとから出る。水を飲みすぎた罰だ。

男たちはまだ軽い口調でしゃべりつづけている。冷蔵庫が開く音がした。

「オレンジジュース飲むか？」

去るつもりはないらしい。悪魔だ。死体にかこまれて楽しく暮らすつもりなのだ。

冷たく湿ったものがマリアの裸の背中に落ちてきた。

水滴だ。また。

これは？

また一滴。

なんてこと《ディオス・ミオ》。

サラの血だ。マットレスを通り抜けて、したたっているのだ。冷たくマリアの背中に落ちてくる。ベッドの下から這い出したい。サラの死んだ血から逃げたいという衝動をこらえた。

足音が寝室にもどってきた。クローゼットが開けられる。マリアの位置から彼らの足は見えないが、あちこち移動しながら探しているらしい。室内をぐるぐるまわっている。このままではいずれみつかる。ベッドの下をのぞくのは時間の問題だろう。

「このくそったれ野郎は乱痴気騒ぎしてたんですかね」

「女は運が悪かったな」

「かわいこちゃんですよ」

「なら、一発やっとくか？」

「つっこむだけなんて興味ねえ。そういうのは異常者のあんたでしょ」

もう一人は笑った。

「やってみもしないでけなすなよ。死んだ女は終わったあとでガタガタ言わねえところがいいんだぜ」

いなくなって、いなくなって、いなくなって……。

マリアは祈った。

「そもそもおまえがあいつを殺さなきゃ、こんなに手間どらなかったんだぞ」

「しょうがないですよ。くそったれ野郎が妙な根性みせるから。銃持った相手に飛びかかるやつはめったにいねえ」

二人はクローゼットをあさりはじめる。

「聞き出したいことがあったんだよ」最初の男が言う。

「コンピュータもタブレットも携帯も手にいれたでしょ。これでいけますよ」

「暗号化を解除できればな」

ドアがノックされた。

二人はとたんに黙った。

マリアも息を詰めた。

ふたたびノック。

男たちは急に忍び足になって寝室から出ていった。

警察だとマリアは思い、安堵した。きっと通報されたのだ。

救出されるだろう。脱出できるだろう。トゥーミーのところへ逃げよう。そして隠れよう。これまでよけいなプライドのせいで彼にあまり頼らないようにしていたが、今度ばかりはかくまってもらわなくてはいけない。トゥーミーなら安心できる。市内の暗黒地帯にひそもう。サラは生き返らないが、自分は安全な場所に逃げこめる。トゥーミーを誘惑しよう。彼がほしいものをあげよう。この体に手を出させ、求めさせ、満足させよう。自分がトゥーミーを求めていないことはどうでもいい。トゥーミーが自分を求めるようにしむけよう。

なんでもするわ、なんでも。お願い、神様、助けてください。サンタ・ムエルテ、お助けください。ロザリオの祈りでもなんでもします……。

またノックされた。

「なんだよ、拍子抜けだな」一人が笑った。

ドアが開く音。

すぐに女の声が言いかける。

「マイケル――」

しかし声はとぎれ、強く殴る音と鋭い悲鳴があがった。

ドアが乱暴に閉められる。うめき声と、こもった殴打音が何度も続いた。鈍く、遠く、恐ろしい。

女は助けを求めて叫ぶ。しかし無駄だとマリアにはわかった。ガラスの割れる音がした。コーヒーテーブルだろう。男の一人が苦痛の声をあげ、怒鳴りはじめた。

「つかまえろ！　つかまえろ！」

また殴打音。

女の叫び声は止まった。

リビングのほうではしばらく物音が途絶えた。やがて男の一人が言った。

「くそ。そろそろ引き揚げだな」疲れて息が切れている。

「この女をどうします？」

「こんだけ無茶苦茶やっておいて、まだやる気か？」

「口をつぐませるのは簡単じゃないですよ。始末しますか？　あっちの売春婦のところに捨ててきゃいい」

「やめろ！　この女が知ってることを聞き出したいんだ。口のない死体をこれ以上増やすな。おまえがかつげ。おれはコンピュータを持っていく」

うめき声が聞こえ、殴打音が続いた。

「頭をやるな！」

「わかってますよ」笑い声。「まあいいや。死んだ女は重いからな」

「こいつは殺すなよ、ばか《ペンデホ》」

ドアが開き、閉まった。アパートメントは静まりかえった。

マリアはじっとしていた。男たちが去ったのがまだ信じられない。そのまま数分がすぎた。意を決して、こわばった体でベッドの下から這い出した。背中がひりひりと痛む。無理やりもぐりこんで擦れたのだ。なんとか立ち上がる。尿まみれで、肌がちくちくした。

サラはベッドに横たわっていた。シーツが血を吸っている。その動かない体をじっと見た。自分も死ぬところだった。サラのように死んでもおかしくなかった。

めまいに襲われ、床にしゃがみこんだ。視界が暗くなりそうなのをこらえる。意識して呼吸し、パニック症状がすぎるのを待つ。危機的状況でずっと耐えていたが、いまは立つのもつらかった。膝のあいだに顔をうずめ、あえてゆっくり呼吸する。ようやく視界の闇が退いていった。

リビングをのぞくと、豪華な眺めは変わらない。ラタンと二人で飲んだ水のコップがカウンターテーブルにおかれたままだ。ラタンが卵をかきまぜるのに使ったガラスのボウルが、キッチンの床で砕けている。日差しを浴びた破片がダイヤモンドのようにきらめき、そのあいだに血が飛び散っている。

ラタンの死体に近づくと、顔に銃弾を撃ちこまれているのがわかった。鼻と目がなくなり、後頭部に大穴があいている。髪と割れた頭蓋骨と脳の断片が、白いカーペットに陶器のように飛び散っている。カーペットとタイルの床についた幅の広い血のすじは、引きずられた跡だ。

指が一本ない。

やっぱりか。

マリアは吐き気をもよおし、トイレへ駆けこんだ。自分をさわった手だ。死んで損壊されているあの手が、この肌をなでまわしたのだ。

マリアは吐いた。水と胃液と恐怖を吐き出した。震え、泣きながら吐いた。胃が痙攣し、内臓がよじれる。吐くものがなくなるまで吐き、恐怖も悲嘆も体の外へ出した。悪いものを出してきれいになった。

これで空っぽになったと、ぼんやりと考えながら、冷たい陶製の便器に額をのせた。

逃げよう。外へ出よう。トゥーミーのところへ行こう。

いや、待て。よく考えろ。

よろよろと立ってシャワールームにはいった。血と尿と汗と恐怖を念いりに洗い流す。浴室のドアのむこうにある二つの死体については考えないようにした。

寝室にもどると、サラを見ないようにしながら、自分のドレスをみつけて着た。いまは着心地が不快だ。露出が多いせいで無防備に感じる。小さなハイヒールもみつけた。ラタンが好むからとサラに履かされたものだ。

よく考えて……。

サラのクラッチバッグを調べた。いざというときの備えがいくつかはいっている。バブルの予備が一つと、マリアは使ったことがないなにかのパッチ薬が二枚。そして二十ドルと五元貨一枚。

サラに顔を引き寄せられ、キスされたときのことを思い出した。

払ってくれる、払ってくれる……。

お金だ。

リビングにもどって、放置されたラタンの財布を調べた。現金はない。カードだけ。しかしクラブに出かけたときにこうだったはずはない。殺し屋たちが持ち去ったのか。サラはいつも前払いで仕事をすると言っていた。しかしラタンは常連だ。信用して後払いにしたかもしれない。

リビングを見まわす。金持ちのカリフォルニア人は女を買うための現金をどこにしまうだろう。気を強く持って、寝室にもどった。サラを視界にいれないようにしながら室内をあさる。ラタンの引き出し、靴下、下着、ズボン。優雅な細い鳥のロゴとアイビス・イクスプロラトリーの社名がはいったシャツ……。現金はない。クローゼットへ行って、スーツのポケットを探った。しゃがんで膝をつき、靴のなかを調べていると――

リビングのほうから金属のこすれるような音が聞こえた。

マリアは身をこわばらせ、耳をすませた。なにも聞こえない。リビングにもどった。いまの音の正体を探ろうと忍び足で移動する。気のせいかもしれない。しかし、ここに長居しすぎているのはたしかだ。ぐずぐずしていられないという感覚に襲われた。いまのは空耳だろう。もう逃げるべきだ。

ドアのほうへ行きながら、ふとカウンターにおかれた本に目をとめた。『砂漠のキャデラック』だ。売り払ってもかまわないとラタンは言っていた。こういう古い本は人気があるのだと。現金がみつからないなら、せめて――

また、こりこりとこすれる音がした。

玄関ドアだとわかった。だれかが廊下にいて、錠前をいじっている。呼びかけず、用心深くやっている。

マリアは息を詰めた。逃げたいが、体が動かない。金属音のするドアを見つづける。

もどってきたのだと、マリアは思った。もどってきたんだ、あいつらが……。

ドアハンドルがまわった。マリアはあわててキッチンに逃げこんだ。

「おい!」男たちの一人が怒鳴った。

マリアは料理用のナイフをつかんだ。しかし殺し屋のほうがすばやい。一人がマリアの背中にぶつかってきて、手首をつかまれた。カウンタートップに叩きつける。一度、二度。ナイフが飛ぶ。だれかの悲鳴が聞こえる。しばらくして、悲鳴をあげているのは自分だと気づいた。べつのナイフをつかもうとするが、男の手で体ごと持ち上げられた。足が空中を蹴る。

マリアは両脚を振り上げて、体の重心をまえへやった。男のバランスが崩れ、いっしょに転倒した。

タイルが迫ってくる。

頭を打って、痛いと感じるまえに意識が飛んだ。

21

ルーシーは、気がつくと頭に袋をかぶせられていた。だれかの手に全身を探られている。

「携帯がありましたよ」

「バッテリー抜いとけ」べつの声が言った。

「捨てます?」

「いや、連絡先を調べたい。電波を遮断できる場所にはいってからだ。追跡されたくないからな」

なんらかの車両に乗せられ、移動中らしい。振動を感じる。両手は背中にまわされ、結束バンドで縛られている。狭い場所で、硬い台に横たえられている。

トラックだろうか。拡張キャブの後部らしい。男がいっしょにいて、電子タバコのマリファナ強化カートリッジと汗のにおいがする。男はルーシーの体を探っていって、最後に胸を強くつねった。ルーシーがぎくりとすると、男は笑った。

「身体検査終わり」

ルーシーは起き上がろうとしたが、押しもどされた。

「おっと、そりゃだめだ。スモークガラスだからって安心できねえからな」

「見えたって怪しまれないさ」もう一人が言った。声のようすからすると運転している。「テキサス人の売春婦を乗せてるように見えるだけだ」

「さあ、わかりませんよ。最近のテキサス人は調子に乗ってる。集団で対抗してきやがる。度胸《ゲボス》があるつもりで」ルーシーのこめかみを指のつけ根でこつこつと、強く叩いた。「よそさまの土地にいるってことを忘れんなよ」

「わたしはテキサス人じゃない」

おなじところをまた叩かれた。

「それはどうだっていいんだよ」

暑さと袋のなかのこもった空気で苦しくなってきた。過呼吸とパニックを起こしそうだ。

落ち着こう。ゆっくり息をして。窒息まではしないはずだ。

「それで、ラタンとはどういう関係なんだ？」

声は運転手だ。もう一人より遠くから聞こえる。顔は反対方向にむいている。ルーシーは男たちの顔を思い出そうとした。ドアが内側から開いてから、襲いかかられるまでの記憶を探る。一人になんとなく見覚えがある。こいつらに監視されていたのか。尾行されていたのだろうか。初めて見た気がしない。意外なほど知っている感じがする。思いあたるのは赤いトラックだ。家のまえを通過していった。あれがそうだろうか。

隣にいる男がまたルーシーをつねった。

「質問してるんだぞ」

「ラタンは知りあいじゃないわ」ルーシーは答えた。

「だったらなにしに来たんだ。太阳《タイヤン》は外部者がすんなりはいれるところじゃねえぜ」

「そっちだっておなじことでしょう」

両手がルーシーの首を締めつけた。顔にかぶさった袋がきつくなる。息ができずにあばれた。

「てめえ、立場がわかってないようだな。こっちが質問して、おまえは答えるだけだ」

殺されるとルーシーは思った。顔を見てしまったからだ。

アパートメントのようすを思い出した。ラタンは床に倒れていた。幾何学模様のナバホ織りのカーペットに血がしみこんでいた。自分もあんなふうになるのだ。

男は締めつけた手をすぐに放した。

ルーシーは咳きこんだ。肺にあわてて空気をいれながら、アナの言葉に従わなかったからこうなったのだと思った。

トラックはカーブを曲がりはじめ、速度を上げた。高速道路に乗ったらしい。

ルーシーは息が落ち着いてから訊いた。

「なにが望みなの？　希望を言って。わたしにできることがあるなら」

「ラタンとどこで会った？」

「だから、知りあいじゃない。知らなかった。わたしの友人と関係があるらしいから会いにきたのよ」

「その友人てのは？」

ルーシーはためらって、答えた。

「ジェイミーよ。ジェームズ・アンダーソン」

運転手は笑った。

「ジェイミー。ジェームズ・アンダーソンか。おまえが記事にしてる水道局の法務部職員だな」

「わたしの仕事を知ってるの？」

男はまた笑った。

「おやおや、ルーシー・モンローといえば有名人じゃないか。あちこちの見出しになり、死んだ友人たちについてあれこれ書く」間をおいて、「ジェームズ・アンダーソンは派手に拷問されたらしいな」

ルーシーは、ジェイミーの遺体の傷を説明した検死官のクリスティン・マーの言葉を思い出した。〝体内のアドレナリンは蘇生のために使われた……肛門の外傷……両手と両足首が生存中の切断……その他は死後の切断……〟。

運転手は話しつづけている。

「あいつはばかげた自信家だっただろう？　なんでもできると思ってた。みんなフェニックス水道局とおなじで、まぬけなやつらって態度だった」

「いいえ」

しかしそのとおりだった。ジェイミーは自信家だった。よく憶えている。彼は自分の部屋で飲みながら自慢していた。大儲けする計画を話した。

「ぼくの狙いは大金持ちになることじゃないんだ。もちろん儲かるのはいいことだけどね。ジーノの契約やミラの訴訟をだいなしにしてやるんだ。ノリスの口先だけのベルデ川復活計画をぶち壊しにしてやる。ぼくを荒野のまんなかの先住民居留地でクロゴケグモをかきわけながら記録を発掘する仕事に追いやったマルケスもだ。やつらの仕事をめちゃくちゃにしたあとで、一人ひとり八つ裂きにしてやる」

「いまのところあなたが紳士的でよかったわ」

「好きに笑えばいいさ。でもぼくが一番叩きのめしたいのがだれかわかるかい？　キャサリン・ケースだよ。ここを去るまえに、悪の都ベガスに大打撃をくらわせてやるよ」笑って、「すくなくともそのときはアリゾナ人から感謝されるはずだ」

ルーシーはその言葉に疑問をおぼえた。

「あなたはカリフォルニアに売りこむつもりじゃなかったの？」

ジェイミーは狡猾そうな一瞥をルーシーにむけた。

「ベガスになにをするつもりなの、ジェイミー？」

「ぼくが？　借りを返すだけさ」

ジェイミーはゲームのやり方を熟知しているという態度だった。あらゆるライバルをあやつれるつもりでいた。

ルーシーは自分の拘束者に訊いた。

「あなたたちはベガスに雇われてるの？　そういうこと？　キャサリン・ケースの手下なの？」

男はルーシーの頭を叩いた。

「言っただろ。質問するのはおまえじゃない」

「わたしはただ――」

もっと強く叩かれた。

22

マリアは地獄で目が覚めた。炎を背負った男が見えた。まがまがしく煙を噴き、業火をまとっている。母親が筆を握っていた頃に描いた絵のようだ。

燃える悪魔は飢えたようすでこちらをのぞきこんでいる。いまにも彼女の心臓をえぐり出して食べそうだ。

死んだのだと、マリアは思った。自分は死んだのだ。サラを見捨てたから地獄に堕とされたのだ。

その悪魔がしゃべった。

「ほら、水を飲め」

幻が消えた。残ったのは、傷痕だらけの乱暴そうな男。防弾ジャケットを着ている。背後に太陽が輝き、赤い後光のようになっている。フェニックスを焼く太陽は、アパートメントの全面窓の自動調光フィルタによって琥珀色に近い光になるように調節されている。

マリアはむせた。

「ゆっくり飲め。頭を打ったんだ」

額にさわってみた。右目の上に大きなこぶができている。傷痕の男がまたのぞきこんだ。マリアがぎくりとすると、男は両手を挙げて体を退いた。

「おれはなにもしない」さらにスペイン語でくりかえす。「わかるかい《メ・エンティエンデス》？ スペイン語か《アブラス・エスパニョル》？ 英語か《イングレス》？ 言ってることはわかるか？ 通じるか《コンプレンデス》？」

「英語でいいわ」

「よし、わかった。目の上を見せてみろ」

マリアはためらいながら、相手が調べるのにまかせた。怖い外見のわりには、手つきはやさしい。荒れた大きな手がマリアの顎をつまむ。指がこぶのまわりをなぞり、髪のあいだにはいって頭皮のあちこちを軽く押す。そしてマリアの目をのぞきこんだ。

マリアは相手の傷痕をまじまじと見た。顎から首を通って、防弾ジャケットの襟に消えている。怒ったように黒く、茶色の肌をひきつらせている。

男はマリアの頭から手を放し、退がった。

「脳震盪を起こしたんだ。安静にしろ。走りまわるな。しばらく眠るのもいい」

マリアはすでにうとうとしていた。しかし男からつつかれた。

「いや、いまじゃない。眠るな。まだだめだ。起きていられるように努力しろ。倒れたときに頭を打ったんだ」

「あなたに腕をつかまれたからよ」マリアは非難した。

傷痕の男は申しわけなさそうな笑みを浮かべた。

「おまえがナイフを持ってたからだ。おれは女にやさしいが、切りつけられるのは困る」自分で軽く笑い、首の傷痕に指先をふれた。「こういうのはごめんだからな」

マリアは真剣に見返した。

「切りつけるつもりだったわ」

「友だち二人がこうなったからか？　おまえもおなじめにあうところだったのか？」

マリアはラタンのほうを見た。隣に横たわっている。吹き飛ばされた後頭部がカーペットに飛び散り、広い血のしみができている。マリアは震える息を吸い、うなずいた。

「二人が殺されたときに、おまえもこの部屋にいたのか？」

「ベッドの下に隠れてたわ」

傷痕の男はしばし黙った。驚いているようだ。マリアは続けた。

「見捨てて隠れたのよ。友だちが撃たれるとわかってて」

男はそれを聞いてうなずいた。

「おまえは幸運だ」

「これが？」サラの手がすり抜けていく感触がまだ残っている。「これが幸運だっていうの？　親友が……親友が撃たれて、犯人たちがそれ以上探さなかったことが？」

男はまじめな顔で答えた。

「そうだ。とても幸運だ。骸骨のレディがやってきたときに、見逃してもらえるのはつねに幸運だ」

その言いまわしは、サンタ・ムエルテの本当の信者らしく聞こえる。布教テントのメリーペリー教徒とある意味で似ている。自分たちは神と真実を知っていて、外部の人間は知らないという態度だ。

傷痕の男はしばし表情をゆるめたが、またきびしい顔になって訊いた。

「犯人を見たか？」

やさしい雰囲気は消えた。他の人々とおなじ恐ろしい怪物にもどった。血まみれの部屋で彼女の隣にしゃがんでいる。マリアは顔をそむけた。

「足しか見てないわ。ベッドの下に隠れてたから」

「もう一人、女がいなかったか？　髪は茶色で短くて、顔はアングロサクソン系。中年に近い年だ。そういう女が犯人たちに話しにこなかったか？　あるいはおまえの彼氏に話しにきたかもしれない」

「あたしの彼氏じゃない」

「それはともかく」

　マリアは首を振った。

「犯人たちに連れていかれた」

「じゃあ、来たんだな」

「ええ」マリアは首を振った。「殴られていたわ。犯人たちはラタンのコンピュータのなにかを探してた」

「探して、みつけたのか？」

　マリアはやや考えた。

「たぶんみつけてないと思う。パスワードがいるみたいだった」

　男はしかめ面で部屋のなかをふたたび見まわした。立ち上がって女のハンドバッグに近づき、中身を出す。なにかを指先でつまんでポケットにいれた。マリアの視線に気づいて、説明する。

「この女を尾行していたんだ。ハンドバッグとトラックに発信器をつけていた」ため息をついて、「まさかまっすぐ罠に踏みこんでいくとは思わなかったよ」

　次は、ラタンに近づいて見下ろした。バスローブを半分開き、名刺を拾って読む。

「アイビスか。アイビスから来た男」死体を見下ろして問いかける。「アイビスはなにをしようとしてるんだ、マイケル・ラタン？」

「水の掘削よ」マリアは知っていることを教えた。

「そう聞かされたのか？」

　傷痕の男はばかにしたような口調だ。それがマリアは気にいらなかった。

「会社は掘削して地層を破砕して、新しい帯水層を開くんだって」男をにらみながら、続ける。「でも彼は、それは無理だと言ってたわ」

　傷痕の男は暗い調子で笑った。

「まあ、無理ってところは真実だな」

　ラタンの財布をポケットにいれ、もう一度部屋を見まわした。マリアに訊く。

「これから行くあてはあるのか？　頭をぶつけないようにしばらく安静にする場所があるか？　眠ったきりにならないように看護してくれる人がいるか？」

「あなたには関係ないでしょう」

　男は驚いた顔をして、考える顔になった。

「たしかにそうだ。関係ないな」

　男は部屋のなかを最後にざっと見まわして、玄関ドアから出ていった。

　血だらけの部屋にマリアは残された。

23

　アンヘルには売春婦を保護してやる理由は一つもなく、立ち去るべき理由はいくつもあった。

　あの部屋のようすを見て総毛立つような気がした。もちろん、死体のせいでも血のせいでもない。どちらも見慣れている。理由は、先回りされていたからだ。つねに殺し屋に先手を打たれ、答えを聞けそうな人々が始末されている。

　フェニックスに雨は降らないが、かわりに死体の雨が降る……。

　本当に死体の雨だ。テキサス人の売春婦、アイビスの重役、ラスベガスのスパイ、フェニックスの水道局法務部職員、筋金入りのジャーナリスト……。カルテル諸国に全土が制圧されるまえのメキシコを思い出す。レストランや自動車ディーラーの店先で人が殺され、陸橋から死体が吊られた。たくさんの人々が誘拐され、帰ってこなかった。今回のジャーナリストもそうなるだろう。

彼女にもっとしっかり張りついているべきだった。考えれば考えるほど、これで終幕だという気がする。ジェームズ・サンダーソンが売ろうとしていた権利は行方知れず。新たな手がかりが得られなければ探す方法はない。

居住区の廊下から回廊に出た。回廊は太阳《タイヤン》にいくつもある吹き抜け《アトリウム》に面している。

太阳アーコロジーは、キャサリン・ケースの構想によるサイプレス開発とほとんどおなじだ。低温の地下に深く掘られたトンネルで熱交換をする。多数のアトリウムで植物栽培と水質浄化をおこないながら、入り組んだ居住区に自然光を導く。

アンヘルは遊歩道の上部にはいった。この道は各階を通ってアトリウムを螺旋状に下りる。植物と湿気と柑橘類のにおい……。空気まで似ている。ベガスのサイプレスを手がけた生物建築会社が、太阳の工事も受注してここを施工したらしい。

サイプレスの自分のコンドミニアムとおなじ涼しさと快適さなので、フェニックスにいることを忘れそうだ。偏光ガラスのむこうは摂氏約四十九度のソノラ砂漠が広がっているというのに。

そんなことを考えていたせいで、あやうくカリフォルニア人を見逃すところだった。

いつもの用心深い癖で見まわしたときに、スーツでクルーカットの紳士二人に気づいた。十階下の深い水槽のまわりを歩いている。

一見すると、上海の投資家と組んでひと儲けしにきたビジネスマンのようだ。しかしその一方は、死体安置所で出くわした男だ。まちがいない。

アンヘルは手すりから退がって、アトリウム全体を眺めた。庭園階を下る遊歩道を調べる。遊歩道はオープンテラスのレストランやカフェのあいだを抜けていく。居住区のバルコニーも上から下まで見る。

いた。

高層居住棟から商業オフィス区へ渡る空中連絡通路に、べつのカリフォルニア人の二人組がいる。さりげない態度だが、あきらかに人の動きを見張っている。どちらもデータグラスをかけ、通行人をスキャンしている。その顔認識データのリストにアンヘルもはいっているはずだ。

もう一人カリフォルニア人をみつけた。スパンデックス素材のジョギングウェア姿で、公園のベンチでストレッチをしている。

ゴキブリみたいにうじゃうじゃいやがる……。

またいた。カフェでラテをちびちび飲んでいる。あやうく見落とすところだった。カフェにはテレビモニターが吊られていて、コロラド州のダム決壊のニュースが流されている。しかしこのカリフォルニア人だけは見ていないのだ。他の客は映像に釘づけになっているのに、この男は画面に背をむけ、庭園を見まわしている。

アンヘルはゆっくりとあともどりした。多くの出口が見張られている。罠にはまった。これはやばい。

きびすを返して、居住区の廊下にもどる。非常出口のサインを探しながら、もはや袋のネズミだろうかと思った。

すると、例のカリフォルニア人のアパートメントからちょうどあの売春婦の少女が出てくるところだった。

「ドアを閉めるな」

アンヘルはその脇をすり抜けて室内にはいり、あとから少女も引っぱりこんだ。

「なにが——」

「悪いやつらが来てる。つかまらずに通り抜けるのに協力してくれ」

部屋のなかを見まわしながら、防弾ジャケットを脱いだ。さすがにこれは目立つ。もっとビジネスライクな服が必要だ。人ごみにまぎれられるものが……。

「協力しなかったら？」

「おまえの死んだ友人よりひどい最期を迎えることになるぞ。あいつらは手加減しないからな」

少女は恐怖で目を見開いた。アンヘルはそれを見て不愉快な気分になった。相手の目に映る自分が浮かぶ。傷痕のある男が銃を手に命令し、従わないと拷問して殺すと脅しているわけだ。まったく人非人だ。正義の味方を演じるタウ・オックスの対極だ。

当然だ、ばか《ベンデホ》。おまえは正義の味方ではなく、悪魔なんだ。

その悪魔がいまは救いを必要としているとは。

マイケル・ラタンのクローゼットにはいって、スーツの上着に袖をとおしてみた。サイズはゆるめだ。ラタンは太り気味だった。カリフォルニアからの危険地勤務手当てで安楽な暮らしをしているせいだ。上着の皺をのばしてみた。なんとかいけるだろう。

「だれが来るの？」少女が訊いた。

「カリフォルニア人だ。知ってる顔があったら教えろ」

「あたしが見るの？」声が恐怖で震えている。

帽子が必要だ。ラタンはウェスタン調が好みだったようだ。アンヘルはカウボーイハットを選んだ。それなりにあうだろう。ベルトは銀とトルコ石のバックルのやつにした。巨大なバックルがいかにも金持ちらしい。まあいい。ぴったりだ。

「準備はいいか？」

アンヘルは訊きながら、カウンターにあったルーシーのハンドバッグをつかむ。なかに防弾ジャケットを押しこんだ。できれば着ていたい。アーマーなしで銃弾を受けるのは気が進まない。

しかし銃撃戦になったらどっちみち死ぬんだ。

その場合はすぐに出入り口は封鎖され、警備員が総動員されるだろう。

少女は小さなクラッチバッグを抱えた。そして……。

アンヘルは笑った。

「本なんか持っていってどうするんだ」

「字が読めないとでも？」

アンヘルはその手から奪い取った。『砂漠のキャデラック』だ。

「よりによって」

「彼からもらったのよ」少女は弁解がましく言う。

「へえ、そうかい」

「本当よ！」

「まあいい」ルーシーのハンドバッグに突っこんで、少女に差し出した。「これはおまえが持て。おれってわけにはいかない」

そろそろ時間がないだろう。いつカリフォルニア人がドアをノックしてもおかしくない。そうなったら言い逃れはきかない。六人ものカリフォルニア人が太陽に配置されているのは偶然とは思えない。かならずこの部屋に来る。

少女はルーシーの大きなハンドバッグに自分の荷物をいれた。

「いいわよ」

アンヘルは少女の服装を点検した。タイトな黒いパーティドレスは人ごみにまぎれるのにいいだろう。その彼女を脇に連れていれば、こちらも警戒線をすり抜けられるかもしれない。テキサス人の女を連れたカウボーイ趣味の金持ちの麻薬マフィアに見えるだろう。なんとかなりそうだ。少女の顔の打撲痕は少々気になるが、逆に本物らしく見えるかもしれない。そう思ってアンヘルは内心で苦笑した。

「不愉快な世界だな」

「なにが？」

「なんでもない。行くぞ」

少女は哀れなほどふらついている。頭を打ったせいか、死体をいくつも見た恐怖のせいか。アンヘルは腕を出した。

「つかまれ」

脇に抱き寄せてもいやがらなかった。そうやってドアの外へ出た。まるで白馬の騎士に救われた少女のようにしがみつく。窮地にいたのはたしかだ。

行く手の角をまわってカリフォルニア人があらわれた。

アンヘルは少女をさらに抱き寄せてささやいた。

「おれを好きなふりをしろ。ボーイフレンドにぞっこんな感じで」

少女はさらに体を寄せる。アンヘルは顔を近づけて少女の目をのぞきこみ、カウボーイハットでカリフォルニア人の視線から顔を隠した。

「今夜はクラブに行かないか、女の子《ムチャチャ》」カリフォルニア人の横を通りすぎながら、さらにきつく抱く。「もういっぺん踊ってみせてくれよ」

少女は恐怖で震えているのが手から伝わってくる。それでもにっこりして、くすくす笑いの吐息とともに答えた。

「いいわよ、パパ。あたしの踊りを見たいでしょ、パパ。気にいるわよ、パパ」

小悪魔的な言いまわしをくりかえす。まるでフェニックスで一番幸福な女のようにすらすらと言葉が出てくる。いかにもファイバーをつかまえた幸運なテキサス人売春婦というようすだ。怖がっているわりには冷静だ。

カリフォルニア人の足音は背後に遠ざかった。アンヘルはマリアを連れてアトリウムに出た。他のカリフォルニア人に用心しながらエレベータに乗る。ところがガラスの壁越しに、中央出入り口にいるべつのカリフォルニア人の二人組が見えた。他よりも積極的に警戒している。バッジを提示して人々を止め、一人一人の顔を正面から確認している。アンヘルはエレベータのボタンを叩いて、なんとか五階で止めた。

「どうしたの？」

「ちょっと問題が起きた」少女といっしょにエレベータから下りる。彼女の注意をそらすために話しつづけた。「外へ出たら、行くあてはあるのか？」

おびえた表情だが、うなずいた。

「ええ。知りあいがいるわ……男の人が」

アンヘルは他の出口を見た。どこもカリフォルニア人に見張られている。

「いい人か？」

「かくまってくれるはずよ」

公園のベンチへ移動し、手でしめしてすわらせた。そばに錦鯉が泳ぐ無窮の泉がある。太陽のリサイクルシステムの一部だ。水は泉の縁からあふれて、四段の滝を流れ下り、一階の睡蓮の池に注いでいる。その先は人工の洞窟に流れていっている。

キャサリン・ケースがサイプレス開発で契約したのとおなじ生物建築会社が施工したにちがいない。二人の脇にあるこの水は、やがて太陽の設備の奥へ流れこみ、濾過されて飲料水に変わる。

アンヘルは泉と流れる水、そして睡蓮と生物発光する錦鯉を見て、うらやましくなった。水はこの庭園エリアから流れていける。しかしアンヘルはできない。輝くバッジを持ったカリフォルニア人にすべての出口を押さえられている。

非常出口を探したが、見あたらない。頭上のテレビ画面では、コロラド州の決壊したダムのニュースが流れている。

「テレビを見ろ」

「なぜ？」

「みんな見てるからだ。そこにまぎれなくちゃいけない」

大規模な破壊だった。ブルーメサ・ダムだけでなく、下流のモローポイント・ダムとクリスタル・ダムも決壊している。ガニソン川がすべてやられた。この川に派遣されて買収工作を担当していたのがエリスだ。

ケースは怒り心頭に発しているだろう。

少女が決壊したダムを見上げながら訊いた。

「だれがやったの？」

おなじ問いをキャサリン・ケースも持っているはずだ。ただしその力点がおかれるのは、〝だれが〟ではなく、〝なぜ事前情報がはいらなかったのか？〟だろう。

もしエリスが潜伏先からもどってきたら、ただではすまないだろう。失態の責任を問われ、さらし首にされるかもしれない。

「たぶんカリフォルニアだ。否定するだろうが、あそこの水はやつらのものだからな。コロラド州は本来の水量を放流してなかったんだ」

「どうして？」

「農地が干上がり、家畜が死んでるからさ。よくある話だ」

「だからカリフォルニアはダムを爆破したの？」

「そうらしい」

アンヘルはまわりの人間に目を配り、この罠から脱出する方法を考えた。しかし、コロラド州の惨事を眺める中国人技術者やアリゾナ人金融業者は助けにならない。

ジョギング準備中のカリフォルニア人を見ると、まだストレッチをしている。アンヘルに注目している者はいないようだ。この服装と連れのおかげでうまくまぎれているのか。

最初にすれちがったカリフォルニア人の二人組が、またあらわれた。ガラス張りのエレベータに乗ったのが見える。

アンヘルは少女にささやいた。

「頼みがある。できるだけさりげなく下りのエレベータを見てくれ。あの二人に見覚えがあるか？　おまえの友人を殺したのはあいつらか？」

　少女はそちらに視線をやってから、またテレビに目をもどした。

「でも……顔は見てないのよ。靴が見えただけ」

「靴は一致するか？」

　少女は眉間に皺を寄せた。

「いいえ。犯人の一人はカウボーイブーツだった。そしてジーンズよ。スーツじゃない」

「その二人が例の女を連れていったんだな。まちがいないか？　どちらもスーツ姿じゃなかったのか？」

「よくわからない。ちがうと思うけど、ほとんど声しか聞いてないから」

「女は連れ出されたときに生きてたんだな？」

「たぶん。聞き出したいことがあるって言ってたわ」

　アンヘルはカリフォルニア人たちをあらためて見まわした。

「カウボーイブーツだったというのはたしかか？」

「それはたしかよ」少女は断言した。

　アンヘルは失望して顔を上げた。これまでに見た六人のカリフォルニア人にカジュアルな服装の者はいなかった。ルーシーにつながる線を期待したのだが、それはなさそうだ。彼女がまだ生きているとしても、長くはないだろう。プロは目撃者を残さないものだ。

「あの女の人と親しいの？」少女が訊いた。

　アンヘルはその問いに虚を衝かれた。

「いいや。なぜ？」

「べつに。あなたのガールフレンドかと思ったの。とても心配しているようだから」

　アンヘルはしばし考えた。

「彼女は……冷徹さがある。筋金入りの女だ。そういうところはわりと好きだ」肩をすくめて、「もちろん、高い行動規範を持つジャーナリストだからな。そのせいで殺されることがあるとしても」

「愚かよね」

「ああ」アンヘルはため息をついた。「優先順位がまちがっているやつは意外なほどいるもんだ」

カリフォルニア人がぽつりぽつりと集まりはじめた。集団をつくり、全員がアンヘルのほうを見はじめた。イヤホンに手をあてて仲間と会話している。

「ついに目をつけられたな」

アンヘルは言うと、ゆっくりと立ち上がって体をほぐしはじめた。案の定、カリフォルニア人たちは動きはじめた。アンヘル同様にさりげないが、あきらかに行動を開始している。

アンヘルはアトリウムをもう一度見まわした。無窮の泉からあふれた水は、滝を流れ下り、穏やかな川となる。濾過装置へ流れこみ、垂直式野菜工場へ送られる……。

手すりに歩み寄り、見下ろした。四階下に睡蓮の葉が浮かぶ池がある。

カリフォルニア人たちはその横をまわりこんできている。彼らはバッジを持っている。太陽の疑い深い警備員の目にも耐えられる本物のバッジだ。

アンヘルは少女を見た。

「泳げるか？」

24

男たちの手ぎわは恐ろしいほどビジネスライクだった。

ルーシーはすみやかに猛暑の屋外を歩かされ、屋内にはいった。椅子に縛られるまで、逃げるすきも抵抗する機会もなかった。

頭をおおった袋がようやく取られると、男の一人がキッチンカウンターに鈍く光る拷問道具を並べているところだった。

もう一人はうしろむきの椅子にまたがってすわり、薄笑いとともにこちらを見ていた。

「ようこそ、ルーシー・モンロー」

男は防弾ジャケットを脱ぎ、隣の椅子の背にかけた。白のタンクトップから両腕の刺青があらわになる。一方にはドラゴンがうねり、もう一方にはサンタ・ムエルテ、すなわち骸骨のレディが神々しく描かれている。

ルーシーの視線に男は気づいた。

「この刺青が気にいったか？」

ルーシーは縛られたところを確認した。仕事ぶりはしっかりしている。両足首は椅子の脚に堅く縛りつけられ、両腕は背中にまわして肘と手首の二カ所を縛られている。結束バンドは肌に食いこみ、よじるとかえって締まった。血のめぐりが悪くなって指先が痺れる。

犯人は薄笑いのままじっと見ている。ルーシーの考えなどお見通しというようすだ。

刺青、山羊鬚……。ルーシーは気づいた。

「あなたには会ったことがある。死体安置所で。あのときの偽警官の一人ね」息を吸って、「ベガスの手先」

ルーシーは、ナイフやプライヤを並べているもう一人の男を見た。こちらはあのときのウォーターナイフではない。路上にたむろしているギャング《チョロビ》のように見える。顔も体も刺青だらけ。スキンヘッドに飢えた鋭い目つき。

「あのときの仲間はどこ？」

山羊鬚の男は笑った。

「あいつはフェニックスの仕組みがよくわかってないんだよ。今回ははずした」

ここは郊外住宅のキッチンらしい。間仕切りの少ない広い空間。素焼きのタイルの床。男の背後にはガラスのスライドドアがあり、むこうには灼熱のアリゾナの砂漠が広がっている。そこに高いフェンスが連なっている。上半分が蛇腹形有刺鉄線になったそのフェンスのむこうには、砂漠の丘が立ち上がっている。ところどころにクレオソートブッシュやしなびたサグアロサボテンがはえ、ひっかかったクリア袋が日差しを浴びて光っている。

「あなたの名前は？」ルーシーは訊いた。

「聞いてどうする」

それもそうだ。聞いてもしかたない。ジャーナリストの取材脳だ。いつでもストーリーを仕立てたがる。自分のストーリーが終わろうとしているのに。

ギャングがカウンターの医療用ゴムチューブの脇に金鋸を出した。

「おまえ、刺青はあるか？」山羊鬚の男が訊いた。

ガラスのスライドドアから見えるフェンスには覚えがある。そのむこうに青い帯状のものがわずかに見える。川か？　いや……。

CAPだ。

中央アリゾナ計画の水路だ。ほんの三十メートルほどのところに人工の川が流れている。青く、穏やかに。

ということは、ここは市の北部か東部。フェニックス郊外の端だ。

それがわかっても、助けにはならない。

フェンスと有刺鉄線は、コンクリート張りの無蓋水路を流れる豊富な水に人を近づけないためだ。ルーシーはフェニックスに来たばかりの頃に、フェンスの金網を切って侵入した難民が地元の民兵組織に射殺された話を書いたことがある。いまはフェンス全体に高圧電流の警告表示がかけられ、上空にドローンが飛んで警戒している。もうこの緩衝地帯にはだれも近づかない。

このCAPの警備体制を自分の味方にできないだろうかと、ルーシーは考えた。開拓局の警備員の注意を惹けないか。ドローンのカメラに映る方法はないか――

「ないのか？　刺青は？」山羊鬚の男は本当に興味があるように訊いた。

「なぜ？」うまく声が出ず、咳払いをした。「なぜそんなことを訊くの？」

「たいしたことじゃない」男は椅子の背に顎をのせ、黒い瞳でじっと見た。「切り取らなくちゃいけないだろうからな。身許がわからないように」

相棒のギャングがやってきて、キッチンナイフを手渡した。山羊鬚の男は切れ味をたしかめて、うなずいた。立ち上がり、椅子を脇へ押しやる。

ルーシーは呼吸が速くなるのがわかった。気を強く持とう、取り乱さないようにしようと思っていたが、相手がナイフを持って近づいてくると、自分の心臓の音しかわからなくなった。縛られたところを揺さぶり、抵抗する。

ナイフが近づくと、悲鳴をあげた。反射的だった。しかし一度パニックが起きると止められない。悲鳴をあげ、自由を奪う結束バンドに力をくわえ、近づくナイフから逃げようとする。必死に叫ぶ。もしこの家の壁のむこうに人がいたら気づいてほしい。知ってほしい。

男はこちらの目の高さにナイフを持ってきた。

ルーシーはうしろに体を投げ出すようにした。はずみで椅子ごと倒れ、床に叩きつけられる。しかし拘束は解けない。

山羊鬚の男は笑った。しゃがんでルーシーごと椅子を引っぱり上げ、タイルの床にもとどおり立たせた。

「痛かっただろう」男は言った。

相棒の男がうしろにまわり、ルーシーの両肩をつかんだ。指がくいこむほど強く握る。その吐息が聞こえた。興奮して荒くなっている。

ナイフの男は自分の椅子をそばに寄せた。

「タオルかなにかかませてもいいんだけどさ、まだ聞き出したいことがあるんだ。だから悲鳴をあげたいなら好きなだけやってくれ。言っとくが、ここは地の果てだ。だれも通らない道路の果ての、だれも住まない住宅地の端だ。悲鳴をあげてもいいが、聞くのはおれだけだ」のぞきこんで、「それも仕事のうちさ」

悲鳴はやめた。最終的な運命はわかった。覚悟を決めよう。早く終わりにしたいが、この男たちが簡単に終わらせてくれるとは思えない。ナイフに自分から飛びつくのはどうか。相手の意図よりも早く死ねないだろうか。

アナにはもう会えないんだわ……。

山羊鬚の男は話しつづけている。

「おたがいに仕事ってわけさ。おれは痛めつけるのが仕事。おまえは悲鳴をあげるのが仕事だ。お友だちのジェイミーもよく仕事したぞ、悲鳴をな」にやりとして、「あの男は……たいした大声を出した。しかしおまえの場合はちょっとちがう。騒々しく死ねばいいわけじゃない。苦痛も関係ない」ナイフの刃を試しながら続ける。「おまえの仕事は悲鳴じゃなくて、しゃべることだ。他より簡単な仕事でよかったな」

ルーシーはアナとその子どもたちにメッセージを送りたかった。しかし……どんなメッセージか。心配するなとでも？　愛してると書くか？　これから拷問されて殺されるというときにどんなメッセージがふさわしいのか。

なぜか思い浮かんだのは、アナの手づくりのクリスマスカードだった。

雨に打たれることももうないんだわ……。

しだいに実感が湧いてきた。グロ新聞のティモの写真のようになるのだ。水のないプールの底に横たわる無数の死体の一つになる。のぞき見趣味のニュースサイトでクリック数を稼ぐ餌の一つに。

#遊泳客

#フェニックスの崩壊

#死体見たい

身許がもし判明すれば、#州境なき記者たちのタグもつくだろう。

「なにを知りたいの？　なんでも話すわ。だから痛めつけないで」ルーシーは言った。

「それでいいんだ！」男は笑顔になった。「まずお友だちのジェームズ・アンダーソンからだ。なんらかの水利権を持ってて、それを売ろうとしてたんだな？」

ルーシーはうなずいた。

「そうよ」

「聞いたところでは、その水利権はとてつもなく上位らしい。かつてないほど上位の水利権。古いなかでも一番古い。おまえの理解でもそうか？」

「そのとおりよ」

「よし！　よく言った」満面の笑み。「で、そいつは……実在するのか？」

「ジェイミーは実在すると言ってたわ」

男はがっかりした顔になった。

「見てないのか？」

ルーシーは首を振った。

「そこまで彼はオープンじゃなかった」

「だろうな。あのくそったれ野郎には振りまわされたぜ。いい水利権を売るっていうから来てやったのに、すでにカリフォルニアに売ったあとで、こっちにはなにもなし」笑って、「くそったれ野郎にいいようにやられた」

「愚かなことをしていると、わたしも警告したわ」

「なあ、そう思うだろう？」にやりとして、「二股かけるのは割にあわないって言ってやったんだ。あいつの目玉をえぐり出しながらな」しばし間をおいた。

「水を飲むか？　喉かわいただろ？」

ルーシーははっとして、首を振った。山羊鬚の男は顔を上げて、彼女の背後にいるギャング《チョロビ》を見た。

「相棒はおまえが痛がるところを見たいらしい。でも真実を話してるうちはおあずけだ」

「話してるのはすべて真実よ」

「それでいい」前かがみになり、顔をのぞきこんだ。

「それでいい」

ナイフは下むきに軽く持っている。その切っ先はまるで偶然のようにルーシーの股間にあり、腿の内側にふれている。

「こっちの困り事を聞いてくれよ。あいつの目玉をえぐったときに、水利権はカリフォルニアに売ったって話を聞き出したんだ」ナイフの先がゆっくり、なでるように動きはじめた。「しかし腑に落ちない。たしかにカリフォルニアは金を持ってるが、ようすがおかしい。どうやらカリフォルニア人もめあての水利権を手にいれてないみたいなんだ。ここへ人をよこして、おなじものを探してる。お友だちのジェイミーはカリフォルニアに売ったと断言した。なのにあいつらは持ってない」

ナイフでルーシーの腿をなでながら、にやりとした。

「さて、ここからおれの推理だ。つまり……おまえはあちこちで顔を見るよな。カリフォルニア人がいるところにはおまえがいる。ジェイミーの立ちまわり先にもおまえがいる。ということは、じつはおまえは口先以上にいろいろ知ってるんじゃないのか？」

「ちがう！　なにも知らない。わたしも水利権は売ったとジェイミーから聞いたわ。彼はベガスをだましたかっただけよ。キャサリン・ケースに一杯くわせたかった。わたしが知ってるのはそこまで」

「あいつが野心家だったのはたしかだ。それは認める」

　ナイフが腿から這い上がり、股間にふれた。そこにしばしとどまる。暴力を予感させる。続いて下腹にそって上がり、Tシャツの下にはいった。切っ先を肌で感じる。

「知りたいことを言って！　話すから！　痛めつける必要はないわ。協力する！」

「心配するな。いずれやるから」

　ナイフの刃を上むきにして、一回の動きでTシャツを切り裂いた。胸があらわになる。

「いいおっぱいじゃないか」相棒のほうに言った。

「電線を持ってこい。おれは返り血が嫌いなんだよ」

「なにも知らないのよ！」ルーシーは抗議した。

「心配するな。ただの手順だ」

　鞭打ちが終わったときには、ルーシーの体には激痛をともなう傷が縦横にはしっていた。恐怖で全身の震えが止まらない。悲鳴で声は嗄れている。

　拷問する男は笑顔で額をぬぐった。

「いやはや、汗だくだぜ！」

　キッチンへ行って水タンクからコップにつぎ、飲んだ。そのコップを手にもどってくる。

「喉がかわいたろ？　続きのまえに飲むか？」

　ルーシーは憎悪をこめて、男の目に唾をかけてやった。男は驚いてのけぞる。ルーシーは新たな暴力を予期して息を詰めた。しかし男は笑っただけだった。よけいに不気味だ。顔についた唾をぬぐいとり、その指を見てから、ルーシーの頬になすりつける。指に嚙みついてやろうとしたが、予期していたようにすばやく逃げられた。

「いいんだ。そうせずにいられなかったんだろう。これまでどおり知ってることを話すなら、忘れてやらんでもない。しかしはっきり言っとくが、鞭が不愉快なら、この先の手順はもっと不愉快なのが出てくるぞ。いまのはただの準備運動だ」

「でも、なにも知らないのよ。本当に」

　男はもう一杯水を飲み、カウンターに並んだプライヤや、ナイフや、針の隣にコップをおいた。

「まあ、それを信じてもいいんだけどな。しかしお友だちのジェイミーのケツにデッキブラシを突っこんだら、あいつは最初の話よりもっといろいろ話した。やっぱり隠してるもんだな。全部吐かせるまで時間がかかった。いろんな手で責めるはめになった。そういうのって苛々するんだよな。カリフォルニアは巧妙な手を使いやがる。隠れ蓑や隠れ家ばかりで、だれが金を払い、だれが受け取ってるのかなかなかわからない。だから質問すべき相手も特定できない。それでも拷問を続けてれば、いずれ全部わかる」相棒を顔でしめして、「おまえがあまり手間をかけさせるようなら、このクロップにやらせる。そうしたらなにか吐くかもな」

「わたしが知ってるのは、ジェイミーはカリフォルニアに水利権を売ろうとしていたってことだけよ。その過程でベガスを翻弄するつもりだった。だから二股をかけていた。本人は自信たっぷりだったわ」

「どこでラタンと知りあった？」

「知りあいじゃない。調査の手がかりよ。ジェイミーを殺した犯人を探していたの」

「それがおれってわけだ。手間がはぶけてよかったな」にやりとする。「この貴重な第一報に対してピュリッツァー賞をもらいたいくらいだ」

ルーシーはなにも言わなかった。

「今度はこっちの手間をはぶいてくれよ。本当はおまえとラタンはどういう関係なのか」

「だから、なにもないってば」

「もしラタンが生きてここにいたら――」男は鋭い目でクロップを見た。「――信じてやったかもな。しかし残念ながらあいつは銃弾を顔で受けやがった。おかげでこっちの疑問だけが残った。おまえは水利権の売り手と知りあいで、買い手とも知りあいだ。つまり、仲を取り持ったんじゃないのか。いまその水利権は、おまえの手もとにあるんじゃないのか？」

「ちがう！　わたしは持ってない！　ジェイミーよ。わたしは関係ない！」

「この三日間あちこち走りまわって、水利権がどこに消えちまったのか調べたんだ。おまえの友だちのジェイミーと、おれの部下のヴォソビッチに乱暴な質問をしたのもそのためだ。しかしなにも出なかった。成果ゼロ。ジェイミーは水利権を売り飛ばしたあとだったからな。結婚する気もないのに遊ばれたあわれな当て馬の女の子ってわけだ。おかげでおれは窮地に立たされた。最初に考えたのは、ジェイミーがカリフォルニアから受け取った金を奪うことだった。ところが拷問でうっかり目玉をえぐり出したあとで、銀行の網膜スキャンを突破してあいつの口座にアクセスする絶好の機会を捨てちまったって気づいたんだ。目玉が必要なんて考えもしないだろう？　そんなわけで成果なし。痕跡を消して、大物を取り逃がした事実を悔やむしかなかった」

　そこでにやりとした。

「そんなときに、思わぬ展開さ。マイケル・ラタンの野郎があらわれて、特別な売り物があるから話したいと言ってきた。ふむ、ものはなんだ？　ラタンみたいな堅気のカリフォルニア人が、あえてベガスに売りたいものってのは？　素直に上司に渡すのが惜しくなるような、ばかげて高価なものだろう」

　笑って首を振る。

「おれだって野郎とおなじことをするだろうさ、そんな水利権を手にいれたらな。とにかく願ってもない機会だ。おれがありったけの人脈を使って水利権の行方を追ってたら、ラタンのほうから出てきて、でかい品物を持ってて、それを売りたいと言ってきたんだ。ベガスが州境の通行を保証して、デジタル通貨で高額な支払いをすればってな」

　にやりとする。

「ただし、こういうものの扱いはラタンは下手だ。だから――」肩をすくめて、「――おれは早めに接触した」身を乗り出す。「そうしたら、あのくそったれ野郎、勝手につっかかってきて死んじまった。こっちの手もとに残ったのはラップトップだけだ。パスワードはない」

「つまり、それが望みなの？」ルーシーは力なく笑った。「パスワードはわたしは知らない。ラタンとは知りあいでもなんでもないんだから」笑いが止まらなくなる。「それが目的なら、完全に手詰まりよ。教えてあげられることはない」笑いがすすり泣きに変わった。取り乱したくなかったが、止められない。泣きながら言う。「知らないのよ。なにも教えられない。ごめんなさい、ごめんなさい、教えられることがないの」

　男は渋面になった。

「くそ。なぜだか、嘘じゃないって気がするな」ため息をつく。「しかし、確認は必要だ」ルーシーの泣き濡れた顔をつかむ。「大丈夫だ。やることをやって納得したら、さっさと終わらせてやる」

　男は立ち上がり、キッチンカウンターへ行って、ナイフを手にした。

　ああ、なんてこと。やめて、やめて。お願い、やめて……。

　男がもどってくる途中から、ルーシーは悲鳴をあげはじめた。

悲鳴は長く続いた。

25

マリアが叩きつけられた水面はコンクリートのように固かった。いったん沈み、あわてて水を掻いて水面に顔を出した。

泳げるかと、傷痕の男から訊かれた次の瞬間には、持ち上げられて手すりのむこうへ放り投げられていた。そのまま四階下の池に落ちた。

不器用に立ち泳ぎをしながら、怒ったり、生きていることに安堵したりした。泳ぐのは何年ぶりだろう。夏に家族で湖へ遊びにいっていた頃以来だ。ピクニックをして、濁った水で泳いだ。やがてその湖は干上がってしまい、行かなくなった。

傷痕の男が隣に飛びこんできた。波と飛沫に呑みこまれそうになる。男は浮かび上がると、すぐにマリアをつかまえ、排水路らしい苔だらけの洞窟のほうへ押していった。

マリアは抵抗し、怒りと恐怖をこめて言った。

「いったいどういうつもり？」

「二人とも生き延びるためさ。こうしないと殺される」

流れに押されて洞窟の入り口に近づいた。男は先に泳いでいき、金属製の格子をいじりはじめた。背中ごしにマリアに訊く。

「カリフォルニア人は来てるか？」

意味はわかる。スーツの連中だ。洞窟の外をのぞいた。彼らはエレベータに駆け寄ったり、走って下りてきたりしている。

「ええ、来てる」

男はベルトから拳銃を抜いて、マリアの手に押しつけた。自分は格子にもどって、キーパッドのボタンを押している。

「やつらがのぞきこんできたら、それで撃て」

「本気なの？」

確認するまえに格子が開き、マリアはそちらに引っぱっていかれた。拳銃は男の手にもどった。

カリフォルニア人も池に飛びこんできた。洞窟のほうへ泳ぎ、一人が威嚇らしく一発撃った。二人は水に潜ってよけた。やがて流れが強くなり、アーコロジーの奥深くへ引きこまれていった。

流れは何本も合流しながら続く。マリアは顔を水面に出しておくことだけを考えた。振り返ると、カリフォルニア人たちは閉まった格子で立ち往生していた。

ふいに男に体をつかまれた。またどこかに放り投げられるのかと思ったが、そうではなく、水の上の作業用通路へ押し上げられているのだった。

「つかまれ！」

一度は指先が滑ったが、次はしっかりと縁を握り、体を引き上げた。続いて男が上がってきて、隣で大の字に横たわった。滴をたらして荒い息をつく。

「ここはどこ？」マリアは訊いた。

「浄水施設だ」男は立ち上がり、マリアも引っぱって立たせた。「行くぞ。太阳《タイヤン》の警備員も追ってくる。通路を封鎖されるまえに抜け出そう」

勢いよく流れる川にそって作業用通路を走った。

「行き先はわかってるの？」

「わかってるふりをしてるだけだ」

「さっきの格子はどうやって開けたの？」

男は愉快そうに笑った。

「この浄水施設を施工した生物建築会社は、ベガスでもおなじものをつくってるんだ。やつらは社内の標準パスワードを使う。そのまま変更してないと踏んだのさ。案の定だった」

格子が開かなかったらどうするつもりだったのか。その答えが銃なのだろう。

しばらく川ぞいの通路を進み、それからべつの通路にそれた。今度は広い水面の上を渡っていく。水は広がり、タンクへ流れ落ちている。洞窟のような空間で、魚と植物のにおいが充満している。水中は苔と藻類がびっしりはえている。浅いところには魚影がある。水と生命にあふれた地下洞窟だ。

マリアは驚いて足を止めた。

帯水層だ。夢とは細部が異なるが、たしかにあの場所だ。父親のかわりに傷痕の男がいて、手漕ぎボートのかわりに作業用通路を案内されている。上からは鍾乳石のかわりにモニター機器が吊られ、センサーを水中にのばして状態を調べている。しかし夢にみたあの場所だとわかった。ひんやりして、いきいきしている。通路ぞいのあちこちに作業員がいて、藻類の桶で上澄みをすくいとる装置を動かしている。それでもここはあの帯水層だ。

夢が現実になった。これがいい兆候であってほしい。

しかし傷痕の男にどんどん引っぱられるので、感慨にふける暇はなかった。男は足ばやに通路を渡っていく。作業員たちはモニター装置の画面から顔を上げ、驚いたように二人を見ている。

その作業員たちを男が撃ちはじめるのではないかと、マリアは恐れた。しかし男はバッジを提示しただけだった。

「フェニックス警察だ。セキュリティ上の理由で通らせてもらう」

そう言って、作業員の脇を通り抜けていった。

「あなた、警官なの？」マリアは男に訊いた。

「そう思わせればいい」

観音開きのドアを抜けると、薄暗い従業員用通路に出た。傷痕の男は天井をにらむ。監視カメラがある。

「こっちだ！」

マリアの手を引いてべつの廊下にはいる。またドアを抜けると、そこはもう屋外だった。

まばゆい外光にマリアはまばたきし、目を細めた。しかし男はぐいぐいと手を引いていく。まわりは風と交通に巻き上げられた砂埃が舞っている。

前方に明るい黄色のテスラがあらわれた。左右のドアがひとりでに開いた。

「帰ったぞ」

男は車に声をかけ、助手席にマリアを押しこんで、自分は反対にまわった。助手席のドアは自動的にロックされ、パネルに光がともる。男は運転席に乗りこんだ。

鮮明なダッシュボードの表示パネルが青白く輝く。レザーシートに滴をたらしてすわったマリアは、まるで濡れた猫のような気分だ。エアコンが始動して、冷たい風が濡れた肌と服に吹きつけた。車は縁石から離れて動きだした。加速するとシートに強く押しつけられる。追手を探して振り返ったが、こちらを見ている人影はない。

「うまくまけたのかしら」

「いまのところはな」

逃げているときのアドレナリンが退くと、どっと疲れが押し寄せ、エアコンの風を寒く感じた。体が震えている。寒いと感じるのはいつ以来だろう。

「エアコンを止めてもらえない？」

冷風が停止し、車は音もなく走りつづけた。

「行くあてはあると言ってたな」男が訊いた。

「ええ。男の人がいる。このすぐ近く。建設現場のそばだから。ププサの屋台をやってるの」

「もっと遠くへ逃げたほうがいいんじゃないか？」

自分が保護してやると言わんばかりの調子だ。そんな義理はないはずだし、むしろむっとした。

「関係ないでしょう。手すりからあたしを放り投げたくせに」

頭が痛く、車の動きで気分が悪いうえに、この男に腹が立ってきた。人を好き勝手に引きずりまわす権利があるとでも思っているのか。マリアはハンドバッグのなかを調べはじめた。男の防弾ジャケットを運ぶために持たされたバッグだ。防弾ジャケットを引っぱり出すと、もちろんほとんど濡れていない。しかし『砂漠のキャデラック』は完全に水を吸っていた。

「もう、だいなし！」

「乾かせばいいだろう」傷痕の男は横目で見て言った。

「売るつもりだったのよ。高く売れるってあの人が」

男は口ごもった。

「なんとか乾くさ」

こんなに苦労したのに、自分にはなにも残らない。ぐっしょり濡れた本を見ながら、あふれる涙をこらえた。どんなにがんばっても裏目に出てしまう……。

「もうこのへんでいいわ。下ろして」

男は車を縁石ぞいに停めた。そして財布を出し、元札をいくらか抜いて渡した。

「それのことは悪かった」本を顔でしめす。

「もういいのよ」マリアは高級なテスラの車内から去りがたい気分になった。「あなたの女の人は残念だったわね」

「おれの女じゃない」

「彼女だと思ってたわ。とても心配そうだったから」

男は顔をそむけて、驚くほど深い悲しみの表情になった。

「殺されそうな場所に自分から突っこんでいく人間は、救いようがないさ」

「そういう人なの？」

「自分の考える正義にこだわって、まわりが見えない女だ。厄介事に首をつっこみたがる」

「そういう人は多いわ。まわりが見えないという意味で」

「多くはないが、一部にはな」

「あなたはちがう」

「普段はちがうんだが」

男は苦々しく答えた。本人が認めなくても、あの女性を大切に思っているのがマリアにはわかった。

「なぜあたしを助けたの？　放り出したほうが楽に逃げられたんじゃない？」

傷痕の男は眉をひそめてマリアを見た。沈黙が長くなり、答えないつもりかと思いはじめた頃に、ようやく男は口を開いた。

「ずっと昔、おれはちょうどおまえみたいだったんだ。メキシコにいた。見ちゃいけないものを見た。これくらいの距離に殺し屋がいた」車内でのマリアとの距離をしめした。「まだガキだった。八歳か、せいぜい十歳だったな。グアダラハラ市内の小さな雑貨屋《ボデガ》の外に立って、アイスクリームを食ってた……」

しばし黙って、日差しに灼かれたフェニックスの大通りをフロントガラス越しに眺めて、思い出にひたった。

「そこにシカリオがやってきた。シカリオってわかるか？　暗殺者のことだ。シカリオがおれの目のまえに男を放り出したんだ。トラックを停めて、下りてきて、歩み寄って、バン――顔を撃った。それから体に五発。最後に頭に一発いれてとどめを刺した。おれはそれを突っ立って見てた」

　傷痕の男は顔をしかめた。

「そのあと、くそったれのシカリオは、おれに銃をむけやがった」男は意味ありげにマリアに目をむけた。「不思議なことに、そのシカリオの顔はぜんぜん憶えてない。憶えてるのは手だけだ。指のつけ根に、〝イエス〟と彫られていた。そいつの特徴は他になにも憶えてない。でもそいつの手と、こっちにむいた銃口は、いまでも昨日のことみたいに思い出せる」

　男は思い出を振り払うようなしぐさをした。

「とにかく、まずいときにまずい場所に居合わせることはあるもんだ。おれがそうだった。だからおまえを放置できなかった」

　手を伸ばしてマリアの側のドアを開けた。

「しばらく隠れて暮らせ。目立つことはなにもするな。これまで住んでた場所にはもどるな。生活パターンを変えろ。隠れてれば、そのうちみんな忘れてくれる」

　マリアは、男の意図がわからないようにじっと見た。男の話のなにかがひっかかった。

　殺し屋の指のつけ根……。

「犯人たち……その一人には、刺青があったわ」

26

「あなたの女の人を連れていって……殺した連中は……」

少女はそこで大きく息をして、黒髪を耳にかきあげた。

「そのうちの一人が寝室の服を探っていたの。あたしがベッドの下に隠れているときに。そのとき、手が見えたわ。刺青があった。さっきの話に出てきた男みたいに。あなたが見た暗殺者《シカリオ》みたいに」

アンヘルは、蘇った少年時代の記憶に包囲されている気分だった。あのときのシカリオの手はいまでもよく憶えている。銃口をまっすぐ眉間にむけられているというのに、なぜかその指のつけ根の文字を読んでいた。

「文字だったか？」

シカリオがにやりと笑ったのも憶えている。拳銃を手のなかで跳ね上げ、撃ったふりをした。アンヘルが当時の友だちのラウルやミゲルと拳銃遊びをするときのように、発射音の口真似をした。〝プシュッ〟と。

アンヘルはアイスクリームのコーンを思わず握りつぶしていた。恐怖で小便を漏らしていた。風船が割れたように膀胱から熱い液体が噴き出し、股間を流れ落ちた……。

少女は話しつづけている。

「いいえ。文字じゃなかった。たぶん蛇の尻尾よ。手を一周して、上着の袖口に消えていた。それを見たの。蛇の尻尾よ」

アンヘルは少年時代の記憶にひたりきって、しばらく少女の言葉が耳にはいってこなかった。しかし急にジグソーパズルのピースがはまるように、ぱたぱたと世界が組み上がっていった。そして一枚の絵が浮かび上がった。

「本当に蛇だったか？」アンヘルは自分の手首を出して、指でなぞってみせた。「ドラゴンの尻尾ってことはないか？　こんなふうに鱗がなかったか？　色もついてなかったか？」

少女の記憶にないことを言わせるつもりはない。しかしもう答えはわかっていた。少女が答えるまえに答えはわかっていた。

「緑じゃなかっただろう。他の色だっただろう？」アンヘルは訊いた。

「赤と金よ」

なんてことだ。

混乱のなかから完全なパターンが浮かび上がってきた。

「手がかりになる？」

アンヘルは彼女にキスしたいくらいだった。世間の歯車にすりつぶされる無垢な少女が、その世間を理解させてくれた。世界のありさまを教えてくれる聖母マリアだ。青い衣をまとい、パズルのピースを祝福してくれるグアダルーペの聖母だ。

「ああ、もちろんだ。手がかりになる。大きな手がかりに」ポケットに手をいれると、こんな贈り物の代価にはいくら払ってもたりないという強い気持ちが湧いた。財布の現金をすべてつかみ、かぞえずに渡した。

「ほら、もらってくれ。全部だ。とても助かった」

少女は札束に目を丸くした。しかしアンヘルはその驚きぶりを見ていなかった。時間が惜しいのだ。携帯を手にとりながら、少女には手を振って感謝をしめす。少女がドアを閉めると、車内で一人になった。記憶に従って番号を押す。

キャサリン・ケースは世界をモザイクとして見ていた。データを集め、そのデータから自分好みの絵を描く。しかしアンヘルはちがう。絵を描くのではなく、すでにあるものを見る。モザイクの世界観では、ピースを動かして存在しない絵を描きたくなる。アンヘルは小さなピースをあるべき場所へはめこんでいくだけだ。そして自分が直面する状況を語らせる。

赤と金。蛇に似た尻尾。

あるいはドラゴン。

フリオの携帯はすぐに留守電に転送された。

アンヘルは悪態をついて、車を縁石ぞいから発進させた。フリオの野郎、逃げ隠れしやがって。フェニックスにいたくない、危険ばかりで報酬が少ないとこぼしていたくせに。

赤と金。手首を巻いて腕へ這い上がる尻尾。

少女はそれを見て蛇だと思った。しかしアンヘルはそこに描かれているものを知っている。フリオとともにあちこちの川へ行き、愚かな農場主から水利権を巻き上げていた頃、二人ともタンクトップで汗をかいていた。そのフリオの腕と肩を見たら、少女は赤と金の蛇とは言わないだろう。ドラゴンだと言うはずだ。

水を扱う人々は多くない。髪の短いカリフォルニア人のエージェント。開拓局と内務省の連邦職員。合衆国西部の複雑にからんだ水利権に依存するさまざまな市の水道局長……。

フリオ。

いつもアンヘルより一歩先んじていたのはあいつだった。最初からだましていた。アンヘルが話を聞こうと思う相手を殺してまわっていた。先回りして掃除をしていた。それは……なんのためか？

おまえはなにを追ってるんだ、下衆野郎《イホ・デ・プタ》？

ホテルの部屋で会ったフリオが、携帯を見ながら賭博《ロテリア》について愚痴をこぼし、怖がっているふりをしていたことを思い出した。ジェームズ・サンダーソンを軽視し、興味はないと言っていた。

どこにでもいる平凡なやつ……プロファイルにあわない……ヴォスが使っていたとは思えない。もしそうなら耳にはいるはず……。

フリオの携帯はまだ留守電だ。

どこに隠れやがった、蛇野郎。

フリオがあのジャーナリストから情報を引き出すつもりなら、静かな場所で尋問するはずだ。隣人のいないところ。あいつが安心できる場所。

自分のアジトのどれかを使うような度胸《ゲボス》を持ってるだろうか。追手を予想しないならそうするかもしれない。アンヘルの追跡はまったく警戒していないだろう。昔の同僚はまだフェニックスの蜃気楼を追っていると思っているはずだ。もちろんそこに成果はない。フリオは自由に動ける。

安全なつもりでいるはずだ。とすれば、居場所はフェニックスの荒廃した周縁部だろう。水と電気が止められ、人が住まなくなった暗黒地帯のどこかだ。便利なベガスのアジトの一つにこもっているだろう。普段は工作員や情報提供者と会うために使い、アンヘルのようなウォーターナイフが潜伏するときに使う場所だ。フリオはそこでルーシー・モンローを尋問し、始末するはずだ。

アンヘルが今回の仕事のために記憶したベガスのアジトは五、六カ所ある。ほとんどは遠い。他にもフリオがベガスのために用意したアジトがあるかもしれないが、まずはわかっているところからあたるしかない。

アクセルを深く踏みこんだ。路面の凹凸でテスラの砂埃よけアンダーガードが底を打つが、かまわず突っ走る。

時間がない。ジャーナリストはもうすぐ損壊死体にされてしまう。ヴォソビッチやサンダーソンのように。

27

アンヘルが最初に確認した二軒のアジトは無人だった。しかし三軒目は、玄関先にフリオのトラックが無造作に駐まっていた。

「ばかにしやがって、フリオの野郎」

傲慢さに腹が立つ。ラスベガス所有のアジトのまえに自分のトラックを堂々と放置するのは、アンヘルをよほどのばか《ベンデホ》と思っている証拠だ。

充分に離れた通りぞいにテスラを駐め、周囲を観察した。砂埃と回転草《タンブルウィード》におおわれている。ひび割れた漆喰の家々は沈黙している。金属材料と太陽光パネルはとうに略奪されている。見るべきものも、貴重なものもない。寄ってくるな……と言っているようだ。

どの家も大きい。寝室五つ、バスルーム三つの豪邸で、かつての住民たちはリッチな気分だっただろう。フェニックスに水を止められて怒り狂ったはずだ。転売価格を考えて大枚払って大理石仕様のカウンタートップにしたのに、いまではだれも見むきもしない、ただのきれいな石だ。

アンヘルはSIGザウアーをリロードした。薬室に一発送りこみ、フリオのトラックに狙いをつける。

「プシュッ」と口真似をして、手のなかで拳銃が跳ねるふりをする。

アジトの間取りはVR訓練で体が覚えている。外観はそのときの映像とまったくおなじ。ちがいは背中に暑い日差しが照りつけることだけだ。

不動産屋の錠前がドアに取り付けられている。フリオがアジトの暗証コードを変更していないことを祈りながら、息を詰めてキーパッドを叩く……。カチリと音をたてて、ドアは開いた。

隙間から切り裂くような悲鳴が漏れてきて、アンヘルはすこし退いた。荒々しい、動物めいた叫びだ。廊下に滑りこみ、キッチンのほうへ移動しながら、途中の部屋を確認していった。悲鳴は止まり、かすれた吐息に変わった。アンヘルは角からのぞいた。

ルーシーは上半身裸で椅子に縛られている。唇は切れて血まみれ。胸は長い切り傷が縦横についている。フリオと、顔に刺青のあるフェニックスのギャング《チヨロビ》らしい男が、彼女をかこんで立っている。どちらもナイフを持ち、ルーシーは震えてすすり泣いている。

アンヘルはドアを抜けて部屋にはいった。

「ベガスへ帰ったんじゃなかったのか、フリオ」

フリオはナイフを捨てて、拳銃を抜いた。ギャングはルーシーの背後にまわり、その首にナイフをあてた。

アンヘルは死神の存在を感じた。黒い翼が頭上で羽ばたいている。

アンヘルとフリオはどちらも拳銃をかまえたが、撃ったのはアンヘルが先だった。ギャングの頭が吹き飛び、ルーシーから離れて倒れた。

アンヘルは肩にフリオの銃弾を浴びて、馬に蹴られたようによろめき退がった。アンヘルは銃口を上げて撃ち返そうとした。しかし動かない。肩をやられて腕の自由を失ったようだ。手が上がらない。

「そっちこそ帰れよ」フリオが言って、またトリガーを引いた。

そのとき、ルーシーが体をまえに投げ出した。椅子ごとフリオに倒れかかる。フリオはよろけ、アンヘルの目を狙った銃弾は、耳もとをかすめてはずれた。

ルーシーとフリオはもつれて床に倒れた。フリオは悪態をついて、ジャーナリストと椅子を蹴って離れる。

アンヘルはSIGを左手に持ちかえ、壁に押しつけて狙いをつけた。フリオも銃を上げたが、遅い。アンヘルは撃った。

フリオの胸に血の穴があいた。アンヘルはトリガーを引き続ける。さらに多くの穴がフリオの体にあく。胸、顔、腹。骨が砕け、血飛沫が散る。

フリオは拳銃を落とし、倒れた。それでも体をねじって、落とした拳銃に手を伸ばそうとする。アンヘルはよろよろと近づき、遠くへ蹴りやった。フリオの胸には血の花が咲いている。顎ががくがくと動いている。息とともに血を吐く。

アンヘルはかつての同僚のかたわらにしゃがみ、問いただした。

「だれに雇われた？　なぜこんなことをした？」

フリオの顔をつかんで自分にむけた。歯をむき、頬をひきつらせたその顔を見つめる。フリオはなにか言おうとした。しかし喘鳴で声にならない。アンヘルはその顔を引き寄せ、口もとを耳に近づけた。

「なぜだ？」

問うが、フリオは最後の咳とともに血と歯を吐き、絶命した。

アンヘルは膝立ちで退がった。撃たれた自分の肩をつかみ、フリオの裏切りの意味を考える。

「あの……助けて……もらえる？」

ルーシーは椅子に縛られたまま床に倒れている。

「なに？　ああ……悪かった」

アンヘルはまずナイフを探した。カウンターのものを取って、左手でぎこちなく刃を動かし、縛めを切る。

「大丈夫か？」

「ええ。死ぬことはないわ」

ルーシーは嗄れた声で答えた。倒れた椅子から離れ、こわばった体を丸めて、フリオとギャングの死体を見つめた。

「本当に大丈夫なのか？」

ルーシーは答えず、膝をかかえている。小さく息をしながら、拷問者たちをじっと見ている。

「ルーシー？」

ようやく深呼吸をして、目の焦点がもどった。

「大丈夫よ」

よろよろと立ち上がり、自分のTシャツを拾い上げた。しかし切り裂かれているのを見て、捨てた。死んだギャングに近づいて、かたわらにしゃがむと、その白いタンクトップを脱がせはじめた。彼女がそれを着るあいだ、アンヘルは目をそらした。

「気にしないで。ただの胸よ」

アンヘルは肩をすくめたが、やはり見ないようにした。傷だらけの肌にタンクトップを引き下ろすとき、苦痛の声が漏れてきた。

「いいわ、こっち見ても。助けてくれてありがとう」

「協力すると言っただろう」

「そうね」ルーシーは震え声で笑った。「たしかに協力してくれたわ」

椅子を立て、そこにすわった。痛みで顔をしかめる。白いタンクトップにすでに傷口の血がにじんでいた。そのしみを見て、布地をつまんで肌から離した。手がまだ震えている。

「どうやってここがわかったの？」

「きみのトラックに発信器をつけていた。ハンドバッグにも」

「ハンドバッグは持ってきてないけど」

「きみがフリオに連れていかれるところを見た者がいた。フリオが昔のアジトの一つを使ったのはさいわいだった。よそに移ってもおかしくなかったが、そうしなかった」

「あなたたちは仲間じゃなかったの？」

アンヘルはフリオの死体を見下ろした。

「そのつもりだったんだがな」

自分で言ってから、うなじが総毛立った。知らないことの多さにぞっとしたのだ。こうなることに気づくべきだった。本人からでなくとも、周辺の証拠から。ジグソーパズルのピースをごっそり見落としていた。他に知らないことがどれだけあるのか。

「きみの知っていることで、まだおれが聞いてない話があるか?」アンヘルは訊いた。

「いまになってなぜ話さなくちゃいけないの?」

「きみのために撃たれてやったじゃないか」

「わたしのためじゃない。ベガスのため。キャサリン・ケース様のためでしょう?」

アンヘルは顔をしかめた。

「そういう態度なのか?」

「脅すつもり? あなたの友人がやったようにわたしを拷問する?」

こわばった笑み。その手にはいつのまにか拳銃が握られている。

どうやって――?

考えるまでもなく、フリオの銃だ。さっきアンヘルが目をそらしているすきに拾ったのだ。周到な女だ。

「機先を制したようね」

ルーシーは小声で言った。灰色の目は硬く、冷たく光っている。

アンヘルはにらんだ。

「不愉快だな。きみのために友人を射殺したんだぞ。知る権利はあるはずだ」

ルーシーは唇を結んで見つめている。しかしやがてうなずいて、フリオを見下ろして話しはじめた。

「ジェイミーともう一人の男、ヴォソビッチを殺したのはこの男よ。ジェイミーが自分の利益のために売ろうとしていた水利権を、横取りしようとたくらんだ。たぶん、ジェイミーと自分の部下が会っているところを襲って、奪おうとしたんだと思う。ところがあてがはずれた。ジェイミーは水利権をカリフォルニアに売ったあとだった」

「彼はおれたちに売る気はなかったのか?」

「ジェイミーはベガスを憎んでいたわ。あなたたちをコケにするつもりだった。危ない橋だとわたしは言ったのよ」

「それで結局、マイケル・ラタンに売ったわけか」

「そのようね。だからあなたの……友人は、わたしにラタンのコンピュータの暗号化を解除させようとした。話によると、ラタンはジェイミーとまったくおなじことをやろうとしていた。高値をつけたほうに売るつもりだった。だから一番有望な買い手であるベガスに連絡をとった」ルーシーは小さく苦笑した。「あなたの友だちは、わたしにラタンのコンピュータにアクセスさせようと必死だったわ」

「できるのか？」

「無理よ。アイビスのセキュリティは厳重だから」アンヘルのようすを見る。「血が出てるわよ」

「だから言っただろう、きみのために撃たれたって」アンヘルはむっとした。ルーシーは笑った。

「わたしのヒーローってわけね」立ち上がってキッチンへ行き、タオルの束を取ってきた。「見せて」

アンヘルは体をよじって離れた。

「大丈夫だ。きみの友だちのジェイミーがやろうとした取り引きについて話してくれ」

「だめよ、見せなさい」

命令口調だ。アンヘルはあきらめて、ジャケットを脱いだ。ルーシーは息を詰まらせる。

「シャツも脱いで」

アンヘルは顔をしかめながら、彼女の手にまかせてTシャツを脱いだ。

ルーシーはその胸と傷痕と刺青を眺めまわした。

「ギャングだったの？」

「大昔だ」肩をすくめようとして、また痛みで顔をしかめた。「ケースの下で働きはじめるまえ。ネバダへ密入境するまえの話さ」

ルーシーは肩の傷を観察した。

「銃弾はジャケットで止まったみたいね。でも皮膚はチーズ下ろし器で削ったようになってる」

「フリオは好んでチョッパー弾を使うからな。破裂する弾だ。アーマーには効かないが」

「防弾ジャケットでよかったわね」

「この仕事の必需品だ」

「銃撃戦をしょっちゅうやるの?」

「好きでやるわけじゃない」アンヘルは笑った。「銃は人を殺すからな」

ルーシーは顔をしかめた。

「破片がたくさん刺さってる」

そう言ってキッチンにもどり、戸棚をあさった。そしてテキーラの瓶とナイフを持ってきた。アンヘルは眉間に皺を寄せた。ルーシーは挑戦的に言う。

「なによ、病院に行きたいの? フェニックス警察に興味を持たれてもいいの?」

アンヘルはあきらめた。

ルーシーは手ぎわがよかった。ためらわずに切り、押し、えぐり出す。傷口にはテキーラをかける。アンヘルは歯を食いしばって耐えた。ルーシーは謝らないし、騒ぎもしない。黙々と作業する。まるで肩の銃創から破片を取り出すのも、夕食後のカウンターを拭くのもおなじといわんばかりだ。

彼女を見ているのは楽しかった。切り刻んだアンヘルの肩の肉をのぞきこみ、眉間に皺を寄せて集中している。薄い灰色の瞳は仕事に専念している。

「銃弾の扱いには慣れてるのか?」アンヘルは訊いた。

「すこしは。このへんのバーでよくコヨーテを撃つのよ。そのあと回収して皮を剝ぐ」

「そのコヨーテは……」

「毛むくじゃらのほうよ」

「撃った獲物から銃弾をえぐり出すのか?」

「いいえ。それは友人の体から。知りあいのカメラマンが二度撃たれたことがあるの。殺人現場を取材してたら、もどってきた犯人との銃撃戦に巻きこまれて」

「死体安置所でいっしょにいたカメラマンか」

「よく憶えてるわね。そう、ティモよ」ナイフが深くはいる。アンヘルは息を詰めた。ルーシーは目を上げる。「ごめんなさい」

「苦情は言ってない」

ルーシーは薄笑いを浮かべた。

「タフね」

「タフでないとやっていけない。ウォーターナイフの基本だ」

「ウォーターナイフは存在しないんじゃなかったの？」

「もちろんだ」アンヘルは苦痛で歯を食いしばった。

「おれたちは蜃気楼さ」

「フェニックスの幻想の産物ね」

アンヘルはますます彼女が気にいった。効率的で、つべこべ言わない。普通の人間がこんな経験をしたらとっくに神経がいかれてるはずだが、ルーシーは拷問からすぐに立ち直って、やるべきことをやっている。傷口を見て、調べている目。その目に惚れたかもしれないと思いはじめた。さっきからこちらを見てほしいと思っている。その目から感じたことを確認したいと思っている。

「初めて会った相手なのに、初めての気がしないという経験はないか？」

ルーシーは目を上げて、皮肉っぽく答えた。

「いいえ」

しかし嘘だとわかった。やや長くアンヘルを見ていた。そしてふたたび肩にナイフをいれはじめたときに、頬が赤くなった。

アンヘルは満足して笑った。似たもの同士だ。どちらもその自覚がある。アンヘルはこういう目を何度も見てきた。警官、ポン引き、医者や救急隊員、麻薬業者、兵士。少年時代の彼をちびらせた暗殺者《シカリオ》もそうだ。みんなおなじ目をしている。いろいろ見すぎて、この世界がまぎれもなく壊れていることを認めている者の目。ルーシー・モンローもアンヘルとおなじ場所にいて、おなじものを見た。二人はおなじだ。

彼女に欲望を感じた。他の女に感じたことがないほどの欲望を持った。

だからあのとき、先にギャングを撃ったのだろうか。気になるところだ。

あの瞬間、二つの標的について考える暇はなかった。しかし銃を持ったフリオを先に倒すべきだったのはあきらかだ。ナイフでルーシーを人質にとった男はあとでいい。なのに順番をまちがえた。

知らぬまにルーシーにこだわっていた。そのせいで目に銃弾をくらいそうになった。

「傷痕が多いのね」ルーシーが言った。

「多少はしかたないさ」アンヘルは話題を変えた。「きみの友人は危ない橋を渡ろうとしたと言ったな」

「ええ」

ルーシーは彼の肩の治療を終えて、背中を起こした。しゃがんでいるそばにフリオの死体があるが、気にするようすはない。

「ジェイミーは大金を稼いでカリフォルニアへ行くつもりでいたわ。わたしはそれを記事にする予定だった。すべて終わってからね。独占記事。ピュリッツァー賞を狙えるくらいの。眠った水利権の束がアメリカ西部の勢力図をいかに変えるかという内幕物」ため息をついて、「ところが彼は欲を出して、ベガスの鼻もあかしてやろうとしたのよ」

「その水利権はどんなものだ？　どこがそんなにすごいんだ？」

「ピマ族って聞いたことある？」

「インディアンか」

「アメリカ先住民よ」ルーシーはあきれた口調で訂正した。「そのピマ族。彼らはホホカム族の末裔で、一二〇〇年代までこのあたりで農耕生活を送っていたわ」

ルーシーはナイフと血のついたタオルをまとめてキ

ッチンへ持っていき、背中ごしに話しつづけた。

「大昔に彼らはフェニックスと契約を結び、部族の水利権をすべて市に譲渡したの。ピマ族はかつての補償の一部として中央アリゾナ計画《CAP》の水利権を持っていた。フェニックスは付近の川が干上がりはじめたせいで、その水が必要になった。ウィンウィンの関係よ。フェニックスは成長を維持するために水が必要だった。ピマ族は巨額の支払金をもらい、それで北の土地を買った」

アンヘルは苦笑した。

「雨の降る土地というわけか」

ルーシーはタンクの水で手とナイフを洗った。ジーンズで両手をぬぐいながらもどってくる。

「そうよ。コロラド川は長期的に見て頼れる水源ではない。涸れゆく川の水利権など紙くず同然だから」

「なるほど、ピマ族は水利権を売って出ていった。それで？」

ルーシーは隣の椅子に腰かけた。

「彼らは中央アリゾナ計画の水の一部を所有しているだけだと思っていた。つまり、コロラド川の水にアリゾナ州の取り分があって、その水に自分たちの取り分があるのにすぎないと。川全体から見ればすでに下位の水利権よね。もっと来歴の古い、上位の水利権者はたくさんいる。彼らに取られてしまうと自分たちの取り分は減る可能性がある。だからピマ族は出ていったわけ。

でもジェイミーは公文書館にいりびたっていた。水関係だけでなく、他の公文書も見られる立場にあった。土地管理局、開拓局、陸軍工兵隊、インディアン管理局……。複雑に重なる管轄があり、矛盾する判例があり、相容れない水利用の協定がある。複雑怪奇な事務書類の山よ。なにを見るにも情報自由法にもとづく分厚い申請書を求められる。その情報自由法はしばしば忘れられるし、たび重なる修正で使いものにならない。

一つの機関からちょっとした情報を引き出すだけでとんでもなく時間がかかる。ジェイミーのような性格の持ち主でなければとうていできなかったわ」

「でもきみの友人のジェイミーはそういう性格の持ち主だった……」

ルーシーは顔をしかめた。

「ジェイミーはいわゆる肛門性格で、うぬぼれが強かった。他人より知っていると証明しつづけなくては気がすまなかった。そんな性格では友だちはできないし、昇進もできない。古い先住民居留地に飛ばされて、クロゴケグモやガラガラヘビやサソリが出るような場所の文書保管庫で書類をかきまわす仕事をさせられた。上司がそんな彼を笑い飛ばし、快適な太阳《タイヤン》でのカクテルパーティに出かけているあいだにね。

でもその仕事では多くの古い文書を見ることができる。大昔にピマ族が連邦政府やインディアン管理局とかわした、さまざまな矛盾だらけの協定をね。それらは居留地が最初にできた時代までさかのぼる。そしてピマ族の諸権利もおなじだけ古い。ジェイミーはそんな書類箱の山に埋もれて調べつづけた」

「そのなかに水利権があったんだな」

「ただの水じゃないわ。コロラド川本流に対する水利権よ」

「年代は?」

「一八〇〇年代後半」

アンヘルは口笛を吹いた。

「そいつは古いな」

「上位よ。記録に残るなかでもっとも上位の水利権の一つといえる」

「どうして忘れられていたんだ?」

「インディアン管理局が意図的に隠蔽していたとジェイミーは考えている——いたわ。それは不都合な協定であり、管理局は後悔していた。荒野に住むちっぽけな部族などどうでもいいと。ただ、当時はそれほど重要ではなかったとも考えられる。アリゾナ州はコロラド川に直接手を出せなかったから」

アンヘルはいつのまにか引きこまれていた。

「しかしいまは中央アリゾナ計画がある。砂漠を横断して水を運ぶ巨大な水路が」

ルーシーはうなずいた。

「フェニックスとアリゾナ州にとっては、カリフォルニア州を打ち負かす切り札になる。カリフォルニアは約五十億立方メートルの水に対する上位水利権を持っている。それが奪われたら……彼らはインペリアル・バレーの水だけで人口五千万人を養わなくてはいけなくなる」

「そんな危険な水利権は早く、ひそかに抹殺したいだろうな」

「カリフォルニアだけではないわ。もしフェニックスが法廷に出て、このピマ族の上位水利権をふりかざしたら、すべてが変わる。あらゆる人々が影響を受ける。フェニックスは開拓局に請求してミード湖から放水させ、下流のハバス湖にためてフェニックス専用の水源にできる。ロサンジェルスとサンディエゴによる取水を停止できる。あるいは高値で売ってもいい。上流州連合を結成して自分たちの水を守り、カリフォルニアに対抗してもいい」

「そうしたらカリフォルニアはＣＡＰを爆破するだろう。コロラド川上流のダムを爆破したように」

「ええ。でもいまは連邦政府がＣＡＰ全体をドローンで警戒している。今回は予期しているわ。いくらカリフォルニアでも内戦の引き金を引くことは躊躇するはず。州主権法を成立させて州境を州軍にパトロールさせるところまではいい。ダムを爆破して自分たちの水を吐き出させるのも……ある意味では合法かもしれない。でも戦争をはじめるのはどうかしら。アメリカ合衆国は壊れかけているとはいえ、まだ存在するのよ」

「メキシコもそう言われたけどな。ある朝起きたらカルテル諸国に変わっていた」

「陸軍が弱体化したとはいえ、水をめぐる戦争勃発をワシントンが許すわけはないわ」

「きみはその水利権を実際に見たのか？　書面を読んだのか？」

「ジェイミーからはなにも見せてもらってない。彼は……被害妄想的で、秘密主義だから。取り引きが終わったら詳細を公開するといつも言っていたわ」ため息をついて、「わたしが裏切ることを懸念してたんだと思う。本人は否定していたけど。つまるところ、彼はだれも信用していなかったのよ」

「当然だろう。これを手にいれた連中の行動を考えてみればいい。きみの友人のジェイミーはひと儲けを狙った。フリオはそれを聞きつけ、おなじことを考えた。ラタンさえも、手にいれるやいなや裏取り引きをたくらんだ。この水利権を嗅ぎつけた人間はみんな大金を夢みるんだ」

「まるで呪われた水利権ね」

「呪われているかはともかく、最大の問題は、いまそれはどこにあるのかだ」

　二人の目は、フリオがマイケル・ラタンから奪ってきたラップトップＰＣにむいた。アンヘルは手を伸ばしたが、ルーシーのほうが早かった。抱えこみながら言う。

「だめよ。これはわたしの取材対象。すでに足をつっこんでる。内容を知らないわけにいかない」

「その水利権にかかわった多くの人が死んでるんだぞ」

　ルーシーはカウンターにおいた拳銃に手をかけた。

「脅迫するの？」

「もうそれはやめないか。危険なゲームだと言ってるだけだ」

「わたしは怖くない」フリオとギャングの死体を見下ろして、「すでに巻きこまれてるし」

ルーシーが逃げるのではなく、戦ってでも真相に迫る意思をしめしたことを、アンヘルの一部は不本意ながらも愉快に思った。

女は男を愚かにすると、父親が言っていた。平穏に暮らしていた頃の話だ。アンヘルの世界が崩壊するまえだ。

「いいだろう。しかしおれたちは身を隠したほうがいい。おれのアジトはどれも使いたくない。フリオが仲間を殺すことをいとわなかったのを考えると、ここでの活動中にだれになにを売ったかわからないからな」

「二重スパイかもしれないというわけ？」

アンヘルは自分が射殺した男の死体を見下ろした。

「こいつは強欲だった。それだけで充分だ。地図にない場所に行くべきだ。おれやきみの普段の立ち回り先ではない場所に」

「友人が何人かいる。頼れると思う」ルーシーは言った。

28

「ゴキブリはただでついてくるよ」シャーリーンが言った。

バラックの床がルーシーの足もとで揺れる。かろうじて体重をささえるだけで、いまにも下の部屋へ抜け落ちそうだ。ツーバイフォーの廃材でつくった梯子でこの部屋へ上がった。上の部屋に住む家族の足音が天井から聞こえる。右も左も他の部屋が連なっている。赤十字中国友好揚水ポンプのまわりにぎっしりと積み上がった不法滞在者のバラックの一部だ。

部屋は二間からなる。一方がリビングだ。ナイフ傷だらけのテーブルがあり、その上の小さなＬＥＤ灯が青白く目に痛い光を放っている。

「電気コンロもいちおうある」シャーリーンは曖昧な口調で言った。

奥の部屋には、へこんだマットレスが二つ敷かれ、それだけでいっぱいだ。

他の部屋の会話や娯楽番組の音声が壁から筒抜けだ。ハッキングされた中国製タブレットの小さなスピーカーから流れるドラマや音楽ビデオの音が交錯して聞こえる。言語もアクセントも難民たちの出身地によってさまざまだ。メキシコ湾岸のハリケーン被害から逃れてきた人々。カルテル諸国の干魃と麻薬マフィアの暴力から逃れてきた人々。すこしでもましな生活を求めてきて、州主権法の高い壁に跳ね返された人々が身を寄せあっている。

「シーツもある」シャーリーンは言った。

「うれしいわね。うれしいというより、すばらしい」ルーシーは答えた。

隣室の赤ん坊が泣き出した。かん高い声が壁からも床からも響いてくる。


「昔の店子《たなこ》がおいていった服も使っていいわよ」シャーリーンは黒いビニールのゴミ袋や捨てられたスーツケースをしめした。「いい服がある。高級品ばかり。ブランド品もなんでも」にやりと笑うと、歯の抜けたところがのぞく。「着飾れるよ。プラダ、ドルチェ&ガッバーナ、マイケルコース、ヤンヤン……なんでもある。あたしは雑巾にしてるけど、ほしければ好きにして」

「どうしてこんなにたくさん？」

「みんな捨ててくのよ。カリフォルニアへ移住するときや北へ越境するときに。全部は持っていけないじゃない。ほんとにここでかまわないの？　あたしのところに泊めてあげてもいいのよ。まともな家だし。こんなスラムにわざわざ住まなくても」

ほんとにいいのか？

下の階から卵の焦げるにおいが上がってくる。すぐそばに他人の存在を感じる。閉所恐怖症になりそうだ。しかしウォーターナイフは追跡されない場所にこだわった。

「完璧よ。ここなら心配なく住める。必要なのは潜伏場所だから」意味ありげにシャーリーンを見て、「知りあいからできるだけ離れなくてはいけないの」

「ええ、ええ、わかってる。でもいいかい、いまテキサス人のあいだにいるのは安全じゃないよ。殺人コヨーテの手にかかった遺体が砂漠で掘り出されはじめてから、彼らは気が立ってるから」肩をすくめる。「わがことのように怒ってるのよ」

「どの程度に？」

「一触即発よ。とにかくおかしな気配を感じたらすぐ逃げな」

「気をつけるべきことは？」

「なにがきっかけになるかわからないわよ。ポンプの列の順番争いかもしれないし、ギャングが来てテキサス人に威張りちらしたのが引き金になるかもしれない。そうやって暴動が起きる。ここであんたの死体を掃除したくはないわ。用心して」

「大丈夫よ」

しかしシャーリーンはまだなにか言いたりないようだ。

「気になることがあるの？」

シャーリーンはしばらく横をむいていたが、訊きあぐねていたらしいことをようやく口にした。

「あんたがどんな記事を書いて、だれを怒らせたのか知らないし——」両手を挙げて、「——知りたくもないけどさ。でもここが〈獣医〉の縄張りだってことは頭にいれときなよ。ここの連中はみんなあの異常者に脅されてる。あいつはどこでも目を光らせてる。子どもに水のボトルとキャンディを握らせて見張りに使ったりするんだ。だれがやつらの手先かわからない」

ルーシーは下の階にいた子どもたちを思い出した。

シャーリーンといっしょに梯子を上る彼女をじっと見ていた。

「麻薬関係じゃないわ。もしそれを疑ってるのなら、麻薬にはかかわってないから」

　シャーリーンは見るからに安堵した。

「そうかい、そりゃよかった。じゃあ〈獣医〉は関係ないね」満足げにうなずくと、部屋の南京錠の鍵を渡した。「この部屋はいつまでも好きなだけ使っていいよ」さらにジーンズからべつの鍵束を出した。「足も用意しといた、必要だって言ってたから」

　感謝しようとするルーシーを、シャーリーンは手を振って止めた。

「ただの安物のメトロカーよ。かろうじて使えるって程度。ハイブリッドだけど、バッテリーが死んでるから、ガス欠には気をつけて。走行可能距離の数字もあてにならない。全部いかれてる。グアダループ地区まで行ったら、古い百貨店のターゲットがあるわ。駐車場は〈獣医〉の子分たちが管理してて、そいつらとは話をつけてある。あんたが帰ってくるまで車が荒らされないように見張ってくれるわ」

「シャーリーン、なにからなにまでありがとう」

　シャーリーンは笑った。

「でもね、テキサスのナンバープレートがついたままなのよ。感謝するのは早いわ。あたしはあれで出かけると、いつ撃たれるかってひやひやする。みんなすごい顔でにらんでくるんだから」首を振って、「あの車に乗って初めてテキサス人の憎まれようを実感したわ」

「どうやって手にいれたの？」

「他とおんなじ。店子からよ。北へ越境するって一家から買い取ったの」肩をすくめる。「ポンコツだけど、鉄くず分の価値はあると思ってね。それに、かわいそうだったのよ。子どもが二人いてさ。一家そろって越境しようとすると金額をふっかけられるのよ。そんな相手にきつい値段交渉はできないわよ。まあ、ほんとにポンコツだけどね」

「いいえ、助かるわ」

「そんなこと言って、道で鉛玉が飛んできたら後悔するわよ」

シャーリーンは梯子を下りていった。これから分譲住宅地の家々を解体する仕事にもどるのだ。回収した廃材は赤十字ポンプのまわりへ運び、不法占拠者用のバラックの増築に使う。フェニックスが残しただだっ広い郊外に狭隘な住居を次々に建てるのだ。

ルーシーはあらためて室内を見てまわった。シャーリーンの大工仕事はたいしたものだ。急ごしらえなのに小さな窓まである。汚れて曇ったガラス越しに外を見た。見晴らしはいい。ポンプに近いし、入り口のドアも、多層バラックのあいだの路地もよく見える。人口密度の高いスラムだが、ここにいれば近づく人間がわかる。

シャーリーンが去ってしばらくして、ウォーターナイフがポンプのまわりの人ごみを縫ってこちらへ来るのが見えた。

見失ったと思うと、また見えた。壁によりかかり、爪楊枝を噛みながら周囲を見ている。まったく動かないので、ルーシーはつい他へ目をやってしまう。食べ物の屋台、水汲みの列、パワーバーや援助食料の横流し品を広場の隅に広げた毛布の上で売る連中。

ウォーターナイフは人ごみにまぎれるのがうまい。二人の男のそばにすわっていたが、ルーシーが見ていると、その一人に顔を近づけて煙草の火を分けてもらった。その煙草をべつの一人に貸す。火を共有することで、その存在が消える。孤立しているのではなく、グループになる。三人の仲間が壁によりかかって世間話をしている図になる。一人が三人になって姿が消える。もう出身地すらわからない。ニューメキシコ人にも、テキサス人にも見える。地元の日雇い労働者のようでもある。〈獣医〉に雇われた用心棒かもしれない。あるいはただの疲れた家族持ちの男かもしれない。北へ家族を連れ出そうとここまで来たが、いまは赤ん坊の泣き声から逃れるために狭いバラックから出てきたところだ。辛酸をなめてきた埃っぽい男たちの一人。ゆえに見えない。

太陽は傾き、怒れる赤い球になって、煙と埃にかすむ都市の稜線にかかろうとしている。労働者が仕事から帰り、列に並んで数リットルずつ水を買う。規定量以上での割り増し料金を避けるために、途中で汲むのをやめて列のうしろに並びなおす者もいる。

こういう人々を十年間報道してきたルーシーは、いま当事者になっている。自分が取材対象の一部になっている。いずれこうなると思っていた。

愚かだとアナは言うだろう。ティモも言うはずだ。彼はたくさんの死を取材しながら、自分がその渦に吸いこまれないように立ちまわる方法を知っている。生存本能がある。やばいと思ったら遠くまで退がる。

ところがルーシーは、より深みへ飛びこんでしまった。

なにがいけなかったのか？ アナにどう説明できるだろう。ジェイミーが最後に接触した相手を追って太《タイ》阳《ヤン》に潜入したことを。死者の手がかりを追って、自分が危険にはまりこんだことを。

ようするに、自分からあの椅子にすわったようなものだ……。

知っていることを拷問者にすべて話そうとした。細大漏らさず教えようとした。それは痛めつけるのをやめてほしかったからだ。相手を満足させよう、記憶力をほめてもらおうと必死だったことを思い出すと、いまは屈辱を感じる。

〝いい記憶力をしてる〟と拷問者はある時点で言った。

そしてふたたび彼女を痛めつけた。

〝恨みがあるわけじゃない〟とも言った。

そのときが一番恐ろしかった。恨みがあるのではない。つまりルーシー自身は関係ないのだ。口を持つ肉塊にすぎない。その口から情報を得られるかどうか、それだけなのだ。

　そんな窮地を経験したのに、まだこの話を追っている。アナは理解できないだろう。

　ドアがノックされた。フリオを殺した男を、ルーシーはなかにいれた。男はまだ動きがぎこちない。しかし痛みについて不満は漏らさない。黙って室内を眺め、二つの部屋を出入りした。

「ここを紹介した女について説明してくれ」

「シャーリーンは大丈夫よ。長年の知りあいだから。信用できる」

「おれもフリオを信用してたんだぞ」

　窓に近づき、下のポンプを眺めた。

「ちょっと被害妄想的なんじゃない？」

　男は冷笑的な表情で振り返った。

「もちろん被害妄想的さ。フリオはおれのいろんなことを知っていた。車のＩＤコードも、おれがここで活動するときに使う名前も」

「そういえば、あなたの名前は？」

　男は肩をすくめた。

「好きなように呼べばいい」

「本気で言ってるの？」

　男はまた室内を調べはじめた。

「探しても盗聴器なんかないと思うわよ」

「盗聴器を探してるわけじゃない。きみの友人についてもう一度説明してくれ。何者だ？」

「ずっと昔に彼女をとりあげた記事を書いたの。住宅を壊して廃材を集めるのをなりわいにしてる。わたしが太陽光パネルを入手したときに世話になった。危ない人間じゃないわ」

「きみがそれを盗むのを手伝ったというわけか」他の部屋との境界の壁にそって歩き、立ち止まって、剝ぎ取られてきた合板に耳を押しあてる。「きみは正義にこだわってたんじゃないのか？」

拳銃を抜いて、そのグリップで合板の壁を叩き、虚ろな響きをたしかめた。寝室にはいってマットレスをまたぎ、そこの壁もおなじように叩く。

「シャーリーンは再目的化と言ってるわ」その背中にむかってルーシーは言った。

「へえ、そうかい」

深夜にパネルを屋根からはずしたときの胸苦しさはまだよく憶えている。廃品パトロール隊にいつ発見されるか、どう釈明しようかと考えたものだ。

「同行して仕事を手伝わないかぎり、記事を書かせないと言われたのよ。太陽光パネルがわたしの分だというのは、持ち帰ったあとで知らされたわ」

「記事を書いて副収入も得たわけだな」

「ジャーナリスト専門学校の先生が誇りに思ってくれるはずね」

寝室から出てきた男は、蜘蛛の巣状のひびがはいった窓からまた外を眺めた。いいかげんな電気工事のようすを見る。電柱から窓にじかに引き込み線がはいり、仮設の電源タップをおいている。そこにタコ足配線された無数のケーブルが四方八方に伸びて、壁や床や天井にあけられた穴に消えている。こうやって違法建築の各部屋に電気を供給しているらしい。

「それがいまは大家なのか？」

「二年前からこういうバラックを建ててるのよ。そもそもポンプのそばでないと生活できない。自動車を維持する余裕はないから、バスを利用できる場所のほうがいい。遠くまで歩かずに水を汲めるから」

「ショバ代はだれに払ってるんだ？」

「〈獣医〉と呼ばれるギャングよ。ここは彼の縄張りなの。なぜ？」

男は肩をすくめた。

「フリオはギャング《チョロビ》を連れていた。そいつの事情がわからない。たんに用心棒として雇ったのかもしれないし、もともとフリオの友人かもしれない。あるいはギャング側が見返りを得るための監視だったのかも」

「わたしたちのことは伝わってないはずよ」

「フリオがしゃべってないとはかぎらない」

男は室内をぐるぐる歩きまわっている。それがルーシーの癇にさわった。おかしな犬のようにあちこち嗅ぎまわる。部屋のまんなかで立ち止まって動かなくなり、耳をすませた。

「なぜだろうな。ひどく神経質になる場所がある」

「本当に被害妄想よ。ここは市の中心部から遠く離れてるのよ」

「フリオのことだから安心できない。車は捨てたし、携帯も壊したんだが」

「あのテスラも？」

「いま頃盗んだガキどもが市内を乗りまわしてるだろう」

「本気なのね。ただ捨てたの？　シャーリーンにいえば買い取ってくれたのに」

男は首を振った。

「だめだ。つながりをたどられないようにしないと」

「本当に被害妄想」

「いいや。おれは生きてるんだ」出入り口のドアを開けて、夕闇迫る屋外を見る。「よし」

そう言うと、目的があるようすでドアを閉めた。内側のループに南京錠をひっかけて、施錠ということにした。その満足げな顔は、サニーが半径百メートル以内の自動車と埃まみれの消防車のすべてのタイヤに小便をかけてきたときのようすを思い出させる。

ふいに、サニーを家に残してきたことを思い出した。

「犬の世話……」

男は警戒する目つきで見た。

「だれかをやって確認してもらえ。こちらの居場所を知らないやつに」

「これからなにが起きるの？」

「わからん」男は苛立たしげに首を振った。「フリオがここでなにをしていたのか、もっとわかればよかったんだがな。あいつは自己の利益のために仲間さえ殺した。ならば金のためなら他のこともやるだろう。自分のネットワークをカリフォルニア人に売るとか、相棒を麻薬マフィアに売るとか……」そこで言いよどみ、室内をじっと見た。「ありえるな」最後は独り言のようにつぶやいた。

椅子にすわり、死んだカリフォルニア人のラップトップPCをテーブルにおいた。あちこちいじりはじめる。

「やり方をわかってるの？」

「少し調べてるだけだ」

「ねえ――」ルーシーは言いかけた。この男にどう対応すればいいだろう。「せめてあなたの名前を知らないと、協力していけないわ。嘘でもいいから名前を教えて。なんでもいいから」

ウォーターナイフは顔を上げて、硬い笑みを浮かべた。

「そうか。じゃあ、天使《アンヘル》と呼んでくれ」

「それは……」ルーシーは茶化そうとしたが、目を見て思いとどまった。本名らしい。「天使《エンジェル》？」

「アンヘルだ」スペイン語流にgをhとして発音した。ルーシーの疑わしげな表情を見て説明する。「お袋はおれがもっとましな人間になるように願ったのさ」

「メキシコで？」

「昔の話だ」

アンヘルはジャケットを脱いだ。顔をしかめて、ゆっくりと動かす。ルーシーが手当てしたまにあわせの包帯は乾いて赤茶色になっている。傷は気にしていないようだ。ふたたびコンピュータに注意をむける。

「ギャングだったのね。刺青はそれでしょう？」ルーシーはまた訊く。

アンヘルは顔を上げない。

「昔の話だ。メキシコ時代でもない」

「そしていまはウォーターナイフをやってる」

肩をすくめて、コンピュータをいじりつづける。

「たまにはお母さんに会ってるの？」

「お袋は死んだ」

「それも、昔の話？」

アンヘルは答えなかった。

　とりつくしまがない。ルーシーは窓の外に目をやり、ポンプのまわりの人の動きを眺めた。多くの人が出入りしている。テキサス人は空の容器を持って列に並んでいる。暑いアスファルトに寝ころんでいる人々もいる。水のそばの歩道の一角にいることに満足しているのだ。

　やがてアンヘルが言った。

「解除できないな。セキュリティに詳しい知りあいはいないか？」

　ルーシーは意外に思ってそちらを見た。

「あなたの知りあいにたくさんいるんじゃないの？」

「昨日までのおれなら、いつでも、なんでも人にやらせたさ。しかしいまはスパイだらけの場所にいる気がする。フリオのかつてのネットワークにつながる人間に連絡をつけたら、まずいところに伝わるだろう。となると、きみの知りあいに頼るか、このコンピュータをベガスに運んで調べさせるか、どちらかだ」

　ルーシーは眉をひそめた。

「友人はいるわよ。グロ新聞で働いてる。使える人間を知ってるかもしれないわ」

「ティモってやつか？」

「そう」

「目立つことはさせるなよ。一面の写真にはなりたくない」

「わたしを信じるの、信じないの？」

　アンヘルはさすがに苦笑した。

29

トゥーミーが仕事から帰ってくるのを、マリアは見ていた。がたがたと騒々しい音をたて、赤く暑い西日に照らされた荒廃した住宅地の道路をやってくる。

だれかの姿を見てこんなにうれしいのはひさしぶりだ。いまはトゥーミーのすべてが好きだ。日を浴びてかてかと光るはげ頭も、紅白のパラソルをのせた手づくりのププサ焼き屋台も。エプロンは脱いできれいにたたんでいるので、いまは普通のぶかぶかのジーンズ姿で屋台を押している。車輪の一つが調子悪くてきしむのも心地よく聞こえる。

トゥーミーは、玄関前の階段に腰かけたマリアを見て驚いたようだ。しかし場ちがいという顔はせず、よっこらしょと隣に腰かけた。

「やあ、小さな女王様」

その声は押しつけがましくなく、穏やかだ。マリアになにか悪いことが起きたと気づいているらしい。コカ・コーラの傷だらけのラベルがついた水のボトルを差し出す。これはトゥーミーの水だと、マリアは意識した。市街のポンプで汲んで、この荒廃した郊外へ運んできたのだ。

マリアは少しだけ飲んだ。欲望を抑え、飲みすぎないようにした。

トゥーミーの目に映る自分の姿がわかった。大人の女の真似をしたあわれな少女だ。ボトルの口をぬぐって返した。受け取るトゥーミーの手の大きさを感じた。昔はこの手で家を建てていたのだ。これらの家を。

トゥーミーは自分でもボトルの水を飲み、また差し出した。

「飲みな。おれはもういいから」

マリアは首を振った。

「サラが死んだの」

声が震えなかったことに、自分でも驚いた。心は千々《ちぢ》に乱れている。しかし涙は出ない。涙を流すべき苦悩はこの先に何度もあると、体がわかっているようだ。いずれ来る苦悩のために涙はとっておく。

トゥーミーはその報告を聞いても驚いたようすはなかった。マリアが黙りこむと、トゥーミーは言った。

「サラというのは、おまえがいつもいっしょにいる女の子かい？」

「そうよ。痩せてスタイルのいい子。あまり賢明じゃないことをしてると言ってたわね」マリアは肩をすくめた。「忠告を聞くべきだったのよ」

トゥーミーはしばらく黙った。

「悲しいな」

マリアはトゥーミーから見られているのを感じた。露出の多い黒のドレスとハイヒール。サラの商売をやったとわかったはずだ。

目をあわせられず、埃っぽい通りを見た。断罪されたくなかった。服装や、サラや、彼女の愚かしさを。サラについてもなにも言われたくなかった。

悲しい。友人のことをそう思った。親友、あるいは……。とにかく悲しい。

体を丸めた。露出過剰のパーティドレスが心細い。隣の大男はシャツのボタンをきちんと留めている。いつも身だしなみを整えている。混乱の海に浮かぶ平和な島のようだ。マリアは数年前から見ているが、なにもかも壊れていく町で彼だけは変わらない。

「言われたとおりだったわ」マリアはその話題を続けた。「サラと出かけるべきじゃなかった」

「悲しいな」トゥーミーはまた言った。

「どうしてあなたが悲しいの？」マリアはふいに反論した。「あの子を撃ったのはあなたじゃない。あの子がばかだから撃たれたのよ」

トゥーミーは殴られたように体をそらせた。

マリアはトゥーミーを非難するつもりはなかった。しかし止められなかった。叱ってほしかったのかもしれない。罰するとか、怒鳴るとか、叩くとか。なにかしてほしい。穏やかに隣にすわっているのではなく。

マリアはトゥーミーをにらんだ。

「あの子自身が悪かったのよ。あんなふうに体を売って。自業自得よ。ばかなテキサス人の売春婦。そうでしょ？　愚かさの代償よ」

それでもトゥーミーは穏やかに答えた。

「いいや、彼女が悪いんじゃない。自業自得でもない」

「体を売ったのよ。そして死んだわ」

トゥーミーは顔をそむけて、なにか言おうとしかけたが、やめた。また言おうとして、やめる。とうとうため息をついて、こう言った。

「昔はこうじゃなかったのにな」

マリアは苦々しく笑った。

「パパとおなじ言い方ね。昔はこうじゃなかった。〝いずれ正常にもどる〟って」

急に腹が立ってきた。トゥーミーにも父親にも腹が立った。昔はああだった、こうだったと言うばかりで、いまはこうなのだとは言わない。

「昔からこうだったのよ。昔からこうなるようになってたのよ。昔から！」

マリアは突然、この老人の視線を正面から受けとめられる気持ちになった。なにも気にしない。サラからの借り物のドレスで露出が多いことも。ハイヒールで足が痛いことも。友人一人を死なせてしまったことも。ベッドの下に引きこむのが遅れて、サラを救えなかった。しかし、サラがベッドの上で撃たれてくれてよかったと思うべきかもしれない。なぜならサラがそこで撃たれなければ、脱ぎ散らした服の主である少女たちはどこかと犯人たちは探したはずだ。そうしたらマリアも殺されていただろう。

「こうなるとは思わなかったとか、昔はこうだったとかいうけど、あたしは知らない。昔のことなんてあたしには関係ない――」

「おれはただ――」

トゥーミーは言いかけたが、マリアは大きな声でさえぎった。

「みんな死んじゃった。ママも、パパも、そしてサラも……。そして……そして……」

肩を震わせて泣く。もう疲れた……。

「そして……」

言葉が出ない。とうとう悲嘆がやってきた。悲嘆に溺れ、呑みこまれる。

失ったものを嘆く。サラ。家族。テキサスのすてきな家。二段ベッド。学校。トレーニングブラを許してもらえるかという不安。ジル・エイモスは友だちなのかという不安。八年生のダンスパーティへの期待。そんな些細なことのすべてが……消えてしまった。

残ったのは自分だけ。マリア・ビラロサ。記憶の最後の一片。廃墟化した都市のまんなかにすわっている。隣には悲しげに見つめる黒人の老人が一人。世界じゅうで彼だけが友人あるいは家族に近い存在だ。

トゥーミーが腕をまわした。

それを感じて、マリアは強く泣きだした。抱きしめられたことに心から安堵していた。

やがて泣き声は弱くなり、止まった。疲労と空虚を感じながらトゥーミーの胸によりかかり、小声で言った。

「お金が必要だったの。サラのお金をなくしてしまったから、借りがあった。〈獣医〉にも大きな借金がある」

「いいんだ。おまえのせいじゃない」

それでまた泣きだした。

そしてやっと、本当に涙は涸れた。悲嘆は焼け焦げた硬い石ころになった。まだある。存在を感じるが、胸の奥に埋められた。痛みはあっても、もう終わったのだ。

マリアはトゥーミーによりかかったままだ。長いこと二人とも黙っていた。

赤い夕日の下に、トゥーミーが大きな手と楽観的な考えで建てた空き家が並んでいる。マリアは安心している自分に驚いた。安心感がどこから来るのか、なぜそう感じるのか、長続きするのかと考えた。そして疑問に思ってもしかたないと結論づけた。

犬に似た影がひとけのない道路を横断した。コヨーテだ。路地に消える。敏捷な脚で飛ぶように走る。毛は褐色と灰色。しなやかに、目的を持って移動する。夕闇を駆けていく。

トゥーミーが身動きした。

「あっちの家がねぐらになってるんだ」道路のさらに先を指さした。

「いくつもあるの？」

「四、五軒だな」しばらく黙り、また続ける。「おれは一軒三五万九〇〇〇ドルで売るつもりだった。いまは野生動物から家賃を取れないか検討中さ」

おもしろい冗談ではなかったが、それでもマリアは笑った。顔を上げる。

「ねえ、あたし——」言いかけるが、言葉が続かない。目をあわせられず、顔をそむける。「あたし思ったんだけど……」

恥ずかしくて続けられなかった。父親からは、自主独立の精神を持てと教えられた。他人に媚びるな、頼るなと。

「あなたのところにいさせてほしいの」思いきって言った。止まった言葉を、また続ける。「お金なら少しはあるわ。仕事もする。お手伝いもする。他にも……なんでもする」手を伸ばして、「もしよければ——」サラからけしかけられたことを、してもいい。「あなたが望むなら――」

トゥーミーは彼女を押しのけた。

「やめてくれ。その話はもう終わったはずだ」

「ごめんなさい。そうかも……。ごめんなさい――」

「言われてうれしくないわけじゃない」トゥーミーは首を振った。「おれがもっと若くて、不真面目な性格なら、すぐにOKしただろう」居心地悪そうに笑って、「でも、だめだ」

「行くわ」マリアは愚かしい気持ちで言った。

トゥーミーは困惑した顔になった。

「どうしてだ？」

「あたしになにも期待しないんでしょう。わかったわよ」

「おい、期待してることはもちろんあるさ」手を伸ばして引き寄せ、抱きしめた。「もちろん期待してることはある。でもいまみたいなことじゃない。おまえにふさわしい生活をしてほしい。未来を持ってほしい。人生を持ってほしい。ここの外へ行ってほしい」

マリアは虚ろな笑いを漏らした。

「パパみたいな言い方。外へなんか行けないわ。〈獣医〉が追ってくる。捕まったらハイエナの餌にされるのよ」

「そこはなんとかする。ここの外へ、州境のむこうへ連れていってくれる人たちがいる」

マリアはハンドバッグをあさった。

「そんなお金はないわ」死んだ女のバッグをかきまわす。ラタンの濡れた本を押しのけ、傷痕の男がくれた元札の束をみつける。「これが有り金すべてよ。支払ってもらえればもっとあったはずだけど、いまはこれで……」

どういうわけかトゥーミーはさらに悲しげな顔になった。

「親父さんが亡くなったときにすぐにおまえを引き取るべきだったよ」

「どうして？」

だれかが自分を気にかけてくれていたと思うと、また胸が苦しくなった。

「助けてやりたいといつも思ってたんだ」トゥーミーはため息をついた。「道でおまえを見かけるたびに、そうしようかと思った。しかし怖かった。だからその考えを打ち消した。守れない約束はしたくなかった。おまえへの約束を破りたくなかったんだ。おまえはいろんな人たちからいろんな約束をされ、反故にされてきたはずだからな」

トゥーミーの目に涙がにじんでいるのを見て、マリアは驚いた。彼はマリアの手を取り、そこに持った札束ごと握りしめた。そして強く言った。

「おまえを外へ行かせてやる。こんなところで死なせない。もちろんこんなところで生きさせない。おれがいままでに言ったことはなしだ」

立ち上がり、手招きした。

「さあ、なかへはいろう。おまえの部屋をつくろう。計画を練らなくちゃいかん。時間をかけよう。じっくり考えよう。実現するぞ。夢物語じゃない。川のむこうへ案内させる。おれにまかせろ」

マリアは茫然としてトゥーミーを見た。まるで自分が魔法をかけてしまったかのようだ。無茶なことをはじめてしまう魔法だ。わけがわからない。なぜ急に助ける気になったのか。

そんなこと考えなくたっていいのよ。よろこびなさい……。

サラの声が聞こえた。現実的だったサラ。目のまえにあるものを手にいれ、よけいなことは考えなかった。

その結果どうなったか。

とにかくマリアはトゥーミーについて家のなかにはいった。彼はキッチンの電気コンロでププサを焼きはじめた。そしていくつもある使っていない寝室の一つにマリアのベッドを用意した。

「なぜ？」マリアはとうとう訊いた。「なぜそんなに親切にしてくれるの？　意味がわからないわ。あなたの女じゃないし、身内でもないのに」

「みんな身内さ。たとえば幼い弟の面倒をみるようなものだ。そういうことが忘れられている。社会がばらばらになると忘れてしまう。でも結局のところ、みんなおなじ苦労をしてるんだ。おまえも身内さ、マリア。おれはそう思ってる」

「普通はそうは思わないわ」

「そうだな」トゥーミーはため息をついた。「昔、インド人の知りあいがいた。やせっぽちで、インド出身だった。女房も家族もいなかった。インドに残してきたのかもしれないが、詳しいことは憶えてない。そいつの話でいまでも忘れられないことがある。それは、アメリカ国民はばらばらだって話だ。みんな孤独だ。自分以外はだれも信用しない。自分しか頼らない。インドがこの災厄を生き延びたのに、アメリカが生き延びられそうにないのは、そのちがいのせいだと言ってた。この国では、隣にだれが住んでるか知らない」笑って、「あいつは頭を前後に振りながらこう言ってたよ、〝隣にだれが住んでるか知らないなんて〟と」

　トゥーミーは肩をすくめた。

「こんなに暑くて、同時に冷たい町に住んだことはないとも言ってたな。スラムを見ると不思議に思うそうだ。なぜ協力しないのか、なぜいっしょに家を建てないのか、なぜ助けあわないのか。その理由をこう推測していた。アメリカ人は他の国の故郷を捨ててきた人たちの集まりだ。だから隣人と暮らすことを忘れてしまったにちがいないと」

　マリアは自分の昔の家を思い出してみた。かつての暮らし。何年も会っていない学校の友だち。いっしょに旅をした人たち。父親の頭のなかにあった夢のカリフォルニアをめざしたが、たどり着けなかった。タミー・ベイレスも思い出した。家族が裕福だったタミーは北へ行き、貧しかったマリアは残った。タミーは荷物にはいらない服をすべて譲ってくれた。それぞれの父親は娘たちを引き裂くゆえんの格差に苛立ったり、困惑したりしていた。

トゥーミーは話しつづけた。

「おれには子どもがいない。女房とおれにはできなかった。できない理由はあえて調べなかった。関係ない」肩をすくめて、「でももし子どもがいたら、おまえみたいな子だっただろう。年もおなじか、もうちょっと上だったかもしれない」窓を手でしめして、「そんな子どもに残すのがこの世界だ。子どもを愛していても、住ませるのはこの地獄だ」

またため息。

「おまえを見たとき、引き取るべきだと思った。でも怖かった。怖かったんだ」肩をすくめる。「わからなかった。分けあたえるだけの稼ぎがあるか。うまくやっていけるか。だから子どもをつくらなかったのかもな。失敗を恐れたんだ」

トゥーミーは奥へ行き、服を持ってもどってきた。男物のTシャツだ。マリアにはテントのように大きい。

「サイズはあわないが、いちおう清潔だ」

マリアはそれを頭からかぶり、サラのパーティドレスを脱いだ。まるで蛇が脱皮するように脱いで床に落とした。そしてほっとした。

トゥーミーはTシャツ姿のマリアを見て微笑んだ。

「ちゃんとした服を探そう。女房はおなじくらいの身長だったが、もっと太っていた。衣装箱を今夜ひっくりかえしてみよう」

「トゥーミー?」

「なんだ?」

「どうして変わったの? なぜ今度は助けてくれるの?」

トゥーミーは首を振った。

「さあ、わからんな。壁をつくり、目をそらすのが楽だろう。でもそれはごまかしだと思う。ちょっとした親切が返ってくるかもしれないじゃないか。種を播き、芽が出るのを待ちたいんだ。おれに子どもがいたら、だれかが気にかけてくれることを願うだろう。自分のことしか考えず、悲劇を放置する人ばかりでないことを願う。悲劇に対して見て見ぬふりをする人ばかりでないことを」

トゥーミーはドアのほうへ行った。

「夜は明るいほうがいいか？　太陽電池式の明かりがあるぞ」

マリアはすこしにらんだ。

「子どもじゃないんだから」

「そうか」

トゥーミーはまたしょぼんとした。しかしなにも言わず、うなずいただけで部屋から出ていった。

マリアはマットレスに横になった。開いた窓から風がはいり、炊煙や遠くの山火事の灰のにおいを運んできた。小さな炎が空の星とおなじようにまたたいている。

「おやすみ」隣の部屋からトゥーミーの声がした。

「ねえ、トゥーミー？」

「なんだい、小さな女王様」大男は呼び返した。

「ありがとう」

「どういたしまして、小さな女王様。こちらこそありがとう」

30

ルーシーがティモをみつけたのは、クラブ乱射事件の現場だった。青と赤の回転灯がひらめき、警官がむらがる事件現場のさなかで、ティモは路上の血痕を撮影していた。血は暑く乾いた空気に水分を吸われてねっとりしている。

　倒れた死体はさまざまだ。警察の規制線のむこうでは、露出の多いドレスの女たちや、そのボーイフレンドらしい裕福な麻薬マフィアやスラム見物のカリフォルニア人が集まってのぞきこみながら、好奇心をあらわにしてしゃべっている。警官たちはそんな彼らから事情を聞き取っている。

　ティモは話した。

「ひどい事件だよ。中国人は同胞が発砲事件に巻きこまれたことに憤慨するだろうな」多数の警官を顔でしめして、「それに市は、こういう暴力を制圧したように見せたがっている。〝飛び立つフェニックス〟の広告キャンペーンで殺人事件の統計を提示するわけにいかないだろうね」

　ルーシーは折り重なった死体をあちこちから見て、ようやく中国人被害者をみつけた。見るからに金持ちそうな格好で、血の海に横たわっている。サングラス型のノーブランドのデータグラスが砕けている。隣にブロンドの女が倒れている。光り物をいろいろつけていて、指にはダイヤ、首には金のネックレスがある。どこを撃たれているのかルーシーの目にはわからない。外見はきれいだが、倒れて動かず、彼女の血とボーイフレンドの血が路上で混ざって固まりかけている。よく見ると、おたがいの手を握っている。手をつないでの死。悲惨だ。

ティモはこの中国人男性の死体の撮影を終えた。

「グロ新聞用にはきれいすぎるな。でも新華社はこういう無法地帯アメリカというテーマのニュースが大好きだ。中国方面に売りこめば多少は稼げる」

　ルーシーは死体をかぞえた。八人……十人か。いや十一人だ。高価なパーティドレスの人々と薄汚れた難民がまざっていて奇妙だ。

「いったいどういう事件なの？　ヤク中の乱射？」

「じつはテキサス人だよ。あのばか《ペンデホ》どもは、業者《コヨーテ》大量殺人事件で不満をくすぶらせてるんだ。反撃の相談が暗黒地帯のあちこちでおこなわれてる。テキサス民兵組織とか、相互防衛団とか、そんなのをつくりたいらしい。発砲事件は今晩これで四件目だぜ。今日は〝死体見たい〟のタグが祭だろうな。一週間続くかも。テキサス人は本気で反撃する気だ」

「でも、なにを標的に？」

「知らないよ。フリンの話では、発砲のきっかけはクラブの入場待ちの列にテキサス訛りのやつがいたことらしい。それで騒ぎになって、テキサス人が何人も駆けつけた。仲間意識だな。そして気がついたら……バン、バン、バン。死体がころがったってわけ」

「こんなにたくさん」

「ああ。おかしなことに、最初のきっかけをつくったやつは生きてるんだ。じつはテキサス出身じゃないらしい。ジョージア州アトランタだってさ」

　ルーシーは死体の山を見た。誤解の山だ。この町は内部崩壊している。

「きみの用は？」

「え……？」ルーシーは視線を死体から引き剝がした。「ああ、そうだった。ハードディスクの暗号化を解除できる人を探してるのよ」

「スキャンダル写真でもはいってるの？」

　ルーシーは首を振った。

「私用よ。解除してくれるだけでいい」

「私用ね。まあ、できる人間はいるけど」

ティモは手招きしてバーのほうへ歩いていった。ルーシーはついていった。警官たちは二人をすんなり通す。ティモは一人一人と軽口をかわしていく。彼と警察の殺人課は一つのチームのようなものだ。血塗られた現場から現場へ毎日飛びまわっている。悲惨な死体のまわりでいつも顔をあわせる仲間。

ルーシーはレイ・トレスを思い出した。彼がティモの写真の一枚になるまえの話だ。

「中国人のほうに見覚えはないかい？」ティモが訊いた。

ルーシーは振り返って死体を見た。

「いいえ。なぜ？」

「なんとなくね。警官の数が妙に多いんだ。広報的な理由にしても多すぎる」目撃者への聞き取りをしている私服の殺人課刑事二人を、顔でしめす。「刑事がこんなに早く現場に出張ってくることは普通はない。だから、政治がらみかもと思ったのさ」

「もしそうだったら？」

「写真が高く売れる。新華社は最初の値段より高く買うはずだ。こっちにいい売り文句があればね」

「調べておくわ」

「ありがとう」

ティモはルーシーからラップトップを受け取った。

バーテンダーがやってきたが、ティモは手を振って追い払った。バーテンはむっとしつつ、黙って去った。ティモは撮影した写真をカメラに表示し、うなずきながら確認している。

頭上にテレビモニターが二つ吊られていて、最新ニュースを流していた。コロラド川上流のダムは完全に決壊した。その下流の二つのダムも同様だ。

ティモはルーシーの視線に気づいて言った。

「ああ、ひどいことになってるね」

ルーシーは見いったままうなずいた。身辺にさまざまなことが起きたせいで忘れていたが、世界は着実に崩壊へむかっている。下流の町のデルタはすっかり押し流されていた。渓谷を抜けた奔流は暴れ、堤防の外にあふれている。それによる破壊の空撮映像が続く。

ティモがコンピュータをいじりながら言った。

「これはカリフォルニアのだな。州政府支給品だ」つぶやくと、懸念の表情で目を上げた。「持ち主は警察関係者？」

「いいえ」

「ならいいんだけどね。ないのは警察用のキーだから」

「だからあなたに頼むのよ」

ティモは渋面になった。

「解除できないよ。暗号リンクを経由するようになってる。会社のカード、あるいは携帯かもしれない。宝飾品とか、そんな形をしている可能性もある。情報をそこに通すんだ。暗号データが一方からはいり、もう一方から出てくる。そのキーがあれば動く。なければだめだ」

「迂回できない？」

ティモは肩をすくめた。またテレビを見はじめる。

「なんだか、なにもかも壊れはじめてる気がしないか」ティモが言った。ルーシーはつい苦笑したが、本人は表情を変えない。「まじめな話さ」

決壊したダムの映像を顔でしめす。両岸に縞模様を残して空《から》になった貯水池。谷底に泥の水たまりがいくつか残るだけで、かつてたくわえられていた青い水はあとかたもない。

画面はヘリからの空撮に切り換わり、つぶれてねじ曲がった黄色い大型ダンプカーを映しはじめた。ダムの決壊地点から八十キロほど下流で、河岸に打ち上げられている。巨大な水流に流され、ぶつかり、つぶされている。圧縮されたくず鉄になっている。

「次はグレンキャニオン・ダムがやられるぜ」ティモ

が言った。

「それはないわ。パウエル湖はすでにカリフォルニアの支配下にある。自由に放水できる」

「それでももうダムの下流の土地はだれも買いたがらないだろうな」

「それをいうなら海岸ぞいもね」

「まったくだ」

ティモはまたラップトップをいじりはじめた。

「あのさ、知りあいで偽のキーをつくれるかもしれないのがいる。ただし時間はかかる。しばらく預かっていいか？」

ルーシーはためらった。ティモは目をぐるりとまわした。

「なに、スクープを抜かれるかもって心配してる？」

ラップトップが自分の手もとからなくなることの不安を打ち消そうとした。

「貴重なものなのよ」

「まあ信じてよ。持っていく先は、おれたちみたいなマイクロブロガーの安全を守ってくれてる女性なんだ。おかげで麻薬マフィアに暗殺されずにすんでる。優秀な女性で、味方だ」

ルーシーはいやな予感を押し殺して、むりやり微笑んだ。

「感謝するわ」

「いいんだ。それから、例の中国人のことも調べといてくれよ。もし大物なら、映りのいい死体写真を三倍の値段で新華社に売れるんだ」

ティモはラップトップとカメラをつかんで、ドアへむかった。

ルーシーは手もとから去っていくコンピュータを見送った。

31

ルーシーがティモに会いに出かけてすぐ、アンヘルもキャサリン・ケースと連絡をとるために隠れ家から出た。

日没後なので都市の暑熱はやわらぎ、気温は摂氏四十度前後まで下がっている。

ポンプのまわりには夜市が立っていた。蛍のように光る太陽電池ランプの下で、男女の売り子がブリート、ププサ、ソフトタコスをグロ新聞の切れ端に包んで売っている。

アンヘルはこういう災害がらみの難民キャンプを見慣れていて、生活リズムにはなじんでいる。板張りのバラックや、四重に防犯チェーンを巻いたマウンテンバイクや、すりきれたゴアテックス布を玄関や窓に張って埃よけにする風景には、安心感さえ持っていいはずだ。

なのに、おかしい。拠点となる部屋があり、尾行もなさそうなのに、ぴりぴりする警戒感が消えない。この場所に緊張を感じる。乾いた空気が嵐の前触れで帯電しているかのようだ。

赤十字の救援ポンプをかこむコンクリート製の保護壁によりかかって、夜の給水の列に並ぶ人々を見た。汚れたTシャツ、短く切ったズボン。疲れて丸めた背中。現金やカードを機械にいれると、ポンプがチャイム音を鳴らし、容器に水がはいる。人々はそれを宝物のようにかかえて、ネズミの穴ぐらのようなバラックに帰っていく。

すこし先で老人が毛布を広げ、使い捨て携帯電話や、クリア袋や、中国語タブレットや、最新のリオ・デ・サングレ紙や、煙草や、ハシッシの粒を売っていた。

アンヘルはそこで使い捨て携帯を買った。

少々手間どったが、やがてケースの専用番号につながった。

「どこでなにをしてたの？」問いが飛んできた。

「こちらは少々忙しかったんです」

この場所で総毛立つような感じがするのはなぜなのか。人ごみに見知った顔などない。タコスの売り子の背後にカリフォルニア人が見え隠れしているわけでもない。なのになぜかこの場所では肌がざわつく。第六感か。フリオと撃ちあったときのアドレナリンがまだ残っているのか。

「いまどこにいるの？」ケースが訊いた。

大きな広場のむこうに、ダラス・カウボーイズのジャージを着た黒人がいて、それを不審な数人が尾けている。安い金で動く下っ端のギャングだ。テキサス人であることを隠さない生意気なやつに因縁をつけようとしている。

アンヘルは騒ぎが起きるのを予想して、高く積み上がったバラックのあいだの路地に退がった。しかしそうはならず、カウボーイズの男のまわりに男女のテキサス人難民がいっせいに集まった。シャツをまくり上げ、忍ばせた拳銃をギャング《チヨロビ》に見せる。

「いまいる場所は、一触即発の火薬庫ですよ」アンヘルは答えた。

ギャングもシャツを上げ、自分の拳銃を見せた。アンヘルは路地の奥へさらに退がった。

「どういうこと？」

「それはいいです」緊迫した状況を片目で見ながら、残りの注意力でケースと話す。「厄介なことになってます」

「なぜ電話に出ないの？」

「携帯は捨てました」

「どうして？　車も失ってるわね。死んだのかと思ったわ」

意外にもギャングたちは対決から下りた。にらみを効かせながらも、人数の差を計算している。想定以上のテキサス人にかこまれたのだ。カウボーイズのジャージはもしかすると彼らを釣る餌だったのかもしれない。

「車も捨てました」アンヘルは答えた。

「なぜ」

「一日に予想外のことがいくつも起きて、まずいと感じたからです」

「説明して」

しかしケースのその声はノイズで割れていた。バラックのあいだは電波状態が悪いのだろうか。ケースがなにか言ったが、ノイズで聞きとれなかった。アンヘルは携帯を耳に押しあてた。

「もう一度言ってください」

広場の対立はおさまった。しかしギャングがこのまま黙っているはずはない。アンヘルは警戒しながら体を路地の外に出した。

携帯にケースの声がノイズまじりにもどってきた。

「なぜ車と携帯を捨てたのかと訊いてるのよ」

苛立った口調だ。背景に音楽が聞こえるようだ。弦楽四重奏らしい。キャサリン・ケースの清潔なサイプレスに流れる典雅な調べ。一方のアンヘルは銃撃戦がはじまるまえの緊迫感のなかにいる。

「申しわけありませんが、長く話しては——」

「ちょっと待って」

携帯のむこうでケースがだれかと話す声を、アンヘルは苛立ちをこらえて聞いた。さっきのギャングはどこへ去ったのか。携帯からはくぐもった話し声と笑い声が漏れてくる。やがて背景音が消えて、ケースの声がもどってきた。今度ははっきり聞こえる。

「ダムのことはどこまで知ってたの?」

アンヘルは脈絡がすぐにはつかめなかった。

「ダムというのは、コロラド川上流のあれですか?」

「そうよ。いまは三カ所。ブルーメサ、モローポイント、クリスタル。すべて決壊した。その分の水はパウエル湖とグレンキャニオン・ダムにむかっている」

「パウエル湖は貯水量が低いので、問題ないでしょう」

「たぶんね。満水にはならないと思う。それでもグレンキャニオンは万一にそなえて放水している。こちらにはありがたい話よ。ミード湖は数年ぶりに貯水量が増えるはず」また背景でなにか聞こえた。「待って」

「いまどこにいるんですか？」

「ちょっと待ちなさい――」

こもった会話音が続く。アンヘルは切ってしまいたい衝動をこらえた。広い場所で長く姿をさらしたくない。しかしこの接続が切れても困る。カウボーイズの男はふたたび立っていた。闘牛士が振る赤い布とおなじだ。

彼らは人々を選り分けているのだ。だれがどこの陣営に属するのかを判別している。

ようやくケースが電話にもどってきた。

「いまサイプレス5の起工式のパーティをやっているのよ。入居契約は完売。まだ基礎工事もはじめていないのに。わたしは南ネバダ水資源公社《SNWA》の代表として来ている。この建設計画を全面支援していることのアピールのため。百年干魃保証というわけよ」

「楽しそうですね」

ケースの声が鋭くなった。

「ええ、楽しいはずだったわ。ブルーメサ・ダムにカリフォルニアがなにをするつもりか事前に知っていたと、投資家たちに笑顔で説明できればね。でも、なにも把握できていなかった」

「次の標的はネバダでしょうか？ ミード湖が？」

「こちらの分析ではそうはならないわ。やればドミノ倒しのように下流のダムをすべて破壊してしまう。それに北部カリフォルニアは、ロサンジェルスとサンディエゴの水戦争に巻きこまれるつもりはないはず。だからまだ安全よ」

「それはブラクストンの分析ですか？」

「やめなさい、アンヘル。彼の身辺は洗ったわ。ブラクストンはシロよ」

「巧妙なのかも」

「わたしの呼び出し電話に出なかったのはだれかしらね。ブラクストンは動きが見えるわ」

「いつからおれを疑っているんですか？」

「あちこちの石の下に蛇が隠れているのをみつけてからよ。エリスはカリフォルニアの動向を監視する役だったのに、事前情報をなにもよこさなかった。おかげでわたしは、最上階の部屋を買うばかな客と同程度の情報しか持たないまま、こうして投資家歓迎イベントに出るはめになっている。だれが信頼できるのか、わかったら教えてほしいものね」

「なるほど。エリスはやはりカリフォルニアに寝返ったんでしょうか」

「いま頃サンディエゴのビーチでのんびりよ。ピニャコラーダを飲みながら」

「あるいは死んでるか……」

「そう考える根拠が？」

「フリオが寝返りました」

沈黙。

「確信があるの？」

「もちろん。眉間に銃をむけられましたから」

「なぜ？」

「おれを撃とうとした理由ですか？」

「なぜ寝返ったの？」

「金でしょうね。自分の部下が入手しかけていた水利権を横取りしようとした。一儲けするつもりだったのでしょう」そこでためらって、「こちらの情報をカリフォルニアに売っている可能性があります。値段しだいでなんでも売るつもりだったはずだ」

「失敗したわ。もっと早くフェニックスから引き揚げさせるべきだった。その町は腐ってる」

「ええ。そうしていればまだ生きてたでしょう」

「なに、死んだの？」

「完全に」

「反撃したの？」

「そして命中させましたよ」

「尋問したかったわ。彼から情報が漏れているとしたら……」

ケースの明敏な頭のなかで歯車が回転する音が聞こえるようだった。新たなデータを取りこみ、新たな計画をつくっていく。適応し、修正する。アンヘルはそこから出される新たな指示を待った。

ところが指示のかわりにため息が聞こえ、ケースは疲れた暗い声で話しだした。

「相手を出し抜いたと思うと、かならずこういうつまずきがあるのよね。四千室のサイプレス増築計画に公社としてゴーサインを出したばかりなのに、完工時に川が涸れているかもしれないなんて」

「どうしたんですか」

ケースの頼りない声を聞くと不安になる。あのコロラド川の女王が、レッド川を盗まれたと愚痴る北部テキサスの水道局長のように打ちひしがれている。収監中のギャングを労働釈放にし、銃をあたえ、それらに疑問をいっさい持たなかった彼女が、いまは不安にさいなまれている。それどころか弱々しい。

「フリオが寝返った先もカリフォルニアのはずね」ケースは言った。

「いや、ちがうと思います」アンヘルは、高級アパートメントで殺されていたアイビス社の重役を思い出し、さらに死体安置所で、次に太阳《タイヤン》で遭遇したスーツのカリフォルニア人たちを思い出した。「こちらの感触では、カリフォルニア人も暗中模索してます。フリオが連れていた相棒は一人だけ。アリゾナ人の安っぽいギ《チ》ヤング《ヨロビ》だった。強力な後ろ盾があったようには見えない」

「一人で動いてたというの？」

「この水利権を嗅ぎつけると、だれもかれも一人で動き出すみたいで」

「いったいなんなの、それは？」

「それを売ろうとしていた男は、上位のインディアン水利権だと説明していました。フェニックスが所有しているけれども、使えないのだと」

「持っているのに使えない権利ですって？」ケースは笑いかけた。「それがなんの役に立つの？」

「公務員の給料がいかに安いかという話ですよ。ジェームズ・サンダーソンという水道局の法務部職員がこれを探り出したんです。彼はカリフォルニアへ高値で売ろうとした。しかし欲をかいて、われわれネバダにも話を持ちかけた。そこにフリオがからみ、サンダーソンは殺された。奇妙なことに、カリフォルニアの代理人としてその権利を買ったアイビスの重役も、おなじように単独行動をはじめた。この権利を手にいれた人間はみんな一匹狼に変わる」

「その水利権はどのくらい上位なの？」

「聞いた話が真実なら、究極の上位です。コロラド川本流の分け前を主張できる。カリフォルニアよりさらに上位かもしれない」

　ケースは今度こそ笑いだした。

「そんな与太話を信じてるの？」

「だんだん信じざるをえない気分になってきましたね。これを手にいれた人間はまるで聖杯を発見したように行動しはじめる。そしてすぐに高値で転売しようとする」

「フリオにわたしがどれだけよくしてやったか」

「地獄から引き上げましたね。おれたち全員そうだ」

「だれでもリスクヘッジする。そういう話ね。沈む船のネズミが救命ボートに乗り移っている」

「誘惑は大きいでしょう。水利権の価値はきっと何百万ドルにもなる」

ケースは笑った。

「あなたの説明がもし本当なら、何十億ドルよ」

アンヘルは言葉を失った。

たしかに、一つの都市の生死を決めるもの、いや州全体の生存にかかわるものだ。それだけの水を確保するためにどれだけの金が動くだろう。瀕死のフェニックスが再生するためなら、いくら払うだろう。他の都市がフェニックスの惨状を避けるためなら、いくら払う気になるだろう。

「いまその水利権はどこにあるの？」

「記録はおそらくコンピュータのなかに暗号化されてはいっていて、いま手もとにあります。フリオは早く暗号を解除して内容を見ようとあせっていた」

「生かして拘束してくれればよかったのに。そうすればこちらの失ったものの大きさがわかったわ」

「引き返して本人に握手してもかまいませんよ。生き返らないと思いますが」

「冗談を言うセンスはあるようね」

「大丈夫です。コンピュータはおれたちの手もとにある。暗号化を解除できる人間も――」

「〝おれたち〟？」

アンヘルはぐっと詰まった。

「いまはあるジャーナリストがからんでるんです」

ケースはあきれたように鼻を鳴らした。

「それはそれは、すてきな話ね」

「説明すると長くなるんですが、彼女は今回の件全体にかかわってるんです。問題の水利権を最初に発見したフェニックス水道局の男をもともと取材していた。いまから切り捨てるのは無理です」

「本当に無理かしら」

アンヘルは黙った。

「その女に気があるの？」

「利用価値があるだけです」

「まあいいわ。暗号をクラックできる人間を用意する。かけなおすから、そちらの番号を――」

　アンヘルはさえぎった。

「いや、もとの仲間と接触するつもりはありません。フリオがだれに売ろうとしていたのかわからない。こちらで仕事のかかわりがあった人間はカリフォルニアやフェニックスの監視対象になっている可能性がある。おれがいまいっしょに行動しているジャーナリストは、コンピュータをいじれる友人がいると言ってます。そいつが中立的であれば、そのほうが撃たれる心配をせずにすむ」

「三文記者なんか」ケースは軽蔑的に言った。

「彼女はちが……」アンヘルは言いかけて、やめた。ルーシーに対する複雑な気持ちを言葉にしたくなかった。「いわゆる、気をつけるべき相手です。頭がいい」

　ケースは皮肉っぽく答えた。

「よくわかってるわ。理屈の上では」

　ケースの背景から大きな拍手が聞こえ、会話がさえぎられた。

「行かなくてはいけない。カメラのまえでスピーチするのよ」やや間をおいて、「その水利権を入手しなさい」

「だから、努力しています」

「そのジャーナリストと二人でね。名前はなんというの？」

「ルーシー・モンロー。検索してみてください。ピュリッツァー賞受賞者です」

「あら、すてきね」懐疑的な調子だ。

「おれは信用してます」

　ケースはまた嘲笑的に鼻を鳴らした。

「そのコンピュータに本当に目的のデータがはいってるんでしょうね」

「確認したら連絡します」

「待ってるわ」

背景音が大きくなった。拍手がわっと盛り上がったところで、イベントに踏み出したケースによって電話は切られた。

アンヘルは携帯を地面に落とし、踏みつけてプラスチックのケースを割った。拾ってチップを探し出し、踵で念入りにつぶす。バッテリーも抜く。破片を残らず集めると、合板の壁にはさまれた狭い路地から出て、広い大通りへ行った。

移動便所車が止まっているのをみつけて、十セント払ってはいる。まず自分の排泄物をメタン発酵槽に落としてから、携帯の残骸もそこに放りこんだ。

外に出て、車両が発進するのを見守る。追跡の危険がある部品をのせて、有料移動便所のもの悲しいメロディを流しながら、夕闇迫る大通りを遠ざかっていく。角を曲がって見えなくなったところで、ようやくアンヘルは安全な気分になった。

フリオはフェニックスに十年駐在して、テーブルのディーラー席からカードを配っていた。この儲け話のために変節したのがせいぜい二週間前だとしても、アンヘルはそんなシマに命を預ける気にはなれなかった。

バラックのほうへもどりながら、関連する状況を考えた。失敗した作戦、不運な事故、不正確な情報をすべて洗って、本当に自分たちの失敗だったのか、それともフリオの裏切りが原因だったのか検証すべきだ。ケースがフェニックスに築いたネットワークは死に体だ。いちからつくり直すしかない。

アンヘルは煙草屋のまえで足を止めた。意外に設備が整っていて、太陽光パネルとバッテリーで動く小さな冷蔵ガラスケースもある。コカ・コーラとネグラモデロが冷えている。煙草屋の隣では、農機メーカーのロゴキャップをかぶった老人がタブレットでニュースを見ている。老人のテーブルにはリオ・デ・サングレ紙が積まれ、サンタ・ムエルテの小さな祭壇がある。

　グロ新聞の一面は、ルーシーの友人のティモが撮ったものだ。フェニックスのすぐ南にあるコミュニティのゲートに磔にされたテキサス人。死体のまわりにはサンタ・ムエルテへの供物らしい小さな酒瓶や黒い薔薇がそなえられている。コミュニティの壁のなかに侵入を試みる者への警告だ。

　煙草屋がアンヘルの視線に気づいた。

「狩りの季節さ」

「おれもテキサス人だと思われるかな」アンヘルは言った。

　グロ新聞の売り子の老人が声をたてて笑った。

「そこまで薄汚れた身なりじゃないな」

　アンヘルは新しい携帯電話を買った。そして老人のタブレットで流れるブルーメサ・ダムの決壊のようすを見るともなしに眺めた。岩を積み上げた堰堤がスローモーションで崩れていく。茶色の濁流が噴き出し、瓦礫を巻きこみながら渓谷を駆け下る。場面は切り替わり、川ぞいの町が洪水に呑まれていく。水の勢いは止まらない。奔流の先頭は大きすぎてスケール感がわからないほどだ。

　老人はドルと人民元の硬貨をまぜて釣り銭をくれた。アンヘルはその一枚を、サンタ・ムエルテの祭壇への賽銭にした。小さな灯明がまたたき、色づけされた頭蓋骨と、供物の煙草や酒瓶を照らしている。そのなかにネズミの死体もあった。こういうのは初めてだ。骸骨のレディにネズミの供物とは。

　ネズミの死体がのせられた皿に元貨を一枚献じて、幸運のめぐりを願った。

　しかし、あてにはしなかった。

32

　ルーシーが梯子を昇ってバラックにもどると、ドアは鍵がかかっておらず、室内は暗かった。

「いるの?」

　ドアを大きく開けてアンヘルの姿を探した。なかはほとんど真っ暗だ。広場のむこうの赤十字テントの光がカーテンごしに漏れているが、充分ではない。目を見開いて、暗さに順応しようとした。なかにだれかいる、待ち伏せているという気がした。ルーシーをつかまえ、フリオがやりかけたことの仕上げをしようとしている。

　急いで退がった。すると背後で咳払いの声が聞こえ、ぎょっとして振り返る。あやうく梯子から落ちそうになった。

　アンヘルが頭上にいた。梯子の二階くらい上で、影のなかにひそんでこちらを見ている。

「驚いた、やめてよ!」

「しっ」

　アンヘルは言いながら、おなじ高さまで下りてきた。ルーシーは隣に来た彼の腕を叩いた。

「どうしてこんなことするの?」

　アンヘルは気にするようすもない。小さなハンドライトで室内の暗闇をさっと調べ、それからテーブルの上の小さなLED灯をつけた。鋭い光が揺れながら室内を照らす。ルーシーはまばゆさに目を細めた。

「なにしてるの?」

「警戒してるだけだ」

「なにを?」

「この場所の雰囲気が気にいらない」窓から外を見る。

「ずいぶん神経質な性格なのね」

「そういうわけじゃない。なにか……」肩をすくめる。

「山火事が起きる直前のような気配がある」

「ちょうど人々が緊迫しているときだとシャーリーンが言ってたわ」

「感じるよ」

　たしかにそういう態度だ。窓からドアへ歩き、狭い路地を見下ろし、また窓へもどってポンプのほうを見る。最後にまわってもどってきたときに、窓の脇でしゃがんでビールを二本持ってきて、ルーシーを驚かせた。一本の蓋をもう一本の蓋でこじって開け、それを差し出す。

「怖がらせてすまなかった」

　そっけない言い方だが、本当にすまなく思っているのが、なぜかルーシーにはわかった。

　アンヘルはテーブルの席に腰かけて、顔をしかめた。ルーシーは自分の傷と痛みのように感じた。体がミンチにされるようだ。

「なんだか邪眼ににらまれてるみたいなんだ。ひさしぶりに感じる。もうすぐ悪いことが起きるっていう」

「前回感じたのはいつ？」

　アンヘルは不愉快そうに眉をひそめた。

「昔だ。とても昔」

「ケースに雇われてからあと？」

「もっとまえだ。メキシコにいた頃。麻薬マフィアに家族が襲われたときだ」肩をすくめる。「親父は警官だった。そのせいでじゃま者とみなされたらしい。親父はとくになにもしてないし、だれかを怒らせたつもりもないと言ってた。もしかしたら人ちがいなのかもしれない。ちがうやつを殺すつもりだったのかも」

　ビールに口をつける。

「とにかく、やつらは待ち伏せて、外から玄関へ歩いてくるお袋と姉たちを殺した。ただ撃ち倒した。おれは室内にいた。お袋たちが撃たれるのを見て、逃げた。裏口から逃げて、塀を乗り越えた。そのときガラスで怪我したんだ。そのまま土の上で伏せていた。塀ごしに銃声が聞こえた。用心しながらもどると、親父がいて、泣いていた。親父はおれを見ると、すごい力でつかんで言った。北《エル・ノルテ》へ行くぞって」

「いつの話？」

「おれは十歳だったと思う。当時は国境がそれなりの意味を持っていた。密入国者はリオグランデ川を渡ったり、砂漠を歩いたりしていた。親父はそれを取り締まる側だったが……」言いよどむ。「憶えてるのは、高速道路を飛ばしていったことだ。しかしスピードバンプのせいで減速させられた。メキシコに行ったことがあるか？ 強制的に減速させるための凹凸が高速道路にあって、国境の小さな町を勢いで突破されないようになってるんだ。親父はずっと悪態をついてた。畜《チン》生《ガド》とか、くそ《ミエルダ》とか。普段は悪態なんかつかないのに、ずっとそうだった。それが一番怖かった。怒って悪態をついてるわけじゃないんだ。パンツに小便を漏らしてた。怖がって……」

　また言いよどんだ。

　ルーシーはビールに口をつけずに放置していることに気づいた。手で温まってしまっている。飲みたいが、話の腰を折りたくなかった。アンヘルがこんなに長くしゃべるのは初めてだ。じっとして待ちたかった。話の続きを待ちたい。

　アンヘルはふたたび話しだした。

「国境を通るときにおれはトランクにいれられた。国境警備隊には訓練の一環と説明して、パトカーでそのまま通った。だれかに金を握らせたのか、どうやったのかはわからない。北へ逃げるなら遠くまで逃げろというのが鉄則だ。親父は逃げるべきときがわかるくらいに利口だったが、どこまで追ってくるかという確信はなかった。カルテルの連中は抜けめがない。生き延びたやつらの集まりだからな」

「お父さんは麻薬取り引きに手を出していなかった

の？　無関係の人間にそこまでやるかしら」

「親父はやってないと言ってた。嘘かほんとかは……」アンヘルは肩をすくめ、また顔をしかめた。肩をさする。「しょせん十歳のガキに聞かせる話だからな」笑ってビールをあおる。「例のカリフォルニア人のやつだが、女がいた」

ルーシーは話題の切り替えについていけなかった。

「あのアイビスの重役のこと？　ラタン？」

「そうだ。マイク・ラタンはお楽しみのさいちゅうだったらしい」

「女は撃ったとフリオから聞いたけど」

アンヘルは首を振った。

「ちがう。あいつが見た女は一人だけで、他にもう一人いたんだ。ベッドの下に隠れていた。おかげできみをみつけだせた。十代の少女で、生活のために体を売っていた。そうしたらこんな事件に巻きこまれたわけだ」顔をしかめて、「もうすこし金をやればよかったな」肩に手をやって、顔をしかめる。「まったくひどい騒ぎになったもんだ」

「痛い？」

「フリオにくらべればましさ」

ルーシーは皮肉っぽい笑いを漏らした。アンヘルが銃をかまえてドアから突入してきたときのことを思い出した。あのとき感じたのは……なんだろう。安堵か。

この奇妙な傷痕の男が自分のために来てくれたという驚き。そして拷問を止めに来てくれたという安堵。

ルーシーは立ち上がって男に近寄った。

「見せて」

アンヘルははじめ抵抗したが、やがておとなしくシャツを脱がされた。当て布を剝がすと、だいぶ汚れている。ルーシーは室内を見まわして、過去の入居者がおいていったらしい空き瓶に目をとめた。

「水が必要ね。すぐもどるわ」

瓶を持ってポンプへ行き、列に並んだ。人々とおなじように順番を待つ。カードを使うつもりだったが、考えなおしてポケットの現金を探した。匿名の手段がいい。紙幣はもうないが、元貨が何枚か出てきた。瓶一本分の水を買うには充分だ。と思ったら、見当をまちがえてあふれさせ、残りをうしろの人に譲るはめになった。

部屋に帰ってみると、意外にもアンヘルはもとの場所でじっと待っていた。

「今度は待ち伏せして驚かせないの?」

「窓からきみを見てたんだ」

なるほど。

「この水を大事に使わないと。もう現金がないわ」

「賢明な用心だ」アンヘルは満足げに言った。

「フェニックス住まいはだてに長くないのよ」

といいつつ、ポンプのところで水を無駄に出してしまったが。

その事実を隠しているのはなぜだろう。しっかり者と思ってもらいたいからだろうか。

瓶の水をシャツの端に少したらして、傷口をぬぐった。LED灯の光では影がきつくてよくわからない。彼の手からハンドライトを借りて、傷のようすを調べた。

「破片は全部取れてるみたい。たぶんこれで――」

言葉が途切れる。アンヘルの黒い瞳がこちらを見上げている。ルーシーは息を呑んだ。目をそらせない。

なに。

アンヘルの手がタンクトップをつかみ、引っぱるのを感じた。引き寄せられる。

「なに」声に出した。

なになに。

「なによ」

引かれるままに傾く。アンヘルの腕が脇にそって上がり、さらに引き寄せられる。力強い。力とその目の欲望におびえつつ、安全も感じた。引き寄せられ、とうとうアンヘルの膝の上にすわった。相手の傷口に響かないようにそっと腰を下ろした。

両手で彼の顔をはさみ、その欲望をのぞきこむ。そしてキスした。アンヘルの傷痕に、頬に、唇にキスする。そのあいだも黒い瞳を見つめたままだ。アンヘルから引き寄せられた。とても強い力だ。逃れたいと思っても逃れられそうにないが、そのつもりはなかった。

知らない男なのに。

それでもその手で全身をさわられたくてたまらない。

ふいに抱き上げられた。やはり力強い。

「痛くない？」ルーシーはキスしながら訊いた。

アンヘルは笑っただけだ。ルーシーは相手をむさぼりつづけた。いっしょにマットレスに倒れこみ、キスし、ふれあった。

その手が胸を包み、乳首にふれていく。タンクトップがじゃまらしく、引っぱり上げた。そうよ。ルーシーは自分で脱いだ。とたんに無防備に感じる。フリオにやられた打撲や、鞭によるみみず腫れや切り傷があらわになる。しかし気にしない。アンヘルに見られてもいい。むしろ誇らしい。

見て。わたしが耐えたものを。生き延びたことを。

二人とも傷だらけ。おなじだ。

アンヘルは自分のシャツを脱ぐのに苦労していた。

「やらせて」ルーシーは思わずささやいていた。

シャツを脱がせる。彼の両手がルーシーの腰に下りて、ジーンズを引っぱる。腰から引き下ろす。ルーシーは彼のベルトのバックルをはずそうと四苦八苦した。尻をつかまれ、引き寄せられる。そしてキスした。何度も、何度も。なめあい、噛む。

ベルトがようやくはずれ、ベルトループからするりと抜き取る。銃が床に落ちる音がした。どこに隠していたのかとぼんやり思ったが、どうでもいい。ジッパーを引き下ろし。なかに手をいれる。勃起したものにさわりたい。

ほしい。怖いのに、欲望が止まらない。濡れていた。愛撫もなにもされていないのに濡れている。彼のジーンズが脱げた。ルーシーのも。そして下着も。

裸で抱きあった。

両手を彼の体に這わせる。胸に、引き締まった筋肉に、傷痕に、ギャング時代の刺青に。ふたたび股間に手を伸ばし、勃起したものをつかみ、硬さを楽しむ。彼の両手もルーシーの体を這い、押さえつける。キスし、なめる。ルーシーの傷だらけの胸を、首のくぼみを、顎の線を。

ルーシーは体を反らせ、体を押しつけた。肌で相手を感じたい。汗がまじりあう。ペニスが股間に押しつけられる。

アンヘルの拳銃が床にあった。投げ出したルーシーの手のすぐ先にある。あおむけになったところから、ささくれた合板の床にころがっているのが見える。この銃でアンヘルは友人を撃った。ルーシーの胸に無数の傷をつけた男を。その傷をいまアンヘルの唇が吸っている。本当は痛いが、それがよかった。生きている証拠だ。切り傷や打撲は生き延びた場所の地図。そこにいま彼の唇と、歯と、舌が這っている。

ルーシーは彼の頭をつかみ、傷だらけの胸に強く押しあてた。そして痛みに歓喜した。ルーシーはずっと死を追ってきた。避けているふりをしていただけだ。どれだけ否定しても、その渦に落ちたがっていたのはたしかだ。そこへいま完全に落ちた。恐怖しながら、いちばん生きている。

ウォーターナイフの筋肉と傷痕だらけの背中に両手を這わせる。その舌は下腹へ下りていった。ルーシーはうめく。

いい……。

舌はさらに退がり、股を割り、キスし、なめる。

そこ……。

ルーシーは強く反り、両腿で彼の頭をはさんだ。彼はそれに応じて、クリトリスを舌で刺激した。思わずあえぎと叫びが漏れた。薄い壁のむこうの難民たちに聞こえてもかまわない。濡れている。濡れそぼっている。舌が気持ちいい。

彼は顔を上げ、上へ移動した。笑っている。ルーシーはそれを引き寄せ、キスした。唇を這わせたい。傷痕のある浅黒い顔を、無精髭のある頰を自分のものにしたい。

彼の腰がルーシーの腿に強く押しつけられる。支配したがっているようすに歓喜が湧く。組み伏せられる。ルーシーは脚を開き、彼の尻をつかみ、体を反らせてうながす。押しつけ、はいってくる。息をのむ。そう、そこ。根もとまではいる。

床にころがったアンヘルの拳銃がふたたび目にはいった。セックスしながらじっと見てしまう。催眠術にかかったように見いり、貫かれる歓喜に溺れる。死の道具をかたわらに見ながら、生をはげしく感じる。

やっと自分の生きる意味がわかった気がした。これを求めていたのだ。引き裂かれたぎざぎざの末端で生きたい。生と死のあいだで。いままでずっとそうだった。アナにはわからないだろう。家族にはわからない。しかしいまこうしてセックスしながら、自分がこの荒廃した都市を故郷と呼ぶ理由がわかった。

テキサスの売春婦たちが客を呼ぶ口笛が聞こえる。赤十字ポンプが難民たちの水容器を満たすチャイム音が聞こえる。粗末なバラックから子どもの泣き声が聞こえる。死体の賭博《ロテリア》で大当たりを狙い、携帯で結果を聞く男たちの歓声が聞こえる。生がある。世界のあらゆる恐怖を集めたようなこの場所で、生き延びようとあらがい、うねり、試みている。

ルーシーもこのぎざぎざの末端で生きている。

天使という名の男にしがみつく。自分に死をもたらすはずの男を深くくわえこむ。あえぎ、自分を満たそうとする。腰を動かし、深く受けいれる。圧倒されたい。しかしまだたりない。彼の両手をとり、自分の喉にあてがってささやいた。

「絞めて」

その指が首を圧迫する。

「そう」気道を絞られながらささやく。「そうやって」

指に力がこもるにつれて、声が苦しくなる。

ルーシーはこの場所にとどまった。

死にゆく都市を見るためにフェニックスに来たが、いまは生きるためにとどまっている。苦悩するこの場所から意味あるものを探し出したい。一つの都市が崩壊するとどうなるのか。なにを意味するのか。

なにもない。

なにも意味しない。

生きたがっている自分がわかるだけ。

暗黒地帯で、崩壊という名の回転鋸に切り裂かれようとしている人々のあいだで、セックスしている。ウォーターナイフにのしかかられ、傷痕のある強い手で首を絞められている。その手に自分の手を添え、けしかけ、うながした。さらに力がこもる。

そうよ。

何人も殺しているはずの手が、いまルーシーの首を絞めている。組み伏せ、貫いている。彼女の欲望を知っているように。

「もっと絞めて」

もっと強く。

強力な指が呼吸を奪う。絞められて心臓が高鳴る。彼は死神だ。死神が奪うように彼女を奪う。ふたたび突かれ、背中を反らす。欲望に圧倒される。

どうせ……と思う。死に包囲されているのだ。逃げ道はない……。

「もっと絞めて」

これが求めていたものだ。消されること。抹殺されること。それを強く求めている。強く生を感じたい。

あらゆる危険にさらされて生きたい。傷だらけの乳房に、胸に、腹にかかる彼の汗が熱い。突き上げられる。満たされる。使われる。そうしてほしい。本当にそうしてほしい。完全に貫かれる自分を想像した。串刺しにされる。首を両手で絞められて。

「もっと絞めて」

声が嗄れている。指に押しつぶされている。命を、息を握られている。いつ殺されてもおかしくない。風前の灯。死んだも同然。息は止まったも同然。心臓の鼓動だけが聞こえる。彼の手が喉とすべてを握っている。

息を、自分を奪われる。持っていかれる。

これが信頼。これが命。

「もっと絞めて」ルーシーはささやいた。

もっと。

33

マリアの安全と安心は、まる一日しかもたなかった。エステバンとカトーが、黒い大きなピックアップトラックで轟然とトゥーミーの家のまえに乗りつけてきたのだ。

マリアは二人の姿を見て、すぐ屋内にはいってドアをロックした。エステバンはかまわず下りてきて、相棒とともにトラックのテールゲートを開け、荷台に手をいれた。路上に乱暴に落としたのは、トゥーミーだ。

エステバンとカトーは彼を立たせ、歩かせてきた。格子入りの窓からマリアがのぞくと、トゥーミーはこめかみから血を流している。殴られて唇が切れ、片目は腫れてふさがっている。両手はうしろにまわして結束バンドで縛られている。引っ立てられて階段を上がると、コンクリートの玄関先に放り出された。

　エステバンが大声で言った。

「いるんだろう、マリア！　おれに払う金は用意してんのか？」

　マリアは息をのみ、声を出さないようにした。ドアの内側でいないふりをした。

「おい、女！　ドアを開けて金を出せ！」

　静かに。黙っていれば、そのうち去るはずだから。

「いるのはわかってんだぞ！」殴る音と、うめき声。

「こいつがしゃべったんだ。この家にいるってな。ププサ屋がこれ以上痛い思いをしないうちに、さっさと出てこい！」

　静かに。ネズミのようにひっそりと。そうすればそのうち……。

　またエステバンが怒鳴る。

「おれたちの目を節穴だと思ってるのか？　こないだの晩、おまえが体を売りにいったのを知らないと思うか？」

　すると、トゥーミーの声が聞こえた。

「そんな話は出さなくていいじゃないか。ビジネスとして要求だけ言えばいい」

「ビジネスだと？　それがお望みか？」エステバンは笑った。「いいだろう。これがおれたちのビジネスさ」

　また殴る音と、うめき声が聞こえた。もう一発。マリアは玄関先のようすを映すモニター画面をつま先立って見た。

「これが最後だぞ、マリア！」

　エステバンはトゥーミーの膝に銃口を押しつけ、トリガーを引いた。膝が砕け散り、トゥーミーは悲鳴をあげた。

　エステバンは大笑いした。

「うわっ！　こりゃ痛えだろうな！」

カメラのほうにむいて顔を上げる。マリアのモニター画面でにやにやと笑う顔には、トゥーミーの血が点々と散っている。背後のコンクリートの上ではそのトゥーミーが身をよじっている。エステバンは言った。

「こいつがビジネスを希望したんだ。おまえが出てこないなら、反対の膝にもおれたちのビジネスをやってやるぜ。両脚がなくなったら、ププサの屋台をどうやって押すんだろうな」

トゥーミーが叫んだ。

「逃げろ、マリア！　いいから逃げろ。脱出しろ。おれのことは気にするな！」

エステバンはその脳天を殴って黙らせた。またモニターにむかってにやりとする。

「金を払えばそれでいいんだよ。金を払うか、血で払うか、それだけだ。どこに逃げても追ってくぞ」

トゥーミーは血を唾とともに吐いた。

「やめろ、マリア！」

「お友だちの命が惜しかったら出てこい。出てこないなら殺す。それでも取り立てには来るぞ」

マリアはドアごしに叫んだ。

「わかったわ。お金はあるから、これ以上彼を痛めつけないで」

「よーし、それでいいんだ」

「やめろ！」

トゥーミーが叫んだ。しかしマリアはすでに奥へ走っていた。傷痕の男からもらったわずかな札束を隠した場所へもどる。充分ではないが……。マリアは郵便受けから外へ札束を落とした。エステバンはしゃがんで拾い、かぞえた。

「ちょっと少ないんじゃないか」

「それで全部よ！」

「ほほう、そうなのか？」エステバンはトゥーミーの隣にしゃがみ、その口に銃口をねじこんだ。「そいつはへんだな。この町から出る切符を買いたいって、うちの業者《コヨーテ》たちに声をかけてまわってるやつがいるって聞いたぜ。北へ行く代金をププサで払うわけじゃねえとしたら、これっぽっちのはずがねえだろ」

マリアはまたドアごしに叫んだ。

「それで全部よ。彼は自分のお金を使ってるのよ。それはあなたのじゃない！」

「そんなことは関係ないな。わかってるだろ。おまえにはまだ貸しがある。さあ、出てきて払え。そうしたらおまえの友だちの脳みそは吹き飛ばさないでおいてやる」

「やめろ！　出るな！」トゥーミーが叫んだ。

しかしマリアの頭に浮かんだのは、ベッドで死んだサラのことだった。マリアが逃げたからだ。手を放したからサラは死んだ。

涙でかすんだ目でドアのロックをはずした。エステバンはドアが開くのを笑顔で見た。愉快でしかたないようすだ。

「彼を放して。悪いのは彼じゃないわ」

トゥーミーの顔は血まみれだ。呼吸が荒い。銃口で口をふさがれたまま息をしなくてはならず、鼻から血の泡を吹いている。

彼はやめて。お願い、彼はやめて……。

「お金はないわ。だからあたしが行く」

それでもエステバンはトゥーミーを撃つのではないかと恐れた。しかしエステバンはにやりとして、トゥーミーの口から拳銃を抜いた。カトーにトラックに乗れと合図する。

マリアはトゥーミーのかたわらにしゃがんだ。

「やめろ。行くな」トゥーミーは小声で言う。

「だめよ。あたしのためにあなたが殺されちゃだめ」

マリアは涙をためた目をしばたたいた。

「すまない。口の堅いコヨーテを知ってるつもりだったが」

「あなたのせいじゃない」マリアは涙をぬぐった。

「やめるんだ。やめろ……」

トゥーミーがふたたび抵抗の構えをとっているのを見て、マリアはぞっとした。抵抗しても殺されるだけだ。なのにエステバンにつかみかかろうとしている。マリアは飛びついてトゥーミーを抱きしめた。愚行に走らないように強く抱きしめる。

「あなたのせいじゃないのよ」

マリアはささいやて、起き上がった。ブラウスにトゥーミーの血がついたが、気にしない。エステバンに振りむいて言う。

「彼を痛めつけないで。あたしは言うとおりにする。なにをされてもいい。でも彼を痛めつけないで」

「おれはかまわないぜ。〈獣医〉はおまえを連れてこいとだけ言ってる。ププサ屋はどうでもいい」

マリアはトゥーミーに言った。

「心配しないで。〈獣医〉にお金を返したらすぐ帰ってくるから」

「ああ、帰してやるさ。全部返せたらな」

エステバンは薄笑いとともに言って、マリアの腕をつかみ、トラックへ引っぱっていった。

マリアは振り返った。トゥーミーはなんとか体を起こし、すわっていた。脚はかかえたままだ。

「彼を痛めつけないで。約束して」マリアはもう一度エステバンに言った。

「それより自分が痛いめにあうのを心配したほうがいいぜ。〈獣医〉は特別猶予をやったのに、おまえが反故にしたんだ。期日までに払うどころか、逃げようとした」マリアをトラックに押しこみながら笑う。

「〈獣医〉がおまえに予定してることにくらべたら、ププサ屋にやったのは序の口だぜ」

二人の男にはさまれて、自分の運命が決まる場所へ連行されながら、マリアは恐怖をおもてにあらわさないように努力した。しかしトラックが〈獣医〉の本拠地のほうへ曲がり、住宅街を縫って走りはじめると、恐怖がしだいに高まってきた。

トラックを見たハイエナたちは、並んで走ってゲートに殺到した。フェンスのむこうの飼育場は、四、五軒の空き家をそのままかこいこんでいる。その玄関や割れた窓からもハイエナたちが顔をのぞかせている。ゲートにむかってカトーがクラクションを鳴らし、敷地内にトラックがはいっていくようすを、獰猛な目つきで追っている。

敷地では〈獣医〉の部下たちが何人か顔を上げて、帰ってきたエステバンのほうを見た。しかし多くは派手な色の大きなパラソルがつくる日陰にすわったまま、カードやドミノに興じている。

ハイエナたちは〈獣医〉の居住エリアと接するフェンスぞいに集まってきた。金網に鼻を押しつけている。

〈獣医〉が家から出てきた。エステバンはトラックからマリアを引きずり出し、その札束を差し出した。

〈獣医〉はそれを軽く持ち上げ、じっと見てから、マリアに視線を移した。

「おれのために働いてつくった金は、これだけか？」

マリアは声を出せず、うなずいた。

「おまえを助けてやろうとしたんだぞ」

〈獣医〉は返事を待つように黙る。沈黙が長くなる。ハイエナは金網と有刺鉄線のむこうを歩きまわっている。

「あたしは――」マリアは言いかけた。

「おまえは逃げようとした。世話をしてやるというおれを信用しないで」

マリアは黙った。

〈獣医〉の小さな瞳孔がマリアを貫く。

「おまえに川を渡る手段を用意してもいいと思った。わかるか？」マリアの顎をつまんで、「助けてやろうと思った。おまえが気にいったからだ」

眉をひそめて首を傾げる。

「頭のいい若いお嬢さんだ。だからこう思った。〝ああ、この子はいい。この子を再挑戦させてやろう。この子を守ってやろう。稼ぐ機会をやろう。そしてちゃんと働いたら、少しの金を持たせて北へ行かせよう。おれが親切にしてやったことを何度も思い出すだろう〟とな」

「ごめんなさい」

「サンタ・ムエルテにもう一度おまえのことを尋ねてみた」〈獣医〉はテキーラの空き瓶が何本も飾られた祭壇をしめした。「今回は、おまえを救えというお告げはなかった。約束を破る者はお嫌いなんだ」

　フェンスのむこうのハイエナたちがかん高い鳴き声をたて、喉を鳴らした。主人の会話の調子から好機を感じとっているようだ。

「サラが死んだんです。それでパニックを起こして——」マリアは言い訳をしようとした。

「サラはどうでもいい。おまえだ。骸骨のレディはおまえがお気にいりだった。なのにおまえは言いつけを守らなかった」

「今度は働けます。今度はお金を返します」

　しかし〈獣医〉は愉快げな顔をしただけだった。

「金がどうこうという段階はもうすぎた。いまは償いの段階だ。そして償いはただの金より重いぞ」顔を上げ、エステバンとカトーを見た。「連れていけ」

　エステバンとカトーは左右からマリアの腕をつかみ、ハイエナの飼育場のほうへ引っぱりはじめた。マリアは抵抗したが、二人は必死に抵抗する人々を制圧するのに慣れており、マリアは簡単に連れていかれた。

　ハイエナは騒ぎはじめた。一匹、もう一匹とかん高い興奮の鳴き声をあげる。後ろ脚で立ち上がり、近づく彼らにむかってわめく。空き家の日陰から何匹も出てきた。割れた窓からも飛び出し、三人のほうへ駆け寄ってくる。

　エステバンとカトーは砂埃のなかで慣れたようすでマリアを引きずっていく。マリアは地面に足を踏んばって悲鳴をあげた。エステバンとカトーは笑った。マリアを放り投げるようにフェンスに叩きつける。ハイエナが飛びついてくるが、マリアは反動ですぐに離れた。ハイエナたちは金網に鼻先をつっこみ、いまにも破ってきそうだ。

　エステバンとカトーはマリアをかこむように並び、フェンスのほうへ押し返した。しだいに追いつめていく。

「あいつらを好きか、女《ブタ》？　あいつらはおまえを好きみたいだぞ」

　逃げられない。ハイエナはみんなフェンスぞいに集まっている。二十四以上いる。エステバンとカトーは迫ってくる。牙、唾液、まだら模様の毛。沸騰するように上下に動いて騒ぐようすに飢えがうかがえる。ハイエナは金網の網目から鼻先を突っこみ、マリアに食いつこうとする。耳が割れそうなほどうるさい鳴き声。

　エステバンがマリアの手首をつかみ、しっかりと握った。

「味見させてやろう」

　マリアは思わず悲鳴をあげていた。逃げようともがく。しかし指先はすこしずつフェンスとむこうの牙に近づいていく。止められない。逃げられない。

　指先が金網にふれた。指をたたんで握りこむ。しかしエステバンはその手をフェンスに叩きつけ、開かせた。ハイエナたちはすぐそこにいて、食いちぎろうとしている。

　指が彼らの口のなかに消えて、マリアは悲鳴をあげた。

34

ティモからの連絡を待って二日目、ルーシーは不安に耐えきれなくなった。

「ちょっと行ってくる」

　バラックの窓からはまばゆい朝日がさしこんでいる。室内はうだるような暑さだ。この粗末で薄暗くて暑い空間から逃げたくてたまらなかった。しかしアンヘルは反対する。狭い場所で二日間も顔をつきあわせて、気がへんになりそうだった。

「ちょっと行ってくるわ」ルーシーはもう一度、強く言った。

「きみの家は監視されている可能性が高い」アンヘルは指摘した。

「サニーは飼い犬よ。連れてこないと。責任があるわ」

　アンヘルは肩をすくめた。

「その話はすんだはずだ」

　ルーシーはにらみつけた。

「シャーリーンに行ってもらうのではだめ？」

　アンヘルは手もとの安価なタブレットから顔を上げた。

「行かせるなら、この隠れ場所を知らないやつにしろ」

「監視されてるとはかぎらないでしょう」

　アンヘルは黙ってしばらく考えたが、やがて首を振った。

「いや、だれか見てるはずだ」

「どうしてわかるの？」

　暗い目を上げる。

「おれならそうする」

最後は妥協した。シャーリーンが通りの先に住む男に電話して、サニーを連れてきてしばらくあずかってもらうことにした。ルーシーとしては気にいらないが、すくなくともサニーは安全になる。

それでもまだ苛々して歩きまわった。

アンヘルは待つのがすこしも苦にならないようだ。小さな仏陀のように泰然自若として時を待っている。備えつつ気が長い。すわって飽きもせずテレビドラマを見て、一方で窓の外の状況変化にも気を配っている。アンヘルは道に捨てられていた中国語タブレットを拾い、揚水ポンプのまわりにいる子どもたちに金をやってダウンロード制御を解除させた。本来は簡体字の書き方練習プログラムや基本会話と礼儀作法の教育ビデオだけが動くタブレットだったが、いまはテレビドラマの〈アンドーンテッド〉の初期シリーズをストリーミング視聴できている。音は小さく、動画はぎくしゃくしているが、アンヘルはこれで満足らしい。

ルーシーはそのようすに腹が立った。待つことに慣れているのは、刑務所時代、あるいはメキシコ時代、それともまだ聞いていない人生のなんらかの経験からくるのだろうか。この男のことをなにも知らない。ルーシーは彼に強く惹かれたり、落ち着きぶりに苛立って反発したり、気持ちが揺れた。

いまのアンヘルは完全に充足している。傷だらけの言語教育用タブレットを持ってすわっていると、まるで子どものようだ。画面を見ながらたまに微笑すると、傷痕のむこうから異なる彼が見えてくる。あどけない彼。ウォーターナイフになるまえの少年の面影が透けて見える。

ルーシーは隣のマットレスで膝を抱えた。やれやれ。また〈アンドーンテッド〉の続きを見ている。

「よく飽きないわね」

「初期シリーズが好きなんだ。この頃が一番いい。謎が謎のままだ」

画面では、メリーペリー教徒たちが川のむこうのネバダ州へ渡る準備をしながら、行く手をはばむ対岸の民兵組織、〈砂漠の犬〉が心を開きますようにと神に祈っている。

「こんな愚か者が現実にいるわけないわ」ルーシーはつぶやいた。

「メリーペリー教徒の実際の愚かさを見たら驚くぞ」

その一言で少年の面影は消えた。膝をかかえたルーシーの隣にいるのは、キャサリン・ケースの命令に従う殺人者だ。

「彼らを知ってるの?」

「彼らって? メリーペリー教徒か?」

「そんな話をしてると思う? そうじゃなくて、むこうの連中。〈砂漠の犬〉よ」

アンヘルは顔をしかめた。

「それは彼らの自称じゃないけどな」

「とにかく。彼らと仕事をしたことがあるんでしょう?」

アンヘルは動画を停止して、ルーシーを見やった。

「おれはケースが求めることをやる。それだけだ」

「あいつらは悪人よ」

アンヘルは眉をひそめ、首を振った。

「ちがう。恐れているだけだ」

「頭の皮を剝ぐのよ」ルーシーは指摘した。

アンヘルは肩をすくめた。

「行きすぎはたまにあるさ。彼らは悪くない」

動画の再生を再開させた。しかしルーシーは感情的な声を抑えきれなかった。

「悪くないですって? わたしは州境へ行って取材したわ。彼らの所業を見た」画面を手でさえぎり、アンヘルの注意を惹きつける。「頭の皮も見たのよ」

アンヘルはまた動画を止めて、ルーシーの視線を受けとめた。

「有名な心理実験がある。平均的な人々を囚人役と看守役に分けて演じさせるうちに、囚人役は本物の囚人らしく、看守役は本物の看守らしく行動するようになった。知ってるか？」

「ええ。スタンフォード監獄実験ね」

アンヘルは〈アンドーンテッド〉の再生を再開させ、画面を指さした。ちょうど〈砂漠の犬〉がメリーペリー教徒を虐殺する場面だ。

「これもおなじさ。役割をあたえられると、人はそうなる。それが人間だ」肩をすくめる。「人の行動をあやつるのは仕事だ。その逆ではない。人を州境に連れていき、難民を排除しろと言えば、彼は州境警備隊になる。州境の反対側に連れていけば、メリーペリー教徒のように慈悲を請い、頭の皮を剝がれ、それでも無抵抗になる。どちらも選んだ仕事じゃない。たまたま割りあてられただけだ。ある者はネバダ州に生まれ、〈砂漠の犬〉になる。ある者はテキサス州に生まれ、なにごとにも卑屈になる。メリーペリー教徒は祈りながら羊のように川を渡り、〈砂漠の犬〉は彼らを獲物として殺戮する。それぞれが反対側で生まれていても、状況は変わらないはずだ」

「あなたも？」

「だれでもだ。きみも金持ちの家に住めばそういう人間になる。スラム街に住めばギャングになる。刑務所に行けば詐欺師になる。州軍にはいれば兵士として行動するようになる」

「キャサリン・ケースに雇われたあなたは？」

「断つべきものを断つさ」

「持って生まれた資質は関係ないというのね。育った環境ですべて決まると」

「いや、そこまで言えるかどうかは知らん。おれは学者じゃない」アンヘルは笑った。

「やめて」

「やめてって、なにを」

「無知なふりをするのは」

アンヘルは唇を結び、表情にしばし苛立ちを浮かべた。暴力衝動だ。彼が爆発し、殴られるのではないかとルーシーは思った。しかしその衝動はまもなく消え、平穏なようすにもどった。アンヘルは肩をすくめた。

「いいだろう。人は選択もするさ。しかしたいていは、うながされたことをやる。うながされれば、暴動も起こす」タブレットを顔でしめして、動画を再生した。

「ひどい状況がはじまったときは？　最初は人々は協力しあうだろう。しかし本当にひどい状況になったら、もうそんなことはしない。おれはアフリカのある国の記事を読んだことがある――コンゴか、ウガンダか、そのへんだ。読みながら、こいつらはなんてひどいことをするのかと思った。ところが自分がその兵士たちとおなじ立場になったら……」

ルーシーを見て、目をそらす。

「アフリカの村ではひどい蛮行がおこなわれていた」肩をすくめて、「おれがいっしょに仕事をした民兵組織のいくつかは、川を泳ぎ渡ってネバダ州にはいろうとしたメリーペリー教徒たちに、まったくおなじことをしていた。それは、チワワ州を制圧したカルテル諸国もおなじだった。おなじことのくりかえしさ。女はレイプする。男はペニスを切り落として口にねじこむ。死体は酸で溶かし、ガソリンとタイヤで焼く。おなじ蛮行、そのくりかえしだ」

ルーシーは聞いていて気分が悪くなった。それは性悪説の世界観だ。そして、たしかに人間はいつもそうだった。反論できないのが不愉快だ。

「つまりＤＮＡに書きこまれているというのね。怪物になる遺伝子をみんな持っていると」

「そうだ。おれたちはみんなおなじ怪物だ。どちらになるかは偶然でしかない。悪いほうにころんでしまったら、そこから変わるには長い時間がかかる」

「わたしたちもべつのバージョンを持っているのかしら」

「悪魔でも天使になれると?」アンヘルは自分の胸を指さした。

ルーシーは思わず苦笑した。

「あなたはあまりいい例じゃないわね」

「たぶんな」

画面ではタウ・オックスがメリーペリー教徒たちに、業者《コヨーテ》を信用するなと説得してまわっている。しかし耳を貸す者はいない。

アンヘルは息をついて、画面を顔でしめした。

「それでもおれたちは善人でありたいと思うらしい。彼とおなじ善人でありたいと思うことで安心している」

ルーシーはドラマを見て、それからアンヘルを見て、またさきほどのような青臭い若者の印象を持った。あるときは殺人欲と花崗岩の塊のようなのに、主人公のレリック・ジョーンズがコヨーテをやっつける罠をしかけるようすを見るときは、純粋無垢の若者になる。夢中になっている。

素朴に信じている。

「コヨーテを一網打尽にするぞ」

そうつぶやくアンヘルは、主人公の手柄を大きな目で見つめる少年のようだ。ルーシーはつい笑いだした。

「このドラマが本当に好きなの?」

「ああ。すごい話じゃないか。いけないか?」

「これって、ただのプロパガンダよ。制作費の半分は国連難民高等弁務官事務所が出してる」

アンヘルは驚いた顔になった。

「ほんとか?」

「知らなかったの?」ルーシーは驚いて首を振った。

「北部州のアメリカ人にテキサス難民への心情的な思い入れを植えつけることが目的。わたしはプロデューサーたちの評論を書いたわ。ドラマの半分以上は助成金でできている。本当に知らなかった?」

ルーシーはまた笑いだした。アンヘルの茫然とした表情を見てさらに大きく笑った。

「ごめんなさい。知ってると思ったのよ。悪辣なウォーターナイフは裏の裏まで知りつくしてるはずだと」

首を振り、腹をかかえ、笑いをこらえる。

アンヘルは傷ついた表情で画面を見ている。

「でもおれは好きだ。それでもいいドラマだ」

ずいぶん悲しげなので、ルーシーはかわいそうになった。笑いをこらえる。

「そうね。それでもいいドラマね」ルーシーは隣にすり寄って、その肩に頭をのせた。「続きの回もあるの？」

ティモから電話がはいったのは一時間後だった。

「いちおう、希望どおりにやったよ。ヒルトンで会おう。バーで待ってる」

「ほんとに？　クラックできたの？」ルーシーは訊いた。

「ああ、クラックしたよ」そこでためらって、続けた。「でも気にいらない結果だと思う」

「どういうこと？」

「とにかく一時間後に。それと、絶対だれにも言わずに来いよ」

おかげでルーシーは不安に駆られながら時間を待つはめになった。シャーリーンから借りたポンコツのメトロカーに乗り、テキサス州のナンバープレートのせいで道行く人々の険悪な視線を浴びながら、ダウンタウンへむかった。

ヒルトン6のバーは薄暗かった。砂漠の強い日差しが全面ガラスの自動減光機能で弱められ、店内は穏やかな琥珀色に染まっている。

ティモは窓際のブース席で、ラタンのラップトップをまえにおいて待っていた。色づいた光のせいで非現実的に見える。バー全体が永遠の夕日を浴びているようだ。

ティモはルーシーの姿に気づいた。しかし唇を固く結んだまま、彼女が近づくのを見ている。

ルーシーはむかいの席に腰を下ろしながら訊いた。

「なにがあったの？　なにかまずいこと？」

「おれたちは長年のつきあいだよな」

「そうよ、ティモ。どうしたの？」

ティモはラタンのラップトップを指先で叩いた。

「これ、相当ヤバいものじゃないか」

ルーシーは困惑して相手を見つめた。

「なにがまずかったの？」

「中身を見たいって言ってきたときは、ただの……」声をひそめる。「カリフォルニアに喧嘩を売るつもりだなんて聞いてないぞ」

「それがなんなのよ」

「なんなのよ、だって？　それよりなにより……今朝、二人の男の訪問を受けた。アイビス・イクスプロラトリーの名刺を見せられた。紳士的だろう？　その紳士的な二人がこう言うんだ。フェニックスで長生きするつもりがあるのか、お訊きしたいって。典型的な〝賄賂《プラタ》か鉛玉《プロモ》か〟の脅しだよ」

「アイビスですって？　アイビスの人間が来たの？」

ルーシーはぞっとした。

「きみの取材してるのが水問題だとわかってたら、他の人間を使ったよ。おれはてっきり麻薬関係だと」

「あなたがこのラップトップを持ってることをアイビスは知ってるの？」

ティモはつらそうな表情になった。

「というより、きみが持ってることを知ってるよ」

それをルーシーのほうへ押し出して、立ち上がった。

「まちがいないの？」ルーシーは声をころして言った。

「脅されたんだよ、ルーシー。アンパロと二人まとめて。どうしようもないだろう」ためらってから、「彼らの求めはきみと話すことなんだ」

そして足ばやに歩き去った。ルーシーはブース席に残された。

罠にはめられて。

テーブルに影が落ちた。すきのないスーツ姿の男が、いままでティモのいた席に穏やかに滑りこんだ。ネクタイをなおし、ジャケットのボタンを開く。

見覚えがあった。数年前に近づいてきた男。アイビスの重役だ。かつてルーシーに皮肉っぽくこう言った――〝カリフォルニアにとって重大な問題をいくつもお書きですね〟と。

そしてグロ新聞と、人民元の札束の山をこちらに押してよこした。フェニックスで仕事を続けるためのルールを暗に教えて。

男はブースのむかいの席にすわって微笑んだ。ほとんど年をとっていないように見える。ルーシーは名前を思い出そうとした。

「コタね。たしかデビッド・コタ」

「正解です」コタは笑顔で答えた。「優秀な仕事ぶりはあいかわらずですね。名前を忘れない。デバイスの補助なしで相手を憶えておける。頭がいい証拠だ。おかげで、直近の興味対象がわかりにくいことがある。多くの情報が頭のなかだけに保管されているから」そして眼鏡を指先で叩いた。レンズの表面にデータが流れる。彼の精神をのぞけるぼやけた窓。「多くの人はこういうもので記憶を補助している」

データグラスのむこうにあるコタの目は不自然に濡れているように見えた。まるで液体のようだ。薄青の水のような瞳。まわりの白目は充血している。改変されていて不自然なのだろうか。薄青の虹彩の中心に小さく閉じた瞳孔がある。

ルーシーの視線に気づいたらしい。

「アレルギーがあるんですよ。この砂埃に」コタは説明して、肩をすくめた。「逃れられませんからね。太《タイ》阳《ヤン》の濾過した空気でもだめ。手抜き工事のせいだ。カリフォルニアでこんないいかげんな仕事は通用しない。ここではだれも長期投資をしない。中国人さえも。場所が場所だ。もはや終わるだけの町です」

「お金は受け取らないわよ。ほしくない」ルーシーは小声で言った。

「かまいません。あなたにはすでに払った」

「なにかを書くなと言いたいの？」ラップトップを指さして、「これのこと？　水利権やピマ族について、知らないふりをしろと？」

コタは笑みを浮かべた。

「今回の用件は、あなたが書くものではありません」どちらの目もテーブルのラップトップに注がれた。「このコンピュータが問題なのです」

「あげるわ。持っていっていい」

「これにはなにもはいっていません」

ルーシーは虚を衝かれた。

「はいっていない？」

「そもそも弊社のラップトップですから。中身はよくわかっています」

「でも水利権のデータはこのなかにあるんでしょう？」

コタは一本指を曲げて宙に掲げた。じっと見つめる。

「ごまかそうとしても無駄ですよ。われわれの水利権はどこにあるんですか？　弊社は代価を払った。現物をもらいたい。ラタンはなにかを買い取り、そのあとだまされたと主張していた。でもそれは真実ではない。彼が水利権を持っていたのはたしかです。さあ、どこにあるんですか？」

「わたしは――」ルーシーはラップトップを見て、ごくりと唾を飲んだ。「わたしはこのコンピュータにはいっているんだと思ってた」また唾を飲み、「わたしたちはそう思ってたわ」

コタの表情がゆがみ、身を乗り出してきた。

「これのために社員を何人も失った。優秀な社員たちを。持っていないという返事を信用するとでも？」

「だって、持ってないのよ！」

「では……どこかに消えた？　ぽわんと煙のように消滅しましたか？」充血した目がまばたきする。「一度だけチャンスをあげます、ルーシー。本気ですよ。あなたの最後の写真をティモに撮ってもらうのはいやでしょう。一人でプールの底に横たわる姿を。そんなふうに終わりたくないはずだ」

「あなたたちはけだものよ」

コタはショックを受けた演技をした。

「好きでこんなことをしているわけではありませんよ。ジェームズ・サンダーソンから買ったものを受け取りたいだけです」

「だから、わたしは持ってないって」

「ではあのウォーターナイフは？　アンヘル・ベラスケス。彼はどうですか？　隠し持っているのでは？　どこかで手にいれたはずだ」

「持ってたらとっくにラスベガスに帰ってるわよ」

「いや、サンダーソンがフェニックスにやったことや、ラタンがわれわれにやったことを、おなじように目論んでいるのかもしれない。不愉快なパターンがありますからね。この水利権を手にいれた者は、かならず転売して大儲けをたくらむ」

「何度も言うけど、持ってないわ」

コタはなにか言おうとしてやめた。ネクタイに手をやり、上下になではじめる。首から胸へ、沈思黙考しながら何度も。

指示を受けているのだと、ルーシーは気づいた。データグラスに流れる情報を読んでいる。他のブース席に仲間がいて、この会話を聞いているのだ。

「なるほど。では、あなたを信じることにしましょう」

しかし凝視はやめない。ルーシーは急に怖くなってきた。席を立ったほうがいい。歩き去るべきだ。彼はなにか言おうとしている。きっとルーシーにとって不愉快なことだ。

立ち去ろう。逃げよう……。

しかし動けなかった。ジャーナリストの本能にあらがえない。この話の先を知りたい。

なにが目的なの？ なにをしようとしてるの？

ルーシーはこの事件にどっぷりつかっていた。ジェイミーの計画を聞いたときから追いかけているのだ。その気になればいつでも立ち去れる、逃げられるというのは嘘だ。本当は知りたくてしかたない。

「なにが望みなの？」ルーシーはとうとう言った。

コタはデータグラスに指先をふれた。なにを見ているのだろう。デビッド・コタのような怪物を手先として扱うのはどんな人々だろう。

コタは話した。

「わたしの協力者は、あなたについて詳しく知っています。出入りや立ち回り先。なんでも知っている。あなたのかわりに家を監視している隣人のようなものです。あなたがいないときは犬に餌をやり、危険なときは警告する」

サニー……。

「新しい脅迫のつもり？」

首を鋭く横に振る。

「友好的な隣人ですよ。むしろあなたを見守っている」

また沈黙。

「あなたがいっしょにいるウォーターナイフですが。彼をある時間にある場所へ連れていくのが、あなたにとって賢明なことだと隣人は考えています」

「やらないわよ」

コタは口をはさまれたのを無視して続けた。

「暗黒地帯の端にガソリンスタンドがあります。隅にメリーペリー教徒のテントがあるのですぐわかる。そこでは礼拝をやっています。テキサス人と、フェニックスで入信した地元民が集まって、歌ったり踊ったり、神の愛を求めて祈ったりしている」

「やらないったら」

　コタはかまわず続ける。

「そこで待っています。明日の午後、そう、二時十五分に」

　話を聞きすぎた。逃げるべきだ。いますぐ。席を立って逃げたほうがいい。アンヘルに話していっしょに逃げよう。しかし、コタの水のように青い瞳に釘づけにされていた。彼は止まらずに話した。

「おたがいの納得が得られていないようですね」

「脅迫はされないわよ。それは無駄。なにをやられても、いまのわたしは怖がらないわ」

「脅迫？」コタはつまらなそうな顔になった。「そんなことはしません。あなたを誘拐したあの連中とはちがう。痛めつけるつもりはありません」身を乗り出して、「その指でキーを叩いて記事をどしどし書いてください。指を折るなんて不愉快なことはしない」

　ジャケットの内ポケットから数枚の写真を出して、テーブルに広げた。

「ただ、これはあなたのお姉さんですね」

　ルーシーは息を呑んだ。バンクーバーのアナだ。息子のアントを託児所へ迎えにいって、小さな青いテスラのチャイルドシートにすわらせている。空は鉛色に曇って湿り気をおび、背景には緑豊かな木々がある。写真は他にもある。隅にステイシーが写っている。自分のチャイルドシートから、弟のベルトを締める母親を見ている。とても近くから映したもので、アナに親しい人物が撮ったとわかる。アナの髪には雨がついている。ダイヤモンドのように輝く水滴だ。

　写真を見て、ルーシーは気分が悪くなった。

　これまでずっと嘘をついてきた。難民や遊泳客や麻薬の売人や元締めのあいだを歩いても、自分は影響されないつもりだった。相手が野獣でも、こちらが目をあわせなければ、むこうも無視してくれるというように。

しかしそれは欺瞞だった。プールの底に横たわっていた少女の姿が、自宅の車のまえで撃たれた警官の姿に変わり、それがヒルトンの正面で殺された友人の姿に変わった。さらに子どもたちにむかって微笑むアナの姿に変わろうとしている。

柔和で安全で安心しているアナ。死の渦は遠くにあると思い、世界のすべてが糸でつながっていることを理解しないアナ。ルーシーがその渦に吸いこまれれば、自分と子どもたちも引きずりこまれることを知らない。

これはルーシー自身の幻想だった。安全な場所にいられると思っていた。しかし署名記事を書きはじめたら、そのときから自分も嵐に巻きこまれるのだ。あとは他の人々とおなじように必死に水を掻くしかない。沈んで溺れないように、渦に吸いこまれて消えてしまわないように。そのことに気づくのに長くかかった。

ルーシーは大きく息を吸った。

「アンヘルを殺すつもりなのね。だから連れてこさせるのね」

「誤解です」コタは微笑んだ。「会いたいだけですよ。これまで彼はつかまえにくい男でした。それだけです。ウォーターナイフを連れてきてくれれば――」肩をすくめて、「――あなたはこれまでどおり記事を書けばいい。ここで話したことは忘れます。単純な話だ。なんてことはない」

バラックにもどると、アンヘルはマットレスで大の字になっていた。

「どうだった？」見上げて訊く。

ルーシーは喉が詰まったように感じた。言葉が出ない。アンヘルの体の銃弾や刃物による傷痕に目がいく。思い出すのはアイビスの男の言葉だ――〝これまで彼はつかまえにくい男でした〟。重なる傷痕。肩には新たな銃弾の破片による傷も加わっている。ルーシーを救うためにできた傷だ。

「どうだった？」

肋骨の線が浮いている。引き締まった体だ。筋肉と骨と力だけ。その彼がこちらを見上げている。

「なにかわかったのか?」また訊く。

「ええ、わかったわ」

水タンクへ行き、だれかが残していった汚れたコップについだ。北へ行くなら必要ないとみなされた什器だ。ルーシーは発作的に飲んだ。しかし喉の奥が貼りついたような感覚は消えない。もう一杯つぐ。不愉快だが、どうしていいかわからない。

「ある住所を手にいれたわ」ようやく言った。

「それで?」

ルーシーは自分でも意外なほど普通の声で話せた。あからさまな嘘つきの口調になるのではと心配していた。鋭敏なアンヘルに嘘はすぐ見透かされるはずだ。しかし、不自然に緊張した声にはならなかった。いつもどおりだ。

恐怖のせいだ。恐怖が完璧な嘘つきをつくりだしている。

「ラタンが仕事関連のものを保管していた場所があるのよ。カリフォルニア人のアジトのようなものね。権利書はそこにあるらしいの」

アンヘルはすでに立ち上がり、防弾ジャケットを着はじめていた。ルーシーはそのようすをじっと見た。

「防弾ジャケットを着て興奮したことはない?」

アンヘルはルーシーを見た。にやりとすると、また若く見える。

「まさか。これを着ると女からは悪党だと思われるんだ」

ルーシーは微笑んだ。アンヘルはそれを誘いと受けとったようだ。近づいて抱き寄せ、キスした。そのときルーシーは恐怖とともに思った。

彼は知っている。知っているはず。

押しのけたい衝動をこらえた。裏切りをさとられるのが怖い。アンヘルはまたキスしてきた。より強く、欲望にまかせて。ルーシーはふいに身をゆだね、キスし返した。強く、はげしく。舌をからませる。平らな腹に手を滑らせ、ベルトに手をかけ、バックルをはずす。突然欲望にかりたてられる。

みんな死ぬ。最後はみんな死ぬ。どうあらがっても……。

だから怖くない。後悔もしない。

二人は抱きあい、おたがいを求めた。もうすこしだけ生きたいと求めた。

どうでもいい。どうなってもいい。最後はおなじだ……。

35

マリアは檻のなかで横たわり、傷ついた手を抱えこんでいた。小指と薬指を失い、血は固まったものの傷口がうずいている。感染症を心配したが、よけいな考えだと思いなおした。そんなに長くは生きない。

直射日光が照りつける。〈獣医〉の敷地を吹き抜ける風がまたつらい。砂が肌を痛めつける。

檻はハイエナの飼育場をかこうフェンスに接している。ハイエナたちはマリアを観察している。味見したせいで、舌を出し、興味を持っている。マリアがすこしでも動くと、近づいてフェンスを揺らす。弱いところを探すように何度も何度も。ハイエナは執拗だ。

このまま脱水で死ねればいいと、マリアは頭の一部で思った。干からびてミイラのような死体になれば、〈獣医〉もエステバンもカトーもがっかりするだろう。慰みものにできない。ハイエナに追われて悲鳴をあげるようすを見られない。首を吊ることも考えた。手首を切って出血死してもいい。しかしそのための道具がない。

「おい、飲め」

ダミアンが檻の横に立って、水のボトルと食べ物の皿を差し出していた。今回は初めてあらわれた。まえはいつもいたのに。

「いらない」

ダミアンはため息をついてしゃがんだ。檻のなかに食べ物をいれようとする。

「いらないったら！」マリアは声を荒らげた。

〈獣医〉の子分たちがこちらを見た。エステバンが立ち上がり、にやにやして近づいてくる。

ダミアンはマリアをにらんだ。

「ほら、大声だすから」

マリアは笑った。

「いまさら彼を怖がると思う？　なにをされても平気よ。ハイエナに食わされても」

やってきたエステバンが言った。

「〈獣医〉はおまえが逃げまわるところを見たいんだ。だから出血死させないかぎり、おれはなにをやってもいい」

ダミアンが横から言った。

「ほっといてやれよ。もう充分痛めつけただろう」

「こいつの目つきが気にいらねえんだよ」

「ほっとけよ」

「おれに指図するな、ばか《ペンデホ》。この檻にいっしょに放りこむぞ」

ダミアンは退がった。

エステバンは米と豆を煮たのを檻のなかにいれた。

「食えよ、ばか女《プチータ》。力が出ないと走れねえぞ」飼育場のハイエナをしめす。「どうやるか教えてやる。飼育場の一方の端からスタートして、ハイエナに食われずに反対まで走りきれたら、外へ出してやる。脚が速くて、そのうえ幸運ならチャンスはある。しかしそのまえに力をつけろ」

マリアはエステバンをにらみつけ、彼がハイエナに追われるようすを想像した。

「さあ、食いものがあるんだぞ。顔をつけてガツガツ食え。ばか女らしく」

その首から血が噴き出すところを想像した。

エステバンは顔をしかめ、去っていった。かわりにダミアンがべつの水のボトルを持ってもどってきた。

「とにかく、水は飲んどけ」

「どうして世話をやくのよ」

ダミアンは意外にも困惑した表情になった。

「その……こんなことになるとは思わなかったんだよ」

「いつあたしは……餌にされるの？」

「〈獣医〉が次にその気分になったときだ」エステバンが去ったほうを見る。エステバンは他の子分たちがいる天幕の下にはいり、カード遊びに加わっている。「みんなに見物させるつもりなんだ。逆らうとどうなるか教えるために」檻のすきまからボトルを押しつける。「そんなに先の話じゃない。いまのうちに食べて飲んでおけ」

拒絶しようかと思ったが、完全にあきらめてしまうのも悔しい。飢えと渇きにも負けた。水を飲み、怪我をしていないほうの手を使ってがつがつと食べた。生きる糧を拒否することはできなかった。

エステバンは見にもどってきた。

「なんでおれが言うと食わないで、こいつが言うと食うんだ？　指のことでまだ怒ってるのか？」

マリアは食べるのを中断して、にらんだ。

とにかくこの男が死ぬところを見たい。悲鳴をあげて死なせたい。報いを受けさせたい。絞め殺したい。なんとかしてこの檻に誘いこめないだろうか。なにか方法は。

　ダミアンが口を出した。

「かまうなよ、エステバン。むこうで遊んでろよ」

「うるせえな。いいことを思いついたんだよ」

　エステバンはなにかをはじめそうな顔になった。しかしむこうからカトーが呼んだ。

「エステバン！　遅れるぞ！」

「待ってろよ、雌犬。帰ってきたら話があるからな」

　エステバンは去っていき、カトーの黒い大きなトラックに乗りこんだ。トラックは敷地から出て、砂埃を蹴立てて走り去った。

　ダミアンは檻の隣にしゃがんだままだ。そばにはハイエナがいて、興味津々というようすの黄色い目でこちらを見ている。飢えて、狙っている。まばたきしない。

　エステバンの話は本当だろうか。走った先に脱出のチャンスがあるのだろうか。可能性はかぎりなく低いとはいえ。

「なにを考えてるんだ」

　ダミアンが訊いた。マリアは憎悪をこめた目で見返した。

「逃げる方法を考えてるのよ」

「もうすこし頭がいいと思ってたけどな」

「うるさいわね、ダミアン」

「なあ、悪かったよ。ここまで大げさになるとは思わなかったんだよ。おまえはもうすこし利口に行動すると思ってた。友だちのサラがいるだろう。あいつはわきまえてる。いっしょに行動すればよかったのに」

「サラは死んだわ」

　ダミアンは驚いた顔になった。マリアは挑発した。

「なに、知らなかったの？　あなたのお望みどおりのことをやったのよ。言われたとおりの方法で金を稼ごうとした。そして殺されたわ。二人で言われたとおりにした。あたしもいっしょに。そしてサラは死んだ」にらみつける。「あなたのせいでこうなったのよ。だから当然よ、逃げる決心をしたのは」

　ダミアンは唇を噛んだ。日焼けした顔が醜くゆがんだ。マリアは目許の汗をぬぐった。日に焼かれた髪が熱く、重く感じる。オーブンのなかにいるようだ。気温は五十度近く、日なたにいると焼け死にそうになる。ダミアンは罪の意識を感じているようだ。

「助けてよ」マリアはささやいた。

「どうやって」

「ここから出して」

　ダミアンはどっちつかずの笑いを漏らした。マリアはうながした。

「鍵はあっちにある。見たわ。今夜よ。あたしを出して。だれにもみつからないから。こんなことになったのはあなたのせいだって、わかってるでしょう?」

　ダミアンはマリアがしめす方向を横目で見た。銃を持った子分たちはみんなカードに興じている。テキーラを飲み、金を取ったり取られたりで大笑いしている。他のことには注意していない。

　そんな彼らを見て、ダミアンは気持ちがぐらついているようだ。

「あなたもあいつらが嫌いでしょう」

　それは事実だ。見ていてわかる。ダミアンは組織の末端だ。やせっぽちで強がっているが、彼らの完全な仲間ではない。〈獣医〉の命令で売春婦たちを監督しているだけの少年だ。

「いっしょに逃げましょうよ。二人で北へ」

　生まれかけていた絆は、すぐに消えた。

「できない」ダミアンは首を振った。「そんなことをしたら、そこにいっしょに放りこまれる。いっしょにハイエナから逃げるはめになる」

「気づかれないわよ。今夜やって」

しかし消えた絆はもどらない。わかっていた。もうなにを言っても無駄だ。つかみかけた相手の気持ちは、手からすり抜けていった。

「責任とってよ。あなたのせいでここにいれられたのよ」

ダミアンは目をあわせない。

「よければ、バブルをいくつか調達してきてやるよ。気分がよくなる。たっぷりやれば、その……」

言いよどみ、ハイエナのほうを見る。マリアは挑発的に言った。

「苦しまずにあいつらに食いちぎられるって言いたいの？　そういうこと？　ハイになってれば、生きたまま食われてもいいだろうって？　それが助けなの？」

ダミアンは困惑しながら言った。

「バブルをほしいのか、ほしくないのか？」

マリアは黙ってにらみつけた。

「悪かったな」つぶやいて、立ち去ろうとした。

「ダミアン？」

彼は振り返った。

「なんだい？」

「くそったれ」

36

「なぜここに寄るんだ?」

アンヘルはルーシーに訊いた。さびれたガソリンスタンドにコンビニのロコマートが併設された敷地に、メトロカーははいっていった。

「煙草を買うから」ルーシーは答えた。

「吸うとは知らなかったな」

「これから二週間生き延びたら禁煙するわ。何度目かで」

アンヘルも車から下りた。するとルーシーはいぶかしげに振り返った。

「あなたも用があるの?」

「飴かなにか買う」

「本気で?」

「ああ。小腹が空いた」

ルーシーはカウンターで店員と話していろいろな種類を見はじめた。アンヘルはそのあいだに菓子類の棚へ行った。クマの形のグミはやめて、スプリーの円筒形のパックを一本持ってレジにもどった。ルーシーはミストの電子タバコと、それに挿すマルボロ・バブルガムを一パック選んだ。

「セット物は拒否か。昔ながらだな」アンヘルは自分の飴のパックをカウンターにおいた。財布を出そうとするルーシーを制する。「おれが払うよ」

ルーシーはなにも言わずにうなずいた。目は外にむいている。車泥棒を見張るようにメトロカーを見ている。

アンヘルはキャッシュカードを読み取り機にかけた。しかし受付不可のビープ音が鳴る。

「なぜだ?」

もう一度滑らせるが、だめだ。

「べつのカードをお持ちですか？」

アンヘルは店員を見て、カードなら五十枚くらい持ってるぞ、ばか《ペンデホ》と考えた。それより、このカードが使えないことが気になる。もう一度試したが、やはり機械は拒否音を鳴らす。

ルーシーが横から言った。

「べつにいいわよ。車を見ててくれる？　キーをつけたままだから」現金の小さな束を出した。「あなたのキャンディのぶんも払っておくわ」

アンヘルはスプリーを握って、メトロカーのほうへもどりはじめた。なぜカードが突然使えなくなったのだろう。何万ドルもはいってるはずなのに。

最後に使ったのはいつかと記憶を探った。二日前か。太阳《タイヤン》へ行くまえなのはたしかだ。ヒルトンでのディナーか。フリオと飲んだときか。

車にもどり、スプリーのパッケージを開けて飴をなめはじめた。強い日差しとガラスの反射のむこうに、店内のカウンターにいるルーシーがかろうじて見える。いい女だ。動きも、立ち姿もいい。

通りのむかいにはメリーペリー教徒の大きな布教テントがある。廃墟化したスーパーマーケットの駐車場に建てられている。教徒たちが持った看板には、礼拝して入信する者には水のボトルを配布すると、英語とスペイン語で書いてある。熱い砂漠の風が吹きつけ、看板ごと倒されそうになっている。

駐車場の隅で、一人の男がクリア袋に小便をしていた。終わると、男は口をつけて、袋を押しながら飲みはじめた。まるで極上の飲み物のように恍惚とした表情だ。人々は当初、クリア袋をけがらわしいものとして見ていたが、やがて潔癖症の人でもよろこんで使うようになった。

アンヘルは自分の偽装用の身分証を頭のなかで点検した。マテオ・ボリバルの身分が使えなくなったのなら、他のカードを試すしかない。あとで公社《SNWA》に連絡して問題の原因を調べてもらわなくてはいけない。いくらフリオでも全部のIDは知らないはずだ。全部のIDと関連するキャッシュカードが停止されているとは考えにくい。公社でなにか手ちがいがあったのだろう。官僚め。

通りのむかいのメリーペリー教のテントから人々の声が聞こえてくる。神に罪を告白し、供物を献じている。歓声と拍手が断続的に聞こえる。

テントから二人が出てきた。礼拝のしるしのネックレスをしっかり握っている。血まみれの背中を見れば罪を清められた証拠は充分だが。

罪を許されただけでは満足しない人々がいるのだ。死ぬまで鞭打たれたいらしい。

死……。

このキャッシュカードはどうして死んだのか。どうもおかしい。普通は働くはずだ。いまのIDはこれまでうまく機能してきたのに。

ルーシーはまだロコマートの店内にいる。ガラス越しにこちらを見ている。アンヘルを……。

「やられた」

振りむくと、黒い大きなピックアップトラックがガソリンエンジンの轟音とともに近づいてきていた。背後にもう一台見える。

「ちくしょ——」

銃弾が飛んできた。ガラスが砕ける。シートベルトごしにハンマーで殴られたような衝撃を受ける。苦痛。さらに多くの着弾。

防弾ジャケットを引き上げて頭を守りながら、シフトレバーをつかんでDレンジにいれた。体ごと床にもぐりこみ、アクセルペダルを手で押す。メトロカーはかん高い音で走りだした。

両腕が血まみれ。二つのペダルも血まみれだ。また着弾し、体に衝撃が来た。ガラスに蜘蛛の巣状のひび割れができ、砕け、破片が降りそそぐ。車体が衝撃とともに停止した。エアバッグが顔を直撃し、意識が飛びかける。

エアバッグを血で汚したなと、どうでもいいことを考えながら、ドアを手探りして押し開けた。エアバッグのうしろから抜け出し、シートベルトをはずして、ころげ落ちるように車外へ出る。

無駄だとわかっている。敵はとどめを刺しにくる。しかし最後まで抵抗する。路上でころがり、激痛に耐えながら、敵の姿をとらえようとした。メトロカーは衝突したときにスピンしていて、方向が混乱した。まばゆい日差しのなかで目を細めた。

どこにいる？

ＳＩＧをホルスターから出す。出したつもりが、手は空っぽだった。血まみれの手を見る。滑ったのだ。血のせいだ。

あらためてＳＩＧを探った。

遠い昔の暗殺者《シカリオ》を思い出す。標的を射殺するようすを。昨日のことのように思い出せる。標的を見下ろして立ち、銃弾を撃ちこむ。着弾の衝撃で相手の体が跳ねる。

ようやく拳銃をつかんで出した。銃口を上げ、いつでも撃てるようにかまえる。日差しがじかに目にはいる。敵が来る。近づくのがわかる。あのときのシカリオもそうだった。相手を見下ろすように立ち、とどめの一発を頭に撃ちこんだ。この敵もおなじだ。とどめを刺しにくる。

自分の荒い呼吸ごしに、敵の足音に耳をすませた。シカリオがこちらにむけた銃口を思い出す。神の指が自分をさした。生きるか死ぬかはそこに握られていた。シカリオはにやりと笑って、撃つまねをした。神を演じた。

車体の反対側で銃声が響く。さまざまな銃が使われている。アンヘルはメトロカーのタイヤの陰に隠れ、弾が飛んでくる方向を見定めようとした。くそったれ、痛い。SIGを両手で持って、ゆっくりと呼吸をした。息を吸うたびに痛む。

来い《ベンガン》！　くそったれ、さっさと来い。早くしないと失血死しちまう。

　敵が来るまえに死ぬのがいちばんいやな想像だ。それでは反撃するチャンスがない。

　しかし撃たれるときはこういうものかもしれない。死に方は決められない。他人が決める。かならず他人が決めるのだ。

　だれかがポンプのそばで悲鳴をあげている。不運にも銃撃戦に巻きこまれたのだ。また銃弾が飛んできて車体を鳴らし、ガラスが飛び散った。

　手の震えが止まらない。死が近い。ある意味ではほっとする。シカリオの拳銃を眉間にむけたられたときから、つきまとわれていると感じていた。死神は家族を一人ずつ奪っていった。その手がついに自分に伸びてきた——ここに。

　死の影。銃を持った男。顔じゅうにいれた刺青。アンヘルはトリガーを引いた。

　影は倒れ、ふたたびアンヘルの顔に直射日光があたった。

　うめきながら体を反転させる。反対からべつの敵が来ると思ったからだ。またメトロカーのむこうで銃声が鳴り響く。しかしだれも来ない。タイヤの裏に体を引き寄せて、痛みに息を詰まらせる。白昼の太陽を見上げて荒い息をつく。汗が流れる。

　まだ生きてるのか。

　脱出するしかないじゃないか、ばか《ペンデホ》。

　うつぶせになって這いはじめた。熱いコンクリートとガラスの破片の上で体を引きずる。腹から内臓がこぼれている気がする。肋骨が折れて砕け、肋間に激痛がはしる。

　縁石の上に這い上がり、さらに進む。頑固なくそ野郎だ。あきらめない。おとなしく死なない。まったく頑固だ。

アンヘルはいつも頑固だった。学校でも教師のまえで頑固な子だった。エルパソの移民税関捜査局の留置場でも、ヒューストンの少年院でも、おなじく頑固だった。だからハリケーン・ザビエルで少年院が破壊されたときに、他の収容者とともに脱走した。豪雨と木の枝が飛んでくるなかで徒歩で逃げた。頑固だからベガスまでたどり着いた。

だからあのとき殺さなかったのさと、シカリオの声がささやいた。

「くそったれ」

アンヘルは這いつづけた。もちろん死神は追ってきた。

振りむきざまに、敵の顔に銃弾を撃ちこんだ。またうつぶせになって這いつづける。

シカリオが笑いだした。悪いやつめ！　思ってたとおりだ、まぬけ《カブロン》。パンツのなかでちびってても、その小さいちんこには、いずれでっかいタマがつくと思ってた。もうわかる。サッカーボールくらいのタマだ！

そんなふうにシカリオがささやく、たちの悪い軽口とジョークのむこうに、祈りが聞こえてきた。しばらくして、自分がつぶやくとぎれとぎれの天使祝詞だと気づいた。やめようと思ってもやめらない。神に、サンタ・ムエルテに、聖母マリアに祈った。いまだけは守護者を演じているらしい不愉快なシカリオにも祈った。

回転草《タンブル・ウィード》だらけの路地に這いこんだ。両手は血と土だらけ。シャツは血で染まっている。振り返ると血の跡がどこまでも続いている。

拳銃が手のなかで滑ってしかたない。だからそこに放置した。重量物を捨てた。生と死を手放し、さらに這う。

遠くでまた銃声が聞こえた。しかし自分には関係ない。もう関係ない。

崩れかけたブロック塀をみつけた。うめき、荒い息をつきながら、すきまから這いこんだ。

こんなことをしてどうなる。もうすぐ力尽きて死ぬだけなのに。

腹が燃えるように痛い。動かずに死んだほうが楽だ。死ねば痛くない。

泣きべそをかきながらさらに這った。

昔から頑固なガキだったからな。

腹を撃たれたらしい。脇のほうだ。防弾布を貫通している。徹甲弾のようなものだろう。くそ、熱くなっていた。汗をかきはじめた。日差しに物理的な重さを感じる。圧迫感がある。強く圧迫されている。

立てよ——シカリオが容赦なく言う。

住宅の裏庭にはいりこみ、装飾用の赤い砂利の上にいることに気づいた。顔が痺れている。顎に手をやると、指先が骨にふれた。フリオが血と歯を噴き出して死んだことを思い出す。自分の顔はどれくらい残っているだろう。また銃声が聞こえ、せきたてられるように奥へ進んだ。うめき、息をつく。しだいに動きが鈍くなる。

日差しが暑く、重い。体をまえに運ぶ。太陽が照りつけ、鉛のように重い。地面に押しつけられる。

汗と血のかすみのむこうに、廃屋が見えた。日陰にはいろう。この重さから逃げよう。背中にのしかかる太陽の光が消えれば、休める。

気力を振り絞って、まえに這う。つかまれるところに手をかけ、体を引き上げる。そして——体が宙を舞った。

なんだ——？

ひっくり返って、頭から落ちていた。腕は体の下。両脚はもつれて上にある。感じるのは痛みばかり。

青いコンクリートに頬を押しつけている。

プールだ。くそったれなプールだ。

アンヘルは自嘲した。フェニックスのもう一つの夏の風景。ぶざまな終点だ。

横になろうともがいて、なんとか成功した。あおむけになって浅い息をつく。弱まる心拍ごとに、苦痛が脈打つ。喉が渇く。プールから出たいが、壁が高すぎる。こちらには力がない。バスタブの底に落ちた虫とおなじだ。水もない。

飲んでも流れ出るだけだろう、ばか。穴だらけじゃねえか。

考えるとおかしい。体はスプリンクラーのように水を漏らしている。子どもの頃に読んだコミックの絵とおなじだ。撃たれても死なず、体が穴だらけになるのだ。

遠くで銃声が続いている。まるで戦争だ。世界は崩壊しつつあるが、自分は見なくてすむ。じっと横になって太陽を見上げた。心臓の鼓動が止まるのを待った。

頭上に影がさした。やっと死神が来た。サンタ・ムエルテがやってきた。骸骨のレディのお迎えだ。

つかまえられた。遠い昔、シカリオの拳銃を顔にむけられたときとおなじように。

あのときとおなじ十歳にもどった。手足は痺れて感覚がない。死神は通りすぎない。じっと待っている。いつも待っている。

37

ロコマートの店内の人々は、外の銃声をギャングの銃撃と察していっせいに床に伏せた。ルーシーだけが立ちすくみ、自分が招いた結果を見つめていた。

二台の大きなピックアップトラックが近づき、一台がメトロカーの横に、もう一台が後ろにつけた。二台からはオートマチックライフルを持った男が何人も立ち上がり、撃ちはじめた。銃弾の雨でメトロカーの窓が砕ける。

突然メトロカーが動き出し、逃げはじめた。加速し、蛇行し、さらに銃弾を浴びる。そして古い消防車に衝突し、スピンして停まった。

二台のトラックはサメのように追う。男たちが跳び降り、とどめを刺そうと徒歩で近づいた。

自分がやったのだと、ルーシーは思った。しかしこうしなければ、アナと子どもたちがおなじめにあうのだ。

では、なぜわたしは泣いているのだろう……。

これでよかったのだ。ルーシーはここを去る。アナはバンクーバーで夢の暮らしを続ける。アントとステイシーは、死神の冷たい骨の手が頬をなでていったことを知らずに成長する。姉一家は生きて、ルーシーは遠くへ去る。

手の甲で涙をぬぐった。フェニックスから出よう。逃げよう。まにあううちに。

菓子類の棚の裏で姿勢を低くしている二人の男が、拳銃を抜いていることにルーシーは気づいた。一人は携帯電話で話している。もう一人はこちらに目をあわせ、ウィンクした。中西部訛りで言う。

「大丈夫だ、お嬢さん。黙って見ちゃいねえよ。一人がやられたら、全員でやり返すんだ」

　そして仲間とともにすばやくドアから出て、発砲しながらギャングたちにむかっていった。

　テキサス人だろうか？　でもわたしはテキサス人では……。

　そうか、メトロカーだ。テキサス州のナンバープレートがついている。

　テキサス人がギャングの一人を倒すと、ギャングたちはそれぞれ物陰にはいって反撃しはじめた。

　テキサス人の二人が歓声をあげてコンビニ店内に駆けもどってくる。それを見てルーシーはようやくわれに返り、床に伏せた。直後に鉛玉が降りそそぎ、ガラスが砕け散る。店内を銃弾が跳ね、棚が壊れる。

「わかったか、くそったれめ！　テキサスをなめんなよ！」一人が怒鳴った。

　もう一人はまた携帯で電話し、仲間と銃を呼び集めている。

　通りのむかいではメリーペリー教徒が布教テントからぞろぞろと出てきた。多くは昼の光を浴びたゴキブリのように逃げ散るが、一部は通りを渡ってガソリンスタンド側へやってきた。その手にはライフルや拳銃が握られている。

　店内にはギャングの攻撃が続いている。ガラスが割れ、跳弾が飛び、ポテトチップやプレッツェルの袋がはじける。テキサス人の二人はリノリウムの床を這って移動し、すきを見て起き上がって応射している。

　その一人が銃弾のクリップを交換しながら、ルーシーに叫んだ。

「行け！　早く脱出しろ！　ここはおれたちにまかせて！」

　ルーシーは危険を冒して菓子の棚の陰からもう一度のぞいた。ギャングたちは二手に分かれている。一部はアンヘルにとどめを刺そうとメトロカーへ、残りはコンビニのほうへ前進しながら低い姿勢で撃っている。

どちらもメリーペリー教徒の接近には気づいていない。教徒たちはその背中にむかって撃ちはじめた。

ルーシーは伏せて隠れた。すぐに銃弾が店内を叩きはじめた。流れ弾が蜂のようになって飛ぶ。ルーシーは床に落ちたコンビニ食品をかきわけ、這って進んだ。他の客の多くはすでに従業員専用と書かれたドアから避難している。ルーシーもそのドアへ行き、力ずくで開けて、奥へころがりこんだ。追いかけるように銃弾がドアを叩く。店内に残っただれかが悲鳴をあげた。

ルーシーは裏口から出て、走って逃げた。背後でガソリンスタンドの給油機が爆発した。空気が振動し、黒いキノコ雲が上がる。オレンジ色の炎もちらちらと見える。さらに銃声。発射音と爆発音。オートマチックの連射音。

ルーシーは立ち止まり、両手を膝について荒い息をつきながら、立ち昇る煙を見た。遠くからサイレンが聞こえる。ここにいてはまずい。どこかに隠れたほうがいい。

腕が痛い。そう思って見ると、銃弾がかすめたらしい赤い溝が皮膚にできていた。血が流れ、肘からしたたっている。それを見て驚いた。撃たれたのに感じなかった。しかし目で見て理解すると、すぐに激痛に襲われた。

タンクトップを脱いで、銃声が響くなかでブラだけで立った。裾を細長く裂いて傷口に巻く。痛みに顔をしかめたが、骨は折れていないようだ。

肉を斬られただけ。そう思うと、ヒステリックな笑いがこみ上げてきた。

痛い。

「なんでもない、なんでもない。大丈夫。さっさと逃げるわ」声に出して自分につぶやいた。破れたタンクトップをふたたび着ながら、パニック状態で独り言をいう。「さっさと逃げる。問題ない。大丈夫。要求どおりにやった。あとは逃げるだけ。逃げて、サニーといっしょに出ていこう」

ガソリンスタンドから上がる黒煙が大きくなっているようだ。手で目庇《まびさし》をつくって巨大な煙を見上げる。たしかに拡大している。

「無事かい？」

ルーシーははっとして振りむいた。銃を持った人々がいる。テキサス人の増援だ。

何人もいる。

「大丈夫よ」

腕の傷を押さえてうなずいた。さっさと立ち去るべきだとわかっているが、ジャーナリストの本能にスイッチがはいった。通りすぎていくテキサス人たちに声をかける。

「あなたたちはこれから？」

女が立ち止まらずに答えた。

「復讐よ。仲間の一人がやられたからね」

アンヘルのことだ……。

ルーシーは衝動的にあとを追った。テキサス人たちはコンビニの裏へ行った。火がまわって派手に燃えているが、ブロック塀に隠れられる。熱と灰が頭上で荒れ狂う。

ルーシーは他の人々といっしょに角からのぞいた。ピックアップトラックの一台も炎上している。ギャングは立ち往生している。テキサス人たちは携帯電話で連絡をとりあっている。

「これはどういうことなの？」

「テキサス愛郷団よ」女が言った。男たちの二人も帽子の縁に手をやる。「コミュニティに復讐を」

テキサス人たちは陰気な笑いを漏らして、ブロック塀の陰から飛び出していった。これまでの数々の侮辱への仕返しだ。

遠くのサイレンが増えている。黒煙を見て警察も消防署も反応している。風が起こり、ますます火勢が強まる。火の粉と破片が近隣に降りそそぐ。

　新たなギャングを乗せたトラックが二台、通りを轟然と走ってきた。布教テントの脇を通過しながら発砲し、メリーペリー教徒たちがばたばたと倒れた。

　ガソリンスタンドは燃えつづけている。火のついた灰が青空をおおい隠し、降ってくる。道をはさんだ住宅の一軒に火がつき、またたくまに全体に火がまわった。隣の一軒にも延焼した。

　灰と燃える紙が熱く乾いた風にのって飛ぶ。ティモがこの光景を記録してくれたらとルーシーは思った。この惨事を的確に写してくれるだろう。小さな火が大きく燃え上がり、やがて大火災になるさまを。

　ルーシーの位置から弾痕だらけのメトロカーが見えた。テキサスのナンバープレートがかかり、火の粉を浴びている。助手席のドアが開いている。その車内にだれもいないらしいと気づいて、はっとした。車外に死体がころがっているが、アンヘルではない。逃げのびてほしいと、ルーシーは思わず願っていた。姉のアナの無事のためにはアンヘルに死んでもらわなくてはいけないが、それでも祈らずにいられない。彼は強い。生きているかもしれない。

　でも生きていれば、わたしに復讐しにくるはず……。

　火災の熱に焼かれながら、そう考えてぞっとした。

　あちこちから銃声が聞こえはじめた。銃撃戦も飛び火して拡大している。新たな住宅が火に包まれた。熱風が吹き出し、黒煙が渦を巻く。赤い火が噴き出し、ばりばりと音をたて、火柱が立ち上がる。

　ルーシーはいつのまにか弾痕だらけの小さな車に近づいていた。熱さと舞い上がる埃のなかで目を細める。もしアンヘルが生きていれば復讐されるはずだ。殺される。それでもルーシーは近づいた。

　なんてこと……。

　車から離れていく血痕がある。それをたどると、路地のところにまたギャングの死体が倒れていた。

ルーシーの恐怖は強まった。アンヘルは生きている。迷信的なものを感じて鳥肌立った。彼は不死身なのかもしれない。普通の命ではないのかもしれない。メキシコから脱出してキャサリン・ケースの信用を得るまで、間一髪の状況を何度もくぐり抜けている。人間ではないのかもしれない。殺しても死なない悪魔か。サンタ・ムエルテに祝福されて不死身になったのか。

戦慄しながら、路地の奥へ血痕を追った。ブロック塀の崩れたところにアンヘルの拳銃が落ちていた。拾い上げると、血で滑る。ずしりと重い。崩れた塀を通り抜けた。

血痕は、水のないプールの縁で途切れた。その底にアンヘルが横たわっていた。自身の血の海につかっている。

死んでいるのかと思った。糸の切れたあやつり人形のような格好だ。フェニックスに来てからかぞえきれないほど見た遊泳客と重なる。

しかし、そのアンヘルがまばたきした。手を上げる。まるで見えない拳銃をルーシーにむけるようだ。狙いさだめたように静止してから、がっくりとその手は落ちた。

ルーシーは自分の手のなかの拳銃の重みを感じた。

終わらせよう。撃って終わらせよう。

しかしそうはせず、死にかけた相手の脇に跳び下りた。

「ルーシーか？」

「しー、動かないで」

体に手をはわせる。防弾ジャケットが多くの銃弾を止めている。しかし、これほど多くの角度からこれほど多くの銃弾が浴びていては、無事ではすまない。一発は頭をかすめている。もう一発が顎を砕いている。防弾ジャケットを開いてみて、ルーシーは息を呑んだ。シャツは血まみれだ。固まりかけた血と新しく出た血が混ざっている。ジャケットの下に手をいれて銃創を探した。アンヘルはうめく。

「きみはおれを殺したんじゃなかったのか？」

「そうよ。わたしよ」ルーシーはため息をついた。

「下手を打ったな。襲ってきたのは……」ささやき声になる。「安っぽいチンピラだ」

ルーシーは涙でまばたきしていた。脇に拳銃がある。その一発でケリをつけられる。しかたがなかったのよ。おなじことをアナにされるわけにいかないから……。銃弾を撃ちこんで楽にしてやったほうがいいはずだ。

アンヘルは咳きこんだ。

「おい、ルーシー」

「なに」

「煙草はやめろ」

「吸ってないわ。火事の煙よ」

たしかに煙が濃くなってきた。灰が雨のように降ってくる。黒い木の葉のような断熱材や手のひらほどもある紙の切れ端が舞い落ちてくる。見上げると、炎は左右から空を焦がしている。煙まじりの熱風が吹きつける。

ルーシーはアンヘルの頭を膝にのせた。銃はある。一発撃ちこめばいい。それで楽にしてやれる。

自分はこの状況の一部なのだ。地獄の業火の一部。この手から発した害悪が世界を焼いている。その炎が迫ってくる。地獄の新たな生き物になれと迫る。恐怖の手先になって、この町が無数に生み出した遊泳客をもう一人つくりだせという。

ルーシーは立ち上がった。アンヘルの腋に腕をいれて両手を組み、引きずりはじめた。プールの浅い側へ引っぱっていく。アンヘルがうめき声を漏らす。

「うう」

「しー、ここから出るのよ」

アンヘルの頭ががっくりともたれた。気絶したらしい。あるいは死んだのか。それでも引きずった。まるでコンクリートを動かしているようだ。

「どうしてこんなに重いの？」

　プールの端にたどり着くと、息が切れて汗だくだった。プールの縁へアンヘルの体をなんとか押し上げる。上半身が上がったら、脚を持ち上げる。なんとかプールから押し出した。ルーシーは肩で息をして、汗の滴をたらしながらプールから上がった。

灰が降ってくる。アンヘルは動かない。本当に死んだのか。

　脈を採ってみると、そうではない。まだ生きている。その場にへたりこみ、どうやって脱出しようかと考えた。やっとプールから出ただけだ。

「ルーシー？」

　ささやき声がした。また気がついたようだ。ルーシーはかがみこんだ。

「なに？」

「どうしてばれた？　なぜおれがいっしょにいると知られた？」

「だれにも話してない。むこうは最初から知ってた」

「脅迫されたのか？」

　ルーシーは目をあわせられず、顔をそむけた。

「姉よ。姉のことで脅されたの」

「うまいやり方だな」

　煙が吹きつけた。火が迫っている。山火事の場面を思い浮かべた。迫りくる火から逃げる野生動物たち。しかしいまのルーシーは逃げ足が遅い。

　ふたたびアンヘルを抱え上げ、塀の崩れたところまで引きずった。汗が目にはいる。鼻からも顎からも垂れて、アンヘルの顔に落ちる。濃くなってきた煙を吸って咳きこみ、すわりこんだ。

　アンヘルがまた目を開いて見上げた。

「一人で逃げろ」手を上げ、ルーシーの頬にふれる。

「もういい。本当に。充分だ」

やったことは取り返しがつかない……。

遠くないところで一棟の集合住宅に火がまわり、燃えはじめた。漆喰の壁に穴がなければ火に耐えられたかもしれないが、いまは多くの窓が割れ、多くのドアが蹴破られている。この市街はマッチ箱とおなじだ。むきだしの柱が無数に並び、火の粉のはいりこむすきまやくぼみが無数にある。

次々と延焼していく。集合住宅から一戸建てへ、またべつの集合住宅へ。からからに乾いた砂漠の風にあおられ、火は高くなる。火炎の轟音は迫りくる暴走列車のようだ。

「逃げろ」アンヘルがささやいた。

見まわしたルーシーの目に、放置された一輪の手押し車が目にはいった。自分の執念深さをののしりながら、それを取ってきた。背中の痛みをこらえ、アンヘルを持ち上げて乗せる。手押し車は転倒しそうになったが、かろうじてささえられた。なんとかバランスをとって乗せる。

タイヤは空気が抜けている。当然だろう。わざわざ空気をいれにくる者などいない。

一軒の住宅が爆発した。内部から出たらしい火に包まれる。あらゆる木材が炎にさらされ、それまでの熱もあってたちまち燃えはじめる。

ルーシーはアンヘルの乗った手押し車のハンドルを握り、ぎこちなく道ぞいに押していった。

次々に住宅に火がついていく。高温に何度もさらされる。

アンヘルは手押し車のなかでぐったりしている。すでに死んでいるように見える。

ばかなことをしている……。

肩ごしに振り返り、ぎこちない手押し車の速度を上げた。

背後には火の壁ができて、轟然と空を焦がしている。ルーシーは走れるが、いずれは追いつかれる。迂回は無理だ。

　郊外住宅地の道路は行く手で袋小路になっていた。アンヘルを引きずって家々のあいだを抜けて、裏庭から出るのはまにあわない。炎に追いつかれる。

　悪態をついて手押し車をおき、火のほうへもどった。あちこちで小さな火の手が上がりはじめている。飛んでくる火の粉から燃え移ったのだ。ルーシーは角材を拾って、それに火を移した。急ごしらえの松明を手に駆けもどる。

　失敗したら、二人ともこんがり焼けるわね……。

　アンヘルが壊れた人形のように乗った手押し車のほうへ駆けもどり、付近の建物に火をつけはじめた。

　炎はまたたきながら大きくなっていく。やがて轟然と燃えはじめる。

　ルーシーはアンヘルのそばにもどった。いまは前方と後方の二つの火の壁にはさまれている。空気は火傷しそうなほど熱い。アンヘルを手押し車から下ろして、熱い路面に並んで横たわり、手をつないだ。

　かなり昔に消防士にインタビューしたことがあった。山林を呑みこむ大規模な山火事を制圧することにまだ利益が見いだされていた時代だ。

　山林火災の消防士は、炎にまわりこまれてチーム全員が焼死の危機にさらされた体験を話してくれた。谷側にまわった火は斜面を上へと進みはじめた。火から逃げて草原を渡っているときに、彼は思いついて、前方の草に火をつけた。その火も斜面を上っていき、消防士たちはあとを追いかけた。やがて焼けて可燃物のない地面が広がり、そのなかに消防士たちは逃げこむことができた。おかげで一人も死なせずにすんだという。

　ルーシーたちのまわりでは炎が勢いを増した。隣ではアンヘルがうめいている。出血量が多いのだ。ばかなことをしているとルーシーは思ったが、それでも逃げなかった。

大混乱に直面すると人は動物になってしまう。ルーシーもそうなりかけた。しかしいまようやく理解できた気がする。大混乱の恐怖で多くの人は人間以下になる。隣人を切り裂き、フェンスに磔にする。

しかしそれに立ちむかう人も少数ながらいるのだと理解できた。麻薬マフィアやギャング《チョロビ》に立ちむかい、金や、ウォーターナイフや、民兵組織に抵抗する。安易な道を選ばず、正しい道を選ぶ。それが安全な道でなく、賢明な道ですらなくとも。

ルーシーは大混乱のなかにいるが、そのことは関係ない。自分が殺しかけたウォーターナイフの手を握り、立ち昇る炎のあいだに伏せた。逃げない。自分がつくりだした恐怖の一部となって焼け死ぬか、浄化されて生き延びるか、どちらかだ。

周囲の炎は高く立ち昇っている。

ルーシーの肌は焼けるように熱くなってきた。

38

マリアは、火を見るずっとまえから煙のにおいを感じていた。異変はそのときから察していた。〈獣医〉の手下たちがそろって西を見るようすや、あたふたと準備するようすからわかった。だれもマリアにちょっかいを出さなくなった。

ダミアンが走りながらそばを通りかかった。

「なにが起きてるの？」

「大きな銃撃戦だ」ダミアンは叫んだ。「メリーペリーのやつらをおとなしくさせにいく」

「あの煙はなに？」

ダミアンは笑った。

「世界が燃えつきるのさ！」

〈獣医〉の手下たちが何人もピックアップトラックに跳び乗り、オートマチックの銃器に装塡された弾薬を確認した。そして熱い風のなかに砂埃を蹴立てて出発していった。

「出してよ！」マリアはダミアンに強く言った。

「できるわけないだろう」

「鍵をこっちに放ってくれればいいわ。だれも見てないから！」

　ダミアンは周囲を見まわした。マリアは続ける。

「鍵を放って、骸骨のレディへの供物だと思って。これから人を撃ちにいくんでしょう。撃ち返される危険だってあるはずよ」

〈獣医〉が邸宅の玄関に出てきた。ダミアンはどうしようもないと肩をすくめた。

「悪いな、マリア。無理だ」

　そしてトラックに駆け寄って荷台に跳び乗り、姿勢を低くした。トラックは急発進して敷地から出ていった。〈獣医〉もマリアのそばを通って自分の四輪駆動車に乗りこんだ。

　まもなく敷地は静かになり、マリアのそばでハイエナが歯を鳴らす音しか聞こえなくなった。

　完全に放置された。

　煙が濃くなってきた。炎の上に赤い太陽が傾いていく。敷地にはだれも帰ってこない。遠くにはもっと火の手が上がっている。大火災だ。

　ハイエナたちはいちように火を見ている。耳を立て、吹き寄せる煙に鼻をひくつかせている。飼育場を端から端まで歩きまわっている。出口を探しているのだとマリアはわかった。

　遠くから銃の連射音が聞こえる。スペイン風の瓦屋根に反響する。この状況はマリアにとって都合がいいのか悪いのか。夜になってもだれももどってこない。銃声だけが続く。

　上空は渦巻く黒煙に閉ざされ、火の粉で赤く輝いている。火のついたクリア袋がくるくると舞いながら飛んでいく。熱風に吹き上げられ、プラスチックの蠟燭のようにまたたく。時間がたつごとに煙は濃くなる。マリアはハイエナたちといっしょにしゃがんでいるだけだ。ハイエナはみんな地平線に顔をむけ、やってくるものを見ている。避けがたい運命を待っている。

「そこから出たいか？」

夜のなかで動く影があった。

「トゥーミー？」

闇のなかから足を引きずってあらわれた。手には銀色の大きなリボルバーがある。四十四口径マグナムだ。だれかの姿を見てこんなにうれしいことはない。

「どうしてここへ？」

「おまえ一人でよかった。〈獣医〉がゲートに鍵をかけ忘れていったのも幸運だった」マリアの檻へやってくる。「どうすれば出してやれる？」

「むこうに鍵があるわ」

〈獣医〉の子分たちがカード遊びをしていたテーブルへ、トゥーミーは足を引きずっていった。ずいぶん長くかかったようだが、実際には一分くらいでもどってきた。トゥーミーは外に出たマリアを抱き寄せた。

「さあ、行こう。ここにいるとまずい。あちこちで銃撃戦が起きてる。巻きこまれたくない」

あらためて見るとトゥーミーは悲惨な状態だった。服はぼろぼろで疲れきっている。撃たれた脚は太い副木で簡単に固定しているだけ。顔は苦痛でゆがんでいる。

「あたしにつかまって」

「その手はどうした？」

「なんでもない。大丈夫よ」そうやってトゥーミーを敷地の外へ出した。「待ってて」

「どうするつもりだ。危ないことはやめろ」

マリアは無視して敷地内にもどった。ハイエナの飼育場の鍵をみつけると、もどってその錠前を開けた。

マリアが鎖をはずしていくと、その金属音にハイエナは興奮しはじめた。はずし終わって、マリアは走って逃げた。

ハイエナは脚が速い。サンタ・ムエルテよ、おそろしく速いのだ。

彼らがフェンスに体当たりしているのが音でわかる。鎖が鳴り、じゃらじゃらと音をたててはずれた。

トゥーミーが銃を上げる。

「気をつけろ！」

マリアは飛びこむようにしてゲートのすきまを抜け、直後にトゥーミーがゲートを閉めた。すばやく掛け金をかける。ハイエナが格子にぶつかってきて、鉄がきしんだ。マリアは悲鳴をあげ、震えながら退がった。

「非常識《ロコ》だ」

「非常識な女《ロカ》よ。あたしは非常識な女《エストィ・ロカ》」マリアはどうでもよさそうに訂正した。「〈獣医〉がもどってきたら、きっと驚くわ」トゥーミーの腰に腕をまわした。「さあ、行きましょう」

どちらをむいても火がある。丘にも延焼している。火の線が斜面を上がっていく。燃えるサグアロサボテンが闇のなかの松明のようだ。数百人のキリストが十字架上で焚刑にされているように見える。燃え尽きて倒れるとさらに大きな火の手が上がる。

トゥーミーはマリアに大きくよりかかっていた。動かない足を引きずるごとに荒い息をつく。

上空ではヘリのローター音が空気を震わせている。バタバタという重い音が、火災やオートマチック銃の連射音のほうへまっすぐむかっていく。

「まるで世界が燃えているみたい」マリアはつぶやいた。

「そうかもしれないな」トゥーミーは同意した。「携帯電話網がすべて停止しているから、メリーペリー教徒も組織的な行動がとれないんだ」

丘も建物も、さらに空も燃えている。火のついたクリア袋やグロ新聞が飛ばされていく。黒煙におおわれた空に輝くオレンジの星のようだ。

地獄はこんな光景にちがいない……。

教会に通っていた頃に教えられた地獄のありさまが浮かんだ。罪人が行く場所だ。しかしここではだれもかれもが呑みこまれている。マリアやトゥーミーのような普通の人々も、〈獣医〉のような怪物も区別なく。

二人は燃える夜のなかをよろめきながら進んだ。徘徊する暴徒に二度遭遇した。アリゾナ人の集団に出くわしたときは、トゥーミーが話してなだめ、襲われずにすんだ。松明を持って家々に火をつけているテキサス人の集団に会ったときは、マリアが説明して、自分とトゥーミーは復讐の対象でないことを納得させた。

ある家の玄関口にしゃがみこんで、トゥーミーが言った。

「二人いっしょにいれば安全だな」

ライフルと拳銃の発砲音が屋根に反響している。銃撃戦の場所が増えている。

マリアは顔の汗と煤をぬぐった。

「あなたの家は無事かしら」

「行ってみればわかる」

トゥーミーの汗だくの顔は苦痛でゆがみ、口は半開きになっている。

「苦しい？」

「大丈夫だ、小さな女王さま。大丈夫。さあ、行こう」

マリアはその彼を引きもどした。

「どうして助けに来てくれたの？　そんな義理はないはずなのに」

トゥーミーは笑って、顔をしかめた。

「たどり着けないかと思ったよ」

「でも来てくれた」

トゥーミーは手のなかの拳銃を見た。

「生きるために危険から逃げるのは、ときとして死ぬより悪いことだ」

「あたしは生きたい」

「みんな生きたいさ」

「それにはここから脱出しないと」

トゥーミーは笑った。

「今後は……」首を振って、「カリフォルニア人とネバダ州軍は自分たちの利益のためにより熾烈に戦うようになるだろう」燃える町並みをしめす。「この光景はだれにとっても教訓になる」

「テキサス人はもうどこでもじゃま者なのね」

トゥーミーはよろよろと立ち上がった。

「彼らのせいじゃないさ」そして拳銃をマリアに差し出す。「さあ、これを見て。しっかり持って。撃つと反動があるからね」

「どうしてこんなものを見せるの」

トゥーミーは真剣な顔だ。

「追手が来て、逃げる状況になったときに、おまえには逃げのびてほしいからさ」

「あなただって逃げられるわ」

しかしさらに歩き、銃撃戦が進行中の場所を通過するうちに、マリアは自信がなくなった。

夜の空気は火災の熱がこもり、まるで息苦しい毛布をかぶっているようだ。二人は水を持たないので、砂漠を歩いているのも同然だ。

ようやく友好ポンプとそのまわりの不法占拠者のスラムにたどり着いた。しかしあるのは灰と瓦礫だけだった。バラックの住まいも赤十字のテントも消失している。くすぶる死体が累々と横たわり、肉の焼けたにおいがたちこめている。瓦礫のあいだを野犬やコヨーテが歩き、死体を食いちぎったり、たがいに争ったりしている。

マリアとトゥーミーは瓦礫のあいだを縫って、ポンプがまだ動いているかどうかたしかめにはいった。トゥーミーは動物の集団に拳銃をむけている。しかし本当に襲ってきたらどうするのだろう。撃つには数が多すぎる。

トゥーミーは広場の端からポンプを観察した。

「動いてないようだな。火災の熱で電子部品が溶けちまったんだろう」

マリアは動かないポンプを切望の目で見上げた。〈獣医〉のアジトから水を持ってくれればよかった。

野犬の群れは死体をあさりつづけている。

「フェニックスから脱出するしかないわ」

トゥーミーは悲しげに笑った。

「脱出して、どこへ行く？」

「北か、カリフォルニアか。ここではないどこかよ」

「どうやって？　コロラド川の渡り方を知っている連中はみんな〈獣医〉の息がかかっている」首を振って、「一度試してだめだったただろう？　おれたちをみつけるように手配しているはずだ」

「〈獣医〉は死んだかもしれないわ」

「そう思うか？」

思わない。〈獣医〉は不死身だ。悪魔なのだ。彼もハイエナも、どちらも死なない。

「とにかく、こちらは金がない。テキサス人には手の届かない値段だ。これからは脱出希望者が増えるから、値段は高騰するだろう。時期を待つしかないよ。金をためて、それから動こう。さあ、立たせてくれ。おれの家へ帰って、計画を練るんだ」

「まだ家があると本当に思う？」

トゥーミーは陰気に笑った。

「さあ、わからんな」

新たなヘリの編隊が鈍い音をたてて上空を通過した。オレンジ色の炎に照らされ、煤塵でかすんだ空を飛ぶ黒い鳥だ。

マリアはそれを見上げた。目的はなんだろう。火災を消火しにきた消防ヘリか、兵士を配置しにきた州軍ヘリか。

「やっぱりあたし、州境へ行くわ。案内なしで渡る」

「死ぬぞ」

　マリアは短く笑った。

「ここにいても死ぬのよ。早いか遅いかだけ」

　装甲兵員輸送車が通りすぎた。ひとけのない通りでは寂しく頼りなく見える。地平線に続々と増える火災に対して的外れに思える。

「じゃあ……どうする？　砂漠を五百キロ徒歩で横断して、コロラド川を泳いで渡るか？　プロの業者《コヨーテ》だって毎回成功するわけじゃないんだ」

「プロのコヨーテに頼んだら〈獣医〉に引き渡されるって、自分で言ったでしょう。かといってここにいたら……」肩をすくめる。「〈獣医〉はこの混乱を乗り切って勢力をもっと強めるかもしれない。あたしがこの町にとどまっていると聞きつけたら、かならずつかまえにくる」

「おれのところに隠れろ。今度はもっと用心する。きっとうまくやる」

　トゥーミーの話は父親とおなじだ。できないことを約束する。できると自分が信じたいことを信じる。しかしそんなトゥーミーに安全と保護を約束されて、マリアもそれを信じたくなった。年長で経験豊富な男に頼りたい。身の安全をまかせたい。問題解決をゆだねたい。これまで父親やサラに期待したように。マイケル・ラタンに期待したように。

「いっしょに逃げましょうよ。二人で」

　トゥーミーは自分の足をつついた。

「長い距離を歩いたり、川を泳ぎ渡ったりできるとは思えんな。おまえの手の怪我もひどい」

　マリアはずきずきと痛む手を丸めて、トゥーミーの視線から隠した。

「なんとかなるわよ」

「おや、甘い考えは今度はどちらかな」

マリアは黙りこんだ。トゥーミーはその肩を握った。

「せめて一、二日休んでからにしろ」

「なんのために？　そのあいだにあたしを説得するつもり？」

「いいや」トゥーミーはうめきながら立ち上がった。

「この銃の撃ち方を教えてやる」

39

アンヘルは母親のそばにもどっていた。彼女はタマレスをつくっている。トウモロコシの皮とトウモロコシ粉で赤い豚肉を包む。ドン・オマールの古い曲が流れている。母親は笑い、にこにこして手を動かし、音楽にあわせて体を揺らしている。アンヘルは爪先立ってキッチンカウンターの上をのぞこうとしている。

「椅子を持ってきなさい。そこからじゃ見えないよ」

隣で椅子の上に立った。

母親はトウモロコシ粉の包み方を見せてくれた。アンヘルは、トウモロコシのスシみたいだと言った。母親は笑ってわが子を抱き締め、そんなにスシが好きなら日本語を勉強して店を出しなさいと言った。姉たちが学校から帰ってくるまでそうやって母親を独占していた。

タマレスの包みを蒸す鍋の熱気を憶えている。カウンターのタイルも思い出す。においも、母親の赤いエプロンも……。

しかしこれらは記憶にすぎないとわかっていて、悲しかった。母親は死んだのだ。メキシコもいっしょに死んだ。アヤとセレナも。父親も。しかしそれでいいのだと思った。いまは母親のそばにいる。安全だ。トウモロコシのにおいがして、熱い湯気を感じる。中身に火が通るにおいがする。煙がにおう。

母親が奇妙な表情でこちらを見ている。アンヘルの体はとても熱い。

全身が焼けるように熱い。

「お医者さんに連れていかないと」母親が何度も言う。

必要ないとアンヘルは言おうとした。みんな死んだのだ。母親だって死んでいる。なのになぜ心配をするのか。母親は、息子をお守りくださいと聖母マリアに祈っている。アンヘルは、守るべきものなどないと説明しようとした。アンヘルと聖母とイエスは遠い昔に袂を分かったのだ。なのに母親はかたわらでひざまずき、祈っている——

「起きて。さあ、目を覚まして」

母親は短い息をしながらキスする。アンヘルはうめいた。起き上がろうとしたが、全身に激痛が走ってまた倒れた。

ルーシーは体を起こして立った。汗まみれですすだらけ。美人のジャーナリストがこちらを見下ろしている。自分だけの聖母だ。

悪くない目覚め方だ。

ただし体が痛い。とても痛い。ほんの少し動いただけで激痛がある。かたわらには男が一人しゃがんでいる。手に針を持っている。

「まあ、生きている証拠だよ」男が冗談を言った。

「がんばって」ルーシーは言って、アンヘルの手を握った。

そんなに強く握られると痛いと言おうとした。しかし男の持つ針がアンヘルの皮下に滑りこむと、また意識を失った。

暗殺者《シカリオ》が隣にいた。アンヘルとおなじプラスチック製の小さな椅子に腰かけて、あのとき射殺した男の死体のそばについている。シカリオは悪者だと知っているので、アンヘルは身の危険を感じた。しかしシカリオは隣に彼がいることを歓迎しているらしく、逃げられなかった。

シカリオはメスカル酒の瓶を持っていて、自分が撃った男をそれでしめした。

「おれもこうなる。剣で生きる者は剣で死ぬっていうだろう。憶えておけ、息子《ミホ》よ。おれたちは剣で生き、剣で死ぬんだ。鉛玉の料理をつくっていると、いつか自分が鉛玉に料理される」

アンヘルはこの男が自分の父親だと本能的にわかった。シカリオこそ本当の父親だ。昔いっしょに北へ逃げた警官ではない。なにもかもいずれ解決すると約束したり、麻薬マフィアに狙われるようなことはしていないと主張した男ではない。風向きの変化を読めず、逆風に気づかずに家族を失った男ではない。

シカリオこそ本当の父親だ。この暗殺者は幻想なしに世界を見ている。

「おれも剣で死ぬ。でもおまえまでそうなる必要はない。北《エル・ノルテ》へ行け。やり直せ。今度は鉛玉に料理されるな」

「ママとアヤは?」

「だれも連れていけない。わかるか?《エンティエンデス》」警告するように瓶を振る。「それか、ここに残るかだ。その場合は剣で生きて剣で死ぬことになる。だからおまえは北へ行って、きれいに生きろ。ここはおまえには危険すぎる」

「でもおれは剣で生きてはいない」

　シカリオは笑った。

「心配ない、息子《ミホ》よ。いずれそうなる」

　シカリオはメスカルの瓶を持ってアンヘルの上にかがみこみ、瓶の口を体のあちこちに押しあてはじめた。すると瓶がふれたところには、奇跡のように穴が開いて血が流れはじめた。アンヘルはそれらの銃創を見た。怖くはない。痛いが、それで正しいのだと思った。この体にあるべきものだ。

「穴だらけだ」つぶやく。

　シカリオはメスカルを一口飲んで笑った。

「彼女に縫《ソウ》ってもらえ」

「すでにこき使《ソウ》われている」

「そっちの彼女じゃない。こうやって撃たれる原因になった女のほうだ」シカリオは苛立った顔になった。瓶から飲み、また瓶の口を押しつける。新たな銃創ができた。「そんなに愚かじゃ生きていけないぞ。愚かだ《ストゥーピド》、ばか《ダムボ》だ」

　二回押しつけ、二つ銃創ができる。

「そんなスペイン語があるか」

　シカリオは笑った。

「長らく故郷に帰ってないおまえに言われたくないな」にやりとしてアンヘルを見る。「助言してやろう、息子《ミホ》よ。女たち《ラス・ムヘレス》を怒らせるな。〝怒った女と住むより砂漠に住んだほうがまし〟ってことわざがあるだろう。深い真実《ベルダド》だ、息子《ミホ》よ。メキシコでも、チワワ・カルテルでも、北《エル・ノルテ》でも変わらない。怒った女はおまえのタマを切り落として、スズメみたいにピーピー泣かせるぞ」

「おれは結婚してない」

　シカリオはわけ知り顔の笑みになった。

「女をとっかえひっかえしてるチンピラはかならずそう言う」指さして警告する。「しかし女はわかってるもんだ。男がなにをしようとしてるかよくわかってる。口に出さなくてもわかってる。おれがどうなったか見てみろ!」

シカリオは自分の体をしめした。アンヘルとおなじく銃弾で穴だらけだ。

「おれの女がなにをしたかわかるか? あの女《ブタ》のことはぜんぶ歌になってる。本当はおれをたたえる物語歌《コリード》になるはずだったのに、女をほめる歌になっちまってる。おれのことは二行くらいしか出てこない。そしてしまいにはこれさ」

シカリオは身を乗り出して、瓶を片手に身ぶりをした。

「歌のなかで、おれが女を殴って血を吐かせたって件《くだり》があるが、ありゃ嘘っぱちだ! お袋に誓ってもいい。まあ、ちょっと小突くくらいはしたさ。しかし強く殴ってはいないぞ」真剣な顔で首を振る。「あいつの歌は嘘だらけだ」

アンヘルはその言い訳を笑った。

「あんたは北に行かないほうがいいな。北の女たちはそんな嘘をがまんしないぜ」

シカリオは怒った顔になった。

「それをおまえに説教しようとしてるんだ、息子《ミホ》よ。北の女に嘘をつくな。こっぴどくやられるぞ」

アンヘルは困惑してシカリオを見た。

「でもあいつとは会ったばかりだ」

シカリオはあきれたようすで両手を天に上げた。

「こんなばかは生きる価値がないな、骸骨の聖母《チヨロビ》よ。教えてやってるのに、理解する頭がない。ギャングのほうがましだ。こんなやつは撃ち殺そう。そのほうが世のため人のためだ」

アンヘルははっと息を呑んで目覚めた。

ルーシーがかがみこんでいた。額にそっと手をおいている。アンヘルの体はまるで列車に轢かれたように、全身がずたずたで痛かった。

部屋はむきだしの間柱に合板を張った未完成のつくりだ。壁に打った釘から点滴用の生食《せいしょく》の袋がぶらさがっている。隣にはブリトニー・スピアーズのくたびれたポスター。しわ取り整形して歯を見せずに笑うようすは、まるでおばあちゃんのセクシーショーだ。

暑くてたまらない。シーツを剝ぎ取ろうとして、汗まみれの自分の体を見た。銃創のくぼみと新しい縫合痕だらけ。失敗の歴史だ。

胸と腹は切り開いて手術したらしい。縫われたところがひきつれている。何年もまえにキャサリン・ケースのまえでシャツをはだけたことを思い出した。初めて会ったときだ。銃弾を浴びるのは怖くないと言って、傷痕を見せた。

それがまた増えたわけだ。

起き上がろうとしたが、無理だった。軽く痙攣しながら背中を倒した。

ルーシーが胸にそっと手をおいた。

「安静にして。死ななくて幸運だったわ」

話そうにも嗄れた声しか出ない。

「水《アグア》……」苦労して単語がやっとだ。「頼《ポル》……」

いや、英語だ。

「頼む、水を」

「クリア袋しかないわよ」

「それでいい」

ルーシーが袋を持ち、ストローをくわえさせてくれた。しかし充分に飲むまえに袋を引っこめられた。

「これだけか？」

「内臓の縫ったところがくっついたら好きなだけ飲ませてあげるわ」

アンヘルは抗議したかったが、気力がない。それに口調からしてルーシーは折れそうになかった。

「どれくらい……眠ってた？」

「一週間よ」

アンヘルはうなずいた。目を閉じると、夢の記憶が蘇る。この体に銃弾の穴を無数にあけたシカリオ。意地悪く笑い、メスカルの瓶を振る悪人。女と忠誠について愚痴っていた。

「じゃあ、おれを殺して……それから……」乾いた喉が貼りついて声が出ない。「……おれを救ったのか？」

ルーシーは恥ずかしそうに笑った。

「そうね」

「きみは……」また声が詰まる。「きみは、支離滅裂な女だな」

意外にもルーシーはもっと大きく笑った。アンヘルも笑った。とはいえ痛々しいかすれた吐息しか出ない。息が止まりそうに痛かった。それでも笑って気分がよくなった。彼女に手を伸ばす。

「目を覚まして……きみがいてくれてよかった」

「穴だらけにされたのに？」

「だからこそだ」

見つめあった。ルーシーが先に目をそらした。

「巻きこまれたくなかったのよ」

ルーシーは急に立ち上がり、アンヘルが寝ている場所のまわりを片づけはじめた。注射器や生食のパックや消毒薬を集めていく。忙しくして視線を避けている。

「なにに巻きこまれたくないんだ？」

「ここよ」目をそらして片づける。そして手を振ってしめした。「フェニックスよ。この町について報道して、わたし自身は巻きこまれないつもりだった。ところが突然、深みにはまって抜けられなくなった。わたし自身が嘘をついたり裏切ったりしはじめた」恥ずかしそうにアンヘルのほうを見る。「殺人もよ。巻きこまれてしまった。こんなことになるなんて思わなかった」

「家族を人質にとられたんだろう。その脅しは強力だ」

ルーシーは苦々しげに笑った。

「影響されないつもりだった。この町を知ってるつもりだった。でも実際には初めて来たときとすこしも変わらない、ずぶの素人だった。ここの人々よりましな人間のつもりだったのに、じつはまったくおなじだった」

「折れない人間はいない。適切な弱点を突かれるとだれでも折れる」

「あなたはよく知ってるはずね」

「おれはそれをやってきた」痛みをこらえて手を伸ばす。「こっちへ来てくれ。ちょっとだけ」

ルーシーはおびえた小動物のようだった。アンヘルにだけは近づきたくないと思っているようすだ。それでもそろそろと近づいて、隣にしゃがんだ。

アンヘルはその手をとった。

「適切な圧力をかければだれでも折れる。充分に殴れば口を割る。充分に脅せばよそへ引っ越す。充分に怖がらせれば書類にサインする」

「わたしはそんなことはしない」

アンヘルはルーシーの手に力をこめた。

「おれをあのまま死なせても、だれもきみを責めなかったはずだ。むしろ英雄扱いされたかもしれない」指をからめる。「だからきみは恩人だ」

「いいえ、ちがうわ」

ルーシーは目をそらした。

アンヘルはそれ以上主張しなかった。ルーシーはアンヘルのいう恩義と自分の罪責感を秤にかけているかもしれない。しかしアンヘルは彼女の裏切りを責めるつもりはなかった。圧力に屈したかどうかで人は判断できない。選択肢のある少数の場面で判断すべきだ。

ルーシーは、見殺しにしていい場面で救助した。裏切ったことに罪責感があるとしても、それは彼女の規範でのことだ。アンヘルにはアンヘルの規範がある。そして裏切りは理由の大小にかかわらず日常茶飯事だ。

裏切り……。

シカリオは自分を鉛玉で穴だらけにした女に毒づいていた。女をとっかえひっかえするなとアンヘルに警告した。

「おれのことをだれかに話したか？　協力していることを教えたか？　カリフォルニア人に脅迫されるまえに、だれかに話したか？」

「まえも訊かれたわ。そのとき答えたとおり、話してない」

「もし話してても怒らないぞ。真実を知りたいだけだ」

「話してないってば！」

「くそったれ」

「なにかまずいの？」

「きみのトラックはあるか？」

「あるわよ。太阳《タイヤン》にもどって回収してきた。尾行されてはいないはずだけど――」

「いいんだ。それでいい」アンヘルは深呼吸した。「立たせてくれ。着替える」

「なに言ってるの。まだ縫ったところがくっついてないのよ。細胞の増殖促進剤を点滴してるところなのに」

「時間がない。抜いてくれ」

　うめきながら起き上がった。

「冗談じゃないわ。安静にしないと。肺に移植箇所があるのよ。腎臓にも」

「そのようだな」

　体内に剃刀がはいっているように感じる。錆びた歯車が動き、ハンバーガーをすりつぶしているようだ。痛い。それでも起き上がった。すわって短い息をし、身震いしながら苦痛が去るのを待った。

「落ち着いて」

「いや、落ち着いていられない」

　血まみれのズボンに手を伸ばす。ときどき目のまえが暗くなり、倒れそうになる。

「たぶん、おれのボスから暗殺指令が出たんだ」

40

アンヘルが道を指示して、市街中心部から焼け野原の郊外へトラックを走らせた。

ルーシーの目にアンヘルはかなり弱っているように見えた。いつまでも起きて動いていると命取りになる。

分譲住宅地のいくつめかの長いカーブを曲がっていく。市内をあちこちへ走り、灰になった郊外を通った。黒い瓦礫のほとんどはまだ煙を上げている。くすぶる火はなかなか消えない。

「どういうことか理解できないわ」ルーシーは言った。

「わたしに圧力をかけてきたのはカリフォルニアだった。でもわたしが知るかぎり、ネバダとカリフォルニアは協力していないはずよ」

「おれもそこに引っかかってるんだ。おれが撃たれる直前におかしなことが起きた。キャッシュカードを使おうとしたら使用不可だった。まるですでにおれが死んでるように。だれかに消されたみたいに。その操作はカリフォルニアにはできない」陰気に笑って、「しかしおれの仲間ならできる」

べつの道を指さした。

「そっちだ。あの道だ。焼け落ちてないところだ」

「なにを探してるの？」

アンヘルは秘密めかした視線をむけた。

「答えさ」

「まじめに答えて。気どった態度はやめて」

「どうした、独占ネタがほしいのか？」

「あなたはどうでもいいでしょう」

「わかった。ＩＤがないとおれはアウトだ。無一文で、州境も越えられない。テキサス人とおなじく無力だ。かといって連絡をとったら追っ手がかかる。だからなんとか自力でキャサリン・ケースのところへもどらなくちゃいけない」

「彼女を怒らせるようなことをしたの？」

「たぶんブラクストンだ。あいつはおれのことを根に持っていた。ケースをそそのかしておれを切らせたんだ」ルーシーが当惑した顔なので、アンヘルは説明した。「公社《SNWA》の法務部長だ」肩をすくめて、「反りがあわなかったんだよ」

「あなたを消させようとするほどに？」

アンヘルはまた肩をすくめた。

「まあ、おれだって機会があればおなじことをしただろうな。あいつは裏でなにかやってたはずだ。情報を敵方に売るとか」

「ベガスにもスパイが潜入しているということね」

「だれでもリスクヘッジするさ」前方を指さした。

「ここだ。着いたぞ」

ルーシーはトラックを停めた。どこにでもある放棄された住宅地で、これといった特徴はない。どの家もリサイクル屋がはいっていて、配線や一部の木材、場合によっては窓ガラスもはずして持ち去っている。シャーリーンがやったのだろうか。徹底的な仕事ぶりは彼女かもしれない。

「ここになにがあるの？」

「いざというときの隠し場所だ。手伝ってくれ」

ルーシーの肩を借りて、がらんどうになった住宅の一軒にはいった。

「こういう場所を市内のあちこちにもうけてある。緊急用だ。他に打つ手がなくなったときに使う」

「こういうところがいくつもあるの？」

「おれが知ってるのは約二十カ所。たぶんもっとある」

「フェニックスに完全に侵入してるのね」

「必要なことをやってるだけさ。市のいろんな部局の職員に金をつかませ、甘い話を吹きこみ、家族を北のサイプレス開発地に引っ越させる。するとそいつはいい情報提供者になる」ルーシーのほうを見て、「家族を押さえておけば安心して使える」

ルーシーは目を伏せた。アンヘルはその腕に手をおいた。

「なあ、その話はもう終わっただろう。きみのせいじゃない」

その声は驚くほどやさしかった。他人の言いなりになった人間への同情がある。人の理想がいとも簡単に崩れることを知っている。許しをふくんだ声を聞いて、ルーシーは感謝の気持ちに満たされた。

「ジェイミーに接近したのもそういう人物かしら。おなじ部局にいて、あなたたちの手先だった職員。ベガスのスパイの一人」

「その質問はフリオと部下のヴォソビッチ以外には答えられないな。事実関係を知ってるのはあいつらだけだった」

アンヘルは痛みをこらえながらゆっくりしゃがみ、床のカーペットの一部を引っぱった。接着されている。苦しい息とともに言った。

「手伝ってくれ。まだちょっと……力が出ない」

ベリベリと音をたててカーペットを剝がす。その下から跳ね上げ戸があらわれた。

「まるで海賊の宝を埋めた隠れ家ね」

アンヘルは肩をすくめた。

「ガラクタ屋もほしがらないようなガラクタの下に隠してある。そして隠し場所はいくつもあるから、何カ所か失っても問題ない」

「フェニックスの半分が焼け野原になったとしても？」

「そういう場合でもだ」扉を引き上げると、闇へ下りる急な階段があらわれた。「手伝ってくれ」

ルーシーが先に下りて、アンヘルが慎重に地下室にはいるのをささえた。スイッチをいれると、いくつかの小型電球が青白い光をともした。

「バッテリーはまだ生きてるな」安堵したようにアンヘルは言った。

ルーシーはタンク入りの水やクリア袋の束が保管された棚を見ながら、アンヘルは行き当たりばったりで行動していると思った。自信ありげ態度なので目算があるように思うが、実際は万策尽きて、わずかなチャンスを探っている状態だ。この傷だらけの体から率直に考えれば、この地下室の備蓄をあさっても突破口はみつからないだろう。

アンヘルは棚から拳銃を出して点検し、さらに弾薬の箱を下ろして弾倉に装塡しはじめた。慣れた手つきだ。べつの箱から防弾ジャケットを出し、痛そうな声を漏らしながらルーシーのほうへ放った。

「きみのだ」

「わたしまで撃たれるの？」

アンヘルは笑って見返した。

「おれの隣に立ってたら撃たれるだろうな」防弾ジャケットをもう一着取り出し、腕を伸ばしてから言った。「手伝ってくれないか。さすがに……」

ルーシーはアンヘルが防弾ジャケットに袖を通すのを手伝った。それからまた棚の備蓄品を見はじめた。密封された金属製の弾薬箱には、プロテイン補給用のバー食品や粉末状の乾燥食品のラベルが貼ってある。一つ開けてみると中身はぎっしり詰まっていた。隅には二百リットルの水タンクがある。これで数カ月生きられるだろう。クリア袋を使えばもっとだ。

「まるで生存主義者の夢のシェルターね」

アンヘルは嘲笑的に鼻を鳴らした。

「生存主義者なんかくそくらえだ」

「もめたことがあるの？」

「やつらの井戸を停めたときにな」シニカルな笑いを漏らす。「ああやって一人で生き延びられると思ってるのが信じられん。狭い穴ぐらに閉じこもって、一人で災厄を乗り切れるつもりなのか」

「古い西部劇の見すぎなのよ」

「一人で生き延びられるやつなどいないんだ」

口調のきびしさからすると、生存主義者のことばかりではなさそうだ。

薬の箱をあさり、ラベルを読んでいった。

「痛み止めだ。よし」二錠を口にいれ、水なしで呑んだ。「これでましになる」

アンヘルは熱に浮かされたように備蓄品をあさった。携帯電話をみつけると、バッテリーのパックを開けて挿しこみ、ダイヤルした。まもなく応答した相手に、数字とアルファベットの暗証コードを言う。あわてた口調だ。ルーシーのほうを見ると小さく微笑むが、声はやはり切迫して早口だ。

「救出を求める。いまいる場所は……アステカ・オアシスだ。頼む、急いでくれ。出血してるんだ」

そして電話を切った。

「行こう。出るぞ」アンヘルはルーシーの腕をつかんだ。

「なにをするつもり？」

「仮説の検証だ」

苦しい息とともにルーシーを階段へ引っぱっていく。階段ではルーシーの肩を借りて上がった。

家の外へ出ると、ルーシーはトラックのほうへ行きかけたが、アンヘルは反対方向へ引っぱった。

「だめだ！　そっちじゃない。すぐばれる」

「ばれるって、なにが？」

アンヘルはすでに通りの先へよろよろと歩いていた。

「この家がいいかな」

しかし玄関には上がらず、裏にまわって裏庭を横切り、さらに道を渡って、ようやく次の家にはいった。

「ここでいいだろう」咳きこんで吐いた血を、なんでもないようにジーンズになすりつける。「そうだ、ここでいい」さらに階段を指さす。

「二階に上がるってこと？」

「外を見たい」

まるで正気を失ったように目を見開いている。

階段の途中で転倒し、ルーシーがあわてて転落を防いだ。それでもあきらめず這って上った。

二階では荒い息をつきながら、寝室を順番に見ていく。最後に窓ガラスが残っている部屋にはいった。姿勢を低くして外を見る。肩で息をしている。見開いた目は、薬の麻薬効果と痛みと疲労でどんよりしている。

「どれくらいたった？」

「いつから？」

「電話してからだ！」

「五分くらいかしら」

「来い」ルーシーの腕をつかみ、部屋の奥へ引っぱっていく。「ここがいい」

「クローゼット？　興奮してるの？」

突然セックスをしたくなったのかと思ったのだ。痛み止めのおかしな効果で勃起したのだろうか。しかしクローゼットに引っぱりこむアンヘルの視線はべつのほうにむいている。窓だ。

アンヘルはしゃがんだ。息が荒い。傷だらけの肺が異音をたてている。銃創から空気が漏れて泡立ち、肺の奥で血がしみだしているのがわかる。

問いかけようとするルーシーの機先を制した。

「しー、聞け」ささやく。「来てる。おれを狙って来てる」ほとんど恍惚とした口調だ。

「べつになにも……」

いや、かすかに聞こえてきた。最初は遠くの叩くような音。それが大きくなる。そして突然、かん高い風切り音。

窓が砕けた。ガラスと炎が降りそそぐ。家が揺れる。灼熱の空気に包まれたルーシーは、体を丸めてアンヘルにかじりついた。網膜に炎のまばゆさが焼きつく。皮膚が焦げそうだ。

「なにが――?」

また熱と衝撃波が家を襲った。破片が壁に突き刺さる。強烈な炎と破壊。

荒れ狂う火のなかで、アンヘルを一瞥した。笑っている。うれしそうだ。貴重な贈り物をもらったように満足げだ。

ルーシーは起き上がろうとしたが、すぐに床に引きもどされた。アンヘルの防弾ジャケットをかぶせられる。

第二波の攻撃が来た。爆風が頭上を吹きすぎる。

「念には念をか」

ルーシーを抱いたアンヘルがつぶやいた。やはり笑っている。ミサイル攻撃のオレンジ色の炎のなかで、生気に満ちている。神の出現を見た熱烈な信者のようだ。

おかしくなっていた鼓膜がしだいに聴力をとりもどした。もうミサイルは飛んでこないらしい。ルーシーはよろよろと立ち上がり、窓のほうへ行った。ブーツがガラスの破片を踏む。

　通りを二本はさんだところから太い黒煙が立ち昇っている。炎も垣間見える。

「あなた、自分の組織から嫌われてるみたいね」

「ああ、そんな気がしてた」アンヘルは答えた。

41

　結果確認のチームは暗くなってからやってきた。

　SUVのタイヤがガラスを踏み、モーター音が静まるのを聞きながら、アンヘルは心の準備をした。ドアが金属音とともに開き、閉まる音。男たちがハンドライトで瓦礫を照らし、小声で話す声が聞こえてきた。

　アンヘルは焼けた瓦礫の奥に身をひそめ、ルーシーが期待どおりに動いてくれることを願った。しかし、いざというときの人の反応は読めないものだ。〈砂漠の犬〉のなかにも難民を州境の外に追い返すのをためらう民兵がいる。ネバダ州軍にも銃撃戦でビビってしまう兵士がいる。ギャング《チヨロビ》でも殺さずにわざと狙いをはずすやつがいる。

ルーシーもアンヘルにとどめを刺すのをためらった。

不安定な瓦礫を踏む足音。割れたガラスや黒焦げのスペイン風タイルをハンドライトの光が照らす。

「なにを探すんですか？」一人が訊いた。

「バラバラ死体さ」

「うげえ」

「いやな仕事だ」

二人だ。アンヘルは安堵した。二人ならなんとかなる。このぼろぼろの体でも。

「どうして汚い仕事ばかりやらされるんだろうなあ。こないだはラタンの部屋の後始末ですよ。カーペットから脳みそをこそげ落とすの大変だったんすから」

「だれが血まみれのカーペットを洗えと言った。捨てて新しいのと交換すればいいだけだ」

「そのとき言ってくださいよ」

「だからおまえを昇進させる気にならないんだよ」

アンヘルはうめき声をあげた。

「助けてくれ」誘うように語尾を引き延ばす。「助けてくれええー」

「まさか……」

二人は左右からかこむように近づいてきた。明るいLEDの光が目を刺す。アンヘルはまぶしくてまばたきし、そちらに手を伸ばした。ゆっくり、とてもゆっくりとだ。犠牲者らしく。焼死寸前の肉片のつもりで。

「どうやらベガスのお客さんだな」

二人の目に映る自分の姿は想像できる。火災とミサイル攻撃で悲惨にやられた犠牲者。黒い煤だらけで、タイルの瓦礫に半分以上埋もれている。髪はルーシーに焼かせてぼろぼろにしてある。額はガラス片で切り傷をつけ、血と灰でどろどろに汚した。

男たちはアンヘルの脇にしゃがみ、なかば埋まった体をハンドライトで照らしている。

「ほんとにこいつですか？」

「前回見たときよりかなりやられてるな。しかし太阳《タイヤン》ではっきり見たからまちがいない」

「太阳で見失ったとき、ですね」

「臨機応変なやつなんだよ。しかたないだろう」

まばゆさに目を細めながら、アンヘルは相手の姿を見た。大柄な二人の男だ。スーツの上着。ネクタイ。上着の内からわずかに拳銃をのぞかせている。会話からすると、死体安置所や太阳で追いかけっこをしたカリフォルニア人らしい。

その彼らが、いまこうしてキャサリン・ケースの命令で汚れ仕事をしているのか。

部下のほうが積み重なった瓦礫をどかしはじめた。上司の男はアンヘルの脇にしゃがんだ。

「体は大丈夫か?」穏やかに尋ねながら、アンヘルの血まみれのシャツに両手を滑らせた。所持品を確認している。「こっちに渡すべき書類を持ってるだろう。それともどこかに隠したか?」

「燃えちまったんじゃないすかね」部下が言う。

「助けてくれ……」アンヘルはつぶやいた。

「もちろんだ。助けるさ」カリフォルニア人はなだめた。「そのまえに書類の隠し場所を教えろ。そうしたら掘り出して赤十字テントへ運んでやる。わかったか?」

アンヘルは長く息を吐いて、白目をむいた。

「くそ。長くないな。おい、他のところも身体検査するぞ!」

アンヘルの体はひっくり返された。煤だらけの瓦礫の下に手がいれられる。上司の男がかがみこんで体の下側を調べているときに、アンヘルはその手を強くつかんだ。

バランスを失ったカリフォルニア人はつんのめり、アンヘルにおおいかぶさるように転倒した。アンヘルは苦痛でうめき、視界が暗くなりかけたが、なんとか瓦礫の奥に隠していた拳銃を出して、男の顎の下に突きつけた。

部下が自分の銃に手を伸ばす。

「動かないで！」ルーシーが叫んだ。「脳天を吹き飛ばすわよ」

男はぴくりとも動かなくなった。

アンヘルは思わず苦笑した。ルーシーは影のなかから出て慎重に移動している。アンヘルはつかまえた男の喉にさらに深く銃口を突きつけた。

「質問に答えてもらうぞ」

「くそったれ」

「そういう返事をもう一回したら、むこうの部下を撃たせる。二人いるのは好都合だ。残ったほうから話を聞けるからな」

ルーシーは部下の男の拳銃を奪って、すぐに手の届かない距離に退いた。油断なく狙いをつけたまま、もとの位置にもどる。

「二、三質問がある」アンヘルは言った。「素直に答えれば、おたがい無事にこの場を去れる」

「いいぞ。なんでも訊け」

このカリフォルニア人は時間を稼ごうとしている。アンヘルの体が弱っていることを悟らせてはいけない。

「だれの命令で動いてる？」

「知らないのか？」

日没で暗いのが不都合だった。目が順応してくれるといいのだが。見えないとすきができる。

「知ってるかもしれないし、知らないかもしれない。まちがった答えを言ったら銃弾を頭に撃ちこむかもしれない。どうなんだ、ケースの命令か？」

長い沈黙。

「そうだ」

ルーシーが疑わしげに鼻を鳴らした。

「ふうん」

そして部下の男の脚を撃った。部下は叫びながら倒れた。

ばか。

　上司はアンヘルの手から逃れようともがいた。アンヘルは内臓の縫い目が開くような苦痛に耐えて、相手にしがみつき、銃口をさらに強く喉に押しつけた。男は苦しげに息を漏らす。

「動くな！」

　暴れる男に怒鳴った。上司は抵抗をやめた。

　しかし部下のほうはルーシーに反撃しようとした。負傷していても動きは速い。

　ルーシーは拳銃のグリップを相手の頭に振り下ろし、うつぶせに倒した。背中を膝で押さえ、首のつけ根に銃口を押しつける。

「動くと、あんたの脳みそを地面のしみにするわよ」

　ルーシーの助手としての働きは心配無用だったが、今度は過剰な殺傷が心配になった。

「ルーシー？」

「なに」

「生かしておいてもかまわないだろう」

「こいつらは姉を狙ったのよ。ステイシーとアントに危害を加えようとした」

「この二人というわけじゃない」

「その仲間よ」

　ルーシーの声は抑揚がなく、なにを言っても聞く耳を持たないようだ。

「まだ殺すのはまずいんだ、ルーシー」

「大丈夫よ。この二人が正直に話しているあいだは撃たないでおく」

　銃口を部下の男の後頭部に押しつけ、顔を瓦礫にめりこませる。

　アンヘルが押さえているほうの上司は、最終的に殺されると思って体を緊張させるのがわかった。まずい方向にころがっている。

「こっちは答えを知りたいだけだ」

「どのみち殺すんだろう？」上司の男は言った。「昔はこんなふうじゃなかったよな。おたがいにいがみあってなかった」

「大昔の話だ」

「なあ、おれはチェスのポーンで、おまえもポーンだ。ロサンジェルスにいるだれかさんのために駒の消耗戦をやる必要はない。ポーン同士で話をしよう。こんな小競り合いはなかったことにして、おたがいに立ち去ろうと思えばそうできる。冷静に話そうじゃないか」

「あっちの女はどうなんだ？」

「ルーシーか」

彼女は答えない。その脳裏でなにが渦巻いているのか。鬱積した怒りや不満や恐怖やストレスが爆発寸前になっているのか。長年ここに住み、警戒し、こんな殺し屋の影におびえていたせいか。

「ルーシー」

「なによ」

「こいつらはただの兵隊だ。おれたちとおなじだ。仕事をして給料をもらい、家族がカリフォルニアに住めることを願ってるだけだ。大きな機械の小さな歯車にすぎない」

「危険な歯車よ」

アンヘルは疲れた首を振った。

「ちがう。彼らにとってはただの仕事だ。命をかけるようなことじゃない」すこし間をおいた。「それにいつかきみやおれが彼らにつかまったときに、かつて命を救われたことを憶えていて、砂漠に埋めずに解放してくれるかもしれないぞ」

ルーシーはしばらく沈黙したあとに答えた。

「いいわ、アンヘル。尋問して。この二人が正直に答えたら……解放する」

「保証があるのかよ？」部下のほうが訊いた。

「要求できる立場じゃないでしょう」

しかしルーシーの口調はさきほどから変化していた。もう怒りに支配されてはいない。カリフォルニア人たちも変化を聞き取ったらしく、アンヘルがつかまえている男もいくらか緊張を解いたのが感じとれた。

部下のほうがルーシーに言った。

「脚を……いいか？」

ルーシーは彼の上からどいて、すばやく退がった。男は上着を脱いで傷を縛りはじめた。

「質問してくれ」

「おまえたちはカリフォルニア人だな」

「もちろんそうだ」上司の男はため息をついた。「言うとおり、ＬＡから来た」

「それがどうしてここでベガスの仕事をしている？」

「上からの命令しか聞いてない。家をあさってベガスのウォーターナイフの死体を探せ、とある上位水利権の文書を探せ、運がよければなにかみつかるかもしれないって、それだけだ」

アンヘルははっとした。

「文書って、もしかして紙か？　木製品の紙のことか？」

「それは確実だ。ラタンのコンピュータにはなにもはいってない。しかしやつが水利権を売ったのはまちがいない。交渉のやりとりを検証すると、文書はデジタルではなく、紙のハードコピーだと考えたほうが辻褄があう。だからおれたちは紙を探してる」

アンヘルは力なく笑った。当然だ。南北戦争時代の軍人たちが、滅ぼしたインディアンとテーブルについて、羊皮紙に合意内容を書く場面が思い浮かんだ。一人ずつ羽ペンをまわし、先端をインクにひたして署名していく。

古い権利書は古い紙に決まっているではないか。

「紙の文書なんか持っていない」アンヘルは言った。

「あんたが太陽から逃げ出すところをみんな目撃してる。ラタンが権利書を持っていたのはわかってる。本人は組織の上のやつにも下のやつにも否定してたけどな。おれたちに嘘をつきながら、権利書を肌身離さず持ってたのは確実だ。あのアパートメントは徹底的に調べた。そこからなにかなくなっているとしたら、あんたがあわてて逃げたときに持ち出したとしか考えられない。つまり、あんたはラタンを射殺したあとに権利書を持ち逃げしたんだ」

「それはちがう。おれじゃない。おれはラタンを殺してない。犯人は仲間のべつの男で、そいつが勝手にやった。自分でその権利を売って大儲けしようと考えたんだ」

「ああ、ラタンもおなじことを言ってた。偽造の権利書をつかまされた、フェニックスがしかけた詐欺にちがいないと。その本人が死に、金はもどってこない。麻薬マフィアかなにかの事件に巻きこまれた……というのはよくある煙幕だな。まあ、じつは信じかけた。そう思わないとあまりにも奇妙だったからだ。しかしその話は根拠が薄いとわかってきた。残念だよ、ラタンは人間的にまともだったからな。しかしいまとなっては関係ない。おれたちが踏みこむまえに、最後にあのアパートメントにいたのはあんただ。だから――」

「だから、おれがおなじことをたくらんでると思ってるわけか。一儲け狙ってると」

「残りはあんたしかいないんだ」

「冗談じゃない」

しかしキャサリン・ケースが無関係なデータをつなぎあわせて、裏切りの図を描くようすが思い浮かんだ。ブラクストンがミスするわけのない仕事をミスした。コロラド州のエリスが寝返ったか殺されたかして、ダム破壊の情報を事前に送ってこなかった。さらにフリオが単独行動をした。おかしなことがいくつも起きている。裏切り。虚偽。

そしてアンヘル自身も地下に潜り、水利権は行方不明と報告した。

ベガスでアナリストをはべらせたケースを思い浮かべた。そこへ情報がはいってくる。アンヘルの報告だけでなく、アイビスとカリフォルニアに潜入させたスパイや情報ツールからのデータもはいる。

水利権がないとアンヘルが報告し、そのアンヘルと人相が一致する男が太陽から権利書を持ち出したとカリフォルニアが騒いでいるのを知ったら、彼女はどう考えるか。

フリオが権利書を持っておらず、カリフォルニアも持っていないなら、あとはアンヘルが嘘をついていると考えるしかない。

辻褄があう。

ケースはパターンを見る。パターンから決断を下す。浮かんだあらゆるパターンが指ししめしているのは、裏切りだ。

「最近はだれでもリスクヘッジするな」

「なんのことだ？」

「なんでもない。携帯を貸せ。電話する」

上司の男はためらったが、アンヘルの用心深い視線の下で携帯をポケットから出した。アンヘルは起き上がって男から離れ、片目で監視しながら携帯を操作した。高揚した気分だ。すくなくともこの謎が解ける。

相手は三回目のコールで出た。

「ケースよ」

「いつからカリフォルニアに寝返ってるんですか？」

アンヘルの問いに、しばし沈黙した。

「そうね……信頼できる者が一人もいないとわかったとき、と言えばいいかしら。そんなときでも、カリフォルニアが自州の利益のために動くことだけは確実にわかる。そしておたがいの利害が一致すれば、自分の部下より彼らのほうが信頼できる」

「おれは死んでません。信頼できると思いませんか？」

ケースの背景に滝の音が聞こえた。たぶん公社《SNWA》の本社だ。自分のオフィスのバルコニーから冷却用の中央アトリウムを見下ろしている。空中庭園を眺め、自分がつくりだした豊かな緑を楽しんでいる。

「あなたは最高の部下の一人だとつねに認めているわ」

「権利書は持っていません」

「それは信じがたいわね」

「ブラクストンにそそのかされたんですか？　おれを嫌ってるあのばか《ペンデホ》に？」

返事をためらう気配。アンヘルはたたみかけた。

「あいつなんですか？」

「どうでもいいことよ」

「おれがその権利書を探し出したら、どうしますか？」カリフォルニア人たちが驚いて顔を上げたが、アンヘルは無視して続けた。「そしてあなたのところへ持っていったら？」

「すでに自分が持っているから？　これまでにそれを入手した連中とおなじように、あなたも売りさばこうと計画しているの？」

「いままでもあなたの部下だからです！　これまでとおなじように」

「信じたいのはやまやまだけど」

「昔は信じてもらえたはずです」

「最近信じられるのは、だれもが勝手に行動するということだけよ。その推測は高い確率であたる」

「おれはちがいます。だからこそこのフェニックスへ送りこんだのでしょう？　おれは単独行動などしていない」

キャサリン・ケースは笑った。

「なるほど。いいわ、アンヘル。昔のよしみで。その権利書を持ってきたら、すべてなかったことにする。あなたの首にかけた賞金を取り下げる。サイプレスにまっすぐ帰ってきていい。大きな誤解だったとして忘れる」

「それでかまいません」

ケースの声がきつくなった。

「もし権利書が他人の手から出てきたら、あなたの裏切り行為と判断する。そしてカリフォルニアとアリゾナの力でどこまでも追跡する。あなたが息絶えるまで」

「わかりました」しばし間をおく。「おれのIDを復活させるのは無理でしょうね。そのほうが仕事がやりやすいんですが」

「復活させると言ったら信用するの？」

ケースの問いは笑っているような声だ。

「おれはいまでもあなたの部下ですよ」

「アンヘル、あなたのことは気にいっているけど、だまされるつもりはないのよ。権利書を持ってきなさい。そうしたらあなたを墓場から蘇らせる相談にのるわ」

電話は切れた。

カリフォルニア人の上司の男が苦笑した。

「あんたのボスも、おれのボスとおなじだな」

「ああ。情がない」

「さて、困ったな。あんたが権利書を持ってないなら、おれたちも持ってない。あんたは死に体だ」

アンヘルは立ち上がった。

「いいや。権利書のありかはわかってる」

「なんだって？」

ルーシーもカリフォルニア人たちも驚愕の表情で彼を見た。アンヘルは言った。

「みんな、紙を探してるんだろう。紙のありかならわかってる」

42

いくら地図を見ても、地上の具体的なようすがわからないのが難点だとマリアは思った。

トゥーミーと計画を立てているときは、すんなり行けそうに思えた。衛星画像を拡大縮小してコロラド川ぞいを調べた。町を見て、ダムを見た。あらゆる水面が見えた。貯水池にはまだ一定の水をたくわえているところもあれば、涸渇して人が立ちいれない深い渓谷にもどっているところもあった。すべてを見て、計画を立てられた。

装備品も慎重に集めた。腕につける浮き袋を入手した。夜闇にまぎれる黒い服も用意した。対岸の赤外線スコープに映らないように、貯水池の水面になるべく体を出さずに泳ぐ方法も考えた。

可能だ。やれる。

トゥーミーからププサ屋台の常連客である中国の太陽光発電技術者たちに頼んでもらって、州境の手前まで乗せてもらう手はずを整えた。太陽光パネル施設を点検にいくときに便乗するだけなら彼らに危険はない。州境へ逃亡する少女を手伝うのは一興だと思われたらしい。あまりに順調なので、川を渡るのも簡単にできそうな気がしてくるほどだ。

ところがカーバーシティに到着してみると、市内は大混乱だった。川の対岸には、スナイパーライフルがずらりと並び、監視の民兵だらけだ。カーバーシティの絶望した住民たちがしゃにむに川を渡るのを警戒して、ネバダ州とカリフォルニア州は兵力の半分をここに集中させているようだ。

赤十字テントは市の水道が停まってから体調を崩した人々でいっぱいだ。市内は下水があふれている。十万人の人口に対して移動便所車はまったくたりない。さらに州軍がはいって、全員を川ぞいから追い返しそうなものものしい雰囲気だ。

夜、マリアはカーバーシティ側の岸を貯水池の水面めざして下った。水位は下がっている。下りていく斜面は、風化した砂岩や粘土や砕けた鉱物の泥などだ。水が流れた跡の小さな谷をすこし下ると、暗闇のなかで大きな岩にいきあたった。岩には恋人たちの落書きや、スプレーによるマークが残されている。〝ジョーイとメイ〟、〝春休みよ、いつまでも〟、〝キルロイ参上〟など。ハートと矢や、ユーモラスな顔の絵もある。

しかし水面ははるか下だ。

かつて人々はボートでここへやってきたのだ。岩の上で一休みしながら、夏や休暇や恋の思い出を刻みつけた。しかしやがて水面はこの満水位から大幅に下がった。おかげで岸には水平な縞模様だけでなく、かつてこの岸で水遊びをした人々の思い出や記念がつくる線も残されたわけだ。

マリアは涸れ谷をあぶなっかしく下っていった。靴が役に立たず、爪先を何度もぶつけた。手はまだ傷口が痛み、残った指しか使えないのでぎこちない。

ようやく水面まで下りると、腕につける浮き袋をふくらませた。これも闇とおなじ黒だ。髪はまとめて漆黒のハンカチで包んだ。トゥーミーからとくに渡された布だ。この黒はどんな光も九十九パーセント吸収するという。月明かりの下でも姿が見えないだろう。こうやってあおむけに水にはいり、ゆっくりと泳いでいくつもりだ。亀のように全身のほとんどを水面下に沈めて。

持ち物を点検して、持っていくものとおいていくものを分けた。水がはいらないようにビニール袋で三重に包んでウエストバッグにいれる。トゥーミーからもらった現金。着替えを二、三着。クリア袋と栄養補給のバー食品。そしてマイケル・ラタンがくれると言ったので、衝動的に持ってきた重くて古い紙の本。

本を手に持ってみた。ずっしりする。泳ぐべき距離は長い。

さっさと売り払うべきだった。売ればいくらかになるとラタンは言っていた。お金なら持っていける。本は持っていけない。

水面のそばの岸にしゃがんで、対岸を眺めた。むこうのどこかでだれかが待ち受けている。泳ぐ者をつかまえるのが彼らの仕事だ。

遠い対岸を見つめた。彼らも黒い服装をしているはずだ。おなじく闇にまぎれようとしている。

マリアはしゃがんで対岸を見つめた。

一時間観察しよう。そのあいだに動きがなかったら、渡ろう。

43

「じゃあ、百万ドルの水利権をただであげちゃったのね」

「百万ドルどころか十億ドルだ。インペリアル・バレーの農業はそれくらいの収益がある」

「とにかくそれを持っていかせたわけよ」ルーシーは挑発した。

「そのときはカリフォルニア人に追われていたんだ。紙の本なんか気にしなかった」

ルーシーは笑った。

「あなたのボスがミサイルを撃ちこむのも当然よね。どう聞いても下手な言い訳だもの」

二人は太阳《タイヤン》のすぐ外で張りこみをしていた。砂嵐が来て、錆だらけのトラックを揺らした。ルーシーとアンヘルはカリフォルニア人の二人組を遠い住宅地の廃墟に置き去りにして、そのＳＵＶを奪ってきた。しかしアンヘルの強い主張によって、シャーリーンにこのポンコツのトラックと交換してもらったのだ。

　アンヘルはドアによりかかって目を閉じていた。手には生食《せいしょく》のパックがある。細胞増殖促進剤を静脈にいれながら、浅い息をしている。

「あの本をほしいと少女が言ったら、きみでも拒否はしないはずだ。どこにでもある本だ。どこの水道局長も、役人も持ってる。きみも持ってる。紙書籍の初版を持っていて、なんでも知ってるふりをしている」かすんだ目を開く。「この混乱の到来をあらかじめ知っていたふりをしてるんだ」

　また目を閉じて、ドアにもたれる。

「本当にわかってたのはこのライスナーって著者だけだ。この男はわかっていた。見通してた。他の連中はどうか。この本を後生大事に飾ってる連中はどうか。書かれたとおりになるのを黙って見ていた。いまになって予言者と称えるが、当時は耳を貸さなかった。警告を無視した」生食のパックを押して空にして、腕の静脈に刺した針からはずした。「次のをくれ」

「もう三パックもいれたのよ」

「そうか？」

「まったく、憶えてないんだから。すこし休みなさいよ」

「水利権を探さなくちゃいけないんだ。ププサ屋の男を探せ。あの少女はププサ屋と知りあいだと言ってた」

「増殖促進剤をたくさんいれたからって、早く治るわけじゃないのよ」

「あの子をみつけないとおれは生きられない」

「あなたの生死の鍵をテキサス難民が握っているなんて、皮肉だと思わない？」

アンヘルはルーシーをにらんだ。

「この状況を楽しんでるだろう」

「多少は」

ルーシーはジャーナリストとして、事件の表面しかさわれないことにしばしば苛立っていた。埃だらけの窓ごしに真実を見きわめようとしても、見えるのはぼやけた影絵だけ。権力者がなにを、なぜやるのか、推測はできても真相はつかめない。多くの場合は意味すらわからない。

ジェイミーのような人々が殺された理由。

政治家が太陽の株を売った理由。

ある種の死体については報道しないほうがいいとレイ・トレスが言った理由。

事件を報じても、その奥底の動機は埃だらけの窓ごしには見てとれない。裏があるのに、権力者が巧妙に隠しているのだと思っていた。

しかしいま、強まる砂嵐のなかで太陽を眺めながら、まったく新しい世界観に目覚めはじめていた。

じつは人々は案外やみくもに行動しているのだ。裏で糸を引いていると思われている人々も、本当は行き当たりばったりにやっているだけなのだ。

「ププサ屋の男があらわれたら起こしてくれ」そう言ってアンヘルは目を閉じた。

ププサ屋か……。ププサ焼きの男がこの砂嵐を押して仕事に出てくるかどうかに、州や市や町や農場の運命がかかっているとは。奇妙で奇抜な事態だ。フェニックス南部の住宅地の一角が黒焦げになったのは、ある暗殺の試みが失敗した結果だというのもふくめて。

サウス・マウンテン・パークの山々では火がまだくすぶっている。山火事に強いはずのサグアロサボテンも勢いよく燃えている。それは、ラスベガスの役人が一人のウォーターナイフの裏切りを確信したのが原因なのだ。

そしてアンヘルもアンヘルだ。コロラド川の女王に正しい貢ぎ物をすれば、もとの立場にもどれると信じている。そして熱に浮かされたようにその貢ぎ物を探している。

本当に笑える。これほど多くの人命がかかっているのでなければ。

「もう灰になってるかもしれないわよ。権利書もいっしょに」

アンヘルは目を開けた。

「その点は楽観的でいたい」

「権利書を手にいれたら、どうするつもり?」

「ボスのところに持っていくさ。当然だろう」

アンセルは発熱で赤くなった汗まみれの顔を上げ、砂埃のむこうで屋台を設営している商人たちを見た。

ルーシーは訊いた。

「あなたにミサイルを一発撃ちこんだ女よ。そんな相手に持っていくの?」

「ミサイル二発だ。個人的な感情のためじゃない」

「権利書を手にいれたら、たとえばフェニックスに譲る考えはない?」

「そんなことをする理由がどこに?」

ルーシーは砂塵に埋もれかけた荒廃した都市をしめした。

「ここでは有益よ」

アンヘルは笑って、また目を閉じた。

「フェニックスはもう死んでる。おれは権利書を持って出頭しないと、キャサリン・ケースに地の果てまで追われる。フェニックスのために犠牲になる道理はない」

「ここの苦しみを止められるわ」

「キリストじゃないんだから。殉教者にはならない。フェニックスに義理はない。そもそも苦しんでるのはだれでもおなじ、どこでもおなじだ。しかたがないんだよ」

「でも、ここの人たちのありさまを見て」

しかしアンヘルはもう眠っていた。最後の調合栄養剤の点滴パックを腕の下に抱いている。眠ってしまうと驚くほど無防備だ。過酷な暮らしでくたくたに疲れた一人の男にしか見えない。

シャーリーンにカリフォルニア人のSUVを交換してほしいと頼んだときの、不審げな顔を思い出した。安全な品物でないことはきちんと伝えた。車両には追跡装置がしこまれている可能性が高く、あの二人組がカリフォルニアのボスに連絡したとたんに追跡対象になるとアンヘルは確信していた。

その点はシャーリーンはどうでもよさそうだったが、それでもルーシーに尋ねた。

「いいのかい？　そんな価値がある？」

シャーリーンは建材の回収作業ですすを浴びて真っ黒だった。暴動で多くの地区が焼けたので、新たなバラックを建てているのだ。問いかけはトラックのことにも聞こえるが、真意はアンヘルについてだとルーシーはわかった。

そのアンヘルはすでにシャーリーンのトラックにもぐりこみ、細胞増殖促進剤の点滴針を静脈に刺して、シートでぐったりしていた。点滴パックを胸に抱いて、ほとんど意識がない。

どうなのか……。

キャリア最高の大ネタだ。しかし危険にみあうのか。

たしかにすごい記事になるだろう。一人の暗殺の試みが失敗したためにフェニックスの半分が灰になった。そのことを目撃者の立場から克明に書ける。他にも大きなネタがいくつもころがっている。

それでもシャーリーンの問いは脳裏に残った。そんな価値があるのか。新たな記事、新たなスクープ、ヒット数、クリック率、収益……。

それらはなんのためか。〝#フェニックスの崩壊〟タグのためか。

「彼は危険よ」シャーリーンは意見を述べた。

「それほど悪人じゃないわ。それにいまは疲れて腕も上がらない」

「そういう意味じゃなくて。あんたと彼は……」

「わたしは大人よ。大丈夫。甘くはないわ」ルーシーはカリフォルニア人から奪った拳銃を見せた。「武装した危険な女よ」

それを聞いてシャーリーンは大きく笑い、抜けた前歯をのぞかせた。

「すこし安心したわ」

銃を持つことでルーシーも安心した。眠るウォーターナイフの隣にいても怖くない。砂嵐がひどくなり、トラックを砂塵が叩いた。繭かなにかにはいって、砂嵐で外界から隔離された気分だ。除塵フィルターが静かにうなり、空気を浄化している。アンヘルは栄養剤を大量に血液にいれて、多少なりと人心地がついたようだ。やつれているが、動ける。

最初の点滴パックが空になったときに、アンヘルはこう言った。

「現代医学はたいしたもんだ。おれがガキの頃にこんな薬があったら傷痕は残らなかっただろうな」

砂嵐の突風がまたトラックを揺らす。外はフェニックスが次のホホカム文明になりそうな眺めだ。

通りを見下ろすように立っているのは、〝飛び立つフェニックス〟の広告看板。明るく輝いているが、風のせいでどこかショートしているらしく、ちらついている。電子的なショートだろう。ちらつき方にパターンがないのでうるさく感じる。しばらく点灯したと思うと、真っ暗になり、またともると、今度は明るすぎる。やがて薄暗くなって、何秒かまたたく。

看板のむこうには太陽アーコロジーがそびえている。ガラス張りのオフィスが並び、垂直式野菜工場の区画ではフルスペクトルの植物育成灯が輝いている。太陽の照明はどこもちらついていない。そこに住んで働いている人々は、外で荒れ狂う砂嵐に気づいてすらいないだろう。除塵フィルターとエアコンと水リサイクルの完備した涼しく快適な環境。窓の外の崩壊する世界とは無関係でいられる。

太阳は大火事にも暴動にも影響を受けていない。砂嵐をものともせず拡張工事が続いている。

嵐のなかをよろめき歩く一人の少女の姿が見えた。きゃしゃな体を風にむかって前傾させている。ヒスパニックらしい。回収した布で顔をおおい、砂埃に目を細めている。

ルーシーはアンヘルをつついた。

「探してるのはあの子？」

アンヘルは眠たそうな目を開けた。

「ちがう。ププサ屋の男といっしょにいるはずだ」

「今日はもう来ないんじゃない？」

「来るさ」アンヘルはフロントガラスのむこうの太阳の建設現場をしめした。砂嵐のなかでもヘッドランプの光が行きかう。「建設作業員がいるかぎり、ププサ屋は来る」

今日はどの作業員も頭からかぶる防塵マスクをして、湿った呼吸音をたてている。たしかに砂嵐にめげずに働いている。

「見てろ。彼は来る。食うためにな」

「前回の砂嵐で埋まったところを掘り出したと思ったら、すぐまた次の砂嵐。もうすこし間隔を開けてくれるとありがたいのに」

「間隔はなくなるかもな。これからは大きな一つの砂嵐がいつまでも続くんだ」

「ホホカム――使い果たした……」

ルーシーが言うと、アンヘルとちょうど声がそろった。二人は苦笑して目を見かわした。

「二千年後の考古学者はわたしたちを発掘して、なんて呼ぶかしら。この時代をどう名付ける？　国家がまだ機能しているから連邦期か、それともアメリカ衰退期か」

「ただ乾燥期と呼ぶんじゃないかな」

「そもそも発掘されないかも。名付ける人類が残っていないかもしれない」

「炭素隔離技術は信頼できないか？」

「世界は広いけど、にもかかわらず破産させてしまったのよ」ルーシーは肩をすくめた。「この話題になるとジェイミーは止まらなかったわ。将来がどうなるかわかっていたのに、なにもしなかったって」首を振る。「彼は人類を軽蔑していたわ」

「本当に知恵があるのなら、自分が足を突っこんだ状況がわかるはずだ。そして生き延びてたはずだ」

「知恵にもいろんな種類があるのよ」

「生きる知恵と死ぬ知恵か」

「ヘルファイア・ミサイルを撃ちこむ男に言われたくないわね」

「おれは生き延びてる」

「人類はやるべきことがわかっていながら、手をこまぬいていたとジェイミーは批判したわ。いまは――」首をふり、「――もう打つ手がわからない。次がどうなるかわかる地図のようなものがあれば、準備できるんだけど。ぐずぐずしてるうちにその地図からもはずれてしまった。だれも生き残れないかもしれない」

「人は生き残るさ。かならずだれか生き残る」

「あなたが楽観主義者だったとはね」

「美しい未来じゃないさ。それでもだれかは……適応するはずだ。新しい文化をつくるだろう。そこでは人間は――」

「賢明になる？」

「あるいは全身を包むクリア袋をつくるか」

「それはきっと太阳スーツと呼ばれるわね」

「そういうことさ。人は適応し、生き残る」

　砂嵐がつくる茶色い影のなかで、太阳が誘惑的に輝いている。この角度からはアトリウムとその植物らしいシルエットが見える。緑豊かなあの場所は避難先になる。屋外の生活は困難でも、屋内なら快適に生活できる。

エアコンと、工業レベルの除塵フィルターと、九十パーセントの水リサイクル。そんな建物があれば、地獄のさなかでも住める。

考古学者はそう名付けるかもしれない。屋外期だ。人がまだ屋外で暮らしていた時代というわけだ。

千年後には人類は地下のアーコロジーに住んでいるかもしれない。植物用の温室だけが地表に出て、空気中の水分は完全に回収して保持されるのだ。千年後には人類は穴居種になっているかもしれない。安全に生きられる地下にこもって――

「あの男だ」

アンヘルが指さした。太阳の建設工事区の出入り口にむかって道路を横断していく中年の男の姿があった。ププサ焼きの屋台を押し、背中を丸めて砂塵に耐えている。

「こんな砂嵐のなかでププサを売るつもりかしら」ルーシーは言った。

しかしアンヘルはさっさとシャツを顔に巻きつけ、トラックのドアを開けた。砂まじりの風が吹きこむ。

ルーシーも防塵マスクをつかんで、続いて下りた。マスクのストラップを締めて、よろめき歩くアンヘルを追う。追いつくと、その腕の下に肩をいれた。いやがるかと思ったが、素直に寄りかかってきた。

「ありがとう」シャツの下からこもった声で言って、咳きこみはじめた。

「このマスクを使って」

ルーシーは大声で言うと、自分のマスクをはずして有無を言わさずアンヘルにかぶせ、ストラップを締めた。

はためにはおかしなカップルだろう。女はゴーグル、男はマスク。

しかし屋台が集まっているところへ行くと、商人たちもみんなフィルター付きマスクとゴーグルをしていた。ギョロ目のレンズごしにルーシーとアンヘルを見る。客の来店を待つ奇妙な異星種族のようだ。

　ルーシーはよろめくアンヘルをささえてププサ焼きの屋台へ行った。男は屋台の準備をしている。はためくビニールシートと支柱は調理台に砂がはいらないようにおおうものらしい。

　男は顔を上げて二人を見た。アンヘルは首をかしげた相手に、マスクごしに大声で話しかけた。しかし男は聞こえないようすで首を振り、自分のマスクを上げて目を細めた。

「なんですかい？」

　かわりにルーシーが叫んだ。

「女の子を探してるのよ！　あなたのところにいると聞いたの！」

　男は不審げな顔になった。

「どこでその話を？」

「彼女を逃がしてやったのはおれだ」アンヘルが言った。

　男が理解できないようなので、アンヘルはマスクを上げて、男の耳もとで怒鳴った。

「彼女が逃げるのをおれが手伝ってやった！　二週間くらいまえだ！　彼女からあんたのことを聞いた。かくまってもらうと言っていた」

「そう言ったのかい？」男は悲しげな顔になった。顔をそむける。「組み立てを手伝ってくれ。そうしたら話せる」

　三人がかりで風に苦労しながらテントを設営した。ポールをつないで立て、ゴアテックスのおおいのリングをとめていく。組み立て終わると、客が頭を突っこめる小さな空間ができた。鉄板をはさんで店主の男が立つ。全員がマスクやゴーグルをはずした。

「あの子はいるか？　話したいことがあるんだ」アンヘルは言った。

「用件は？」

「貴重なものを彼女が持ってるのよ。とても貴重なものを」ルーシーは言った。

男は笑った。

「まさか」

「お礼はする。大きなお礼だ」とアンヘル。

男はシニカルな表情でアンヘルを見た。

「へえ。具体的にどんな？」

「あんたたち二人をコロラド川のむこうへ連れていって、ラスベガスのサイプレス開発計画に住ませてやる」

男は笑いだした。しかしアンヘルが笑わずに見つめていると、笑うのをやめて驚いた顔になった。ルーシーに訊く。

「この人は真剣なのかい？」

ルーシーは顔をしかめた。

「ええ、彼ならできるわ。あなたが協力してくれれば、それ以上の期待をしてもいい。もっと大きなものだって手にはいる。交渉しだいよ」

「彼女と話せるか？」アンヘルは訊いた。

男は悲しげな顔になった。

「残念だが、あの子はもうここにいない。数日前に出発した」

アンヘルは失望をあらわにした。

「どこへ行ったの？」ルーシーは訊いた。

「車に乗せてもらって州境へむかった。川を渡るつもりだ」

アンヘルは猛々しい表情にもどって屋台に身を乗り出した。

「どこだ？　どこで渡るつもりなんだ？」

「地図を見ていっしょに調べた。いちばん可能性があるのはカーバーシティ近辺だろうという結論になった」

ルーシーは力なく笑い、アンヘルは悪態をついた。

44

「あの子が本を持ってるのはたしかなのか？」アンヘルはトラックの窮屈な運転台にすわりなおしながら訊いた。

　運転は、トゥーミーというププサ焼き屋台の男とルーシーが交代で担当している。そのせいで運転台は窮屈だ。さらに三時間走りづめだったので、アンヘルは全身の縫い目が引きつれて痛かった。

　天気がよくてスピードを出せたら、体はもっとつらかったかもしれない。しかし砂埃が吹きつけ、視界が十五メートルしかない茶色い靄に目を凝らして運転するために、這うような速度しか出せなかった。

　ルーシーはギアを一段落として急勾配を登りはじめた。

　茶色い靄からよろめく幽霊のような難民の姿があらわれる。トラックのストームライトに照らされる背中を丸めた奇怪な群れは、荒廃したカーバーシティから逃れて、避難先になるのかあやしいフェニックスへとぼとぼ歩いていく。この悲惨な人の流れがトラックの行く手をはばむのだ。

　州間高速から旧国道六十六号線に下りたのは賢明なはずだった。アリゾナ州警察の網にかからないように幹線道路は避けたかった。停止させられてアンヘルの偽ＩＤを調べられたら最悪の事態になる。

　ところが旧ルート66は大渋滞で、トラックは亀のようにのろのろとしか進めなくなった。

　アンヘルはかつて父親とともにメキシコから逃げてくるときに出くわしたスピードバンプを思い出した。そんな障害は考えもせず、心配もしていなかったのに、それによって減速させられると、いまにも暗殺者に追いつかれて殺されるのではないかという恐怖におびえた。

「マリアが本を持ってるのはたしかなのか？」アンヘルはまた訊いた。

「その質問、二十回目くらいよ」ルーシーが言った。

トゥーミーは辛抱強く答えた。

「フェニックスを出発したときは、あの子は持っていたよ。でももう捨てたかもしれないし、売り払ったかもしれない。川を泳ぎ渡るときは無駄な重荷だからね」

路傍の故買屋に売るさまがアンヘルの頭に浮かんだ。道ぞいには移動中の難民を食いものにする連中が大勢いる。わずかばかりの現金、あるいは水のボトルや食料と引き替えに、難民たちの貴重品を剝ぎ取っていくのだ。

アンヘルはすわりなおし、苛立ちをあらわさないようにした。いまはなにもできない。トラックはルーシーが運転している。マリアは所在がわからない。打てる手はすべて打った。あとはサンタ・ムエルテがしめす結果を待つだけだ。

ルーシーがさらにギアを落とし、道路にちらばって歩く難民たちをかきわけるようにトラックを進めた。まるで昔ながらに追われる家畜の群れのように、難民は路上を無秩序に歩いている。ギョロ目の防塵マスクごしに窓から車内をのぞきこんでいく。フィルターやゴーグルのレンズで顔はゆがんで見える。まるで異星人だ。

「行き先が反対だぞ！」通りすがりのだれかが叫んだ。

「うるさいわね」ルーシーがつぶやいた。

故障して道のまんなかで止まっているテスラを避けるために、トラックを路外へ半分はみ出させると、タイヤが軟らかい砂の地面に沈みこんだ。

「こんな道は初めてよ」

「こんなふうになっているとは地図を見てもわからな

かった」トゥーミーが言った。

アンヘルは苛立ちを抑えながら言った。

「カーバーシティだからな。そろそろ干上がる頃だ」

「そろそろって？」トゥーミーが訊く。

「しばらくまえから断水してるんだ」

「ラスベガスが停めたんでしょう。あなたが水供給を断ったのよ」ルーシーが訂正を迫る。

「しかしそれは何週間もまえのはずだろう」トゥーミーが疑問を呈する。

アンヘルは首を倒した。

「そうだ。人が自分のおかれた事態を悟るには時間がかかるものだ。支援団体がはいってバケツに水をもらったり、赤十字ポンプから汲んだり、川の水をクリア袋ですくったりして、しばらくは生きられる。しかし下水システムが動かない。水が流れないんだから当然だ。すると伝染病が蔓延しはじめる。クリア袋も巡回する移動便所車も充分にはない。そのうち州軍がやってくる。人々は川の水をじかに汲んで、闇市場で流通させはじめる。伝染病と州兵だらけの町を見て、人々はようやく悟るわけだ。バケツに用をたす生活に先はないと。

やがて店舗が閉鎖され、職がなくなる。金がなくなったら決断のときだ。はじめは借家人から動く。蛇口から水が出ない家に未練はないからさっさと出ていく。持ち家の者は決断が遅れる。多少な。それでも長くはもたない。最初は三々五々、しだいに増えて、最後はこれだ」

道路を埋める難民の川をしめす。

「住民全員が出ていく」

「そんななかでどうやって一人の少女を探し出すの？」ルーシーが訊いた。

「もしもあの子がこの混乱を通り抜けられたら、川を渡るはずの場所はわかってるよ」トゥーミーが言った。

「あくまで、通り抜けられたらの話よ」

ルーシーはまたブレーキを踏んで、家財道具を満載した乗用車の列を通した。

　前方に州軍のハンビーと兵士の姿がある。この住民脱出が整然と進むように目を光らせている。ルーシーはふたたびトラックを動かした。人波をかきわけ、ゆっくりと進める。風とともに濃い砂塵が吹きつけた。

　アンヘルは指先で膝を叩いていた。道の人の流れに逆行しているのだから、急ごうとしても無理だ。アリゾナ州軍のトラックとすれちがう。荷台は満員で、外にも人がしがみついている。

「銃は持ってるか？」アンヘルは訊いた。

「必要なことにはならないわよ」ルーシーが答えた。

　すべてを失った人間がなにをして、なにをしないか。そういう議論はしないことにしている。ルーシーはまだ性善説で人を考えている。それはかまわない。理想主義者はいていい。危険はない。

「マリアがこの混乱を通り抜けられるとは思えないわ」とまたルーシー。

「あの少女は生存者だ」アンヘルは言った。「テキサスからフェニックスまで無事にやってきた。楽な道のりではないし、安全でもない。ニューメキシコ人は州を横断する人々を撃つ。メリーペリー教徒の死体を見せしめにフェンスの支柱に吊したりする」

「当時は一人じゃなかったんでしょう。家族と歩いてきたはずよ」ルーシーが言った。

「あの子はやるよ」トゥーミーが断言した。「タフな子だ。あんたのボーイフレンドが言うとおり」

「ボーイフレンドじゃないわ」

　トゥーミーは肩をすくめた。

「ちがうってば」ルーシーはくりかえす。

　その口調に迷いを聞いて、アンヘルは苦笑した。アンヘル自身も彼女との関係についてよくわからずにいた。

　救急テントのまえでは、赤十字職員やキャメルバックの会社関係者が支援物資を配っていた。州軍が人々に列をつくらせ、割りこみを監視するなかで、支援団体職員が水やクリア袋や栄養補給のバー食品を手渡していく。

すこし離れたところには、トラックを停めて難民たちを集めている連中がいた。フェニックスまで乗せていって、赤十字ポンプの直近の住まいを手当てするという。太阳《タイヤン》でのパートタイム建設作業員の求人に優先的に応募できる権利もつけて、一人当たりわずか五百ドルと宣伝している。

その隣には砂漠迷彩のハンビーが停まり、武装した警備員が二人立っている。大きな看板にはこう書かれている。

宝飾品、高価買い取り

「信用するやつがいるのかな」トゥーミーが言った。

「たくさんいるさ」アンヘルは答えた。

「醜いな。人の弱みにつけこむというのは」

「それが人生さ」

ルーシーが横目で不愉快そうに見た。

「満足そうに言わないでよ」

「そういうものだからしかたない。そうでないように願っても無駄だ。殺されるだけだ」

「高い理想のために行動する人々もいるだろう」とトゥーミー。

アンヘルは肩をすくめた。

「かもな。しかしサイプレス開発計画に入居するのは、高邁な理想の持ち主じゃない」

トゥーミーは冷たい目でアンヘルを見ると、顔をそむけてルーシーと話しはじめた。

この二人は意外に話があうようだ。どちらもフェニックスの住民だからか。おなじアリゾナ人だから気を許せるのか。それともアンヘルへの反感から接近しているのか。

「川を渡るのは無理だ。彼女がすでに渡ろうと試みたのなら、もう救えない」

「いや、あの子は頭がいい。作戦を立てた。浮き袋を使う計画だ」トゥーミーが言った。

アンヘルは首を振った。

「だめだ。そこで行き止まりだ。たとえむこう岸に着いても民兵組織の餌食になる。独力で渡ろうとしても成功しない。無理だ」

「そりゃあなたは詳しいわよね」とルーシー。

アンヘルは批判を無視した。他の方向から手立てを考えてみた。むこう岸の連中に見逃してくれるように頼めるだろうか。しかしこれまで姿を隠していたアンヘルが、ネバダの州兵や民兵組織に連絡してマリアのことを頼んだら、アリゾナ側の兵士が居所を探しはじめるだろう。

ルーシーは、ネバダ州公認の民兵組織の設立にアンヘルが深くかかわっていることをトゥーミーに説明していた。

トゥーミーは不快げな表情でアンヘルに尋ねた。

「そんなこともやったのかい？　州境のやつらが人々を追い返してるのはあんたの仕業か」

「アリゾナ人やテキサス人がなだれこんだら、ネバダ州は生きていけない」アンヘルは肩をすくめた。「それにカリフォルニア州のほうがもっとひどいことをしてる」

「あなたのせいであの子が頭の皮を剝がれたら、とても皮肉ね」ルーシーが言う。「自分が雇った人々のためにあなたは賞金首になるわけよ」

「その皮肉はよくわかってる」

トゥーミーは嫌悪感をあらわにした。

「犠牲になるのがマリアでなければ、詩的な天罰だといいたいところだよ」

旅の連れ二人がそろって攻撃してくる。アンヘルは窓の外に目をそらして、脳裏でうずく罪責感に耐えた。

口には出さないが、キャサリン・ケースの手先として自分がやったことを二人が話題にするたびに、迷信的な恐怖が湧く。これまでのあらゆる罪を清算させられるのではないか。だれかが背後からずっと見ていたのではないか。神か、サンタ・ムエルテか、それとも巨大な蠅叩きで人の業を判定する仏陀か。とにかく裁かれるのだ。怒れるなにかに罰される。

おまえは水を断ちすぎたのかもな。自分がナイフで切られるより多く……。

シカリオからそう言われた気がした。銃で生きる者は銃で死ぬ。皮肉と呼んでもいい。詩的な天罰と呼んでもいい。この難民の川で目的をはばまれるのは、個人的ななにかを感じた。犯した罪のぶんだけ罰を受けているのか。

この難民たちはおれがつくりだした。剣で生きる者は剣で死ぬ。

「砂埃がすこし晴れてきたわ」ルーシーが言った。

トラックは難民をかきわけながら低い丘を登っていた。ようやく頂上に達して、丘の反対側へむかいはじめると、順調に移動できるようになった。茶色い霾が晴れて日が差してきた。砂塵の雲を抜け、前方のベールが上がる。砂嵐の薄暗さとは打って変わった太陽と青空がまぶしい。

アンヘルは方角を確認しようとした。ルーシーが指さす。

「あそこにCAPが」

定規で引いたようにまっすぐな青い細い線がある。コロラド川の水を焼けつく砂漠のむこうへ運んでいる。日差しを浴びて輝くフェニックスの生命線。上り勾配ではポンプアップされ、山はトンネルで抜ける、全長五百キロ以上の水路。灼熱の砂漠のただなかにある焼け野原の都市へ水を運ぶ。

「意外に細いな。一つの都市の飲み水をまかなうにしては」トゥーミーが言った。

「ときには不足するさ」アンヘルは言った。

「あなたが爆破したときは、たしかに不足したわ」またルーシーがとがめる。

「あれもあんたの仕業か？　やれやれ、報いを受けるべきことが多いな」とトゥーミー。

「おれがやらなくても、べつのだれかがやったはずだ。そしておれは馘になる」

「げんに馘になってるじゃない」ルーシーが指摘した。

「一時的だ」

「なぜそこまで彼女を信用するの？」

「ケースをか？」アンヘルは笑った。「おれはきみに撃たれたが、まだきみを信用してるぞ」

「そのとおりね。あなたは頭がおかしい」

アンヘルは嫌みを聞き流した。空が晴れたおかげで楽観的な気分になっていた。砂埃が消えて見通しがきく。そして――


道が曲がって下り坂になり、そこから展望が開けた。コロラド川と、その手前に広がる目的地の市街が見える。

ルーシーはブレーキを踏み、汚れたフロントガラスのむこうを全員で見た。

「ひどい。これがあなたの殺した町よ」

三人はトラックから降りた。眼下では難民たちが列をなしてカーバーシティから脱出している。巣から逃げ出す無数の蟻のようだ。上空をヘリが飛ぶ。ハイウェイには州軍のハンビーが等間隔に駐まって秩序を維持している。車の列が町から出る方向につらなる。

対岸にはカリフォルニア州軍が築いた小規模な陣地があちこちにあり、川の流れを監視している。長距離スコープが日差しを反射するきらめきから、狙撃手が配置されていることがわかる。民兵組織が標的を探している。ヘリのローター音が川ぞいを往復して警戒している。

トゥーミーは手で目庇《まびさし》をつくって対岸のようすを見た。

「これはきついな。あの子もとうてい渡れない」

「このどまんなかを渡る計画だったのか？」アンヘルは懸念を隠しながら訊いた。

「まさか」トゥーミーはコロラド川の上流方面をしめした。「上流へ遠くまで行けば、人目も警戒も少なくなるだろうと考えた」

「あの子はどの程度本気なんだ？」

「とても本気だよ」

アンヘルは自分が荒廃させた町並みを見た。道は難民と州兵であふれている。追い求める水利権はこの混乱のどこかに消えようとしている。

皮肉か。詩的な天罰か。

どちらも受けいれたくなかった。

45

ルーシーはカーバーシティへトラックを進めようとしたが、アリゾナ州警察に止められた。

「道路封鎖中だ！　引き返しなさい！　ここは一方通行だ」

「略奪者が市内にはいるのを防いでるんだ」アンヘルが言った。

アンヘルは自分が惹き起こした恐怖の新たな局面をまのあたりにして、さらに消沈しているようにルーシーには見えた。

トラックをUターンさせ、さきほどの展望地点にもどった。下では警官や州兵が脱出の車列を通している。何人かはこちらにじっと目をむけている。

「ここでうろうろしていると厄介なことになるわよ。警官たちが寄ってくるはず」ルーシーは言った。

「そうだな。おれは調べられたら一巻の終わりだ」

アンヘルは顔をしかめて、坂を上がってくる車と人の流れを見ている。蟻の群れのような難民たちのあいだにマリアの姿をみつけるつもりだろうか。

そのアンヘルがふいに言った。

「よし、この手しかないな」

「どんな手だい？　おれは歩けないよ」トゥーミーが言った。

「となると二人で行くしかない。このトラックを売るんだ」

「なに言ってるの。わたしのトラックじゃないのよ」ルーシーは抗議した。

アンヘルはすました笑みで答えた。

「結末を見届けたいんじゃないのか？」

腹の内を見透かされるのは不愉快だ。しかし結局、トラックは物々交換に出した。かわりに手にいれたのは、アンヘルが市内からの難民の列でみつけて交渉した、二台の安っぽい電動オフロードバイクだ。ルーシーは鍵を渡しながら、暗い目つきでアンヘルをにらんだ。

「シャーリーンになんて言われるか。あなたに会ってからわたしが車を何台捨てたかわかってる？」

アンヘルは形だけ申しわけなさそうにした。

「ベガスに帰ったら全部弁償するよ」

「ええ、あなたの口座にはたっぷり残高があるはずね。ボスから命を狙われる身でなければ」

トゥーミーはバイクの一台になんとか乗れそうだ。アンヘルとルーシーはもう一台に二人乗りした。

「お手柔らかに頼むぜ。ジャンプに耐えられる体じゃない」アンヘルは言った。

二台は道からはずれて移動を開始した。警察の検問のあいだを抜け、淡黄色の大地を走る。クレオソートブッシュや棘だらけで背の高いオコティーヨを迂回し、ユッカの脇を抜けていく。ぽつんと立つヨシュアノキの横も通った。

二つの砂漠の境界付近だとルーシーは気づいた。低地のソノラ砂漠から高地のモハーベ砂漠へ移動している。乾いた従姉妹の大地が混じりあう場所を三人は横断していた。

電動バイクはかん高いモーター音をたてるが、風以外に砂漠で動くものはない。

コロラド川の岸に着くと、上流へ進行方向を変えた。荒れた土地を渡りながら、川岸へむかう道や、マリアが渡河地点に選びそうな場所を探す。

何時間も走った。ときどき川に近づくが、少女の姿はない。川岸から離れざるをえないときも、地形が許せばすぐに川のそばへもどった。

バイクのバッテリー残量が減ってきた。ルーシーはいったん停止した。


「どうした?」アンヘルが訊いた。

「バッテリーがそろそろ半分よ。太陽光パネルを持ってきてないから、切れたら充電できない」

「えんえん歩いて帰るわけだな」とトゥーミー。

「帰りたければ帰れ。おれは行く。きみたち二人にはあえて来る理由がない」

そう言ったアンヘルは、顔がやつれて汗だくだ。目の下に隈ができている。

トゥーミーが首を振った。

「いいや、おれはあの子を二度と離さないんだ」

強く言い切るようすからすると、なにか埋めあわせるべき罪責感を抱えているようだ。

三人とも埋めあわせるものを抱えていると、ルーシーは思った。だれももどる気はない。

「渡ろうと試みたあとかもしれないぞ。だとしたらもう死んでる」とアンヘル。

「それでも探す」トゥーミーは強い態度だ。

ルーシーもうなずいた。するとアンヘルはにやりとした。

「ネタに食らいつくジャーナリスト魂か」

「そんなようなものよ」

「わかった」アンヘルは息をついた。「じつはうしろにしがみついてるだけでもきついんだ。自分で運転したら体がばらばらになりそうだ」

アンヘルはルーシーの腰にまわした腕に力をこめた。ルーシーはバイクを発進させながら、最近まで恐ろしかったこの男に、いまは頼られている不思議さを感じた。

道なき起伏をまた走りはじめた。干からびた土地にモーター音を響かせ、川岸にそっていく。

バッテリー残量は確実に減っていく。どうやって帰るのかとルーシーは考えはじめた。すでにかなりの距離を走っている。カーバーシティまで徒歩で何日かかるだろう。肌はすでに直射日光で痛い。やがて日焼けになり、皮がむけて、血が出てくるだろう。

女の子が一人でこんなに遠くまで本当に来られるのだろうか。

バンクーバーのアナが首を振って妹の決断にあきれるようすが頭に浮かんだ。危険の大きさや、それを冒す理由をなじるだろう。声が聞こえる気がした。あなたはそこでは他人でしょう。出ていける立場でしょう。そこまでする必要はない。自殺行為よ……。

ルーシーはある面で同意せざるをえなかった。砂漠にはいるときにかならず守るルールがいくつかある。防塵マスクや日焼け止めは必携。水は必要と思われる量の二倍を持っていくこと。なにかあったら引き返せなくなる地点より先に行かないこと。

それらのルールをすべて破っている。

なんのためか？　取材のためだ。災厄の最前線をこの身で体験するためだ。

ふいにトゥーミーが叫び、速度を上げた。

アンヘルがつかまった腕に力をこめ、前方を指さした。なにか言っている。スペイン語の感謝の言葉らしいが、早口なのと、耳もとの風の音にかき消されるせいで聞きとれない。どうやら祈りらしい。

あそこだ。

トゥーミーがみつけたものがわかった。数着の服が捨てられている。クリア袋とバー食品の包装もちらばっている。

川にはいった少女が最後に残した痕跡だ。

ルーシーはちらばった服や遺留品の脇でバイクを停めた。

「くそ、くそ、くそ！　あの子のものだ。ここにいたんだ！」トゥーミーが言っている。

ルーシーは泥の水辺と柳の河川敷を見まわした。タマリスクがぽつんとはえている。そのむこうを川がゆっくりと流れている。

ここまでだ。行き止まりだ。あらゆる努力の終着点だ。

失望しているのか、ほっとしているのか、ルーシーは自分でもわからなかった。

対岸に目を凝らす。アンヘルが創設に手を貸した民兵組織がすこしでも見えるだろうか。彼らが難民の少女を蜂の巣にして、川へ投げ落とし、見せしめとして下流のカーバーシティへ流したのだろうか。

動くものはない。川面を渡るひんやり湿った風と、それがつくる波紋だけ。

ここで終わりだ。

アンヘルはよろよろと歩き、目を見開いた必死の形相で川のむこうを見ている。啓示を受けて大地の裂け目へ来て、聖母マリアや救済の出現を祈ったが、なにもあらわれないというようすだ。がっくりと膝をつき、荒い息をし、最後の希望を失っている。

大冒険の旅がかならず成功するわけではない。偏執的で強欲な者は愚かな失敗を犯しがちだ。死んだり傷つけあったり争ったりして、最後は空手で帰るはめになる。

いかにも砂漠の物語だ。それ以外の結末をなぜ期待したのだろうか。

葦原の奥からふいに泥だらけの少女があらわれた。バックパックをかついでいる。

「トゥーミー？」

「マリア！」

トゥーミーが両腕を大きく広げてそちらへ走った。アンヘルも大きく安堵の声を漏らして立ち上がった。マリアとトゥーミーが抱きあっている脇で、アンヘルは地面にしゃがんでバックパックのなかをあさりはじめた。

「ちょっと！　あたしのものにさわらないで！」マリアが叫ぶ。

「あった、これだ！」アンヘルが言った。

本を取り出し、高くかかげた。急いでページをめくる。そして満面の笑み、勝利の笑顔で紙を抜き出す。

ルーシーは肩ごしに見た。たしかにそうだ。古い紙と紋章。想像と異なり、わずか二ページだ。乾燥して、折り目だらけ。この紙に書かれた権利がすべてを変える力を持っている。すくなくとも一部の人々にとっては。

ルーシーはその文書に手を伸ばした。しかしアンヘルがさっと引っこめた。ルーシーはにらんだ。

「ふざけないで。いったい何台のトラックや車をこれまで提供したと思ってるの？」

アンヘルはばつが悪そうに文書をゆだねた。

「本当に古いわね」

「百五十年以上前のものだ」

さすがに畏敬の念が湧く。読みながらつぶやいた。

「これをめぐって人々が殺しあったなんて、信じられないわ」

内務省……インディアン管理局……部族長たちの署

名……。かりそめの約束。実行を想定しない、一時的な象徴としての妥協策。何億立方メートルという水。中央アリゾナ計画《CAP》が復活し、ふたたび豊かな水を流すための失われたパズルのピース。それどころかこの権利があれば、もっと深く広い新たな水路を建設できる。コロラド川をカリフォルニアやネバダから逸らして、新たな流れに変えられる。これまでと異なる砂漠と、これまでと異なる都市に水を注げる。

フェニックスとアリゾナ州を敗北と崩壊の場所から、運命を自分で決められる場所に変える力を、この一枚の紙が持っているのだ。

トゥーミーやシャーリーンやティモが豊かに生きられる。北へ行くことを夢みながら滞在している難民たちも。

ルーシーはため息をついた。

自分がなにをすべきかわかった。ジェイミーに言われたとおり、いつのまにか地元民になっていた。いつそうなったのかわからない。しかしフェニックスが自分の故郷になっていた。

46

　アンヘルは文書に手を伸ばした。しかしルーシーは驚くほど敏捷に退がった。その手に銃が光っている。アンヘルが持たせた銃だ。

「悪いわね、アンヘル」ルーシーがささやいた。

　トゥーミーとマリアが息を呑む。

「いったい――？」

　アンヘルは用心深く両手を上げながら、この新しい状況を読み解こうとした。

「どうしたんだ、ルーシー。なぜこんなことをする？」

「これをキャサリン・ケースのところへ持っていかせるわけにいかないのよ」

　アンヘルは焦りを声に出さないようにしながら、選択肢を検討した。

「その権利書はおれの生命線だ。必要なんだ」

「なにがどうなってるんだ？」トゥーミーが訊く。

「ちょっとした意見の不一致さ」アンヘルは答えた。

　銃はこちらも持っている。問題はどうやって抜くか。ルーシーの注意をそらさなくてはいけない。

　しかし、銃をかまえたルーシーのようすが気にいらなかった。最初に彼女から銃をむけられたときは――ずいぶん昔に感じるが――話の通じる気配があった。言葉が届いた。ところがいま、その灰色の瞳は石のかけらのように硬い。

　射撃の腕はたしかだ。かなり暗い場所でカリフォルニア人の脚を正確に撃ち抜くところを見た。飛びかかろうとしてもチャンスはないだろう。

「きみとはしょっちゅう対立するはめになる。なぜだろうな」

「悪いわね、アンヘル」

なぜかその言葉には真意が感じられた。本当に申しわけなく思っているらしい。決意の裏で苦しんでいる。

「なあ、ルーシー、きみもいっしょに来ればいいだろう。その文書は州境を渡るチケットだ。それがあればラクダ部隊を呼べる。全員がヘリに乗って、晩飯までにベガスに着ける」

「そんなことはいいから、あなたの携帯をこちらにちょうだい」

「おれたちを置き去りにするつもりかい？」トゥーミーが抗議した。

「あなたたち二人はべつよ。彼だけ」

「その文書をどうするつもりだ？」アンヘルは訊いた。

「市に返すわ。この文書は彼らのものだから。彼らの権利よ。持ち主は彼ら。カリフォルニアではないし、ネバダでもない。もちろんラスベガスでも、あなたのボスでもない」

「フェニックスはそいつの存在を知らないんだ！　知らないままで害はない」

「害はないなんてよく言えるわね。フェニックスの人々がどれだけ苦しんでると思うの？　この水利権は人々の命そのものよ。フェニックスは再建できる。この水があればいまの状態を解消できる」

「わかってくれ、ルーシー。あの町はもうだめだ。なにをしても無駄だ。でもおれたちは北へ行ける。いっしょに。きみも来ていいんだ。住む場所はいくらでもある。飼い犬が心配なら、送り届けてもらえる」

「そんな単純な話じゃないのよ、アンヘル。わたしは長い時間あの住民たちとすごして、長い時間苦しみを共有してきた。彼らを救う手立てが目のまえにあるなら、無視できない」

「その文書をフェニックスに持っていっても、苦しみを右から左へ動かしてるだけだ。ベガスが苦しまないと思うか？　干上がって消滅するんだぞ」

アンヘルは彼女を取り押さえようと一歩出た。体が痛むだろうが、やれる。

「本当に撃つわよ、アンヘル」

その声は本気だ。

「なら、話しあいをしよう」

「話しあうことはないわ」

「だったら……どうするんだ？　おれを置き去りにするのか？　本当に？」

「二、三キロ離れたところに携帯をおいていくわ。それで助けを呼べばいい」

「その文書がないと、おれに助けは来ない」

「じゃあ、わたしといっしょに来て」ルーシーは懇願した。「いっしょにこれをフェニックスへ持ち帰るのよ。彼らが守ってくれる」

アンヘルは思わず笑った。

「甘い考えはどっちかな。おれがあいつらをどれだけ怒らせたと思ってるんだ」

「あたしの意見は聞いてもらえないの？」マリアが無表情に口をはさんだ。

ルーシーは黙った。かわりにアンヘルは言った。

「もうその段階じゃなさそうだ」

アンヘルは全神経をルーシーと銃にむけていた。その目の狂気、信念の強さに集中した。

フェニックスは人をおかしくする。ときに人ならぬ悪魔に変え、ときに不愉快な聖人に変える。

そんな不愉快なフェニックスで、もっとも不愉快な聖人に会ってしまったらしい。

シカリオの高笑いが聞こえた気がした。

銃で生きる者は銃で死ぬんだ、息子《ミホ》よ。おまえは人の水を断《た》つのをなりわいにしてきた。どこかの時点で秤が大きく傾いたのさ。

対称だ。明確な対称性がある。

だれかが水を飲むために、だれかが血を流す。単純な決まりだ。その順番がまわってきただけだ。

勘ちがいしていたときもあっただろう。サイプレス1の涼しい室内にすわって、他人の水を断《た》っていた。エアコンと滝を楽しんでいた。自分のやっているゲームだけが重要だと思いこんでしまうのも無理はない。

「個人的な感情じゃないのよ。あなたのことは好きよ、アンヘル」

アンヘルは小さく笑みを浮かべた。

「ああ、わかってる」肩をすくめて、「おたがいに大きな機械の小さな歯車にすぎない。そういうことだ。ときには機械の目的にしたがって回転する」

それは事実だ。個人的な感情などない。だれもが回転する小さな歯車だ。アンヘルも、カリフォルニア人も、カーバーシティも、キャサリン・ケースも、それぞれ異なる部品にすぎない。

アンヘルとルーシーのように、一時的に歯車が嚙みあい、おなじ方向に回転することもある。かと思うと、まったく嚙みあわないときもある。機械の最重要の部品になるときもある。

そして、まったく不要な部品になるときも。

アンヘルがカーバーシティの浄水場に乗りこんで水道を停めたとき、サイモン・ユーもおなじように考えたのだろうか。

アンヘルはゆっくりと両手を下げた。

「なら、行け」ため息をついて、「どうしてもというなら、そうしろ」

ルーシーの目がバイクにむいた。アンヘルはさっと銃を抜いた。ルーシーがはっとして拳銃をかまえなおした。

「やめて！」

アンヘルはこわばった笑みを漏らした。

「まだなにもしてないぞ」

「銃を捨てて！」

「なあ、ルーシー。きみは人を殺す人間じゃない。手を血で汚したくないだろう。きみは聖人、おれは悪魔。

わかってるはずだ」

「じゃますなら撃つわよ！」

「話を聞いてほしいだけだ！」

「話しあうことなんかない！」

「きみは言葉の力を信じる人間のはずだ」

ルーシーはアンヘルを見つめた。しばらく恐怖とパニックが渦巻く表情だったが、やがて笑みに変わった。

「あなたはわたしを撃てないわ」

「きみが耳を貸さないなら撃つ」アンヘルは低く言った。

ルーシーは微笑みのままだ。

「いいえ、あなたは撃たない」そしてバイクにまたがった。

「やめろ！　本当に撃つぞ！」アンヘルは叫んだ。

「撃たないわよ。わたしを好きだから撃てない。それに、負い目があるから」

「そいつをあきらめるほどの負い目じゃない」

「行かせて。とにかく行かせて」ルーシーは小声で言った。

アンヘルは彼女がバイクのキーをまわすのを見た。頭に浮かんだのは救済と借りだ。彼女がかたわらにしゃがんで、死の淵から救ってくれたことを思い出した。誠実な約束とはなんだろう。人はたがいに多くの嘘をつき、恋人たちは多くの約束をかわす。

「頼む。お願いだ」

「ごめんなさい、アンヘル。とても多くの人たちがこれを必要としているのよ。見捨てるわけにいかない」

「くそったれ」アンヘルは拳銃を下ろした。「だったら、早く行け。聖人になれ」

拳銃をホルスターにおさめて、背をむけた。

背後で電動バイクが砂利を踏んで走りはじめる。その音を聞きながら、彼女が気を変え、もどってきてくれることを願った。しかしかなわぬ願いだとわかっていた。

銃で生きる者は銃で死ぬ。

　これからやるべき対策を考えはじめた。フェニックスがあの文書を法廷で振りまわしたときに、ケースにどう言い訳をするか。しかしどんな言い訳も通用しないだろう。逃げるしかない。なるべく速く、遠くへ逃げる。ケースに追われる賞金首としては――

　銃声が川岸に響いた。

　鳥がいっせいに飛び立ち、旋回して逃げる。

　アンヘルは地面に伏せた。

47

　拳銃の反動はマリアの予想以上だった。それでも女はバイクからはじき飛ばされ、地面に落ちた。

「なにを――？」

　トゥーミーは振りむき、驚愕の表情でマリアを凝視した。

　マリアはそれを無視した。手首が痛い。四十四口径の反動で痺れている。しかしまだ終わっていない。

　痺れた手で拳銃をかまえ、女が動くかどうか見ながら、ゆっくりと近づいた。反撃してくるなら、とどめを刺さなくてはいけない。バイクは二十メートルほど勝手に走って転倒した。女はその手前で地面に倒れている。動く気配はない。

背後から駆け寄る足音が聞こえた。さっと振り返り、拳銃をかまえる。傷痕の男、ウォーターナイフだ。男は両手を上げた。

「待て！　落ち着け。おれはなにもしない。きみの味方だ」

マリアはためらった。

「あの紙切れがあればここから出られるというのは本当？　ラスベガスへ行ける？」

「ああ、本当だ」男はまじめな顔でうなずいた。

「あたしも連れていってくれるのね。そういう取り引き？」

「それでいい。ベガスへ連れていく。アーコロジーのなかへ。サイプレス４がもうすぐ完成する。部屋は充分にある」

「約束？」マリアは嗄れた声で聞いた。

ウォーターナイフはまたまじめな顔でうなずいた。

「だれもおいていかない」

「わかった。それならいい」

マリアは四十四口径を下げた。

男は彼女の脇を走り抜け、倒れた女に駆け寄った。

マリアはゆっくり近づいた。女はぐったりしている。ウォーターナイフはその頭を膝に抱き上げ、赤ん坊をあやすように小さく声をかけている。女はマリアに気づいて、薄い灰色の瞳で困惑したように見上げた。

「あなたが撃ったの？」

マリアはその脇にしゃがんだ。

「そう。悪いけど」

「なぜ？」

「なぜ……？」マリアは女を見つめながら、この人たちの目に映る世界を理解しようとした。「なぜなら、あたしはフェニックスに帰らないから。その紙切れは重要かもしれないけど、あそこはもうだめよ。だから帰らない」

ウォーターナイフが横目でマリアを見た。

「前に進むだけ、というわけか」

「そう」

　男はかすかに笑みを浮かべて首を振った。

「なるほどな。キャサリン・ケースから気にいられそうだ」

　それはどういう意味かと尋ねるまえに、男はトゥーミーを呼んで携帯を借り、どこかに電話をかけはじめた。数字とアルファベットの長い暗証コードを伝えている。

　トゥーミーがうしろから近づいてきてマリアを抱きしめた。いまやったことを叱られるのではないかと思ったが、トゥーミーは黙って抱きしめるだけだった。

　マリアは見下ろして、この女は死ぬだろうかと考えた。人を殺したことに自分の良心は痛むだろうか。それにつりあうほど重要だっただろうか。

　この女の苦痛とおなじだけの心痛を覚えるべきなのだろうが、なにも感じなかった。自分はどうしてしまったのだろう。いろいろなものを見て、やったせいで、どこかが壊れてしまったのだろうか。

　しかし結局、そんなことはどうでもいいと思った。頭のなかは、この川を渡れるという思いでいっぱいだ。ラスベガスの噴水を見られるのだ。だれもがコップで水を汲めるあの場所へ行ける。タウ・オックスがアイスブルーのテスラを走らせたあの町へ。だれもが巨大な輝くアーコロジーに住み、一日中砂埃を吸って日に焼かれなくてすむ場所へ。

　マリアはトゥーミーの手を振りほどいて、ゆっくりと泥の水際に歩み寄り、しゃがんだ。

　夕暮れが近づいている。

　コオロギが鳴き、スズメが飛び上がっては急降下し、水面で魚が跳ねる。コウモリやツバメが薄暮の空中を舞い飛び、虫を捕食している。

　マリアは川の流れを見て、川面を渡る冷えたそよ風を楽しんだ。

やわらかい。川辺の空気はやわらかい。

こんな涼しい風を浴びたのはいつ以来だろう。

砂利を踏む足音が背後から近づいてきた。ウォーターナイフだ。水際の彼女の隣にしゃがんだ。なにも言わず、黙って隣にすわって、いっしょに川を見る。

「ごめんなさい、あなたの彼女を撃って」マリアはしばらくして言った。

「それはいい。おまえは他にしかたなかったんだろう」ウォーターナイフはため息をついた。

「彼女の目は古いのよ。父がそうだった」

「というと?」

「彼女は世界のあるべき姿があると思っている。でもそうじゃないのよ。とっくに変わってしまっている。なのにそれがわからない。昔はこうだったという見方しかできない。過去はどうだった、古きよき時代はこうだったと」

マリアは訊くのをためらった。答えを知りたくない気もするが、それでも訊いた。

「彼女は生き延びられるかしら」

ウォーターナイフはうっすら笑みを浮かべた。

「あいつはタフな女だ。ベガスに着くまでもてば、可能性はあるだろう」

理にかなった答えに思えた。この数年間に大人たちから聞いた言葉でもっとも理にかなっている。

「つまり、あたしたちはおなじボートに乗るわけね」

ウォーターナイフは穏やかに笑った。

「そうだな。おれたちは同舟だ」

彼は立ち上がり、ジーンズをはたいて、彼女とトゥーミーのほうへ脚を引きずりながら歩いていった。マリアの周囲はコオロギの鳴き声と、柳の岸にそって流れる水の音だけになった。

遠くから新しい音が聞こえてきた。ヘリの鈍く重い音が近づいてくる。川にそって蛇行している。ローター音が川面や渓谷に反響し、川岸の虫の鳴き声や鳥のさえずりをかき消す。
遠い音。それが大きくなる。現実になる。

謝辞

『神の水』はフィクションである。付随する創作箇所や都合にあわせた改変は、このレッテルに依っている。とはいえここで描いた悲惨な未来は、私の長年の知己で活動を追っている何人もの科学および環境ジャーナリストたちの献身的な研究と報告にもとづいている。私たちの未来がどうなるか知りたければ、世界を急速に形づくりつつある潮流やその詳細を報告している人々を追うのが有益である。よきジャーナリズムは現在を報告するのみならず、未来の形も掘り出すものだ。私が参照したすべての作家やジャーナリストの仕事に感謝する。

とくに以下の人々に謝意を表したい。ミシェル・ネイハイス、ローラ・パスカス、マット・ジェンキンズ、ジョナサン・トンプソン。ニュース雑誌『ハイ・カントリー・ニュース』は、私が水不足について書くことになるまえから本書の初期的な着想の多くを与えてくれた。とくに、短篇「タマリスク・ハンター」を書くことを私に勧めてくれたグレッグ・ハンスコムに感謝したい。この小品がのちに本書『神の水』に発展した。ツイッターでフォローさせてもらったなかでは、チャールズ・フィッシュマン（@cfishman）、ジョン・フレック（@jfleck）、ジョン・オール（@CoyoteGulch）、マイケル・E・キャンパナ（@WaterWired）、そして水問題のニュースサイト@circleofblueに感謝している。もちろん、#coriver、#drought、#waterなどのハッシュタグに記事やそのさわりを投稿してくれたさまざまな個人や組織もそこにふくんでいる。

その他に記しておくべき人々としては、私の拙いスペイン語について多くの相談にのってくれた作家で編集者のペペ・ロホ、友人でアーティストのジョン・ピカシオ、私を本書に集中させてくれたC・C・フィンリーがいる。ホーリー・ブラックはプロットの着想をくれるすばらしい人物で、物語のパズルのピースは揃っているのに私が正しく組み立てられないことを教えてくれた。クノップフの編集者、ティム・オコンネルは、最終稿にいたる過程で有益な助言をくれた。エージェントのラッセル・ガレンは、本書にとって最高の版元をみつけてくれた。

もっとも重要なのは、長年にわたって変わらず支えてくれる妻のアンジュラへの感謝である。

誤りや遺漏がある場合は、私の他の本とおなじく、私個人の責任である。

訳者あとがき

日本には天水《てんすい》という言葉があります。川や井戸水に頼れない土地で雨水をためて飲用や生活用水にする方法を、天水利用といいます。

キリスト教の国アメリカでは、命をつなぐ貴重な水を神の水《ゴッドウォーター》と呼びます。いずれも人が生きるために欠かせない水が天空から降ってくる現象への畏敬の念がこめられた表現です。

しかしそのアメリカの南西部は、近年きびしい干魃に苦しんでいます。

雨の多い日本に住んでいると世界の水問題をあまり意識しませんが、カリフォルニアからのニュースにはダム湖の水位低下や給水制限の話題がしばしば出てきます。南西部は降雨期の冬に少雨が続き、農業や市民生活に深刻な影響が出ています。地球温暖化などの気候変動の影響といわれていますが、じつは水不足の原因は少雨だけではないのです。

アメリカ南西部は本来は砂漠地帯です。たとえばラスベガスは砂漠の中のオアシスから発展した町ですが、現在のように膨れ上がった人口を小さな窪地の湧水だけでささえられるわけがありません。

南西部の開拓は、巨大な灌漑事業の歴史でした。コロラド川に多数のダムを築いて取水し、それでもたりなければ地下水を汲み上げる。おかげで砂漠の一部は緑化され、安い土地を求めて工場が進出し、産業が生まれ、人口が増えました。それは人類の土木技術の勝利だったのですが、百年の発展はそろそろ限界に達しようとしています。コロラド川は過剰取水で水量が激減し、地下の帯水層も水位が下がって涸渇寸前です。最近では資源保護のために地下水の汲み上げを制限する地域が広がっていますが、さりとて地表水も充分にはありません。

南西部は現在の産業と人口規模を維持するのが難しくなりつつあるのです。

この問題を早くから指摘し、警告していたのが、一九八六年出版のマーク・ライスナー著*Cadillac Desert* です。本書にも登場するこの評論は邦訳が出ています（『砂漠のキャデラック』片岡夏実訳、一九九九年築地書館刊）。

パオロ・バチガルピは、二〇〇六年の短篇「タマリスク・ハンター」（短篇集『第六ポンプ』所収）で、このコロラド川流域の水不足問題を取り上げました。本書はこの短篇の悲惨な世界をより深く描くために、新たな登場人物とストーリーで仕立てなおされた長篇です。『ねじまき少女』で化石燃料が枯渇したあとの世界を描いた著者は、本書で水資源が枯渇したアメリカ南西部を描いています。

コロラド川の水資源をめぐって対立する各州は、ついに州境を閉ざして軍事的に一触即発の状態になっています。おりしもメキシコ湾岸のハリケーン被害で発生したテキサス州の難民が、ニューメキシコ州を超えてアリゾナ州に流れこみ、州都フェニックスの水不足に拍車をかけています。水問題に対応するために、高度な水循環再生機能を持つ環境完全都市《アーコロジー》の建設が進められていますが、入居できるのは一部の特権階級だけ。水を浪費しがちな従来型の郊外住宅地は、断水によって廃墟化し、庶民と難民は赤十字が設置した救援ポンプのまわりのスラムで生活しています。

そんなフェニックスへ送りこまれたラスベガスの水工作員《ウォーターナイフ》。水問題を取材するために東部からやってきた女性ジャーナリスト。テキサス難民としてフェニックスにたどり着いた少女。この三者の物語が、ある重要なアイテムを軸にからみあっていきます。

舞台となるアメリカ南西部を地理的に確認しておきましょう。コロラド川はロッキー山脈に発して、さまざまな支流を集めながら南西に流れ、ネバダ州にぶつかってからは南に向きを変えてカリフォルニア‐アリゾナ州境を下り、国境を越えてメキシコのカリフォルニア湾に注いでいます。

その流域はコロラド州、ワイオミング州、ユタ州、ネバダ州、ニューメキシコ州、アリゾナ州、カリフォルニア州にまたがります。なかでもアリゾナ州は全体がこの流域にはいり、コロラド川の涸渇は死活問題です。ロサンジェルスとサンディエゴは正確には流域外なのですが、巨大な都市人口を自前の水源では潤せないため、流域を超えてコロラド川から取水しています。ネバダ州南部のラスベガスも、大人口と享楽的な都市文化をささえるために中流で大量に取水しています。上流のユタ州とコロラド州が営む農業と牧畜は、都市以上に大量の水を消費します。

ここで水利《すいり》権《けん》について説明しておきましょう。川などの地表水を利用する権利のことですが、これ

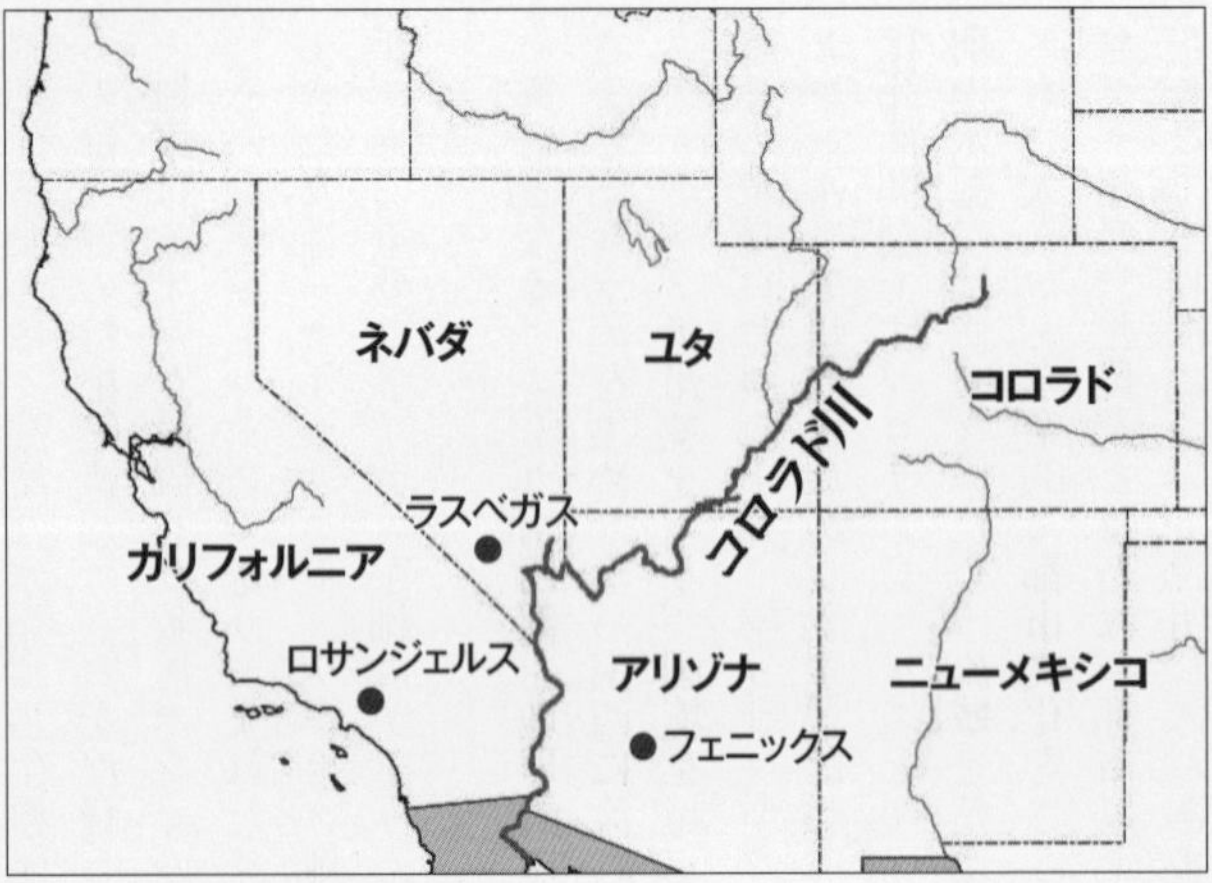

アメリカ南西部諸州地図

を法的に詳しく解説するのは訳者の手に余ります。重要なのはアメリカでのこの権利が先取主義をとっていて、歴史的に古いものほど上位であり、優先されるということです。つまり西部開拓の歴史から、上流州の農場や牧場が上位の水利権を持っていて、のちの時代に発展した下流の都市は下位の水利権しか持ちません。水が豊富にあるうちは問題ないのですが、いざ水不足になれば、上位水利権者の取水が優先されて、下位の水利権者の取り分は少なくなります。

しかしこの権利は売買が可能です。ロサンジェルスなどの大都市はコロラド州の農場や牧場から水利権を買い集め、それによって都市人口を潤すのに必要な水を確保しています。

では地名として出てくるおもな貯水池とダムを見ておきましょう。ラスベガスの水源はすぐ東にあるアメリカ最大の人造湖、ミード湖です。渇水による水位低下に対応する第三取水口は、二〇〇八年に着工されましたが、二〇一五年の現時点ではまだ完成していません。このミード湖をせき止めているのが歴史的に有名なフーバー・ダムです。

第一章後半に登場するカーバーシティは架空の都市ですが、おおまかなモデルになっているのは下流のハバス湖とレイクハバスシティだと思われます。せき止めているのはパーカー・ダムです。アリゾナ州、ロサンジェルス、サンディエゴはここから取水しています。

次はミード湖から逆に上流へさかのぼりましょう。グランドキャニオン国立公園を通って、さらに上流へ行くと、グレンキャニオン・ダムとパウエル湖があります。ここがミード湖に次ぐ全米第二位の人造湖です。

さらにさかのぼるとコロラド州にはいります。本流はロッキーマウンテン国立公園のほうから来ていますが、途中のグランドジャンクションで注ぎこむ支流がガニソン川です。こちらをさかのぼると、物語中盤に登場するクリスタル、モローポイント、ブルーメサ・ダムがあります。ダムマニアのために注記しておくと、ブルーメサ・ダムの構造はいわゆるロックフィル型式です。前出のフーバー・ダムは写真でもよく見ますが、コンクリートの重力式アーチですね。

環境完全都市《アーコロジー》やコロラド川の掩蓋化《ストロー》などのフィクション要素をまじえる一方で、じつは実在するのが中央アリゾナ計画（Central Arizona Project）です。全長五百キロを超えるアメリカ最大規模のこの送水路は、グーグルマップでは少々わかりにくいのですが、グーグルアースを使うとはっきりその姿を見ることができます。ハバス湖をせき止めたパーカー・ダム付近から汲み上げられた水は、南東へ約二十キロ離れた山地のむこうの揚水場で地表に姿をあらわします。地形に刻まれた谷の向きをまるで無視して「定規で引いたように」まっすぐ伸びる青い線は、ソノラ砂漠をえんえんと横断し、山はトンネルで貫き、あるいは揚水場でポンプアップされ、フェニックスの北側をまわって南へ下り、ツーソン付近まで到達しています。一九七〇年代に着工し、一九九三年までに幹線部分がほぼ完成したこの水路は、砂漠のアリゾナ州にとってまさに命綱です。

キャサリン・ケースが率いる南ネバダ水資源公社（Southern Nevada Water Authority）も、実在する公益法人です。カリフォルニア州の水道事業を所管する天然資源局（California Department of Natural Resources）も、フェニックス水道局と同様に実在します。本書は、各州の水道局が州の命運を握る最重要機関となり、州軍を押し立てて武力対立するにいたった、いわば水道局戦争の物語なのです。

A HAYAKAWA SCIENCE FICTION SERIES No. 5023

中《なか》原《はら》尚《なお》哉《や》

1964年生
1987年東京都立大学人文学部英米文学科卒
英米文学翻訳家
訳書
『死者の代弁者〔新訳版〕』オースン・スコット・カード
『タイム・シップ〔新版〕』スティーヴン・バクスター
『新任少尉、出撃！』マイク・シェパード
『第六ポンプ』パオロ・バチガルピ（共訳）
（以上早川書房刊）他多数

この本の型は，縦18.4センチ，横10.6センチのポケット・ブック判です.

〔神《かみ》の水《みず》〕

2015年10月20日印刷　　2015年10月25日発行

著　者　パオロ・バチガルピ
訳　者　中原尚哉
発行者　早川浩
印刷所　信毎書籍印刷株式会社
表紙印刷　株式会社文化カラー印刷
製本所　株式会社川島製本所

発行所 株式会社 **早川書房**
東京都千代田区神田多町2-2
電話　03-3252-3111（大代表）
振替　00160-3-47799
http://www.hayakawa-online.co.jp

（乱丁・落丁本は小社制作部宛お送り下さい
送料小社負担にてお取りかえいたします）

ISBN978-4-15-335023-6 C0297
Printed and bound in Japan

第六ポンプ

PUMP SIX AND OTHER STORIES（2008）

パオロ・バチガルピ

中原尚哉・金子 浩／訳

環境汚染の影響から、少子化と低知能化が進行した近未来を描くローカス賞受賞の表題作、スタージョン賞受賞作「カロリーマン」他、『ねじまき少女』の著者による全10篇を収録した第一短篇集。

新☆ハヤカワ・ＳＦ・シリーズ